INK

文學叢書

044

醜行或浪漫

張瑋◎著

目次

代序

在八百萬臺階之上

宮達

被顛覆後的快意

一年前，張煒在談及他的長篇小說《能不憶蜀葵》時曾說過：「《能不憶蜀葵》使我隱約摸到了文學的夢想，但不是夢想的全部，而是夢想的邊緣。」今天，當我剛剛讀罷他的長篇新作《醜行或浪漫》時，一時竟震驚無語：難道一場滌蕩文壇的暴風雨就這樣來了嗎？我分明聽到了隱藏在夏日天幕裡隆隆的雷聲！此時重新吟味他的那段話，我想，《醜行或浪漫》大概已讓他摸到了文學的全部了。

事先沒有任何徵兆，完全像一場遭遇戰。雖然張煒是當代少數幾個不會讓我產生閱讀惰性的作家，但我對此書保有正常的閱讀期待是有道理的：就在前幾天，他的另一部四十餘萬字的長篇新作《我在高原・西郊》剛剛由春風文藝出版社出版發行，據說該書編輯在閱讀時被感動得幾次流淚。其次，《醜行或浪漫》的動筆時間是去年五月份，至今不過用了半年時間，完全不似深思熟慮之作。所以，當我的閱讀神經遭到了猝不及防的強力撕扯，我的藝術經驗和人生經驗在那一刻被徹底顛覆時，我腦子裡冒出的竟是一句粗糲的話：眞是沒有天理了。

堪稱絶唱的「逃」與「尋」

一部經典小説大致具備以下因素：語言滲透著強烈飽滿的詩性，藝術探索上的先鋒氣質，強大的人倫與社會倫理內涵，以及對時代精神諸元的深刻揭示並提出啓示錄般的論斷。我認爲《醜行或浪漫》正是這樣一部小説，它的問世不論對作者本人的全部創作實踐，還是對當代文壇已有領地，都是開拓疆域式的突破，是一次成功的超越，一場酣暢淋漓的絕唱！

那麼，《醜行或浪漫》到底是一部怎樣的書？書中隱藏了多少奧祕？

它的結構特徵很凸顯，就先從這裡談起。

小説裡的時間與地點大致分兩部分：文革時期的登州農村——上村與下村和當代省城。前者是主線，後者是副線。主線圍繞女主角劉蜜蠟——一位健康豐腴、多情潑辣的農村姑娘展開。劉蜜蠟有一位「名聲欠佳」的母親，她的生父一直是個謎，劉蜜蠟從出生之日起就被打上了「黑出身」的烙印，無可爭議地成了「孬人」的後代。這是劉蜜蠟揮之不去的夢魘，也是她一系列苦難遭際的總根源。劉蜜蠟遺傳了母親的基因，這構成了本書中最意味深長的伏筆：一方面她的命運更加雪上加霜，一方面又催生了她那色彩斑斕的傳奇性格和經歷：多欲、多情，屈從内心的欲望卻又二十年矢志不渝地追求眞情，熱愛知識、執拗地抗暴抗惡，不惜懲罰地一次次奔逃直至手刃惡人成爲「殺人犯」。這都是她那不可遏止的生命激情洶湧奔騰的結果。劉蜜蠟深深地愛著兩個男人，他們影響甚至是根本上改變了她的命運：一個是長著雞胸和金色睫毛的鄉村青年教師雷丁，一個是父親被迫害而落難鄉村、有著古銅色皮膚的俊美少年銅娃。雷丁是劉蜜蠟知識上的啓蒙者，精神上的引路人。劉蜜蠟對他的愛更多的是精神之愛，而對銅娃的愛則是眞性之愛。正是這兩個男人先後驅動了劉蜜蠟在本書中堪稱經典絕唱的二次長逃。第一次始於「逃婚」。劉蜜蠟不堪下村民兵連長「小油銼」的非人折磨，尋機逃脱後展開了對恩師雷丁的尋找，當時雷丁正被以莫須有的罪名構陷並通緝。劉蜜蠟的這次「逃」與「尋」最終以失敗告終：雷丁在投河逃跑時遭追捕者槍擊，生死未卜，劉蜜蠟也落入「小油銼」派出的追捕者手中。第二次始於「逃命」。劉蜜蠟於半夢中手刃了欲凌辱自己的下村村頭伍定根，從而開始了新一輪更爲悲壯的「逃」與「尋」。這次她要尋找的是她傾注了生命眞愛的銅娃。從農村到城市，隱姓埋名的劉蜜蠟一尋就是二十年。

作者在描寫劉蜜蠟的兩次「逃」與「尋」時，幾乎用了三個整章（全書共八章），如此不惜筆墨自有作者的深意：其一是跳出小村的視角，從一個更爲廣闊的空間——農村和城市——來描繪文革時期中國的社會政治和民俗生活畫卷，這爲劉蜜蠟的悲劇人生提供了社會倫理依據。其二，劉蜜蠟通過二次「逃」與「尋」，完成了自我形象的塑造和自我意識的超越，一個單槍匹馬挑戰社會惡俗勢力、執拗地駕馭自己命運的奔跑女神的形象躍然紙上。特別值得注意的是，作者在此採取了民間文學的敘事手法，大量相當完整的民間故事單元像一串閃光的寶珠撒在劉蜜蠟光怪陸離、險象環生的逃亡之路上：如瞌睡蟲抬著劉蜜蠟逃命，鬼魂引路、與看瓜老人的夜談……它們一起構成了本書極端浪漫、自由的藝術氣質。

「保鮮」那段歷史

在這部小說的主線中，作者對文革中下村相對獨立的社會結構作了深刻的剖析，重墨刻畫了另一個群體。他們是以村頭伍定根、民兵連長小油炷爲代表的「異類」，他們構成了本書倫理學上的重要一極。

伍定根與小油炷具有共同的性格特徵：陰騭、狡詐、獸性、殘暴且具有智慧，對權力既頂禮膜拜又深懷恐懼。他們是下村社會秩序的建立者和維護者，掌握著至高權力。他們可以任意支配下村的一切資源：攫取財富、踐踏婦女、草菅人命，尤其在折磨人時獸性特徵十足，更精於用「出身論」迫害異己，且迫害手段層出不窮、花樣翻新：如辯論會、害咽法等等。作者在第三章中專門從人種學的角度探究了這一類人的來源，原來他們的遠古祖先是食人生番。伍定根和小油炷無論從形體還是血源都遺傳了食人生番的特徵，這種特徵在二人對劉蜜蠟摧殘方式上彰顯無疑：如小油炷雨夜對劉蜜蠟的非人折磨，伍定根對劉蜜蠟使用的害咽法，都體現了他們滅絕人倫的罪惡心理。有意思的是，作者在第五章以戲謔的口吻借用書中人物二先生的筆分析了伍定根攫取權力的幾件法寶：流氓手段、捨命蠻勇、從肉體上消滅異己。伍定根編織了一個牢不可破的意識形態之網，把下村人從精神到肉體都禁錮起來，任何反抗都以失敗告終。像雷丁、劉蜜蠟、銅娃等，先後以「猥褻兒童的流氓」、「殺人犯」、「孬人」成了時代的棄兒，非死即逃了。

在書中，作者還信手勾勒出了一個隱性群體，他們散布在下村及劉蜜蠟逃亡路上的任何一個村莊和荒野。他們是「小勺」、老婆婆，和在書中只說過一句話的無名無姓的人物。他們無疑處於社會的底層，但他們的話竟暗合著伍定根式的思維方式，一種對極權意識的潛移默化的維護和順服心理。他們是怎樣無意識地成了那個時代最大的「同謀者」和最善良的「幫凶」？這不能不引起我們當代人的警惕！

今天，三十歲以下的人可能已不知文革爲何物，更不知我們的民族在距今天那麼近的時代裡竟發生過一場空前的浩劫！這也難怪他們，從某種角度講，我們是生活在一個以遺忘爲特徵的年代裡，遺忘的過程似乎在有意地被加快。因此，應該在此感謝作者，爲我們記錄和「保鮮」了那段歷史。

滄桑與傳奇

本書開頭部分展開的實際上是另一條線索，是副線。它的敘述主角是銅娃，即現在的趙一倫。二十年前，銅娃從農村考上大學，畢業後留在了省城。二十年後，已過中年的他生活得並不如意。用妻子金梨花的評價就是：「窩窩囊囊的仕途、可憐巴巴的薪金，以及羞於提起的性能力。」面對妻子的背叛、女上司的性要挾、妻子老闆的精神欺侮，趙一倫身心俱疲卻又無處可逃，只能在煎熬中度日。直到有一天，趙一倫去家政市場招保姆時，偶然地或者宿命地相中了同樣已屆中年的劉蜜蠟。劉蜜蠟二十年間不停地尋找當年的心上人銅娃。如今二人相見卻不敢相認，原來世事滄桑，容顏已改。後來，二人循著種種蛛絲馬跡相互試探，終於解開了身世之謎，二個飽受心靈磨難的戀人終於結束了漫長的漂泊，在彼此的懷中找到了精神慰藉。

平凡結構下的大智慧

在整部書的結構中，以銅娃爲敘述主角的當代部分只占兩章，即第一章和最後一章，是引言和尾聲。乍看這種常見的倒敘結構手法似乎有老式之嫌，不符合張煒一貫探索求新的優長。如果去掉當代這兩章，它的敘述重點——過去部分也相對完整，語言似乎更加圓潤飽滿。但當仔細分析這看似平凡的結構意義時，卻發現它裡面蘊含著大智慧。

首先，這部書透著強烈的當代性。作者對兩個不同時代的人性及社會倫理特徵的觀察與揭示都是站在當下的立場上，所有的分析、判斷甚至結論都是在審愼的對比反思中完成的。這不同於當下流行的寫古代小說的當時性切入視角，也不同於作家的鄉村回憶錄式的《九月寓言》的視角。在這部作品中，當代部分和文革部分如同兩面反射鏡，互相映照之下，那些隱蔽在時代褶縫裡的一切隱祕，都從對方那裡反射出來，一覽無餘。

從現在看文革時期的下村，它的階級表層下的附層分化是人爲的，是標籤式的劃分，階層之間等級森嚴。極權者（伍定根）一旦掌握了下村的意識形態，他的一切勾當都有了「合法化」的解釋：雷丁被迫害是因爲「猥褻兒童」，伍定根和小油矬對劉蜜蠟的性摧殘也出自同一個冠冕堂皇的理由：「政治庇護」。蔑視知識、踐踏人性，意識形態至上成了這一時期社會倫理上的刺目的汙點。

當一個時期社會總體價值體系遭受重創並趨於崩潰時，它下一個時期所面臨的任務就重建與完善，這無疑是社會走向文明的標誌。

然而二十多年過去了，支撐我們生存下去的民族精神和社會價值體系到底有了多大的提高、發展和建樹？

以史爲鑒是最便捷的方式。對照二十年前那面鏡子，反觀當今時代，我們發現：時代的主題和重心變了，從意識形態的纏鬥轉化成「商業市場」之爭，從一個極端走向了另一個極端。因爲，「商業化」已成了這個時代最貼切的標籤，它的觸角已伸遍社會生活的各個角落。在它的撩撥之下，人們對財富的渴求從未像今天這樣強烈，我們甚至都能聽到飄蕩在整個社會上空的大合唱的聲音：「致富！致富！」於是，大有大的目標，小有小的打算，全民整齊劃一地扎入了商業市場的瀚海中。

只是，如果拋開全球化浪潮的外因，這場全民咸與的經濟狂歡的內在驅動是什麼？它有怎樣的隱性目的和顯性表徵？

它將催化出什麼樣的社會階層？財富分配的比例和流向將趨向何方？誰是最大的贏家？我分明從書中聽到了作者質疑的聲音。

細節透出的全部奧祕

在關於現實部分的敘述中，有兩個值得玩味的細節：一是趙一倫的女上司對其提出的性要挾；一是趙一倫妻子的老闆在電話中脫口而出的那句話：「讓金梨花接電話。」這令我忽然就想起了那個以伍定根、小油蛭爲代表的食人番家族，他們曾那麼惶急地尋找一切機會傳宗接代。女上司、老闆何等像他們精神血源上的後代！一樣地懂得權力奧祕，一樣地肆意踐踏人的尊嚴。但比起伍定根的時代，他的精神後代們手裡似乎更多了一件利器，說得文雅是財富，更原始有力的表述就是：錢！它與權力互爲犄角，在當代社會中充當兩股最龐大勢力的代表，鋒芒所向，望之披靡。對比兩個時代對財富及性的掠奪，伍定根的表現是顯性的，罪證是塗抹不掉的；而他的精神後代們的表現是隱性的，對手還沒來得及抵抗，或者壓根就沒想到抵抗，遊戲就結束了，可以說兵不血刃。只是在這種遊戲的背後，我們分明聽到了一種持續的不祥的斷裂聲，那聲音來自我們民族道德大廈的支柱裡……。

中國目前最優秀的作家們在思考什麼？《醜行或浪漫》也許就是答案。這部小說所表現出的堅定的民間立場、深刻的洞察力和藝術家的良知，使張煒能夠撥開歷史的浮雲，暴露出自二十世紀後半期以來中國社會政治、經濟、倫理和人性的全部奧祕。

因此，《醜行或浪漫》的問世，注定成爲當代文壇的一個重要事件。

登州方言：向藝術本體的回歸

比起小說如啓示錄般的精神內涵，它的藝術質地同樣如遮掩不住的星光，令我深深地驚訝和著迷。我曾執拗地認爲，張煒的語言感覺，即他對句子的語感、節奏、韻律、字與詞運用的匠心和表達上的精微準確上，在中國當代作家中無有出其右者。《醜行或浪漫》更把他的這一優長推向了極致。

在對此書的酣暢淋漓的閱讀過程中，我不只一次下意識地打量剩餘書稿的厚度，因爲我實在捨不得讀完它。

張煒找到了一種與他所表達的內容相匹配的語言——膠東半島的登州方言。這種方言不是傳統意義上的「鄉土」語言，而是一種極富藝術表現力的語言。它具有半文言式的簡潔緊湊、微言大意，並且語義豐富，如大量使用轉義、借義、假義甚至歧義。當它與現代通行語言相遇時，立刻如孔雀開屏般展示出斑斕的色彩。成功的語言能調動起人的三覺：味覺、嗅覺、聽覺。當我離開這部書稿時，我的耳膜中仍充斥著一串串帶有「哩」化音的喳喳聲。我想，這大概源於登州方言偏重於使用動詞吧。不過，我一直認爲，在語言結構上向名詞與動詞的回歸，是寫作者追求的最高藝術理想。《醜行或浪漫》的語言恰恰暗合了這一藝術規律。

張煒對這部書的人物塑造不是採取通常的人類學視角：而是一種民間視角，他把人物——從外形到內在精神——都放在了一種更爲廣闊神祕、富有原生氣息的土地背景下，並賦予其神話般的意象：如劉蜜蠟——大胖娃娃；伍定根——河馬；小油甡——怪獸；趙一倫——銅娃；雷丁——金色睫毛；類似的意象在書中隨處可見。它們一旦與富有動感的登州方言結合在一起，人物便立刻生靈活現起來。這些人物似乎都具有一種內在的生命驅動力，他們靠自己的力量來推動事件的進程，這一進程似乎與作者無關，作者所能做的大概就是祕書式的傾聽和記錄吧。

難以超越的燦爛

回顧張煒自新時期以來的文學歷程，我發現他的創作潛質和藝術追求在每一個時期都呈現不同的特色：從蘆青河系列的優美到《家族》的絢麗；從《蘑菇七種》的魔幻到《九月寓言》的蒼茫；從《我的田園》的浪漫天眞到《贏州思絮錄》的雍容華貴；從《古船》突破禁忌的勇氣到《柏慧》的激憤吶喊之聲，更有《外省書》的精緻典雅和《能不憶蜀葵》的豐厚飽滿。但《醜行或浪漫》的出現可以說是集作者全部創作經驗和人生經驗之大成。作品所表現出的執拗的本土性、深刻的人性及社會倫理內涵以及語言向藝術本體的回歸，使它成爲當代眞正意義上的「先鋒小說」，新時期以來中國文學迄今爲止的全部探索成果都在這部作品體現了出來。我甚至判斷，即便是作者本人，其探索方向上的飽滿、燦爛、豐富和激情在可預見的幾年内是難以超越的。

八百萬之上的謎團

張煒的創作歷史長達三十年，至今已發表了超過八百萬字的作品。這個數位對於任何一個寫作者來說，都是近乎神話般的標高。可貴的是，我們從他的文字中卻看不到一絲的遊戲和鬆懈的心態。他對文字的苛刻、精細和匠心大概源於對文學的聖徒般的虔敬吧。作爲他的長期讀者，我從他的作品體驗到的閱讀愉悅，也是從其他作品中難以感覺到的。

張煒能達到怎樣的精神高度？作爲自己藝術王國裡的君王，張煒能開拓出多大規模的領地？能擁有多少子民？這是一個只能用時間來揭開的謎。我生出這個想法是囿於他目前爲止沒有絲毫衰竭跡象的創造力和創作激情。這就如同一座熊熊燃燒的高爐或者一台馬力強勁的推土機，它們的管理者或駕馭者是一位畢卡索式的人物，所以我們要做的就是靜聽這火焰燃燒的嚕嚕聲和推土機隆隆的轟鳴聲，一直聽下去……。

文壇格局下的雙面

如果把張煒放到新時期文學二十多年來的發展格局中觀察，他身上似乎有兩種迥然不同的色彩。一方面他是一個相當低調的人，甚至是一個保守的人。他隱於民間，不事喧譁，沒有商業機心，對榮譽和成就渾然不覺，一門心思作學問，有書生意氣。但另一方面，他又是一個性情中人，個性極盡張揚。自八十年代以來，中國社會一直處於急遽的變革態勢中，文壇格局在它的震盪下幾乎五年一變，但張煒在每一個時期都刻下了自己的痕跡和聲音：對農民問題的關注、對商業擴張主義的警覺、對物質主義的批判、對商業浪潮下文人道德底線整體下滑的憤怒。這聲音高亢、尖銳甚至偏激，但這卻是良知催逼下的聲音。如果我們翻開九十年代以來，關於文壇爭論各個過程的紀錄，發現人們早已把「二張」（張煒、張承志）作爲理想主義陣營中的兩面大旗了。

歷險蓊鬱山莊

自一九八七年起，張煒開始旅居膠東，把那裡作爲生活、創作和社會調查的基地。十多年來，他的足跡踏遍了那裡的山區、平原和村落，寫下了大量的調查筆記，這成了他漫長藝術之旅的重要精神依恃。

他在濟南的家成了名副其實的客居之所。即便在濟南小住，他也盡量找一些接近自然的暫住地以便創作和思考。他認爲，一個人越接近自然，其精神滋養越豐富，藝術根基越豐厚，胸襟越寬闊，能生出大悲憫和大關懷。前年深秋，張煒在濟南南郊一個荒僻之地偶然發現了一個將被棄置的文革三線時期的房屋。他喜出望外，立即找到有關部門聯繫租房事宜，結果人家僅讓他義務看守房屋。他把我們身邊幾個朋友叫去，一起粉刷了房屋內牆，並在院子裡開出一塊荒地，以便來年種花和菜蔬。因房屋四周林木豐茂，他便給房子起了一個浪漫的名字：蓊鬱山莊。

不久，一場猝不及防的嚴寒突襲濟南，氣溫驟降，「蓊鬱山莊」裡沒有任何禦寒設備，張煒難逃病劫。當我趕到醫院病房探望他時，他帶著濃重的鼻音，學著《九月寓言》裡人物的話說：「險事啊，險事啊。」

一根支柱

整理對張煒的印象，有時竟抑制不住地陣陣驚訝：也許太熟悉了，所以忽略了對他那天才生命的悟想。是的，我們很吝嗇稱呼自己同時代的人爲天才。但對張煒，我們還是不必吝嗇吧。

作爲作家的張煒對於中國當代文學究竟具有怎麼的意義？現在看來，我覺得那是支柱與殿堂的意義，一旦抽掉了這根支柱，整個殿堂便會傾斜。

第一章

南瓜餅

1

暮氣圍攏的一刻，天空和大地變成了杏紅色，到處都暖洋洋的。如果這會兒是在那條河邊，如果再有一群肥羊兒咩咩一叫，那就好了，那就離怦怦心跳的幸福一扠遠了。現在是市中心，剛剛下班，這麼多人和車堵在城街十字路口，司機們開始胡按喇叭。每天的這段時間都有人流車流擁在那兒，等著又乾又硬的黑夜把整座城市罩個嚴嚴實實。不過令他奇怪的是，這些天每次在路邊等待綠燈、每到了這個時候，鼻孔裡就會倏然掠過一股濃濃的糯香。這氣味讓雙腿變得輕快起來。黃昏的天色就像剝了皮的南瓜，快熟透了，快吃進嘴裡了。一股風擁緊了後腰那兒，一路推著他往前，像要一口氣把人推到記憶的河邊。已經好多天了，無論上班下班，腦海裡時不時就要閃過年輕時的那一幕，觸起二十多年前的那個場景，讓人心慌走神。最後他不得不在心裡告饒：媽呀，老豬掛記著萬年的糠，千萬別動這樣的念頭，這可不是老實人該想的事情，快打住吧。

穿過煙熏火燎的燒烤攤，拐進南北巷子，一抬頭就能看到四樓窗上那幅桔紅色的帘子。「我的家啊。」心上熱著往前趕，幾步就跨到了樓梯口。到處彌漫著不言自明的香氣，到處都是小家的氣息。打開門，一層水氣飄在走廊裡，廚娘合手站在那兒。他們打照面時誰也不說一句話。她取下他手中的皮包，手一挨近就覺得灼燙烤人：剛才那一會兒她還在灶上做餅，不用鏊子，而是直接在油滋滋的平底鍋上攤，伸手揪著那餅轉動、拍打，再翻過來。他在一邊看過。軟軟的一張餅被她哄得團團轉，像個乖孩子一樣。「主家，吃飯哩。」「唔，可別這麼叫。」「是哩主家。」廚娘回頭去了廚房，出來時一手托著金色大餅，一手舉著藍花缽。兩人一聲不吭吃飯了。

在她收拾餐桌的時候，他到北涼臺上吸了一枝菸。身後有腳步聲，原來她站在那兒。「主家，她不讓你吸哩。」「唔，不吸了。」他隨手將菸揉滅，聽著腳步聲消失。「你聽她的，那就跟她去吧。」又粗又悶的聲音嚇了自己一跳，好在對方聽不到。回到臥室一片灰黑，他沒有開燈，頭枕雙臂仰躺在沙發上。又是一個長夜開始了，一個人，沒有妻子也沒有兒子。妻子一個月只回家三五次，每次只待三五分鐘。兒子在寄宿學校，見面要等到周末。保姆大概回自己的屋裡去了，四周沒有一點聲息。可是南瓜餅的氣味弄得滿屋都是，從她來到這個家到現在一直如此。這個女人也像南瓜：貞是豐碩，露在外面的部分紅紅的。大概她周身都是火紅的肌膚。

現在家裡是兩個人了。像變戲法似的，如今夜晚有了兩個人。儘管她在另一個屋裡，他卻再也不覺得孤單了。男人跨過了中年這條線最害怕的就是孤單，孤單讓人百病皆生，早早老了死了算完。一個人的夜晚讓他想得太多，最後所有的愁緒都落在妻子身上。看吧，有多少人在使用這同一個夜晚，用法卻是千差萬別：比如妻子，她有自己曖昧的夜晚。對此他堅信不疑。妻子這會兒一定與某個人在一起，那人虎背熊腰，臉龐黝黑，雙眼濺著火星，厚厚的雙唇往上翻著，手上戴了紐扣般的大戒指。可惜他從沒見過這個人，完全是通過聲音想像出來的。有一天半夜電話響了，那一端是一個粗聲粗氣的男人，又凶又躁，竟然一開口就說：「讓金梨花接電話。」放下電話他對妻子憐惜了。他擔心如此粗魯的男人絕不會珍重女人，只會蹂躪。

他太熟悉自己的妻子了。十一年嘛，生了個兒子嘛。她嬌細白嫩，腰如黃蜂，有一口世界上最潔淨的牙齒；清香如薄荷的氣味，黑寶石一樣的眸子，還有一隻翹翹的貓舌。當然了，美人胚子。不過人生育之後就變得尖利了，完全不是從前的溫柔多情。她太多情了，關於這一點，他簡直將整個下半生用來回想都不夠。是啊，一個人只要可愛就會有一些絕招兒，說白了就是這後者讓人不忍割捨。自己單位那個女副局長不只一次說他：你可眞沉得住氣！是的，這眷戀與不捨是由十一年的光陰積存而成的。事到如今，到這個夜晚，他對她仍有一種抱愧的心情。

不錯，她的尖利逼人完全是生育的結果。生了個男孩，多麼謙遜老實，安然沉默的性格甚至超過了父親。可能做母親的把全身賢淑都用來孕育腹中的孩子了，瓜熟蒂落之後，母體剩下的就全是怨怒刻薄了。她開始吹毛求疵，動不動就指鼻訓斥，挑剔他窩窩囊囊的仕途、可憐巴巴的薪金，以及羞於提起的性能力。時代變了，衡量事物的標準和尺度也在變，如今許多人對大是大非問題不再細究，而對於區區性的要求倒是空前苛刻了。還是那個頂頭女上司，常常轉彎抹角探詢他床上的事情，最後的率直總讓他驚駭不已。妻子好像人屆中年才發覺事事不如人，恨不得從一切方面都來個大躍進。比如她一個月內竟讓丈夫跑五次家政服務中心，一年裡先後領回十二個保姆，卻又以各種藉口全部辭退。最後那個本來近乎完美，只因有一段不停地打嗝，還是遭到了淘汰。他在心裡呼叫：「老天，能在我們家做保姆的人大概還沒有生出來。」回憶與一個個保姆相處的日子，有些心酸。她們或高或矮，或胖或瘦，或是新來這座城市的打工妹，或是輾轉了幾家的老手。她們對女主人都同樣畏懼。她要求她們沒有疾病，健康得無可挑剔，又能操持一手好伙食。人要絕對勤快，還要沉默，隨便與主人搭訕是不行的。他記得有一個山區來的活潑姑娘，臉龐像多汁的水藕，一對虎牙；人也勤苦肯幹，家裡隨處都擦得乾乾淨淨。她閒下來的時候就陪他喝茶，偶爾一笑很響。妻子讓他辭退，他吸了一口涼氣：「我相信咱家再也找不到這麼好的姑娘了。」「是嗎？那更得快走。」「爲什麼？」「因爲她死盯著你看。」姑娘走了。後來的幾個分別犯有不同的禁忌，不過他終於明白：最大的忌諱就是她們的年輕、成熟和漂亮。沒法，他後來只能去找那些最不起眼的女人，結果惹得妻子大叫：「你想把我骯髒死呀！」半年過去，他沒有領回一個保姆，她不得不親自辦理，結果還是大同小異。在失望和厭煩的日子裡，他眞的想念她們了。偶爾去幾次家政服務中心，只不過是例行公事。妻子抱怨和發火的次數越來越多，同時開始處心積慮地打扮，半夜不歸。也就是這段時間，他接到了那個男人的電話。妻子藉口出差，有時長達半月沒有音訊。像是出於一種慣性，他照例要留意保姆的事情：有一天下班路過一條白楊路，見路邊站了一些求職打工的人，個個身前有一塊紙牌，寫了自己的特長等等。姑娘和中年婦女都是尋求做保姆廚娘的。他在一個圍藍色頭巾的女人跟前站住了：走到她跟前，抬了兩次腳都沒能挪開步子。

這個女人四十歲左右，偏胖，邋邋遢遢的樣子。寬大的圍巾遮去了半個面龐，眉眼就看不太清了。「會做飯嗎？」她把頜上的圍巾往下拉一拉：「會哩。」東部平原口音。他馬上問：「哪裡人？」回答出乎預料。可是他心裡有個聲音一再催促：不必再問了，就是她了，就是這個人了，保管妻子相得中。這樣想著他就說了：「走，咱們回家去。」

他們一前一後提著打了補丁的大包裹回來了。像是早有約定似的，妻子竟然等在家裡，這會兒馬上端量起燈下的女人：「多大了？」「四十二。」「出來幾年了？」「八年。」「有身分證嗎？」女人在身上掏著，掏出了一張皺巴巴的紙頭。妻子一把拿走，他也湊過去看：劉自然，十八里疃人。「眞他媽怪的村名啊。不過留下吧，先好好洗刷洗刷。眞骯髒死人了。」妻子一句話做了決定，然後到衣櫃裡取了什麼東西，一轉身又離開了這個家。

「主家，晚飯吃什麼？」那個夜晚他正在窗前望著，身後響起一句生僻的呼叫。「唔，可別這麼叫。我叫趙一倫，老趙。」「是哩，主家。」他這時轉身，剛一定睛就退了幾步，直楞了好幾分鐘。老天，這就是剛剛領回的那個女人？瞧變戲法似地變出了什麼！大藍圍巾解去了，胡亂纏裹的粗髒衣裳換成了方領兒向日葵圖案的夏衫；齊耳短髮被利利索索卡住，襯出一副圓圓的臉龐；剛剛從洗澡間出來的緣故吧，她的臉和手都濕濡濡彤紅發亮，讓人想起春天的瓜果；眉眼長得很開，牙齒潔白晶瑩。由於是中等身材，整個人就顯得胖了一點，也許比在路邊上看到時還要胖一些。尤其讓趙一倫覺得不好意思的是，她的胸部顯得過於突出了。算不上苗條淑女，可又絕不輸於她們。一種無法言喻的氣息彌散開來，不是香波和化妝品，而是其他的什麼。奇怪的是這氣味一下就讓他想到了老家，那裡的人和事，還有河邊上颳來颳去的風。

2

劉自然來到的第一個夜晚讓他頗爲尷尬。他發現這種無頭無緒的生活眞該從頭整飭了：要做晚飯卻沒有蔬菜、沒有米，也沒有魚和肉。他這才記起自己每周有七八次是要靠速食麵打發的。劉自然在廚房的櫃子及四周耐心搜尋，找到半碗剩下的水餃粉、一隻放了許久的南瓜。她把案板擺好，倒弄著油鹽忙活起來。趙一倫回自己的屋裡，可只一會兒就待不下了，必須跑到廚房那兒看看：這是怎麼回事啊，一股糯香氣把三間屋子罩得嚴嚴實實，油煙機轉得嗚嗚響也無濟於事。他一到門口就見她在灶前忙碌，燈光映出一副寬厚的背影。

他們家的餐廳鑲了象牙白瓷磚，並與一個小廚房相連；這是夜晚七八點鐘，稍稍遲了一點的晚餐時間，五十支光的節能型溫馨燈管映射四壁。餐桌上擺了兩副碗碟筷子，還有瓷匙餐巾之類。她從廚房出來了，臉上帶著微微笑意，一手托著的大平盤裡是金黃的南瓜餅，另一隻手裡是盛了濃湯的藍花缽。她讓過前去接東西的趙一倫，只一彎腰就把手裡的餅盤和湯缽一一放下，讓其各自落在一張事先擺好的厚紙墊上。

這眞是奇特的一餐。第一次與新廚娘同桌用餐的拘束，以及難以迴避的某些新奇感總是妨礙他對食物的細細品味。然而南瓜餅的特異氣味與口感讓他一次次專注起來。一股花粉香氣，一種油脂和鹽也遮掩不去的醇厚甘甜，一入口就泛開來。這餅分成了幾層，一層有瓤兒，是瓜肉摻了什麼揉成的，像果脯那樣；一層是熏烤過的瓜條兒搭在一起，中間有松子一般的東西摻和著，又軟又酥。輔助的湯也好極了，碩果僅存的一點乾蘑菇被製成了細絲，不淡不稠的澱粉滷相得彌彰。蒜末，小茴香，若有若無的胡椒粉。趙一倫不知是被嗆住了還是怎麼，一抬頭讓對方看到了滿眶的淚水。「主家，紙哩。」她遞來餐巾紙。他接過來按了按眼睛和額頭，說了句：「這南瓜肯定是長在河邊沙地上的。」

那是一條大沙河，後來越淤越小，簡直成了一條很小的河。河岸上全是細細的白沙，上面有檉柳和紫穗槐，有豇豆和疏朗的南瓜棵兒。當南瓜紅了時，河水就變暖了，他要跳進河裡洗澡。赤身裸體的時刻無憂無慮，仰在水上，聽兩岸肥羊的鳴叫。他那時二十多歲了，正一心一意盼望出現什麼奇蹟。最大的奇蹟是隨父親回城，因爲風聲一鬆一緊，說父親的大罪就要被赦了，一家人回城是遲早的事。可是又一年過去，奇蹟並未發生。還有，他這會兒渴望能暗中親近一個女人。到時候了，一層鬍子從嘴巴上生出，如春草鑽破土皮；不僅是嘴巴，即便是小腿上也有毛髮生出。再瞧這一身光亮的皮膚，黑中泛紅，像銅一樣，無愧於父親爲他取的「銅娃」這個名字。村裡有些年輕媳婦私下裡摸過他的脊背，捏他，說：「眞好。」他有一次火起，一下把伸手亂摸的女人壓住，緊緊按在了一棵柳叢下。女人喘了一會兒說：「使不得哩，你會進大獄，莫學你爸哎。」他像一個沒有長成的幼蟲那樣蜷了一下，從她身上滑下來。

無論什麼時候回想河邊歲月，都會驚訝那個年紀的渴望。他記得在河水裡映照過滿頭蕪亂茂密的頭髮，深知它們是欲望的火苗，正燎著一顆年輕野蠻的心。誰都說他是一個老實孩子，整天無語。父親大赦之日遙遙無期，有人就對母親說：「快給孩兒娶下個媳婦吧，你們這樣的人家，只要女的不嫌就行。」母親像鄉下女人那樣用衣袖擦眼，讓憂愁纏住了。河邊村子裡所有類似的人家都有一個孤獨的男孩，他們大半一生都不會有親近女人的機會。這樣的男孩長到了十八九歲就成了危險的物件，全村姑娘都躲閃著他們，說千萬不能跟上往地獄裡走啊。「可我是銅娃，我有天大的拗性哩！」他在河裡擊水時發狠喊著。有一次他攀著水邊的一棵倒生柳呆住了，因為離他十幾米遠正有一條又白又胖的大魚：牠迎著這邊張嘴吐水。像個夢境一樣，又是一二條大魚游過來了。他的嗓子好像被扼住了一樣難受，臉漲眼迷。突然聽到了嬉水的笑聲，大白魚一條條全變成了女人。他急急回頭逃離，晚了，另兩條大白魚不知何時繞到了後邊，噴出粗粗的水柱將他擊倒了。

「唔，像夢一樣，魚都變成了人。」他嚥下一口南瓜餅。劉自然驚訝的目光閃動不停。多麼清澈明亮的眼睛，與那些大白魚的眼睛混淆難辨。她們一齊盯了他一會兒，然後一個呼號就把他抬起來，踏著河岸淤泥把他抬進了紫穗槐棵子間，放下，圍著他蹲下來。誰也不說話。後來她們笑了，他一聲不吭。一個女人說：「這就叫『悶頭色』。」其他女人大笑，伸手摸他的皮膚，都說光滑死了。她們把細細的沙子捧起來撒在他身上，又在沙土上滾動揉搓了一會兒。他慌亂得眞想哭叫，可就是咬住牙關不發一聲。一個女人把鼓脹碩大的乳部迎向他，一邊有人慫恿，她就索性把乳頭塞了進來。沒有乳汁。她們說：「不認識，這是誰家的小夥兒，眞好啊。」這樣議論了一會兒就要穿衣服了，其中的一個對四周女人叮囑：「這事誰也不要回頭亂講啊！」「那是哩，誰講了爛舌根。」她們回應著。

那個初秋啊，雨水打得河面噗噗直冒泡兒，大小渠道都泛著渾水，白天黑夜發出嚎哭似的聲音。

女人赤腳去河岸上摘豇豆，掐著泡在水窪裡的南瓜說：「再下雨瓜兒就不甜了。」她們把已熟和半熟的南瓜採下來，扛在肩上、頂在頭上往回走。沒有人穿雨衣，莊稼人只有蓑衣，可又嫌礙事。雨洗的衣衫緊貼身上，把她們周身勾勒得輪廓分明。劉海兒散沾額頭，雨水順著眉梢流下來，流到嘴邊她們就吐著：呸呸呸。她們是在吐不聽話的老天。老婆婆手打眼罩望著雨中的兒媳，嘴裡咕噥：「早些來家熬鍋南瓜湯吧，多放蔥末薑末。孩子他爹要打人了。」穿雨衣的只有民兵，那咣啷啷響的黑膠皮雨衣都是上級發的，還有肩上背的槍。他們故意炫耀那黑亮的雨衣和槍，越是下雨越要出巡，一溜兒挺著鏽跡斑斑的槍刺在河堤上走。有人說：「這是防止敵人破壞哩，十八里夼被敵人掘了口子，一天工夫淹了四百畝莊稼，我日。」誰也不知道「十八里夼」是哪裡，只覺得這個秋天的麻煩大了。

大雨下了五天，五天裡只有幾個時辰歇過一陣兒，其餘時間都是呼呼啦啦澆潑。他記得黃昏時分母親讓他去接割牛草的父親：他整個秋天都要風雨無阻去爲牛棚「義務」割草，忍受一種特殊的懲罰。剛剛回村那一年父親還握不住鐮刀，一刀下去砍傷了手，鮮血染紅了一大片草葉，還是得打起草捆扛回來。誰忘得了血洗衣衫的父親。那一年他十五歲，第一次知道了故鄉的寒冷。這個大雨天啊，一轉眼他變成了嘴唇生了絨毛的大小夥子，父親卻被成千上萬個草捆壓折了腰。他站在堤上遙望，水簾阻隔，大地冒煙，蛙聲吵成一片，就是不見父親的身影。不知過了多久他聽到了粗粗的吆喝，接著一道閃電劃過：他一眼看見前邊有一排挺立的槍刺，以及旁邊大大的一團黑影。儘管沒能看清，可他的心馬上怦怦亂跳了，一張嘴再也合不攏，雨水澆進眼裡嘴裡全無察覺。叫罵與嚴斥聲逼近，他趕忙退到一邊。「你這個狗東西，好啊，你是吃了豹子膽了。」民兵火起，揮起槍托向那團黑影砸去，接著噗一聲，砸人者與黑影一起歪躺在泥水裡。也就是這時他看清了父親花白的頭顱，那頭顱正用力從一攤亂草葉間挺起。他大叫著爬上河堤，撲到了父親跟前。

這就是那個黃昏，那個一生不能忘懷的日子。他至今記得自己猛然出現時，父親滿臉的羞愧。父親嘴唇蠕動幾下，吐出幾個字：「銅娃，你爸什麼也沒做。」一邊的人厲聲指著地上的泥人：「扛起來！你扛起來！哼，沒做？你是想破堤闖禍，這回吃不了兜著走吧！」「銅娃，你爸什麼也沒做！」他幫父親扛起草捆，剛叫了一聲，有人就罵著把他推下了河堤。一夥人遠去了。他坐在水窪裡擦著臉，已經分不清雨水淚水了。他想去追趕父親，可是剛一爬起就摔倒了。當他重新站在堤上時，四周的光色已經暗下來，除了嘩嘩的水聲什麼也聽不見了。他往前疾跑，心裡一連聲默念：「父親父親父親！」前邊的堤下好像有個人影，他慢下步子才看清那是一個女人。女人正在一個死水汊邊捉草蝦，所有的收穫都裝在了一個帶蓋的柳條籃裡。

不知第幾天雨才停下。父親帶著毀堤的罪名被押走了。母親領上兒子去尋，尋遍了一個鄉，不知找了多少粗聲粗氣的人求情。儘管查不出任何真憑實據，父親還是被監禁了十幾天，出來時一條腿都打跛了。「銅娃替你爸割草吧，你爸腿跛了。」母親把鐮刀從男人手裡奪下。銅娃從這一天起就要在一早一晚爬河堤了，還要上工做活，差不多沒有一點歇息的時間。苦做一天之後，夜裡躺在炕上每一個骨節都疼。夜晚是一天裡幻想最多的時候，他幻想奇蹟發生。他真的聽人悄聲議論過：「別看這個孩兒苦命生生的，有一天真能回了城，鄉下姑娘他不喜見哩。」他忘不掉那一天被河西女人們抬上紫穗槐棵的所有細節，還清晰記得她們大魚一樣的軀體。還想雨中捉草蝦的那個女人，記住了她滿是慈悲的眼睛。那是一瞥就再也不忘的嫵媚大眼，是黃昏雨霧都遮不去的大眼。

父親瘦弱不堪，母親一天到晚唉聲嘆氣。南瓜蒸熟了，午飯和晚飯都是南瓜。稀粥裡是紅薯葉兒，是切成了方塊兒的南瓜。「今年雨水太大了，瓜肉都是水泡兒，不甜也不香了。」母親咕噥著，千方百計調弄伙食，用薯麵摻上揉成餅。「銅娃，喊你爸回家吃餅。」父親一拐一拐從外面回來，那一刻臉上是幸福的神情，還有那一動一動的鼻翼。多麼香的氣味，父親差不多是一下伏在了飯桌上，雙手抓起一個最大的南瓜餅送到了嘴裡。母親欣喜萬分，揪一下兒子的衣襟。可惜父親只嚼了第一口就皺起了眉頭。母親掰一塊給兒子：多麼苦澀的餅啊。

大雨之後的豔陽眞讓人親。銅娃一吃過午飯就到堤下幹活了。他還想尋那條水汊，想爲父親逮幾隻草蝦。靜靜的水面沒有一絲波紋，哪裡會有蝦呢？他四下張望，像是尋一個可以幫他的人。後來他挽起褲腳下到淺水裡，伸手去水邊的草鬚間探尋。渾身衣服都濕了半截，只逮到了拇指大的一條小魚。不知從什麼時候開始，他覺得有一對目光在注視自己，一抬頭，見十幾步遠的堤上眞的站了一個人。儘管是逆光，加上水裡的太陽刺得兩眼昏花，他還是一眼就認出這是在大雨天裡捉草蝦的女人。「啊唷，捉蝦哩！」她先自喊了一聲走下來。他手裡握著一條小魚，臉色紅紅的。

當她蹲在水邊看的時候，他偷偷瞅清了這個女人的模樣。奇怪的是看不出她的年紀，像二十又像三十。臉色多紅啊，眼睛多大啊，還一刻不停地笑。她蹲了一會兒就掏出一個蘿蔔吃起來，咀嚼的聲音很大。這樣過了一會兒，銅娃沮喪地甩著手登上岸。女人馬上把蘿蔔三兩下吃光，然後從衣兜掏出一塊紫紅色的小網罩，又從堤旁折了兩根樹杈縛上。她在水中一推一推往前挪動，當有什麼開始躥動時，就猛地一舉樹杈：幾隻蝦在網罩裡蹦跳不停。銅娃看呆了。只有半個多鐘頭，女人就逮了二十多隻草蝦，而且不由分說全給了他。銅娃說：「我怎麼辦呢？」女人朝他一笑：「我知道你是跛腿老趙家的孩子，你叫銅娃。」「我，不認得你。你是從河西來的嗎？」「俺是北面海邊來的，來這兒找婆家哩。」

最後一句話讓銅娃一聲不吭了。他料定這是個瘋浪的女人，三兩句話就說出了這種事兒。他才不信一個女人會幾百里跑下來找主兒，這只有大傻子才會相信。再不就是她成心逗別人，和那些鑽到河裡洗澡的河西女人一樣。雖然只有一河之隔，兩邊女人的脾性差大了。河西女人個個又潑又浪，願在野泊裡找男人，外號叫「光棍乾糧」。他常聽村裡人說某某人運氣好，又遇上「乾糧」了。他真不知道自己這會兒的運氣如何，不過一想起來就害怕。「老天爺饒了我吧，我再也不敢到水汊這兒來了。」他在心裡自語一聲，想把蝦還給她走掉。可她一叉步子攔住了，硬是把蝦塞給他。

大約是捉蝦的第三天上，村子裡傳出一個人人稱奇的怪事：一個叫「蔑兒」的光棍漢搭上了女夥，那女的如花似玉，是從外地竄來的女人。「蔑兒」四十多歲了，因爲爺爺早年死在獄裡，沒一個女人敢嫁給他。村裡人見了又高又瘦的「蔑兒」總是說：「怎麼樣，老了苗了吧？」他整個人蔫蔫的打不起精神，讓人又可憐又厭棄。人們傳說這些天的「蔑兒」像澆了水的旱苗兒，臉上有了光亮，腰也挺起來了，會傻笑了。銅娃聽到這個消息心上一緊，馬上想到了捉草蝦的女人，「媽呀，這是真的嗎？這是天底下最怪的事兒啦！」各種說法都在街巷上擁擠，幾天後又有人說「蔑兒」的麻煩大啦，因爲給他傳宗接代就等於是犯下王法，就看主事的怎麼收拾他們了。

最後是「蔑兒」和那女人要押解到場院上鬥爭一回，說說清楚，也算是懲戒了眾人。夜裡到處是呼呼啦啦奔跑的聲音，有人夾著馬紮提著小板凳嚷叫：「快走哩，鬥爭『蔑兒』了。」銅娃一顆心快跳出了胸腔，隨著一些人往前移動，不知不覺就來到了村西場院上。那兒一溜三個大煤氣燈照得到處通明，民兵背了帶刺的槍四下遊蕩，中間有一個白木桌，桌上是一碗開水。主事的劈劈啪啪敲桌子，說一聲「別瞎迂磨了」，就有兩個民兵把「蔑兒」和他的女人推搡上來。銅娃的眼睛睜得溜圓：一點不錯，就是她，捉草蝦的女人。瞧她仰著臉兒看場上的人，一雙眼睛星星一樣亮。滿場都靜了一瞬，接上一陣騷動。有人在銅娃身旁哀號：「老天爺，活活俊煞！」「媽哩，準是成了精的騷狐啊！我日！」銅娃一直看著，心裡爲她難過。他不信這是真的，不信這麼光滑水靈的女人會相中一個老光棍。主事人是長了落腮鬍子的黃臉漢子，喝一口水吐一口唾沫，拍打桌子：「你是哪裡人，來疃裡做甚，報上根柢，跟老少爺們說道說道。」

全場一齊盯一個人，這會多麼疼啊。她笑嘻嘻開了口：「俺是北海邊上十八里疃的，聽說這裡地肥人憨，想來找下婆家。俺的名兒嘛，打小就叫『雙喜』。」主事的喝一口水，從衣兜裡摸出炒豆咯嘣咯嘣嚼著：「嗯，笑了，態度不錯。俗話說下了，『南山北海，偷鍋摸拐』，該不是竄村抓摸東西的吧？」「蔑兒」立刻大叫：「老掌櫃家，她可是好人哪！」「呸，輪到你說話了？掌嘴。」幾個民兵擁上來，啪一聲耳光。「接上數叨。我來問你，不癡不傻的人，怎麼就單單挑上個毒根老苗？還有，睡下幾合了？」女人朗朗仰脖兒答：「老掌櫃說哪搭去了。俺不過是跟他剛相了兩面，看他人還老實。」有人立刻嘶啞著嗓子出來作證：「她這是瞎迂磨老少爺們。人家親眼見她嘴裡叼著南瓜餅，在『蔑兒』院裡恣哩。『蔑兒』提著褲子哭了。」主事的把臉轉向「蔑兒」：「我來問你，實打實地睡下沒？」全場靜極。民兵大喝：「說！」「蔑兒」渾身大抖，連連說：「睡下睡下。我該坐班房哩老掌櫃，我自己把罪領上，不關她事哩。」

那一會兒全場又靜了。主事的站起來，在兩個人身邊踱了一圈，突然像牛一樣發出「哞」的一聲。他伸出兩手抖著：「啊呀！啊呀！這眞是沒有王法了呀，倆狗日的做成了。」民兵湊上去捏住了「蔑兒」的胳膊，伸腳踩他的趾頭，「蔑兒」就發出「呀呀」大叫，眼淚嘩嘩。旁邊的女人撲過去，披頭散髮護著他。主事的大叫：「這對狗男女，我火上來就一繩子捆了送公社調弄去。不過莫急，先在村裡理順理順。來人呀。」民兵挺著胸膛湊過去。「給我拖拉開，先把毒根老苗潑揍一頓再說。」「是啦老掌櫃。」場上的老婆婆嘖嘖著，年輕女人們扭過臉去。啪啪的擊打聲和告饒聲響成一片。

那是一個難眠之夜。銅娃記得全村的狗一直叫到天亮，黎明時分街巷上死一樣安靜。村裡人眞的睏乏了，這是整個秋天最疲憊的一個早晨。銅娃午夜兩點回到家裡，見黑影裡坐著父親母親。「怎麼不點燈？」他這樣想卻沒有問，因爲他知道每逢鬥爭會的夜晚都是他們最害怕的時候，既不敢點燈也不敢睡覺。他摸黑溜到自己屋裡，和衣仰臥，想著那個叫「雙喜」的捉草蝦的女人。他絕不相信她會和另一個男人有那種事情。他寧可認爲「蔑兒」被嚇慌了，問什麼答什麼，像木頭人一樣。天亮以前，他在一陣強似一陣的狗吠聲裡沒有一刻睡去。他爲那個女人擔心。

三天裡風聲吃緊。人們傳說議論，猜測兩個人的命運。都說男女分開關在牲口棚裡，男的與母驢一起，女的與公驢一起。「他們要咋個整治啊？」「不曉得。老掌櫃少不得讓人閹了『蔑兒』，再差人把女人扒光的屁股打上一百二十板。」「這回動眞格的了，都聽見昨夜『蔑兒』喊『痛死了痛死了』，那是民兵給他老孩兒上夾板哩。」「女的呢？那個大腚撅得比馬還高的潑浪貨呢？」「老掌櫃也許恩典了她，有人聽見她半夜唱歌哩。」「哦喲，哦喲這是個什麼年頭啊，大姑娘家沒臉沒腚，胡騷亂弄的。俺和她這般年紀，見了光膀子的男人都不敢看；見了牲口在田邊地頭配對兒，嚇得吱哇亂叫往樹叢子裡扎。嘖嘖，老天爺這回看見了啵？嗯哼？」

銅娃一連轉過了三次牲口棚，什麼人影也沒見。他悲傷絕望到了極點，在街頭巷尾徘徊，又走出村子。咕咕的蛙鳴召喚他愈走愈遠，讓他一絆一絆走進了紫穗槐棵子裡。長長的南瓜蔓子鑽到樹棵裡來了，在樹底結下又圓又大的南瓜。他躺下來，望著藍得發紫的天空。後來他一轉身碰著了熱烘烘的瓜，一把摟進了懷裡。淚水一滴滴灑下，他咬著嘴唇。有一隻刺蝟挪挪蹭蹭從樹棵間出來，對他毫無畏懼，那隻長長的抽動不停的鼻子竟碰到了他的手。他輕輕捏了一下牠的後蹄爪，牠蜷了蜷走開了。「我如果等不來那一天，就會死的。」「也許會有個什麼人來搭救我的。」他自言自語，自己也不知道爲什麼會說出這樣的話。太陽升到正午了，他還是躺在那兒。「我不出工了，我就睡在這兒。」

他閉著眼睛，讓穿過樹隙的陽光曬疼了臉皮。後來他聽到那隻刺蝟又轉回來了，就伸手去捏牠的蹄爪。可是這一回捏到的是一個很大的蹄爪：一個女人悄聲蹲在跟前看他。他一睜眼就喊了一聲，趕緊掩口。這女人正是和「蔑兒」一齊關進牲口棚的那個。他忍著心跳想爬起，又被她輕輕一撥按下。她說：「你歇著吧。」他閉上了眼不敢看她。奇怪的是淚水總要順著睫毛往下滲。一股熱烘烘的氣息烤著四周，一種大魚在河心裡撲騰才有的奇特氣味不停地湧進鼻孔。「他們怎麼就放了你？」「他們折騰煩了，就讓我遠些走哩，回頭見了再關。」「你該回去領走『蔑兒』。」女人一聽就笑了，嘆氣：「我不過是可憐他。他們這樣的老光棍漢眞讓人可憐。還有你，跛腿老趙家的孩子，眼瞅著又是一條光棍。」銅娃忍住泛上來的悲酸：「快把你相中的人領走吧。」她又吃吃笑：「想哪去了。我不過是可憐他。你別聽那些人胡扯亂嚼啊，銅娃兒。」她捏了一下他的鼻子。

那眞是一個溫暖安靜的中午。他聽不見蛙鳴，也忘記了母親等他回去吃餅。他們都沒有吱聲，一個躺著一個坐著。後來她又蹲了，讓他感到了目光的重量。她的手輕輕撫弄起他的睫毛：「又長又齊，像開春的麥苗哩。」她摸他的脖子、鎖子骨。這手在喉結上略一停，又按在了他的嘴唇上。他先是忍著，後來猛一張嘴咬住了她的手。他覺得自己那一刻臉都漲紫了，血要沸騰起來。「可憐的銅娃，可惜了這身好皮兒。」她空出的一隻手撩開他的衣衫，「瞧油滋滋的，眞是又滑又亮。喜歡死人了，你這孩兒啊。」她的咕噥剛停，他就一個撲楞躍起，牢綳綳將她擁住了。她回他的是一下又一下親吻，親吻那片腦殼、鼻子和嘴巴。銅娃淚水雙流了。

「那天我捉草蝦就看見你在雨裡走，心想這是哪來的悲傷少年哪，我喜愛哩！我看一眼就喜愛哩！跛腿老趙家的兒子啊，一整天不吭一聲的少年哪，有一天得歸我摟抱哩！」她懷抱他，親吻他，說個不停。突然懷中的銅娃一個激靈昂起頭，滿臉驚奇。「咋了你？」銅娃咬咬牙：「你剛才說『少年』、『少年』，這是念書人才說的話。」她狠力親他幾下：「我的傻瓜，我就是念書的人哪。我有好大文化哩！」「我不信。」「不信？我會背詩章哩，我背詩章你聽！」她說著像放一件器具那樣把銅娃「嗯」一聲從懷中移下，然後端坐了背起來。

銅娃目瞪口呆。他低下頭，直到朗朗之聲停下。她的目光像清晨露珠一樣亮。他嗓子一哽，再一次擁住她。她身上全是南瓜花的清香氣，令人不忍捨棄。「我的少年哪，我的少年哪，我摟上你心裡有大歡喜哩！」她不住聲地咕噥，那聲調就像吟誦詩章一樣。就在這吟誦裡她撫摸了他濃黑的頭髮，感受了那完美的腦廓。他衝動不已，一隻手在她的乳部、後背那兒探尋，再也不能停息。他閉著眼睛，尋索這天底下最肥碩的大魚、無處不在的滑爽和慷慨。他驚異的是她周身沒有一點瑕疵，就像個大瓷娃娃一樣。「老天，我不能不犯個大錯了，我死了也得這樣，我不怕場院鬥爭會。」他用頭將她頂翻，像塊石頭壓得她一動不能動。她仰臉看他，語氣艱辛極了：「銅娃，你還小哩。」「不，我不是『少年』。我是青年！」「可是，這忒急了，這，這讓我大慌哩。時候一到我會滿河找你哩，銅娃下來吧，下來吧，日頭多敞亮啊，它睜了大眼看咱哩。下來吧。」

這就是那個飛快流逝的河邊中午。銅娃後悔自己的莽撞和無力，後悔眼看著她跑掉了。他白天黑夜都在想，鼻子裡全是她的氣味：喝湯吃餅，還有割下的水淋淋的青草，全是她的氣味。「我不行了，我不與她在一起就真的要死了。」他一天不去河堤如隔一年，每次都發了狠地割草、尋人，可就是不見她的影子。大約是第十天的一個上午，他正在工地上做活，聽人議論說：「上回那個女人給老掌櫃放了，上級追查下來哩。許是個要犯也說不準。」他心上收緊。中午就去河堤，被火毒的太陽曬了一晌。好不容易捱到了下午收工，他胡亂吃了一塊冰涼的煮南瓜，抓起鐮刀就奔河堤了。一路上都是火紅的晚霞鋪地，天不冷不熱，微風吹拂。有幾朵雲彩像大肥羊兒那樣緩緩移動著。後來真的有趕羊老漢甩著鞭子，把幾隻白羊趕下堤；羊咩咩叫了，三五成群下堤了。他看著火紅的光色映著葦草和肥羊，心中焦盼而喜悅。多麼怪呀，就像有了個吉兆似的，他越走越快，滿心興沖沖的。

他首先割下了一片水旺的蒼耳，又割了一片葎草。這可都是老牛最愛吃的啊。當他伸出鐮刀去割嫩葦葉時，一眼瞥見了堤畔上有個紅色的身影。鐮刀掉了。他的眼角一睃就能認出她來，不，他蹙鼻孔就能嗅到她的氣味。「我等了你十天，我以爲眞的是作了一場夢。」他腳步踉蹌，像羊一樣把頭抵向她的胸口。「銅娃哩，銅娃哩，我說時候一到會滿河找你。」他的眼像錐子：「時候到了？」她的嘴巴像梳子一樣劃過他可愛的頭顱，滿頭黑髮都被她弄濕了。「天底下最可憐的棒小夥兒，一天到晚悶不出聲，我有什麼法兒讓你一年三百六十天都笑嘻嘻的？我眞是想你啊，夜夜想摸你黑紅的皮兒。」她扯著他的手往窪地上走，又繞過窪地坐在了一片細白沙上。四周全是火紅的檉柳，是一棵連著一棵的油旺旺的屛障。「多好的銅娃啊，我該是你的人，我該一千次一萬次跟了你。」她的牙齒又像小羊吃草一樣啃他的濃髮了，淚珠刷刷流下。他們一起伏在白沙上的一刻，他恍若覺得滿天都是咩咩叫的肥羊，肥羊在豐饒的水草間恣意歡鳴。她那一刻像死去一樣，呼吸都停息了。他嚇得一遍遍搖動，推擁，直到她發出一聲奇怪的長吁。「銅娃，天哪，剛才那一會兒地皮在動哩。天哪，咱從沒遇到。」

月亮出來了。她不只一次泣哭，說「地皮動了」。他們相依不離。「雙喜，你隨我回家吧，回吧。」她搖頭。「回呀，回罷！」她還是搖頭，「銅娃，我不叫『雙喜』，那是我信口胡謅的。我眞名兒叫劉蜜蠟，是海邊上跑出來的；我也不是十八里疃的人。我不能哄你了，我眞的睡在『蔑兒』家三天。」銅娃跳了起來。「莫怕哩。『蔑兒』是個好人，我可憐他，那會兒只想給他，就像給你一樣。」「一樣？」銅娃的頭懵了。她點點頭：「我跑出來，跑了一路，遇上不只一個可憐的人。我反正不想活了，就把自己交給他們了。」「天哪，我明白了，你就是村裡人說的『光棍乾糧』，是河西來的瘋浪女人！」銅娃害怕了，嚷著退開一步。她往前一步，他後退一步。後來他索性離她十幾步遠了。她哭出了聲音。這聲音大得讓他發慌：如果巡邏的民兵看見了，一切全完了。他不得不上來捣她的嘴巴。

「你得聽我說完。你聽了別再理我，可你得聽哩！你得信哩！我一句也不會騙你。俺是海邊上的人，這一路上跑跑停停，只爲了尋俺的老師。一個月了，不知跑了多少路，最後才知道老師不在了。俺再不想活著回去，只想一頭撲進這河裡。可是俺遇上了你，心狠不下來了。銅娃兒別嫌棄我，有了你我就不會去死了，這都是眞話。」她哭成了淚人，死死扳住他的肩膀。銅娃呆在月亮地裡。風搖楷柳，一片喊喊喳喳的聲音。偶爾有夜鳥「嘎呀」一叫。流星在天邊劃過。他任她搖，不吭一聲。後來他嚥了一口，嗓子眞是澀極了，「雙喜，不，蜜蠟，我全信你！」

那個月夜銅娃揹著草捆回家，一頭倒在了炕上。他病了。兩天兩夜高燒，母親守在炕頭，熬了幾大碗敗毒草水餵上，第三天他才搖搖晃晃出門。他要做的第一件事就是去河堤那兒，回那片楷柳棵下。白沙上痕跡依舊，這說明絕不是夢境。他默念三個字：劉蜜蠟！可是一個鐘頭連一個鐘頭守候，她再也沒有出現。後來的日子裡他總在堤上徘徊，手裡握著那把鐮刀。半年，一年，人不見了。幾場大雨一過，風一吹，楷柳叢中什麼痕跡都沒有了。

她從河邊一絲不留地消失了。

3

「主家，換換衣裳吧。」保姆手裡托著洗熨整齊的襯衣和外套，對準備出門的趙一倫說。他從她手裡接過這一摞，回到了自己屋裡。洗好的衣服有一股槐花味。洗得多乾淨，褲線熨得多直，穿起來眞有點不好意思。他料定這樣上班女上司又會開嚇人的玩笑了，那是她的拿手好戲。與這樣一個頭兒周旋共事多年，眞有說不出的麻煩。特別讓他懊惱的是，女上司與妻子以前還是同事，她們曾爲他吵過，這些年卻成了一對奇怪的朋友。一想到這些他的脖子就要紅漲，因爲這裡邊痛苦和羞辱摻在了一塊兒。他換上衣服，到鏡前照了照，像個蹩腳新郎。「她如果用鄉下的法兒打扮我，那可受不了。」他自語一句，去取提包了。她等在門口，把什麼遞過來：「主家，領帶子。」他一聲不響接過塞進包裡，開了門。下樓梯時他小聲重複一句：『領帶子』，嗯，多說了一個字吧。」

不出所料，趙一倫一進辦公室就遭到了女上司的嘲弄，對方說他變了一個人似的，也知道打扮了，不過再怎麼身上也有「老擀氣」。這個女人長得還算漂亮，十年前的「局花」，只可惜顴骨高了些，還有著輕微的狐臭。她一直跟進趙一倫的辦公室，然後回身掩門：「彙報彙報吧，怎麼回事？穿得人模狗樣。」她想伸手撫弄一下他的頭髮，他躲開了。她隨即嚴肅起來，「我今天要跟你談正經事兒。是這樣，局裡的精簡計畫快下來了，你要有個思想準備。」「我？我這樣年紀的副處長都退二線，那要什麼樣的才留！」她抱著手臂在屋裡走動，「激動什麼，該激動的時候偏要發蔫，你瞧瞧。我只說要有個『準備』，這事還要看看呢。」她盯他一動一動的喉結、他的全身。

趙一倫知道，這種談話要有十年相處的經歷才聽得懂。不過他已經疲憊了，不想聽也不想琢磨。一個男人到了中年眞不容易，思想和體能、爲人處事的熱情，一切方面都捉襟見肘。而女人倒令人嫉羨，像女上司和金梨花，她們比自己小不了幾歲，可看上去有一股方興未艾的勁頭，差不多是磨刀霍霍呢。當然了，她們的爲人是不能令人贊同的。趙一倫覺得到目前爲止，就是這兩個女人在折磨他。

然而只要黃昏來臨，只要一跨出辦公大樓，他的心情立刻好了。回家去呢。即便不是周末，它的磁力也是這麼強。而在以往這是不成的。周末要接兒子趙金，要把這個沉默寡言的小傢伙擁一會兒。只擁一會兒就不那麼沮喪了。妻子對兒子是一個逐漸冷漠的過程，就像對丈夫一樣。她前些年的熱呼勁兒不用說了，現在則是另一回事。她埋怨兒子不聲不響太像父親，說她最討厭的就是這種性格，「你幹嘛不遺傳好的方面？我們可眞倒楣啊。」兒子頭顱很大，她就爲他取了個外號：「大頭寶」。趙一倫制止她喊：「他有名字。」她翻翻白眼：「取個新名兒不成嗎？我喊他『寶』呢。」她周末大多不在家，他懇求她多陪陪孩子，她就說：「我們倆總得有一個幹事業的吧？」他只得沉默。自己的幾十年顯然平淡無奇，沒有一件事是值得誇耀的，用妻子的話說就是：「你這輩子除了找下個好老婆，什麼露臉的事兒也沒幹成。」他眞正爲自己難過的是，竟然找不到一句話爲自己辯白。沒有辦法，就讓父子倆把一個個漫長的周末對付下來吧。

劉自然來到以後，沒頭沒緒的一個家開始變化了。她可眞能幹啊，手腳不閒，除了上街買米買菜，就在家裡從頭歸攏和擦洗。她把十幾年裡積在角落裡的東西都翻找出來，再分門別類弄好。令人大爲震驚的是，光是廢舊過時的鞋子就讓她裝了七大紙箱。那天趙一倫回家，一進門就聽見有訓斥聲，原來是金梨花，正指著鼻子責問劉自然：「說，你是怎麼搗弄出來的？」「我，我清掃旮旯時它們就出來哩，主家。」「放屁，這也是你扒拉的東西？」「主家，我再不了。」趙一倫看了看，見是蒙了灰塵的短褲乳罩之類，還有幾年前她搞回家來的一些夫妻用品。他的臉紅了。

這一夜金梨花沒有離去。也許是睹物思情，她在大床一側翻動不息，唉聲嘆氣。她於半夜一點左右把手搭在他的額頭那兒，然後一直撫摸下來。這手好像在試他的心跳、一動一動的肋骨，最後才放在扁平的小腹上。他屏住了呼吸，突然想起了十一年前的那個深夜，那極爲相似的一幕。當時那種羞愧和稍稍魯莽的幸福讓人難以支持。記得對方的手觸到他的一刻，他竟咕噥了一句：「俺心上慌急哩。」濃重的登州土語讓新娘大吃一驚。她隨後笑了，一遍遍吻他，驚異萬分地注視他周身一色的古銅光澤。她把臉貼上新郎的胸部說：「你眞是個徹頭徹尾的男子漢。」新婚之夜的燈熄了，耳邊是她極小的聲音，什麼死啊活的。他去堵她的嘴，一抬手卻沾了淚水。他有些驚詫和害怕，對新娘突兀的誓言毫無準備。他打開燈，於是第一次看到了妻子赤裸的軀體。勻細頎長，豐滿柔軟，伏在那兒，讓他想到春天老家河堤下起伏的沙丘。眞是白啊，靠在一起的兩個胴體對比分明。無邊的讚譽只凝結爲兩個字：「寶物」。他這樣咕噥一聲，關了燈。

記憶中的妻子爽朗而多情，自己沒有在多年的熾熱中被她熔化成滓，也是萬幸。他甚至懷疑這是一種非正常的狀態，她那沒完沒了的親吻、款款心曲，總讓他始料不及。老天，這是上帝造出來親嘴兒的一架永動機啊，是登州那圍遭兒的老百姓作夢也想不到的嬌潑女孩兒。這就是古城老戶的女子，身體像麵條兒似的，眼如星星，乳似雙饃，惟有嘴巴大了一點。她的嘴巴開闊，頑皮，紅潤而結實，笑的時候露出一口整潔的牙齒，讓人想到這輩子在一起會有咀嚼不盡的幸福。的確，在這個甜蜜的兩口之家，她對一切都顯得胸有成竹。新婚之日，他想到了炫耀，想把妻子領回那個難忘的村子，那個父親的苦難之地。可惜父親在大赦的同一年去世了，終於沒能等來自己的節日。母親領上兒子回城，母子倆手扯手站在骯髒擁擠的大街上，第一個感覺就是鄉下人進城。他發了瘋一般攻讀，準備迎接剛剛恢復的高考。可是由於一連失敗了兩次，待他成功畢業時，母親已經等不及了。她在兒子工作前兩個月去世。

「你眞是名副其實的『銅娃』！」她不知多少次重複這句話，說丈夫最可愛的就是這身膚色：上下統一，像剛剛出爐的烤餅，摸一摸熱呼呼的，「咬到嘴裡嚼嚼吃了吧！」她嚷叫著。看看她閉著眼睛夾出的一溜睫毛，他忍著什麼都不說。還有她閉目揚頸的模樣，發著亮光的下頦，都讓人想到了一隻小羊。「咩咩。」他一叫，她馬上睜眼。他咬著牙關，極力想忘掉那個黃昏的天色，忘掉從堤上跌下的羊群。可是白費力氣，那個黃昏的一切都緩緩地圍攏，把他一層層籠罩。他簡直要在心裡告饒了，祈求神靈抹掉那個驚心動魄的記憶。「我，大概這輩子怎麼也配不上你了。」他吭吭哧哧吐出一句，她還是親吻。「你這個不願說話的傢伙，你如果知道自己是個多麼可愛的老頭子就好了！」

她那甜蜜的呼喚眞的讓他想到了持拐而行的暮年：說不定到了那一天才會自己饒恕自己。現在不行，現在是恐懼與羞愧的時刻。他總是在她的簇擁中想到那個捉草蝦的劉蜜蠟。沒有辦法，完了，草蝦鑽到靈魂深處了。他曾在詛咒自己的同時想像：許多年前遭遇的是一個瘋癡的女人。然而這只不過加劇了自責和思念。他無法忘記那個火燙逼人的幸福時刻，那像七月河風一樣的溫情暖意。還有，她的美麗和體貼，她的過來人才有的噓寒問暖與循循善誘，她的一瞬間覆蓋了整個河套的醇厚香氣。那時連艾草的藥香氣都被她趕得無影無蹤了。而今，婚後的日子裡他愈加清晰了一個事實，這就是怎樣也無法遺忘那個初秋的河畔黃昏；記得在進城的每一天，甚至是忙於高考復習的緊張關頭都忘不了重溫那令人炫目的時刻。「剛才地皮動哩。」那一聲河邊呼叫今生不忘。這怎麼得了啊，這讓人多麼無奈多麼尷尬。然而他愈來愈愛妻子，愛這個古城老戶的姑娘，愛這個極爲精明的大嘴娃娃。

時間一晃就是這麼多年。同一個房間的午夜撫摸，同樣的喘息與沉默。還是當年的那個銅娃，可惜經過了對方十一年汗津津的撫摸，已經長滿了銅鏽，終於不再讓人迷戀。他在這個夜晚一聲不吭地期待，期待這個離家出走的妻子說出一點什麼。是的，她對他什麼都不再懼怕了，經歷了十一年，她變成了一個更加敢說敢做的人。那麼她今夜肯說出一點祕密嗎？那令丈夫撕扯揪疼的一些事實，她能不加掩飾地吐露一點點嗎？也許一切都是多餘的，心照不宣也罷。聽聽那個粗魯男子深夜打過來的電話就知道，她委身於他不僅是一個明朗的事實，而且不需爭執也不必存有異議。那個男人竟爲一時找不到人而向其丈夫發火，想想這是怎樣的時代花絮。她在撫摸一個鏽蝕的軀體，而後高聲打破了沉默。他沒有回應，只是聽著：「在我們家裡是破銅爛鐵，說不定在別人眼裡就成了金子。那個女局長不把你嚼嚼嚥下去是不會罷休的，乾脆你也活絡些吧。」他不得不阻止一句：「那邊的劉自然會聽見。」她立刻火起：「有這樣的保姆，主家就別想有一點隱私。我一見她的大屁股氣就不打一處來。」他的心撲撲跳，害怕聽到「辭退」兩個字。還好，她這會兒只說那個女局長：「她的外號叫『小騾馬』，這得騎上才知道。你也不能太老實了，這個年頭吃虧的就是你們這樣的人，人家一抬腳就能把你踩到最底層。」他馬上想到了白天關於精簡的談話，一層冷汗呼一下冒出。

下半夜妻子不只一次去衛生間，有一次還擰開水龍頭洗浴。這使他驚異於時尚的力量：硬是從根上改變了一個作息時間從來都循規蹈矩的女人。她竟然能夠折騰多半夜，披著浴衣在屋裡走來走去，還到冰箱裡找東西吃。她打開燈翻弄一本書，一仰脖子吞下幾片藥，然後斜躺在床上看書。他想起了什麼，不由得想欠身看看她身體的每一處。一切如同昨日，歲月竟然沒有在她的肌膚上留下一絲痕跡。也許這就是她抱怨和傲橫的理由。他想從她身上發現一點奧祕，比如那個粗暴男人留下的指印和抓傷之類：一張紙揉過了也會有痕跡的。可是沒有。一隻柔軟依順、風情萬種的狐狸是百折不撓的。她見他在端量自己，就扯一下被角掩住下體，繼續嘩嘩翻書。可他堅信那個男人是這個世界上最野蠻的富人之一，就像自己是全城最膽怯最清苦的公務員一樣。一隻老虎沒有把一隻小羊咬傷，這無論如何也稱得上是一樁奇蹟。他忍不住一次次想像妻子那些曖昧的夜晚，想像那些亮如白晝的地方。

睡不著，往事紛至沓來。他想從中梳理出女人演變的線索，發現這極爲困難。妻子在一家旅遊公司工作，不知不覺就跑了許多地方，常帶回家裡一些新奇的玩意兒、一些聳人聽聞的消息。有了孩子後她一度變得安分了一點，但也僅僅是三年多的時間。待兒子進了托兒所，她身上那股風風火火的勁兒至少增加了一倍，於是早出晚歸成了家常便飯，還在一些莫名其妙的地方兼職。有一次她帶回家裡幾粒藥片逼著他吃下去，然後蹲在一邊觀看藥效。那一回是失敗的，因爲非但沒有取得預期效果，還讓他口渴難耐，一張臉變得像紅布一樣。後來這成爲生活中一個難忘的事件被他記住，他常說「你讓我吃紅臉藥的那一天」。她常常異想天開地假設自己的婚姻，動不動就問一句：「你敢保證自己當時是個童男子嗎？」他未置可否，有時搪塞一句：「我是『銅娃』。」但他深深知道：妻子一語擊中了要害。

也許正因爲那個河邊黃昏的隱祕，他事實上接受了妻子的不貞。當然，這也是時代交給他們的寬容，據說現在的年輕人都這樣。只不過他們已經不那麼年輕了，卻要硬著頭皮去過年輕人的生活。這正是他感到屈辱和懊惱的地方。他承認妻子追問的那一聲實際上是個大是大非問題，他終有一天要明白無誤地回答她。這個夜晚，他好像覺得這一天越來越近了。在黎明時分，他與她一前一後睡去了。醒來時已是上午九點，他大叫一聲「壞了，誤了上班」，她卻丟下一個冷笑。在桔紅色的窗帘透出的光色裡，他驚異於妻子的嬌豔蓬勃，竟在她睡眼惺松的時候蠻橫起來。她先是忍著，後來打個呵欠拍拍他：「得了吧，用不著這麼積極。」「可是——」「天亮了，該做點別的了。」他那一刻只覺得肥羊般的雲朵緩緩移動，有一雙最美麗的鄉姑的眼睛在看著他。

她接近中午時分梳洗打扮一新。一個小如貝殼的鑲了珍珠的手袋讓他撫摸再三，最後讓她一把奪過去。她對著鏡子用小拇指甲剔了一下眉梢，轉身就要離開了。但這會兒廚娘合手站在門廊那兒，說：「主家吃飯哩，餅這會兒就好了。」金梨花的鼻翼在撲面而來的香氣裡活動，又轉向廚房走了幾步。他跟在後面：「她做的餅好極了，我想今天是特意爲你做的。」她抿抿嘴，深吸了幾口氣。他有說不出的興奮。金燦燦的大餅端上來了，還有蘑菇湯、鮮玉米甜粥和三小碟配菜。三個人圍在飯桌旁，劉自然並未一起用餐，只是爲他們添湯，又把餅切成小方塊兒夾給他們。金梨花吃掉了大餅的三分之一，威脅廚娘說：「告訴你，我的身材變壞了非找你算帳不可。」「是啦主家。」

「行了，有了這樣的伙食，人也巧手巧性的，我就不再掛記這個家了。」她回頭對丈夫說了一句。趙一倫心裡說：你哪裡還有這個家。他感到悲哀的是，一個女人竟能捨下惟一的兒子在外面瘋。他替趙金難過。兒子在周末總是睜著大眼睛說一遍：「媽媽。」僅僅兩個字，卻飽含了那麼多的詢問、企盼和思念，也許還有對於雙親的責備。父親也要接受責備嗎？當然。清貧，懦弱，缺少時代魅力，這一切難逃譴責。金梨花在離開之前又把廚娘叫過來：「你除了南瓜餅還會做什麼？」「單說餅，俺還會做地瓜餅、蘿蔔餅、地膚餅、槐花餅和薄荷餅。」「啊哈，這好。改日我要把餘下的五種餅全吃上一遍。還行，手藝不錯。你要把我兒子伺候好，把老趙這個實心木頭伺候好。只要好好幹，不出大毛病，賞錢在我手裡。」「是啦主家。」

妻子離開了。她走後趙一倫才發現：中午一餐剩下的一塊南瓜餅也被取走了。他也該上班去了，二十餘年來他沒有曠過一次工。正這樣想，保姆已經遞來提包了。他要轉身，她卻取過一把梳子。於是他發現了蕪亂不堪的頭髮，這當然與昨夜沒能安眠有關。他沾了一點水把頭頂那綹倔強的頭髮制服，她趁這點時間爲他搓去衣襟上的一點什麼。出門時他說一句：「周末了，我要去接趙金。」「我替你接吧主家。」他猶豫了片刻，點頭。去機關的路上兩腿沉沉的。又想起昨夜妻子關於「破銅爛鐵」和「金子」的話，害怕這兩個女人在背後合計過什麼。女上司越來越放肆，還多多少少有些不耐煩。這個人正把自己的男下級當成了「金子」，而且有了一點「拾金不昧」的豪爽。她對他常說的一句話就是：「你以爲自己有兩下子，就拿出來看看嘛。」剛開始他只當成工作方面的譏誚和勉勵，後來隨她去基層搞了一次調研，才明白這是一句多麼危險的雙關。

中秋時節是各大機關到下邊去的最好季節。天氣晴和，所謂的秋高氣爽。不冷不熱，物產豐饒，無論從哪方面看都是一個絕好的時機。水果之鄉的薰香，海濱城市的蝦蟹肥魚，都給人留下難忘的印象。下邊機關對上級來人的慷慨，特別是中秋時節突然高漲的熱情，一個沒有親臨其境的人是無法想像的。吃呀，喝呀，然後是走走瞧瞧，適當的娛樂，以及臨行前精心挑選的土特產。就是這一切讓久居辦公室的人得到些許滋潤，給一張張蒼白的臉龐添點點紅意。最有經驗和最能幹的人總是勤於出差，時不時到下邊召集座談會、聽彙報，或者乾脆就是搞搞調研什麼的。女上司說：「出差的隊伍要精幹，要講效率，幹嘛要帶那麼多人？就是你，趙一倫跟我一起去吧。」他想說妻子太忙、自己周末還要接孩子之類，對方卻揮揮手說：「就這樣吧，提前準備一下，後天就走。」

那回只差一點就搞成了浪漫旅行。多麼好的天氣，多麼和藹的領導。她這個人在機關裡脾氣乖戾，想不到一出門全都好了。人也注意打扮了，衣服又莊重又豔麗，口紅是從未用過的顏色，連小皮靴也是鹿皮做的。牙齒好像剛剛洗過，白到了令人生疑的地步。她與趙一倫說話時一改往日的腔調，突然變得又軟又艮，像是面對了一個高出許多的長輩一樣：「出了機關就要放鬆一些，瞧你總是緊繃繃的。要把工作和休息結合起來。」她端量他，抿抿嘴唇，長長的睫毛眨來眨去，不時嚥一口唾液。白天轉一天，晚上她毫無倦意，常在他房間裡一直耽擱下去。最後的窘迫總是讓人無法忍受，可他剛剛站起就把她惹惱了：「在家裡也是這副模樣嗎？你給我坐下。」他坐下了。「無情無意的傢伙，你早晚會把我氣死。」她咕噥，嘆息，撫摸他的肩部，又小心翼翼捏一捏他的嘴唇。「你以爲自己有兩下子，就拿出來看看嘛！」她按他的肋骨，用力擠壓一下。他吭吭幾聲，眼望著天花板：「我十幾年裡一直是服從領導的，可是我不能、不能這樣。」對方火燙的眼神盯住他。趙一倫滿腦子想的都是二十餘年前的黃昏檉柳，緊緊咬著牙關。

4

肯定是南瓜餅的作用，妻子在一個星期內竟回家兩次，並且與丈夫和兒子一起度過了周末。從來少語的兒子滿眼欣悅，久久依偎母親，還親了她的腮部一下。她那一刻也摟住了趙金，一下一下拍打兒子的後背。這個情景讓趙一倫差點流下淚來。劉自然依照自己的允諾，每一次都做一種新的餅。金梨花吃得歡天喜地，轉過頭對趙一倫說：「有這麼好的保姆你還有什麼不高興的？今後別再哭喪著臉了。還有，你跟頭兒的事怎樣了？能睡則睡，這個年頭也用不著窮講究，再說她也不會翻臉不認人。跟廚娘保姆可不行。你不用裝出驚噓噓的模樣，我得告訴你，這個大腚女人跟上一百個男人也不會煩。我這人別的本事沒有，就是能一眼看出誰是這樣的人。」

那番談話留下一個不大不小的後果，就是他與廚娘在一起時不再那麼自然了。他的目光甚至總要設法迴避她那鮮亮的面龐，尤其是那雙烏黑晶瑩的眼睛。她的胸部高高聳起，這讓他總是不安地躲閃。更爲怪異的是，她一聲「主家」就讓他心上一抽。即便是對方不吱一聲，他也能大致知道她離自己有多遠：環繞她的盡是濃而又濃的南瓜餅的氣味。「主家，晚飯做什麼啊？」「吃中午剩下的餅就成。」「剩下的，還有新做的兩張，女主家都拿走了。」他吸了一口涼氣。這是她第二次取餅了，說不定是捎給那個粗魯莽漢的。他暗暗罵了一句。她得不到回答，就去廚房了。屋裡燈火輝煌，一切都井然有序。這是多年來最潔淨最溫馨的一個家，再沒有空蕩蕩的淒涼感，也沒有無所適從的茫然。他可以在這個寧靜之地做自己想做的事，待在沙發上想想心事。一種故鄉的氣息時不時飄蕩過來，讓他忍不住往廚房那兒遠遠一瞥。他有許多次想向她提出一句傻問，最後還是作罷。

那仍然是一個關於南瓜餅的問題。記憶中又苦又澀的餅怎麼在今天變得香氣撲鼻，如同甘飴？當然只會是時代的緣故。在貧窮的年代壓根就尋不到做餅的好材料。什麼紅瓤兒粉麵圓瓜、蛋與油、精鹽和澱粉，一切都無從談起。母親絞盡腦汁想讓丈夫與兒子有一頓像樣的伙食，最後入口時還是要個個皺眉。可憐的父親，回故鄉時雖然不是披枷戴鎖，可也算得上半生悲情了，他沒有吃過一頓令人垂涎的伙食。為此他要怎樣感激那個捉草蝦的女人，感激她把半天收穫全交給了他，讓他帶回去滋補身殘氣衰的父親。火紅的水煮蝦讓父親兩眼一亮。母親和兒子只吃了一枚，他們只吃一枚。這就是那個一生不再遺忘的秋天、秋天的幸福。作為一個幸運的寂寞青年，他在那個秋天裡眞是大喜過望啊。別人有一千個理由詛咒那個倒楣的季節，如嘩嘩澆潑的大雨，淹了蔓子的南瓜地，還有村頭兒的叫罵，讓人不得安眠的狗吠蛙鳴；惟有銅娃是別一種心思。這心思隱藏了一秋一冬兩夏，或許還要隱上一輩子。不過那個季節給予的創痛，只差一點就抵消了全部。他沒完沒了的尋求和徘徊啊，他在河堤上的遙望啊。那個一去不歸的劉蜜蠟，那個放浪不羈的海邊女，她的心眞是狠啊。他在晚霞普照的堤上遊蕩不休時，放羊老漢終於疑惑起來：「你這娃兒咋哩？你到底找個什麼哩？」「我，我在這兒丟了一把最好的鐮刀啊。」

趙一倫仰在沙發上，直到熟悉的氣味籠罩過來。一睁眼，她正在一旁滿臉驚奇合手而立。「唔？」「主家，你，哭哩。」他這才發覺淚水糊住了雙眼。「唔，是被嗆了一下，沒事的。」她回身端來一杯溫水。她的手燙燙的，寬鬆的方領小布衫再好也沒有。她俯身時胸前有什麼閃動了一下。他覺得血液從心窩那兒往上湧，趕緊把目光移開。劉自然哪，這就是你的不對了，你看你，胖乎乎的軀體在屋裡活動，整個家都給弄得溫呑呑的，讓人想法舒口氣也好啊。這是多多少少有害於安眠的那種氣氛。再說，作爲一名合格的廚娘和保姆，你如果能把那種天生如此的賢惠勁兒減半兒也就好了。難道你不論到了誰家裡都百依百順、一好百好的？你發發火、發發牢騷也好啊，你嘮叨嘮叨也行啊。溫呑水，喜滋滋，整天做飯洗衣忙採購，連個價錢也不講。這樣久了會壞事的，會讓人想到青春勃發的年輕時代，想到老家物質匱乏然而欲望大增的那些年頭。現在呢，一轉眼四十好幾了，不光成熟而且略顯蒼涼了，儘管機關裡的女上司用過分的字眼兒讚揚過，什麼「特含蓄」、「最有魅力」，自己還是有數的。只是讓自己愈來愈納悶的是，爲什麼一個歷經四十餘年的坎坷男人，到了這會兒還是不得安寧呢？這究竟是懷舊，還是中年人才有的蠢蠢欲動呢？總而言之中年了，如履薄冰了，一切必須防患於未然了。

晚飯後有一段輕鬆的時候，他想打開電視機消遣一會兒。這在過去很長時間裡是不曾有過的。惡劣的心情總是隨著「啪啦」一聲開機而陡然出現，往往沒有瞥上幾眼就要關機。什麼哼呀跳呀，嗲聲嗲氣的男女啊，反襯著一份悲苦日子簡直有說不出的冷酷。這會兒他想邀請辛苦一天的劉自然一塊兒看看，通過這個窗口看看外面的世界。誰知她總是謝絕，僅有幾次站在一旁掃上兩眼，說一句「主家看吧」，回自己那間小屋去了。這可能是她睡前僅有的一段安息時間，因爲她不僅是操持一日三餐，還把積攢了多年的活兒從頭做起。待窗明几淨、各種家什雜物一一歸攏之後，她又把閒置的幾個陶盆種上了花卉。速生草本花率先噴芳吐豔，其餘的木本花也抽出了油汪汪的枝葉。夜晚，她的屋裡傳出嘩啦啦翻書的聲音，讓他吃了一驚。以前那十餘個保姆沒有一個不是電視迷。劉自然眞是一個例外啊。有一次她的門開了一道縫隙，這使他更爲震驚：她在伏案寫字。從那厚厚的一疊紙來看，又不像是往本子上記帳目。她寫了一會兒，又翻起了旁邊的書。直到他關上電視離開，她一直伏在桌上。

白天他一直想問她夜裡都在寫什麼？但想了想還是忍住了。令他更爲不解的是，她早晨從洗臉間出來時總是那麼精神，從來到那天到現在，幾乎沒有一天不是生氣勃勃，看上去就像剛剛洗過了蒸氣浴一般，臉上紅潤潤的。「這是東部平原，比如登州才有的女子；你眞有點面熟呢，然而你不會說登州土語。」他覺得她的口音夾雜有登州或琅琊一帶的聲韻，問她，卻極力否認，只說做保姆廚娘嘛，走南闖北的，吃百家飯串百家門，說起話來自然就沒個正音兒了。

金梨花已經兩周沒有回家了。兩個周末都是劉自然去學校接送趙金。趙金漸漸與她親近起來，話也多了，先是叫她「劉阿姨」，後來又叫「阿姨」、「姨」。她對趙金的呵護令趙一倫感動，因爲他一眼就能看出她是多麼嬌慣這個孩子，爲他穿襪子洗臉，還要餵飯。趙一倫不得不提醒一句：「他已經長大了。」她叫趙金爲「小金子」，說：「啊，啊喲喲大孩子，啊喲喲好哩。」一種無法言喻的親暱和感嘆。這個周一剛送走孩子，金梨花又回來了，她一手抓著珍珠手袋，一手揚著一個又小又怪的便攜機。她神情頗怪，眼睛結膜似乎比過去紅，突出的乳房看上去像鋼鐵鑄成的，這次一進門就嚷：「保姆，保姆哪去了？」劉自然趕忙從涼臺上趕過來：「主家，我在哩。」「趕快準備準備，一會兒跟我出門。」趙一倫忍不住問一句：「幹嘛？」「去老闆那兒。老闆想讓她做一次餅。」他哼一聲：「這也太過分了。」她咋咋呼呼：「別捨不得，天一黑就還給你。眞是個小氣鬼啊。」

劉自然被帶走了。走前被金梨花好一頓折騰，換了足有三次衣服。趙一倫見妻子親手爲她戴上早年丟在一邊的那條珍珠項鏈，又給她套一隻瑪瑙紅手鐲，套不上就嘆氣：看胖的。描眉，往耳朵上弄一對大圓環兒耳墜，退開一步看看又摘下。他吸起了涼氣，發現劉自然被妻子拉上手往外走時，眼神裡充滿了乞求。人去樓空，坐在死一樣沉寂的客廳裡，突然發現緊攥的雙拳裡全是汗水。這一天多麼漫長，憂憤，疑慮，眞是坐立不安。天黑了他沒有吃飯。夜晚一點一點深入，大約午夜時分門鈴響了。劉自然回來了，精神疲憊並略顯慌促。「主家，我回了。」他「唔」了一聲，一顆心總算放下了。

後半夜他入睡深沉，天亮醒來還記得清晰的夢中場景。那是紅色柳絲掩映下的一條河道，一群火色的肥魚自由出沒，無聲無息。魚的長吻對在了他的嘴上，有一陣讓他不能呼吸也不能喊叫。魚鰭像一對手掌那樣扶持擁抱，讓他身上癢癢的。一條最大的紅魚頭頂亂鬚披撒的奇怪斗笠，遮蔽著嘩嘩水流和雨絲，一下迎上來縛住了他。牠像女人一樣，有一對結實的雙乳，此刻壓迫得他無法停止哭泣。但他知道那是一種幸福的淚水。牠與他攀著柳樹垂枝爬上河岸，在一片生滿蒼耳的白沙地上坐了，四目相望。牠頭上的亂鬚斗笠化爲麻絡一樣的濃髮，劉海下是彎眉明眸；頑皮的嘴唇，憨稚的神情，一切都讓他心慌意亂，原來她是個多麼俏麗的姑娘。她微笑看人，天眞純潔，安靜得如同畫中人。一大早就聽到劉自然在屋裡忙著，一會兒早餐的香味就湧進鼻孔。這種香味與夢中的香味難分難辨，他飛快穿好衣服跨入外間。劉自然正在抹一個茶几，仰臉時讓他看清了她的眼睛：「嗯，跟夢中的那雙眼睛一模一樣。」劉自然覺得主家今天有點奇怪。

金梨花這次回來，用公事公辦的口氣對趙一倫說：「你也該認識認識我的老闆了。」「這大概沒有多少必要吧。」「不，他幾次說過要請你。你們還是認識一下好。」他想說：「我害怕到時候手裡的杯子會飛到這傢伙頭上。」可說出的卻是：「我害怕到時候兩個人沒有什麼共同語言。」她笑得上氣不接下氣：「又不是相親。去吧，你們今後免不了要有些來往。」他寧可一輩子也不與那個人來往。但最後儘管有一萬個理由拒絕，還是被難以遏制的好奇心戰勝了。他一邊點頭應允一邊在心裡感嘆：人哪，這一輩子本來是可以少犯許多錯誤的，可惜總是被好奇心誘惑著。總是好奇，往前一湊一湊的，結果就鑄成了大錯。媽的，去吧。

他是被兩個人攙回家的。一進門，劉自然就大呼一聲撲過來，把他弄到沙發上。「天哩，天哩！」她只是叫著，另兩個人什麼時候離去都不知道。「主家，看你醉成什麼哩。」她爲他擦臉揩手，用涼毛巾敷頭，又伸手去試。天哪，酒氣衝鼻子了。趙一倫顫抖了一會兒，突然身子一傾嘔吐起來，發出一種可怕的聲音。什麼東西都吐出來，酒氣溢了滿屋。「主家可憐哩。」她滿手滿胸都沾了汙物，壓根顧不上揩一下，手裡忙著嘴裡念叨：「主家，主家啊！」有一次趙一倫差點要從沙發上歪下來，她就索性將他擁住，把他的頭放在自己腿上。他睜開眼睛仰視著，叫了一聲：「自然。」「唉，主家。」「這回恐怕留不住你啦。主家丟了一個老婆，還要丟一個最好的保姆。」劉自然瞪起那雙黑亮的大眼：「主家說醉話哩。」

趙一倫淚水不停地流出。剛才的場景全都記得。這個夜晚之前他曾經猜想過那個傢伙的模樣：大漢，黑中透油的圓臉，一口巨齒，手戴金色大戒指。謎底解開的前一刻讓他激動。金碧輝煌的大廳，旋花紋地毯鋪滿了長廊。當趙一倫第一眼看去時簡直無法掩飾自己的驚詫：對面的人連中等個子也算不上，頂多比趙金高上一扠，也是個大頭娃娃。不過這人額頭很大，眼睛雪亮，仔細看長了微微的鬥雞眼，反而顯得特別精神；至多有三十來歲，面孔白皙，留了小平頭。大熱的天還穿了黑色西服。更有趣的是腳蹬一雙千層底手工黑布方口鞋，腳步輕快，說話時雙手亂舞。「咦，想不到。」趙一倫小聲說一句。老闆緊緊握住他的手大聲喊：「幸會幸會。」這聲音馬上讓趙一倫辨析出來：一點不錯，就是深夜來電的那個粗嗓子。老天，這麼一個娃娃模樣的人竟有那麼大的脾氣。沒有辦法，這時候除了憐惜妻子，再就是深深的驚訝了。再後來他不知怎麼就醉了，對方醉得更重：一手摟住金梨花，一手去揪趙一倫，身子晃晃就歪倒了。服務員趕緊跑過去，小個頭老闆說：「不要緊，有什麼大驚、小怪的。」他的舌頭硬了，「好馬配好鞍，好鞍腚下顛。」一雙鬥雞眼盯住趙一倫：「你家的大、大餅不錯。我用最好的姑娘換、換她來行不?」趙一倫一驚酒勁全泛上來了,一瞪眼睛喊道:「絕對不行!」

劉自然撩起衣襟爲他抹臉。她還是第一次見這個男人哭泣,又疼憐又害怕。趙一倫要坐起,她就拍打:「安穩哩主家。」他像用力抵擋著寒冷似的,牙關磕響了:「我,我只想問你一句,如果那些有錢人開出嚇人的價錢,你會去嗎?」「不去。再大的財主也雇不去俺,俺不稀罕哩。」「出門打工就爲掙錢,你這是怎麼了?」「不怎麼。反正俺是不走了,只要主家不嫌。」趙一倫一把攥住她的手:「那就說定了,你可不能變卦。」淚水又一次糊住了眼睛,他把頭扭向一邊,口中喃喃:「這不是銅娃的城市,也不是銅娃的家。可是我還要在這裡住下去,這就是我的命啊。」

她正抬手爲他揩淚,一伸手卻僵住了:「主家,你剛才說『銅娃』?你是說『銅娃』?」「哦,過去的名兒,是父親取的。」一句話剛落,想不到劉自然全身抖動起來,接著一下摟住了他的頭,又嫌燙似的推下膝蓋。她最後把他抱在了懷裡,「銅娃哩,銅娃,眞是你哩!老天,我就是那個劉蜜蠟啊!我就是那個捉草蝦的女人啊!」她的淚水像一場豪雨一樣灑下來。他不顧一切躍起:「劉蜜蠟!這名兒好嚇人,這與昨晚的夢混了不是?」「不是夢,眞不是哩。」她的臉貼在他的臉上,後來又慌慌推開:「不哩主家,我不敢沾手哩。」

黎明前的這一段時間趙一倫頭腦清晰,也不再疼痛。他在角落裡安靜了一會兒,沒有一絲聲息。「怪不得那天在楊樹下一見她就走不動了,原來是這樣。」一切都讓他震驚不已,冷汗狂出,牙齒發出磕打聲。她害怕了,躲了一瞬,後來又忍不住湊到跟前。二十餘年前的那場親吻如同這個黎明,一會兒就讓兩個人大淚滂沱。天眼看就大亮了,他們沒有一絲睏意。「我的銅娃啊,咱心裡大慌著,一輩子也沒這麼慌哩。咱早就看著你親,可不敢認啊。你從天頂上呼啦一聲掉下,嚇著我哩。我這會兒害怕了，怕天一亮你要嫌我醜哩。」「多麼傻的人哪，沒有你我可怎麼辦。蜜蠟，你那天一走就是二十多年，我這一輩子都給留在了河堤上。我害怕自己遇到了一個無情無義的人，不知該去哪裡找你。你連個招呼也不打就走了，像天上的雲彩風一吹來了，風一吹又沒了。」

「好銅娃，貼心貼肉兒的男人，我對不起你哩。那時候我要不是看上你，早就一頭撲進河裡，進了魚蝦肚肚。你是救命恩人啊。你怪我吧，你不知我這一路趕得多苦。好銅娃，蜜蠟什麼也不該瞞你。她只得從頭數叨，才能讓你知道她爲什麼變成了一個忘恩負義的人，又爲什麼變成了劉自然。」

第二章
金色睫毛

5

崖畔上的小學校有幾間歪歪扭扭的青磚小屋，簇成了一個不大的院子。院子當心立了一根木柱，上面釘了一個鐵圈。小村人在崖下仰望了一會兒，說：「這是要玩球哩。」第二天人們發現沿著崖邊立起了石樁，又圍了柵欄。「這下好哩，有了圍子，再莫怕孩子掉到崖下了！」幾天過去，一些人家牽著孩子送到崖上來了。小院的槐樹上繫了一個鐵鐘，一拉繩子噹噹響。以前上課下課都是吹哨子，嘟嘟嘟讓人心煩。鐵鐘敲得準時，小村人就把它當成了時鐘，說：「鐘兒打過了嘛，還不回家吃饃？」

崖上的所有變化都是由一個叫雷丁的老師引起的。此人不知屬於何方人氏，反正是上邊派來的。像過去一樣，學校只有這一個老師，要上幾門課就得看老師的本領了。他長得小而怪異，最初出現在崖上時曾讓村民驚詫萬分。村頭「黑兒」是個臉上長滿粉刺的壯漢，往上瞥了幾眼就說：「我日，有一條餓狗兒重？」那些日子村裡人像看一個稀罕物件一樣到崖下看新來的老師。這人酷愛體育，一早一晚在崖上小院裡運動，做出各種打拳的姿勢，還一躥一躥拍著一個大皮球，躥到木柱跟前砰一聲扔進了鐵圈裡。球大人小，煞是有趣，上年紀的人說：這是一種失傳多年的「猴戲」。「這年頭有鳥意思。早年耍猴戲的一進村就敲鑼，小猴兒一個個眼睛眨巴著小鳥兒撅撅著，通人性哩。」他們話中夾雜了不少髒字，姑娘們聽一會兒就離開了。她們想到跟前去仔仔細細瞧那個人。

雷丁真是讓她們吃驚不小。她們暗暗驚呼說再也見不到這樣的人。那瘦小的個頭讓人想起常年吃不上一口好糠的豬；頭顱是倒三角，像螳螂那樣；兩手也像螳螂一樣提在胸前，抓抓撓撓沒有一刻安穩。最有趣的是眼睛，又大又亮，眞正的雙眼皮兒；可惜這兩眼凹得太厲害了，瞅人時轉來轉去顯得那麼彆扭。她們又端量了一會兒，終於看清：這人眼上長了密密一層金色睫毛，正在早晨的陽光下爍爍閃光呢。「噢喲，不看不知道，一看嚇一跳。那眼睛眨呀眨呀，就像鑲了一溜兒金邊。這人全身上下還就是這眼睛好，保你一瞅就忞哩！」「怪忞哩怪忞哩！」她們嚷著離開，一路議論橫生，只一會兒工夫就把這切近的發現傳遍了全村。

「興許人小能爲大，是個潑幹的傢伙哩！」村頭黑兒吸著菸察看雷丁整治的小院，一口讚許。特別是崖畔圍籬一事，怎麼過去就沒有想到？三五年裡跌下了三個上好的孩兒，輕的拐了腿，重的當場氣絕。村裡人說：「不識字事小，摔死了孩兒事大，狗日的書房不上也罷！」「也罷也罷！」自那以後上學的孩子不足十之三四。越是在家裡受到器重的孩子越是不得入學，女孩子才更多地被打發去念書。村裡人說：「男孩兒金貴，女孩兒皮實。」劉蜜蠟是老劉懵家惟一的女孩，上足了三年級就來家了，又停了三年。三年裡她一天到晚在炕上編草辮，不怎麼出門。有一天她給山裡做活的父親送飯，一進山峁口被人看見了，都盯著她圓圓的大臉盤喊：「我的天！」村頭黑兒也看見了，他瞥一眼就低頭捲菸，一臉驚疑。

雷丁逐門逐戶勸孩子上學：不上學還行？不上學連寶書都讀不懂。黑兒去學校巡視，正遇上雷丁在屋內大喊大叫讀寶書，封皮把臉都映紅了。黑兒知道這人什麼書都讀，不過讀別的書時伏在那兒悄沒聲的。黑兒想這人眞是欠揍了，如果差人按住他一頓潑打，那種哼呀哈呀的喊叫一準中聽。黑兒對所有沒聲沒響做事、或一個人吭哧吭哧瞎忙的人都打心眼裡厭棄。不過他只是這樣想，知道給上級當差的人是打不得的。黑兒治村有方，從來容不得礙眼的刁人，只要見了，差人三五下治服算完。「男人要剝下褲子打，這樣才解氣；女的嘛給她一頓巴掌，看嘴還賤不？」他管理小村的方法頗受讚賞，常有遠近村子來這兒取經，聽他說：「人就像村東小溪裡的水，順順當當往下淌成，想翻個浪頭倒著流，那不行哩！」黑兒背著手走近了雷丁的小屋，看清他在一盞罩子燈下讀書，使勁咳一聲。

他們談不攏。主要原因是語言不通：一個書面語太多，另一個盡是小村俚語。「我到貴村爲國育才，還望領導多多支持爲盼。」「骯髒孩兒耍刁咱就潑揍！叫驢尥蹶子那都是沒閹哩！」「來此地任職頗爲忐忑，惟恐辜負父老鄉親殷殷期待。」「老兵油子時不時就得換防，老在一個地方閒散，連一桿銃都扛不上哩！」「我本是少才無能之輩，惟願在教育崗位上克職盡責，死而後已。」「這天底下的怪鳥多了，你我才見了幾隻。聽人說南邊山裡有了人面雀，一對小奶兒鼓鼓著。」「領導，您能聽清我說話吧？」「咱耳朵裡一根驢毛也沒塞呢，你肚裡墨水多，咱這兒有大口尿罐接著哩。」雷丁的汗水在額上滲了一層，熱得解了衣懷。就在這一刻黑兒楞住了，兩眼尖尖再不眨動。因爲他看出對面這個人是雞胸。他笑了。

「領導，我跟你說。」「說什麼？話語不通哩。」「那我，那我就慢慢說個仔細吧，這總能聽個明白吧？」黑兒一拍膝蓋：「這不就結了！對人就得說人話哩，不能搬出北國騷韃子那一套。來吧，你給我實打實地數叨。老兵油子新換防嘛，還能萬事不求人？」雷丁指指汗，連連說：「這就好，這就好。是這麼檔子事呀，我想讓孩子都來上學，磨破了嘴皮子才喚回十之八九。剩下的孩兒還求領導幫忙哩，比如那個劉蜜蠟，大是大了點，也該上學才是。她媽說大姑娘家快找婆家了，死活不允哩。」黑兒一邊聽一邊笑，最後聽到「劉蜜蠟」三個字面孔就板起來。「領導多幫忙吧。」黑兒一隻腳蹬上桌邊，刷刷捲了一枝喇叭菸，下狠力吸了一口。「領導如果下個指示，說不定就成了。」黑兒把腳收回來，一揚胳膊：「讓她來就中。不過，嗯，先上學也罷。」

黑兒下崖時臉色陰沉。他心裡琢磨：你好牽掛劉蜜蠟啊。可她是個什麼來路，還得從頭揣摩哩。

一陣涼風從後脖兒那兒掠過，讓他打個寒顫。「眞有鬼事在我眼皮底下藏了，那要遭殃哩！」他咕噥一句，看看紫藍色的夜空。星星眨眼哩，一個比一個亮。它們眨眼太勤，狗就叫得慌急。是哩，人與狗都得好好整治一番了。他突然想起那些串鄉的閹手：這些人冬天戴著翻毛狗皮帽，夏天穿士林布短袖衫，耳朵上夾了一把劁刀。什麼豬呀狗呀，叫驢二馬和公牛，經他們一頓整治，一個個都變得老實和順了。所以那些人從來都是吃香喝辣的主兒，到了哪個村，畜生們嚎過了，他們搓搓沾血的手就坐到桌邊喝起了燒酒。這些人待遇之優，簡直連村頭兒也要眼饞。這麼想著就走到了老劉家那兩間石屋，站在後窗一咳，裡面立刻應聲：「誰呀？」「開門就中，反正不是一般社員哪。」裡面一陣跑動：「啊喲喲大掌櫃來哩。」

黑兒一進黑乎乎的小屋就罵：「你媽的老劉懵連個燈火也不點，省下錢買狗蛋用？」「這不來了嘛。」女人點上燈伸手護著火苗，放在他面前。這婆娘細皮嫩肉走路水上漂，身腰全村第一，而且長了個「磨盤腚」。黑兒在心裡嘀咕：「我是作風鐵硬的人，才不喜見什麼磨盤碾盤的，咱只爲一個大事兒訪聽來哩。」這樣想著就對黑影裡的人說：「老劉懵，讓你家蜜蠟明天上書房去。」「這麼慌急？」老劉懵看看女人。他像七十多歲，實際上只有五十來歲，半路娶妻，對老婆言聽計從。黑兒最厭惡這一點。蜜蠟媽笑吟吟說：「掌櫃定了就是。不過這孩兒大了，延不上幾年就得找婆家。她身量大，上回那個男老師還捏過她哩。咱眞後怕。」黑兒瞇瞇眼，心想：你才是全村的禍水哩，你做下了什麼以爲我不知道。「明兒去書房罷。」他說過一句不再理她，只把臉轉向老劉懵。老劉懵不吱聲，一會兒急火火朝裡屋喊了起來：「蜜蠟我孩兒，快出來見你大，你大差你上書房哩。」蜜蠟大概早就候在門口，一步跨到燈下。她笑呢。哦喲這孩兒又胖了，大白臉龐喜煞人，她哪裡會是小村根苗呢？哦喲這孩兒，身腰像她媽，不過比她媽還渾實哩。吠，費心費神的事兒因爲她全來了。黑兒揚揚手裡的紙菸說：「這個新老師腦瓜兒挺瓷實，你跟他讀寶書去。」

黑兒出屋時兩口子一塊兒送出門，他對女人擺手：「你回。」黑兒看看天空，看看東邊山岈爬上的明月，吸一口清冷的夜氣，磕磕牙。老劉懵一直跟上，聽不到一聲「回」就不敢返身。就這樣他們走到了村頭碾屋，見門虛掩著就走進去。黑兒說：「外面露水盛，坐碾盤上拉拉吧。我心裡積了一堆話，早就想跟你老孩兒說哩。」老劉懵吭吭著：「中哩掌櫃。」黑兒坐上碾砣，這樣就比碾盤上的人高出一截。他遞去一枝菸，老劉懵邊吸邊咳：「這是掌櫃抽的菸，勁道倔大哩。」「我來問你：蜜蠟媽是從什麼人家來的？」黑兒一句問得突兀，讓老劉懵呼一下站起，「天哩，我以前不是說過，她是富人家女人麼。不過她自己是苦出身，再說男人一死就嫁了來，一年一年待咱不薄。」「她對你就沒有事隱下？」「會有甚事？赤條條一個跟了咱。」黑兒哼一聲，手裡的菸頭一閃一閃，像隻紅色獨眼。「要我說嘛，這裡面埋的機關大哩。你許是裝傻。不過你這木頭懵人讓她水滑的身子焐住，再啪啪兩口親上去，人也就懵了瞪了。」黑兒嫌髒一樣大吐了一口。老劉懵抱著頭蹲下。

「天眞寒氣哩。老劉懵，大冷夜裡我也不願和你磨牙了，乾脆直著說吧，村裡有人議論，問蜜蠟這孩兒是不是你的根苗？你給我照直了說，說不清就掐掐手指骨節算算。反正今夜要回我個實話！」「啊呀呀掌櫃，這是哪裡話。她是我孩兒呀！」老劉急得站起。「你再說一遍我聽。」「她是，嗯，我孩兒。」黑兒哼哼一笑：「再說一遍。」「她許是，我孩兒。」黑兒跨下碾盤，在屋裡一邊走動一邊大口吸菸，拋了火頭：「想瞞過我的眼也玄了。告訴你罷，你今世還生不出這樣的孩兒來。有人記得她什麼時節嫁來，又什麼時節生下，都說忒慌忒慌。其實是想瞞下個大事哩。今夜我可告訴你：遺腹子的性質一輩子都是變不了的。」「老天爺，這是天上掉下的禍患啊！掌櫃家這可怎麼得了啊？我老劉懵今夜給你磕個響頭吧，只要你抬抬手讓她過去，這孩兒一輩子都會報答你。切莫毀了孩兒前程。」他淚水縱橫，噗一聲跪下去。就在他的頭往碾盤上磕去的一瞬，黑兒一伸手揪住了他的衣領。「也罷。不過你好好思量去，瞞得了初一，瞞不了十五。村裡會掐手指骨節的人多了。不過我還是可憐你這個老實人。」「不哩，我得代孩兒她媽給你磕個響頭，這響頭還是得磕哩。」老劉懵硬是要跪，最後被黑兒厲聲喝住了。

黑兒打心眼裡可憐老劉懵一家。碾屋密談讓他懷上了心事。不過一想到這事兒會在某一天敗露，身上就要打個哆嗦。他發現第二天劉蜜蠟背著花書包爬崖了：喝，太陽升到了一竿子高，她一扭一扭往上坡爬呢。這閨女長得肥大喜人，也給小村添了不少憂愁。她在那崖上蹦躂起來就像羊群裡闖進了騍馬駒兒，太惹眼了。這一下雞胸矮子該高興了，一準會手舞足蹈哼哼叫，說不定立刻就會穿上那套藍底白槓運動衣出來扔大球呢。黑兒見過他玩球，當時十分驚異於這人的靈活巧妙：像端一盤菜那樣把大球往上一擊，扔進了鐵圈。「哦咦，小小人兒怪能玩哩，一個人就做起了球戲。」不過黑兒一想到這個人非要劉蜜蠟上學不可，又有點心慌。「這裡面也許有什麼蹊蹺，咱得格外小心哩。」不管怎麼說，他對那個玩球的傢伙怎麼也喜歡不起來。哼，長了一層金色眼睫毛，狗才這樣哩。黑兒對這人非但不喜歡，而且還充滿了提防。

黑兒自從有了心事臉色也就難看了。小村裡的老會計捉了一條河鰻送他，一見面就害怕了。他扶著眼鏡看了村頭兩眼，說一聲「呔」，把鰻魚扔進水缸，抓一把土搓搓手說：「頭兒，我有一句話不知當說不當說。你這人心太軟了。俗話說『義不生財善不領兵』，你該放手去做。咱村太寬大哩，下村有人不聽話，搗蛋耍滑添熊毛病的，村頭一火起來就把他『喀嚓』了。」黑兒知道「喀嚓」就是砍頭的意思。他才不信呢，罵一句：「去你媽的狗蛋玩意兒。」老會計灰溜溜走了。黑兒治村是遠近聞名的，對所有孬人從未手軟。前年有個後生一早一晚去扒本家嬸子的後窗，被他差人逮個正著，一口氣打折了兩根棍子。小村裡小偷小摸罕見，行花事的壓根就沒有。你得看村頭兒是誰，咱黑兒最不肯做的就是男女骯髒，二十年裡沒招惹一個娘們兒，實在被浪氣頂得鼻子發酸也都是一閉眼過去。想想看，一個村哩，潑浪娘們兒總還有幾個吧，咱硬是不沾。別人不講，光說蜜蠟媽吧，這女人眼神一瞅過來石頭也得打個楞顫。聽說那邊原配男人抵擋不住，四十郎當歲兩腿一伸完了。她這回找下有名的木漢老劉懵，想想會是什麼光景。怨不得她見了黑兒就嘴甜如蜜，說什麼大掌櫃呀大兄弟呀，進家裡坐坐啊。這種親密話兒你也說得？咱們兩人就好比書上講的：隔開的是一個階級兒呢。不光我與你隔開了，全村人都是哩！所以咱就沒見哪個男人敢向你伸頭豎腦的。

想想老劉懵及其女人一干事情，黑兒越發覺得崖上玩球那人古怪。想想看，一回回鑽進人家屋裡勸學，最多一天去了三次。「哦咦，這是一條有能爲的瘦狗兒。」他心中不安，動不動就往崖上望一眼。他發現那個雷丁在場上做起法事來：召集小童數十人排成幾行，最前頭的自然就是劉蜜蠟了。那瘦子迎著日頭舉起乾柴似的胳膊講著什麼，然後又甩動起來。一場小童都跟上甩動，肯定是在喊「一二、一二」這句孬話了。黑兒看了一個鐘頭，直到失了興致。這時天色已晚，小童們一溜三行順著崖坡下來，他才想起什麼。他叫住匆匆出門擔水的瞇眼老婆，讓她把劉蜜蠟趕緊喊來，說領導要找她問事哩。劉蜜蠟進門了，大臉盤比平日還亮，站在那兒叫著：「大呀。」黑兒盤腿坐在蒲墩上：「你這閨女去了書房也是福分，別整天價嘿呀哈呀笑，要潑學潑念，也要多動心眼兒。那新來的小先生有什麼蹊蹺，要按時報告給大。」劉蜜蠟笑著，手裡的書包一悠一悠；後來終於不敢笑了，說：「是哩，大。」「你不管怎麼說來自那樣人家，村裡也沒另眼看你。好孩兒要明白事理。」「我是什麼人家？」黑兒後悔剛才失言，擺擺手：「我是說要聽大的話，提起覺悟來哩。」這時瞇眼老婆進來，捏弄蜜蠟的手，喜歡得抱了一下：「大胖孩兒，才這大點年紀就肥嘟嘟喜人哩。瞧這長眉大眼兒，像畫上描出的大閨女一模一樣。要緊是醒著神兒，別讓歹人摸了，日後咱找個好婆家。」蜜蠟的臉刷一下紅了。黑兒揮趕麻雀一樣對瞇眼老婆揚揚胳膊：「去，去乎！」

黑兒做事又快又麻利。他要打聽一下雷丁，趁著去公社趕集的機會往「教育助理」屋裡走了一趟。爲了活絡一下，他進門時特意拿了兩根芝麻糖。助理是個四十來歲的癆病胎子，胸脯下陷，臉色灰暗，連嘴唇都是紫的。不過這人穿了一身半舊的黃呢子上衣，還架了一副眼鏡，這就變得莫測高深了。黑兒對不知底細的人從來都小心翼翼。助理認識黑兒，打招呼時看到了芝麻糖，立刻有了笑容。接下去的一個鐘頭他們都在吃糖喝茶，談得十分融洽。說到那個新派到小村去的雷丁，話就切入了正題。因爲黑兒開過不少會，知道與上級打交道的規矩，所以打聽事時不慍不火；如果對方先自高興起來，什麼都說，那是再好不過了。黑兒說：「俺那天就沒問解差的一句，不問這雷呀丁呀是個什麼物件。因爲咱心裡通明哩，上級決定了的事兒還要跟咱商量？一切自有上級哩，他縱有通天本領還不是有上級大手攥著！」助理點點頭，口中的芝麻糖嚼得喀喀響，不時飲一口香茶。「所言甚是。雷嘛，是個燙手的山芋。本來一鞭子趕走便是，有人不允。實話相告，他爹原是有大學問的人，犯了上。雷小時也沒少受罪，落下一身毛病。不過這傢伙文體皆精，讀書甚好。」黑兒瞪著眼，心裡暗暗罵助理「騷韃子」，卻一個字也沒落掉，這會兒連連點頭：「那我明白了。幸虧領導一席話，讓咱敞亮了。中，咱防著他。其實咱一眼瞄過去就看出了名堂，你不知道，他偏要急著跟一些有毛病的人家串通呢。啊啊，唔唔，咳咳，他看人時會像毛猴兒一樣眨巴眼。」當他發覺自己說走了嘴時，立刻想到了可憐的老劉懵，於是趕緊閉了嘴巴。還好，助理正忙著吞下最後的一塊芝麻糖，並沒在意他說什麼。

6

雷丁剛來的日子依照小村規矩，讓一個三四十歲的女人做飯、打掃衛生和按時敲鐘。那女人戴了白色套袖，挽了亮亮的髮髻，做活也算利索。可是日子多了，雷丁就不自在了。因爲他漸漸知道自己前任、前任的前任是爲什麼落敗的，吸起了涼氣。原來前幾個在這兒教書的沒幾個能善始善終，下場都不太光彩。他們毛病肯定是有的，但最後是怎麼回事也就難說了。知識分子在寂寥的山村獨居，每逢半夜山貓苦嚎之時，免不了要生出幾分淒涼。可是有誰體諒他們呢？據說那個前任對年紀稍大幾歲的女孩兒不夠安分，特別是企圖對小村派來辦理飲食的中年婦女施暴。儘管案子沒有做成，但圖謀已經清楚。就是這個戴了白套袖長了瓜子臉的女人，對前來調查的人講得繪聲繪色：「天哪，咱長這麼大年紀哪見過這樣的悍人，剛才一會兒人家老孩兒還挺斯文的，一轉臉就想扯下咱的褲帶呢。」結果不出一周那人就被帶走了。雷丁料定這是個能嚼舌頭的女人，也就處處提防。她做飯間隙常常扠著腰站到雷丁屋裡，扯東道西，說女人哪，長得太滑順了那眞是最黴氣的一件事了。他不屑於反駁。她又說：「就說你那前身吧，看我的眼神都嚇人，紅彤彤像野豬一樣。」他不得不更正一個詞：「不是『前身』，是『前任』。」「對，『前任兒』。這傢伙如果像你一樣坐在這兒，這半天裡早就對咱下手了。」雷丁當機立斷，在有過那番談話的第二天就把她辭退了。

這就剩下了他一個人。做飯洗衣，外加整理操場什麼的，眞是忙碌啊。特別是動手一磚一瓦整治體育設施那會兒，疲勞和興奮都不可言喻。他在一個小小的場院上埋了籃球架和單槓，還繞場一周築起一條跑道。這些設施首先被他自己享用了一番：一早一晚都要繞場跑上幾周，接著再去單槓上做十幾個「引體向上」，最後才拍球做「三步上籃」。小村早起做活的人常常忘了要幹什麼，一直站在崖下望著。他們說：「喝，小小人兒歡騰著哩。」孩子們上了崖高興得又唱又跳，跟上老師做各種動作。老師對每一個孩子都耐心細致到了極點，每逢他們一下一下拍球、最終把球投到鐵圈裡去時，他兩眼立刻放出光來，喉結亂動，嘴裡叫著：「哦呵，哦呵。」那是一種伴著反覆吸氣和吐氣的輕輕嘆息和哼叫，聽了讓人舒服。「跳，瞧抬左腿，唉，這一蹦就成了！」他待孩子做完一個動作，忍不住扳著汗津津的小腦瓜使勁貼了一下，又捏弄他的肩膀和後背，嘴裡又是一連串「哦呵、哦呵」。除了上體育課，最令孩子們高興的還有音樂課。雷丁有一架貼了膠布的手風琴，兩手穿進帶子時總要往前踉蹌一下，大概是琴太重了吧。反正人們擔心他會一個跟頭栽倒。他往後退幾步才能穩住身子，然後呼哧呼哧拉起琴來。「唉喲媽呀，像拉風箱一樣，一拉它就吱扭吱扭唱小曲兒。」孩子們第一次見到這種樂器，裡裡外外圍上。他一邊拉琴一邊哼唱，有時還停下來敲出劈劈啪啪的節拍。

全村很快從孩子嘴裡知道了崖上有個「風匣子琴」，知道了小先生是個能唱歌能玩球的異人。「人家教的歌全是唱了讀書，不信你聽：『千斤的鐵錘當針拿啊；要問我讀了什麼書哎。』『嶄新嶄新哪，一呀本兒書。』『一天不呀學，就沒法活，那個沒法活！』都是這哩！」小村人相互學唱，還模仿那個人的尖亮腔調，說：「咱村頭兒說得眞是一點不假，人小能爲大啊。」「聽說了吧，人家衣兜上有三枝水筆哩。」有人忍不住好奇，就上崖去伏在窗上聽了整整一堂音樂課，回來說：「那眞的就像拉風箱一樣，琴也喘得費勁，活像犯了氣管炎。幹什麼都不容易啊。」有人咂嘴，問：「孩兒唱得可好？」「嗯。不過老劉憒家劉蜜蠟唱得最好，哇啦哇啦潑唱哩，小先生在一邊張開烏鴉翅膀打拍子呢。」有人伸長兩臂學了一遍。大家都說：「怪有意思。」

黑兒把一切都看在眼裡，心裡哼哼：「雞胸拉琴，胸脯子遭罪哩。」他料定那人不久就會把琴停下來。果然，後來雷丁一連半月都沒背那琴，而是把它放在劉蜜蠟身上，只在一邊點撥。也偏偏是這孩兒憨靈，沒有幾天就把它整得呼呼喘，唱：「懷揣寶書呀，咱心裡暖呀。」黑兒說了一句：「瞧瞧小先生前胸磨壞了不是。」他說過這話第二天，有人見雷丁穿上帶白槓的運動服做引體向上，翻領處果然露出了一片又紅又腫的胸脯。劉蜜蠟就在旁邊，他從單槓上下來又讓她做。她一連試了三次都沒成，最後哭了。他「哦呵」起來，拍她的後背，爲她抹淚：「好蜜蠟，這得一點一點來，再說人是各有所長，你的歌唱得好，作文也數第一！」劉蜜蠟終於破涕爲笑。關於小先生拉琴磨爛了胸脯的事不脛而走，都說：「好傢伙，又拉又唱又跳的，你說這人玩耍的心思多大哩。」人們固執地認爲讓孩子識字才是根本，其他都是「吃飽了撐的」。黑兒終於決定找雷丁談一次了。

黑兒剛剛背著手上崖，就聽見雷丁隔著窗戶大喊大叫讀寶書。「嗯，能叫出來就是好事；如果悶聲不響了，那準是在搗弄什麼鬼花樣。」他咳幾聲，窗內馬上無聲了。「領導請進吧。」雷丁凹凹的雙眼、金光閃閃的睫毛，都讓黑兒忍不住想笑。不過他還是用力板住了臉：「沒什麼事，順路過來檢查檢查工作。」「領導光臨，實在榮幸之至。」「收起這些騷韃子話吧。」雷丁弓身倒茶：「你看我一高興就忘了性兒，這是什麼脾氣；然而，水是涼的。」「有女人做個飯燒個水多好，你偏把『高幹女』辭了。」「『高幹女』？」「哦哦，」黑兒不得不解釋一通：那女人丈夫在附近公路上收沙子，小村人看他權高位重，就那樣喊他女人。「『高幹女』不誣好人，心裡乾淨就莫怕。」黑兒乜斜著，這會兒才發現對方的鼻中溝比別人長，上面還有一層細小的白絨。「嗯，活像孫悟空。」「什麼什麼？」黑兒大手一揮：「沒什麼，談個正事兒。我來問你，你整天引弄孩兒們窮跳窮嚎，這些天總共認下多少字？」「這還得統計呢。」「識字才是根本，依我看今後那風匣子琴少拉罷。」雷丁咬咬牙，金色睫毛頻頻眨動：「可這是音樂課，上操場是體育課。」黑兒長吸一口菸迎著他徐徐噴出，樂於見他在煙霧裡一連聲大咳，「還是老貧農的菸勁兒大。我日，閒話少拉。上回跟你前任說了，『一春一冬讓孩兒識下千八字，我請吃酒哩。』他說，『這就好比駝子作揖，起手不難哩。』瞧狗日的多會說話，其實是起手摸奶兒不難。我把這小子拴了一頓潑揍，讓民兵送進局子。」雷丁聽了絲絲吸著涼氣。黑兒說：「到時候我也要請你吃酒哩。」

劉蜜蠟的書包越來越大，媽說：「我孩兒哎，這得裝下多少學問。」媽媽憂愁與日俱增，整天愁眉不展，對老劉懵說：「女孩兒識字多準出毛病，今後怎麼找婆家。愁煞愁煞。」她解了書包，一本本攤在桌上數了，一共七本，外加毛綆訂起的兩個黑紙本，九本。除了紅皮寶書之外，她認不得好做什麼。老劉懵說：「其實呢，握住一本寶書認字就中。」正這會兒劉蜜蠟一步闖進，一把摟過書和本子嚷：「別翻弄別介！」孩兒臉怎麼這麼紅？媽見她羞紅了耳根，眼都直了。媽翻看她寫了一片的本子，一個字也不識。蜜蠟把本子搶過去掖在寶書下邊，離開了。「孩兒天黑了又去哪？」媽嚷著追出屋子，女兒只說一句：「俺上夜學。」「老天，又是晝學又是夜學，點燈熬油啊。」她埋怨時蜜蠟已經頂著星星跑沒了影兒。

深秋夜晚的風眞涼眞好，一陣陣鼓進衣領裡，把灼燙烤人的熱力帶走一些，好舒服。蜜蠟身上有火哩，這讓她不得不揪下一層厚夾襖，只穿件紫花小衣服，下身是一條寬腿醬色棉褲。所有衣服都是媽年輕時穿過的，又軟又時新，滿村裡沒有一個姑娘不羨慕。她們都說：「蜜蠟眞有大花襖啊，蜜蠟的好衣裝一輩子穿不完。」她暗裡問過媽這些衣服都是哪來的？媽說：「媽捨不得穿，一件一件積下哩。孩兒出挑成大閨女了，模樣兒跟你媽臉上揭下來一樣，穿上好衣服走一遭奪人眼珠子。」說著摟緊了親一下。蜜蠟擦擦腮幫說：「厭棄哩。」她長大後最煩的就是媽的親吻。媽見女兒沉下臉不再吱聲，一會兒淚眼濟濟了：「我孩兒，媽是抵不住勁兒，老想親，老想親。待你有了孩兒那一天就明白了。」「我怎麼才能有孩兒？」媽慌了：「啊喲，這說到了哪兒去！這可不是大閨女家說的話呀。我的天，這是找下婆家以後的事兒呀，我的天。」劉蜜蠟今夜瞅著滿天星星，又想起了媽媽的話，心裡喊：婆家，婆家，那還不知是猴年馬月的事兒哩，也許咱一輩子都不找婆家。她喊過這句又有些後悔，因爲她從心裡思慕一個孩兒，這孩兒要俊眉俊眼，由自己呼啦一下生出，就像母雞下蛋那樣。母雞多巧妙啊，一天下一個蛋。嗯呀，咱不找婆家也要生，咱要像母雞一樣鑽到草窩裡，蹲下來紅著臉生下哩。那時候神不知鬼不覺，咱一口氣生出許多上好的孩兒。嗯哪。

山凹裡的月亮一出，狗吠歇了一瞬。狗兒們見了大白月亮就害羞，個個都是好狗兒。蜜蠟認識全村所有的好狗兒，還偷偷親過牠們當中的三五個。牠們是怎樣地孤單、熱情和好客，只有她才知道。一隻隻狗兒蹲在她常常經過的地方，比如草垛邊、槐樹下，只等她走近了才挨過來，那模樣眞是萬般歡快。她有幾次親吻一隻黑白花斑狗，牠硬邦邦的鼻梁那兒總有一股梔子花的甜香。有一次她剛剛吃過辣椒，忘記了，去親一隻小黑狗，結果牠一邊往旁躲閃一邊吐著：「啊呸！啊呸！」劉蜜蠟好像與全村的生靈有約似的，只要夜裡一出門，青蛙在腳下跳，貓兒豎起長尾從草垛上躥下，就連刺蝟也慢騰騰從小路上橫穿而過。狗兒們有的坐臥有的站立，牠們見她趕路匆匆就自覺地遠遠目送，月光照出一副副親暱的眼神。「好狗好狗，以你爲友；就著鮁魚，吃著饅頭。」蜜蠟一高興，腦子裡就飄過了一段順口溜。開始踏上登崖的石階了，剛跨了沒有幾階，前邊就斜著走下一個女人，離近了才看出是身材高挑的「高幹女」。「大嬸。」她叫了一句。對方賊亮的吊眼瞥了又瞥，嫌看不清似地貼近了，伸手捻一捻她衣褲的布料，說：「大冷天連小夾襖也不穿，你說說大閨女野起來怎麼得了。」蜜蠟覺得她故意在自己乳部那兒捏了兩下，臉燒起來。她求饒一樣喊：「大嬸哩。」「大嬸要生下你這野蹄子浪貨，早捲巴捲巴扔進河裡了！」說完一仄身子走開。蜜蠟站在那兒，鋥亮的淚水從鼻子一旁流下，又飛快擦掉。

蜜蠟爬崖慢極了。她最後是懷抱著鼓鼓的書包來到那個小窗下的。裡面沒有聲音。她想學一聲貓叫，後來忍住。她低頭叫一聲，門開了。雷丁身穿那件深藍色舊中山裝，衣兜上有一枝鋼筆。大概是剛剛皺眉思考過吧，兩眉之間有一條豎紋。進屋後她嗅到了煮爛菜的熟悉氣味：那是乾白菜葉兒煮過了再加蒜和醬油，夾進黑饃就成了好吃物。她果然從鍋檯的陶罐裡看到了爛菜和一小塊黑饃。「老師自己會做黑饃哩。」她咕噥一句坐下，又看到他破損的袖口那兒用線連綴了幾下，針腳兒又細又密。她在心中驚嘆了：老師還會做針線活兒呢。雷丁笑吟吟打開她遞來的本子，看著看著嚴肅起來。蜜蠟看到了他的臉色，看到了他按在本子上的一雙手：像佛手瓜一樣。她把頭埋在了桌子上，再也不想抬了。叫她也不回應，這會兒真是羞死了。「劉蜜蠟同學！」他的聲音變大了。他站起走動，走得可真快，就像一隻沙錐鳥那樣來來去去。她從胳膊空隙裡偷看了一下，看到他右手裡正緊攥那個寫滿字的本子亂抖呢。「哦喲，蜜蠟啊這得好生琢磨了，這得讓我嚇一跳了。我得說，你是一個最好的學生！瞧你寫出了多少好句子啊，這篇作文該張榜了。」

她後來聽明白了，可就是不抬頭。「劉蜜蠟同學！」他又一次喊。「有志者事竟成。我要把你培養成一個『大寫家』，我就不信小山溝裡飛不出金鳳凰！」劉蜜蠟字字聽到心裡，這次忍不住抬起頭：「『大寫家』是什麼？」「就是寫書哩。嗯，眞哩！」「眞哩？」「眞哩！」雷丁兩手撐在桌上，頭顱逼近過來，使劉蜜蠟清清楚楚看到了他額上的橫皺與眼睫。金色的睫毛眨動不停，還有那神情，到處都讓她想起了一隻好狗兒。她似乎又嗅到了深夜裡挨近了的狗兒的氣息，聽到了牠們激動的喘息。「老師，我不行哩。我媽說我是個最笨的孩兒。」「嗯嘿。從今以後學啊寫啊，只要上緊，一準成個

『大寫家』。」這個夜晚雷丁不再聽她說話，激動不已，有好幾次兩手提在胸前，像要捕捉什麼，可這手最終沒有伸出來，只砰砰捶起了桌子。這樣沒有待上片刻他又奔忙起來，像一隻刺蝟那樣在屋子旮旯鑽來鑽去。一會兒搬出幾個大紙箱，他的頭從箱口拱進去，帶著滿臉塵土捧出了幾本厚書，「這，哦，得慢慢看哩。」「老師！今夜你就讀來聽吧，讀吧！」他把它們放到桌上，齜著牙，長長的鼻中溝一動一動。這樣待了一會兒，他突然低下頭說：「還是先讀寶書吧。」

夜晚不知不覺過了大半。讀書聲像崖下的小溪一樣暢流。劉蜜蠟沒聽過比老師再會讀書的人了，比如他讀到「一個人死了」，那聲調不知怎麼就讓人鼻子發酸，好像真的有一個人剛剛死了躺在那兒，身上蒙了布單，一屋子人都想大哭一場才好。他讀「開個追悼會」，馬上讓她忍不住了，淚水刷刷流下。最後打斷他們的是窗外躡手躡腳的走路聲，劉蜜蠟聽到了，躥出來，正有一個人像長腿驢那樣一步三跳下了崖。這就是那個夜晚。沒隔兩天黑兒就讓瞇眼老婆喊蜜蠟了，見了她劈頭就問一句：「你倆夜間做下什麼？」「讀書哩。」黑兒盯了她半天，吭吭鼻子：「那你就哭了？」蜜蠟點頭：「大，他那樣讀誰都得哭哩。」「嗯，趕明兒讓他讀，我要不哭，就讓人把他的腿打折。」

劉蜜蠟走上街頭，有人朝她指指點點。「高幹女」是個傳話的能手，她從心裡嫉恨蜜蠟媽。夜晚在場院上剝玉米時，大家少不了議論誰家女人男人如何。有的老婆婆叼著菸，說這世上的事兒呀，真是一山更比一山高，如今小村裡就數蜜蠟媽俊了，要不是咱村頭兒管教嚴，男人能把她掙巴掙巴吃了。「高幹女」握緊一穗玉米，把鐵鑹子插上去使勁一刺：「把她捅個透心兒涼呀！」蜜蠟媽嫁到這個小村，把所有男人的目光都吸過去了。女人嘁嘁喳喳，說那女人身上有蜜似的；往年「高幹女」走到哪裡都是仰著脖兒，村頭第一她第二，說不定黑兒也懼她三分。有人說黑兒也犯在了她手裡。有一天中午她在水塘裡洗澡，一個男人經過時睃了幾眼，就是黑兒。她問：「你還想一個餓虎撲食躥過來呀？」黑兒紅著臉：「我不過順路過來看了看，見水裡白不洌刺的。」「你是不敢哩。」最後一句有些名堂。村裡除了黑兒，再就是代銷點的老頭兒知道一些奧祕：兩年前一個公社頭目來村蹲點，一住就是三個月。這人說做領導忙呀累呀，眞不該下來啊，可就是賴著不走。「高幹女」飯做得好，那人與小學教師一塊兒起伙吃飯。有一次他去代銷點打了二兩零酒，剛喝了一半黑兒就來了，黑兒讓老頭兒去找「高幹女」拾掇幾個菜來。一會兒人和菜都來了。這一場好喝。幾個人差不多都醉了，那個人竟然當著幾個人的面去捏「高幹女」，最後又說與她有話要談，讓黑兒先領老頭兒走開。兩人眞是敢怒不敢言。老頭兒後來只說：「別的咱不管，他們喝了我多少零酒？這帳目月底結不上了。」黑兒罵了一句。老頭兒攤攤手：「結不上了。」

那個頭兒一年裡總有幾次躥到小村裡來，誇黑兒，說他「成績是主要的」。一提起「高幹女」，就說這是個多麼優秀的山村婦女啊，你對她還是要重用。黑兒在心裡罵：「狗日的怎麼才算『重用』？代銷點的帳目都結不上了。」有一次黑兒去公社開會，頭兒又問起了「高幹女」，黑兒懵懵懂懂說一句：「倒了！」那人大驚失色。黑兒只讓他急，自己耐心捲起一枝喇叭菸吸上，慢悠悠告訴：生豬四十頭、公畜三頭，都按上級下達的指標倒過了。頭兒這才長長舒出一口氣。就是那次談話不久，那人來小村時遇到了蜜蠟媽。當時她正挽著籃子、手提捶衣槌往村東小溪那兒走，頭兒一眼看到了就打個楞怔，半晌無語。他吸了半天涼氣才對身邊的黑兒說：「老天爺，你這個村子啊，非他媽的把我逼死不可！」黑兒沒有吭氣。他知道對方的意思，「狗日的文化大了，有話從來不敢直說。」

從那時起駐村的頭兒再不正眼瞧「高幹女」了。有人見蜜蠟媽月亮天裡與一個男人去東河洗澡，還有人看見他們鑽進玉米叢裡。黑兒知道那是怎麼回事，心裡替老劉懵難過。他認爲整個小村裡最可憐的人就是這個半輩子娶妻的傢伙，祖祖輩輩都是雇農，苦大而仇不深：他從來不懂得恨人。黑兒也不信這麼一個老實巴交的人會讓蜜蠟媽當月懷上，生下一個水靈靈的蜜蠟。黑兒恨哩，恨兩個狗男女，是他們在合夥欺負咱苦吃苦做的小村人。他日夜難眠，想不出辦法整治這兩個孽障。正在左右爲難之時「高幹女」站出來了，這眞是以毒攻毒的良方。她一個罪名告上去，那個頭兒就給摘下烏紗趕走了，剩下的事就是捆上蜜蠟媽出村。這時候老劉懵給黑兒跪下了。黑兒別的能忍，最不能忍的就是看人下跪，這要折壽的呀。他當下就給老劉懵拍了胸脯，說要留在村裡罰她：你老劉懵給她剝光了衣服，用腳踩住一頓潑揍，再讓赤腳醫生把她劁了算完。

蜜蠟媽再不能生育了。可是她的脾性沒變，見了上工下工的男人眼就收不住。還有人看見她獨自一人望著西邊流淚，那是她原來村子的方向。「她在想那個死男人哩。看來瘋浪女人就得有武裝管住。聽說外村那些男女孬人都得讓民兵押上出工，咱村太寬大了。」「那不成，她過去是富人婆娘，今個是老劉懵媳婦，還是自家人哩。這個帳可得算好。」人們議論著，一時不知道該怎樣處置。他們料定村頭黑兒也像大家一樣爲難。不過有一點倒是確鑿無疑的，這婆娘既是富人家來的，身上肯定沾滿了他們的毒氣。「聽人說剝削階級兒最願幹那事兒。」「嗯，這話不假。聽說從前下村裡那個大地主有六個老婆哩。」「六個？呔。還有十二個的呢，整整一打兒。」「老天，這是想都不敢想的事兒啊，該千刀萬剮，天打五雷轟。」就在人們議論不休的日子裡，有一夥修水利的年輕人順著東溪走來。這些人扛著三角架，頭戴黑眼鏡，還有的叼了洋菸。他們與蜜蠟媽搭上話，一來二去就熟了。這些人隔幾天就要順著溪邊走一次，宿在山的那邊。蜜蠟媽每天按時去溪邊洗衣，身上香氣撲鼻。這樣直到有一天，老劉懵出來找老婆，溪邊上只見衣服不見人。

蜜蠟媽一走七天，回來時風塵僕僕，人也瘦了，但神清氣爽。老劉懵驚喜大叫：「孩兒她媽可回了。孩兒哭哩，我還以爲你讓大水沖跑了。」她埋怨一句：「你就沒有一句吉利話。我不過是走迷了路。」「這些天你宿哪兒、吃什麼?」「宿荒山野泊,吃百家飯兒,這成了吧?」她沒好聲氣,老劉懵「嗯嗯」幾聲退到一邊。女兒見了母親一下撲過去,母女倆又哭又親,足足半天。當時蜜蠟只有五歲。村裡人都說那婆娘跑了又回,這可真是上百年裡遇不上一次的奇事啊。「高幹女」到處編織蜜蠟媽如何鑽山裡帳篷的細節,好像她一直與對方在一起似的。黑兒讓民兵把蜜蠟媽押到碾屋裡,獨自審問。經過這一番黑兒算是徹底絕望了。他當時離得太近,所以一直像害怕強光一樣把目光挪開。這女人真不是山裡的物件,穿了再破的衣裳也讓男人心口撲騰。誰要弄明白這是怎麼回事就好了,咱弄不明白,咱只是審她哩:「我來問你,這一回野出去,一路睡下幾個孬人?」「我怎麼記得?話又說回來,這也是你跟嫂子說話的腔兒?」黑兒吐一口:「呸。你得叫我掌櫃。沒有王法了。我想問你到底是狐狸變的不是?要是,就得把你歸到野物堆裡養起來了。」蜜蠟媽咯咯笑:「大掌櫃,都怨你掌管村子太嚴了,這才害得大嫂子跑那麼遠的山路。」黑兒咬咬牙:「你這個剝削階級兒!」她馬上正色:「我不是。」「我看也差不多。惹火了我,讓民兵架上槍押你出工。」「聽聽,哪有這樣嚇唬街坊嫂子的。說下大天來俺也不信。」

「有什麼媽媽,就有什麼孩兒。」「高幹女」對黑兒說。黑兒沒有應聲。他不信蜜蠟也會走上邪路。但他不放心雷丁。「狗兒似的。今後咱村又添心事了。」他厭煩起來,連日來極想訓練一下民兵,只可惜季節不合,秋忙快來了。再說小村裡青壯年少,能扛槍的也不過十幾個人。當然,槍桿子才是好東西,槍桿子裡什麼都出,出威風出江山,也出規矩娘們兒。讓民兵喊著口令沿河套子和街巷一二一二走上一趟,那些野性子就會收斂好多。他總結過,每逢冬閒練兵季節,村子裡不僅從不出花事兒,就連兩口子間懷上的女人都不多。令他欣慰的是,「高幹女」近來老實多了,不僅自己沒有什麼風聲,還能時不時找黑兒反映他人的蛛絲馬跡。黑兒讓她多留些神。

劉蜜蠟的作文被張了榜。那是雷丁用大字抄了貼在牆上的，許多句子還用紅墨水畫了橫線。小童們湊在榜前指指點點，不時抬頭尋找劉蜜蠟，想看看她張榜以後的模樣。她躲在一邊。哦喲，大姑娘家臉紅了，似乎比上個月又胖了，臉上的皮兒像蔥膜兒一樣閃亮。村裡人隨孩兒來看榜，見了蜜蠟驚嘆不已：「這孩兒肥大聰明，瞧恁好人專生好娃。又懂事又伶俐的孩兒，老劉懵等著享大福吧。」「啊呸！」「高幹女」在一邊罵：「我就不信那是她寫的。我看見小瘦狗手把手教她呢，教一會兒摟一會兒，嘴兒親得啪啪響。」「老天爺，真要那樣也就壞了醋了。不過俺不信哩。」老婆婆們吸著長桿菸鍋，對那個女人的話將信將疑。劉蜜蠟成了全村的尺寸，人人在家裡教育孩兒都說：「學蜜蠟那樣多多識字。」孩兒們回敬一句：「她是二番上學哩。」這就提醒了人們，讓他們注意一個簡單的事實：劉蜜蠟是崖上學童中年齡最大的。「不管怎麼說，那是個伶俐孩兒。」大家都知道劉蜜蠟除了體育課「引體向上」不行，其餘樣樣打頭牌呢，唱歌做領唱，算術兒脫口即出，更不用說作文張榜了。她常常被叫到黑板跟前示範，簡直就是二老師。

黑兒去了老劉懵家，設法要劉蜜蠟的本子看，一打眼密密麻麻滿篇都是讓人頭疼的蝌蚪。他認不了幾個，只說：「這孩兒不孬！」他原想數一數本子上有多少字，可一會兒蜜蠟媽回來了，一聲「大掌櫃」，他就不想待了。黑兒交給老會計一個任務：查一查孩兒們認下了多少字，如果超出了千八就報告。黑兒極重信義，儘管厭惡那個凹眼兒，還是沒有忘記當面許下的諾言。會計很快回來了，說孩兒們認下了一千多字哩，這其中當然扣除了一些重複使用的字，還有「了」、「的」、「地」這一類不中用的小零碎兒。「人小能爲大哩。」黑兒自語著，一口口吸菸。「掌櫃要做甚？」黑兒望望窗戶：「要請他吃酒了。」「哦喲。這一下那廝的尾巴能翹到天棚上。不過還是瞎子說書講得好：對人要『恩威並用』。」黑兒盯住他：「這是什麼意思？」「意思嘛，就是也吃酒也練兵哩。咱村多久沒有民兵上操了？掌櫃要忙得顧不上就讓咱替你招呼吧。」黑兒「哼哼」笑了，在心裡罵：鬼精哩。他知道這個會計一心想掌兵權。因這個小村民兵少武器差，做村頭的也兼了民兵連長。最讓人憤怒的就是公社分配武器不公：三五把老式步槍，槍刺兒基本鏽蝕無用；四個手榴彈大概也響不了啦。據他所知，下村的民兵不僅有擦得油滋滋的十桿三八大蓋，還有一挺轉盤式機槍。那兒的民兵連長叫「小油粧」，時不時地在他面前顯擺一把包了紅綢的手槍。當然那手槍也未必能放得響。下村離海近，配備精良武器的理由是「固我海防」。可是令黑兒不服的是，一旦戰爭起來，山地的仗打得總是最烈啊。

這天下午黑兒讓「高幹女」在代銷點的炕上一溜兒擺開幾個小碟，然後讓老頭兒請來了雷丁。雷丁穿了熨過的制服，還戴了一頂呢帽。黑兒覺得此人年齡陡然增大許多，寒暄後忍不住問：「你今年有四十來歲了吧？」「啊？不不，我才三十一歲哩。」「嗯，文化怪大。我來問你，住進咱村半年仨月的有了，水土服不？」雷丁揉揉上唇：「習慣得很，一切都還正常。我這人只要忙起來就高興。」黑兒心裡說：狗日的是個潑皮物件；嘴裡卻說：「咱不是有言在先，說要請你吃酒？今個也當是為你接風哩。這事兒早該做，只可惜那會兒對你不了解。莫見怪。」雷丁摘下呢帽，頭髮上冒著淡淡白氣，連連說：「感謝感謝，咱委實不敢當，新來乍到且成績微薄，不足掛齒呢。」「你仰脖兒一口喝下這盅就不會說騷韃子話了。」黑兒舉起杯子先自飲下。雷丁猶豫了片刻，只好喝盡。黑兒夾起一塊腐乳放到南瓜片上，然後一併放進嘴裡嚼著：「人這種物件啊，酒兒一下肚就變得痛快了。實話來說，你是咱村功臣哩，待你有一天犯個小錯兒什麼的，我也會睜隻眼閉隻眼，是這哩。」說著又是一盅。雷丁喝下去，伸手理著喉部發出「啊啊」聲：「咱村的酒真辣啊。」黑兒又引他喝了兩盅，最後眼看這人從眉梢紅到脖子，活像剛下蛋的母雞。這人額上的橫紋齊齊的像刀兒劃出，眼皮雙得厲害，瞳仁裡全是快樂的火苗。特別是金色的眼睫毛，一眨一眨讓人看了想不笑都不行。黑兒拍拍他，趁勢還按了按他的雞胸：「老夥計，進了村就是一家人了，一家人用不著說兩家話，你有什麼難處就跟我提出，比如說想不想找下個家眷什麼的？這也不用不好意思，大男人家深更半夜被窩裡缺了摟物還行？再說你們這些兜裡插鋼筆的人不比常人，動不動就會那樣幹，一個一個騷氣大得嚇人。話說回來老弟，萬一出個三長兩短，你說我是送你局子啊還是不送？要知道我也是官身不自由啊！」雷丁坐不安穩，身子頻頻搖動，話也說不利落：「領導說那搭了。而且，我不是走那條路的人。」「噢！這就是你的不對了。娶婆娘的事兒早一天晚一天都要辦，用不著不好意思。醜話在先，你果眞看上了誰，吐出她的名兒就中，暗裡撒野不中。」雷丁急得快要哭出來，砰砰砸著自己的胸脯喊：「我不娶！我不想談這個！我們快些轉移話題吧！」黑兒盯住他半晌，一仰脖兒又是一盅，大手捏得對方肩骨吱嘎響：「咱小村有律條哩，你算是好樣的；不過大話許下了就中，今後就看你的了。」雷丁無語，有一滴淚珠兒從凹眼裡滾下。「咦，這鳥人兒到底被咱治哭哩。」黑兒心裡咕噥。接下去對方只小口兒喝悶酒，不再說一個字。黑兒後悔自己一下子就把底兒和盤端出，惹惱了對方。他故意挑令人高興的話題：「瞧你把孩兒調教得多好，又跳又唱的。那個劉蜜蠟簡直就成了『二老師』。她的風匣子琴拉得中聽不？」「中聽一點點，剛學哩。」「寶書學下多少？」「會背幾篇，最近又背詩文啦。」黑兒發現這傢伙一說到劉蜜蠟嘴角就高興得顫抖。「蜜蠟是最優秀的學生，我敢保證她一定有大出息。」黑兒一拍膝蓋：「你敢保證？」「我敢。」「嗯，好樣的。」「我想，我有個大想法，即在不遠的將來把她培養成一個『大寫家』。小山溝要飛出金鳳凰哩！」黑兒楞了：「『大寫家』是什麼物件？」「不是『物件』，是寫書人哩。」黑兒搖頭大笑，笑個不停：「狗日的，書都是機器印出來的，蜜蠟能上機器？狗日的，你可眞敢想啊！」

秋忙一過，崖上傳來一個消息：學校即將舉辦運動會和歌詠比賽，屆時還要請村裡領導及各色人等出席，坐到主席臺上。看來一切屬實，因爲崖上塲院一天比一天忙亂起來。孩兒們熱鬧了，歡騰景象十年罕見。小村人都說：哦喲，這是哪輩子才有的大歡喜，比得上耍龍燈演猴戲哩，比演驢皮影拉洋片也差不了多少。他們遠看近看，了解即將舉行的賽事細節。比賽項目有長跑短跑，有跨欄和投擲。雷丁親手製作了阻擋的木欄，並示範如何在奔跑時跨越：小腿交絆著一個衝刺過去，到了欄前猛一抬腿，只聽「嘶」一聲，褲子扯破了。圍看的小村人都笑，劉蜜蠟卻爲老師損壞了一條褲子而痛惜。投擲要有標槍和鐵餅鉛球，這些器具都是雷丁用自己的薪水從公社買來的。因爲場地太小，投擲訓練就在東溪邊的沙地上。劉蜜蠟選擇了鐵餅之類，老師說她臂力強大，並教她如何發力。她擲餅時小村人都驚呼：「媽呀，這孩兒了得，今後遇見狼也不怕了。」那餅旋著劃出一道弧線落在前邊的柳叢間，那邊有人舉著小紙旗進去找了好久，才有一隻刺蝟一挪一挪出來。人們發現在全體參加訓練的學生中，惟有劉蜜蠟穿了一件帶豎條的緊身衫，這使小夥子們格外留意起來。她那高高的乳部使人絕望而憤怒。當雷丁走近了她，貼著身子教她怎樣轉身擺臂時，一個小夥子捣著臉嚶嚶泣哭了。蜜蠟媽也來看過女兒摔餅，對一切都很滿意。有些老婆婆說：「人家老師偏向蜜蠟，手把手教她哩。」「那還用說。我家孩兒人見人親，渾身是寶。」

在體育訓練緊張進行的間隙，歌詠比賽也在抓緊準備。手風琴聲幾乎日夜響徹，一會兒嘶啞一會兒高亢，它吱吱哇哇不中聽那會兒，小村人就議論一句：「那風匣兒摘到孩兒肩上了。」更多的時候是雷丁自己拉琴，學生們列隊高歌。他指揮唱歌的法兒令人眼花撩亂，眞的讓小村人大開眼界。比如一會兒讓孩兒們分成兩幫一前一後唱同一支歌，你一言我一語就像搶東西一樣，最後卻總能神不知鬼不覺合到了一起。「哦咦，人小能爲大哩，這是什麼古怪唱法！」黑兒聽人報告趕來看個究竟，不由得大發讚嘆。劉蜜蠟領唱時全場鴉雀無聲，這時她又高又亮的嗓子隨著老師的手勢呼一下爬到了山頂；老師的手勢往下劃出一個漫彎兒，她又從山頂溜到了緩坡上，三拐兩折落在了溪邊。正在小村人驚嘆之時，突然雷丁空出的一隻手從胸前飛出，活像在半空裡抓撓一把亂草似的，東一把西一把抓個不停，而且抓了就扔。與此同時，列成一排的孩兒們緊盯他這隻亂飛亂舞的手，一齊放聲大唱，那聲浪把一切都悉數掩埋了。曲終時全場人才吐出一口長氣，老婆婆們使勁揉眼，眼圈兒紅了。黑兒在鞋子上狠勁揉著菸蒂說：「狗日的了得，把小村活活嚇煞。你還是讓咱太平太平吧。」會計不知什麼時候擠到了身邊，建議一句：「閒下來該操練民兵了。」黑兒沒再理睬。他看到十幾步遠的蜜蠟媽兩眼熱辣辣望過來，就把臉轉向了場子：這一下他驚呆了。原來歌唱一停，雷丁馬上把風匣子琴放了，三兩步跑到孩兒們中間，一個一個拍打捏弄他們的小臉兒，摟緊了使勁擠兒，嘴裡呼哧呼哧喘，臉上的汗珠兒刷刷滾落。「哦喲，這他媽什麼毛病哩！」黑兒楞著。他發現劉蜜蠟也像老師一樣不能安分，正伸手把左右小童使勁摟了幾下。「高幹女」從人縫裡掙擠到黑兒跟前，朝場上的雷丁他們咬咬牙，又轉臉使個眼色。黑兒那一會兒呆了。

不久運動會就召開了。喝咦，眞是天大的事兒。雷丁讓人手持洋鐵筒喇叭喊話，又在場上拉了橫聯，擺了一溜木桌。雷丁在桌前陪坐村領導黑兒、會計和村民代表。脫了厚裝的小童在劉蜜蠟帶領下，個個胸前縫了字碼，跨著大步走過主席臺。接下來的名堂更多了，什麼「到檢錄處點名了」、「裁判員運動員各就各位了」，讓人聽得頭暈。「媽的，這兒淨說外國話哩。」黑兒坐在臺上很不自在，就溜到了一邊。臺上最後只剩下了一個會計、一個輩分最高的貧農老大爺。雷丁也下臺張羅去了，因爲這裡處處離不開他。比賽剛開始就有同學寫了廣播稿用洋鐵喇叭喊起來，什麼「爲一班加油」之類。後來的一篇是歌頌老師雷丁的，說他「立下愚公移山志，敢教時代譜新篇」，署名劉蜜蠟。「呵咦，滿大口氣哩。」會計溜下臺子對黑兒說。運動會直進行了一天，並在日落黃昏之前產生了許多冠軍。特別令人稱奇的是劉蜜蠟一人獨獲三個冠軍。她的賽場在溪邊沙地上，在那兒她一天裡有五六次脫得只剩一件緊身衫、一件短褲跳騰著。全村人都被眼前出現的奇景震驚了，小夥子和一些輩分低的男人不再沉默，盯著劉蜜蠟又粗又亮、閃著紅光的雙腿長嘆：「啊呀！」即便是上了年紀的老婆婆也吭不住菸鍋了，相互喜滋滋說：「咱也打年輕時候過來，咱也見過一些胖孩兒，可就沒聽說誰家女孩兒出挑成這樣。這是個水生孩兒哩！」

歌詠大會比預想的還要熱烈。整個唱歌期間都由雷丁拉琴，隨著激動還要邊拉邊唱。那時他頭顱前傾，眞讓人擔心隨時都會一個跟頭栽倒。他打拍子的方法進一步花樣翻新：一會兒兩手張得像大鵝撲翅，一會兒又弓下腰，伸出手指做出一捏一捏的動作，像在努力捏一根看不見的線頭。了得，那些孩兒雙眼尖尖盯住他的手指，直唱得天昏地暗。讓人永遠不忘的是中間插入的一首憶苦歌，它一開頭當然還是由劉蜜蠟領唱，「天上布滿星，月牙兒亮晶晶」，只一開口兩行熱淚就出來了。接著所有孩兒都發出了抽泣，一首歌就在哽咽聲裡結束。聽眾嘁嘁喳喳，老婆婆們粗喉大嗓的議論使歌詠都停下來。「這孩兒們一哭咱千年百輩的事兒都想起來了。歌裡唱得一點不假，儘管咱聽不明白。」「那是哩，那是比照實事兒唱出的，一分一毫不差。」「那是哩那是哩。」老婆婆們相互大嚷，引得旁邊一位老爺爺喊了一句：「那年上爲一斗高粱打折了腿的事，歌上寫了？」「就是啊，一村有一村的事兒，其實咱這兒是人比歌苦。」議論了一會兒老婆婆們開始擦眼。歌詠再次進行下去時，許多人都聽出雷丁的嗓子啞了。

一連兩場大熱鬧過去，黑兒終於認眞考慮起訓練民兵的事了。往年公社在冬天要召集部分民兵統一操練，並且讓各村連長一起參加。他在琢磨遲早來臨的操練之前還要不要先搞一點？實話說，小村裡那幾件糟爛武器眞讓人打不起精神來，使每次公社集訓都沒面子。有幾次他甚至找來小村僅有的一個細木匠和一個鐵匠，商量能否自造一二桿槍枝的問題。他們面有難色，使出吃奶的勁兒也不過造出了一二枚土雷子，還不敢保證它們到時候會響。黑兒最沮喪的就是冬季集訓的臨近。到了那時候，下村的小油矬是最神氣的。他正思量這些，突然門板拍響了，進來的竟是哭哭啼啼的劉蜜蠟。「咦，你這孩兒怎麼盡哭？」「大，快看看去吧，俺老師得大病哩！」黑兒一下躍起。

就在那間寢室兼辦公室裡，雷丁躺著大口呼吸。桌上床邊還攤著學生作業本，枕邊是一本寶書。劉蜜蠟眼含淚水對黑兒說：「他頭疼得受不住就讀一段。」黑兒摸摸他的手立刻鬆開：「天，火燙哩。」「俺老師不吃不喝，媽熬了米湯他都懶得喝，連這個也不吃。」蜜蠟從內衣兜裡掏出一個煮雞蛋。「老夥計，老雷，你得先熬著點，我讓民兵請赤腳醫生去。」他急火火出門卻不知怎麼辦：小村裡沒有赤腳醫生，有個大病小災都是去下村；可是近來聽說那個人犯了錯誤，改由一個老太婆背藥箱了。這個女人原是接生婆，黑兒是絕不信任的。可是去公社請人太遠，只好囑咐民兵去下村：悄悄找原來的赤腳醫生來。兩個鐘頭過去民兵領著一個四十多歲的人進來了，這人已沒了藥箱，手裡只提一個毛巾改做的布兜。他也沒有聽診器和溫度表，好在經驗豐富，用手摸摸，扒開病人的眼皮，看看舌苔，弓下身子就寫藥方。最後民兵手攥藥方去公社取藥時，赤腳醫生才從布兜裡掏出一個針管注射。

雷丁第二天就退了燒，但整個人頭暈力乏，幾乎不能下床。從第一天開始劉蜜蠟就執意留下為老師熬藥做飯，還時不時返回家裡取些好吃的東西。黑兒原想讓民兵或瞇眼老婆來幫忙，蜜蠟卻堅持由自己來陪。她見雷丁瞇上眼大口喘息就哭，「老師啊，俺可不願你難受哩。」他在半睡半醒中去揪胸口部位，她就為他解了上衣：啊，原來胸口那兒又紅又腫發炎了。她馬上明白那是連日來被手風琴磨的。她說一聲「你等著。」就飛也似跑去，一會兒就從家裡取來了草煎的敗毒水。她用細布蘸了藥水一下下擦著傷處，雷丁流出了淚水。夜深了，她在燈光下端詳自己的病人，為他蓋好被子。外面有梟鳥叫了一聲，她怒沖沖出門驅趕，向傳來響動處拋了個大大的石塊。雷丁偶爾醒來，她就爲他上藥。多麼瘦的人啊，胸前凸凸的地方磨爛了，新長出的皮兒呈現粉紅色，像剛滿月的小孩兒那麼嬌嫩。她在他閉眼時伸出小拇指按了按那片新肉，他立刻睜大了眼睛。「癢煞是吧？」他點點頭。夜裡他不停翻動、嘆氣，這使她懷疑病人生了褥瘡，因爲她見過鄰居一個久臥的病人就這樣。她不顧他的阻攔，還是把他的頭部挽在懷中，讓他欠身以便緩緩揪開衣服。小內衣眞是乾淨。她甚至看見了又瘦又小的屁股，它和夏天在溪邊洗澡的男孩兒簡直一模一樣。她翻展他的身體尋找褥瘡，沒有。可她還是耐心地看了一會兒。他的身體原來細巧得很，上面有的地方生了汗毛，有的地方卻是光潔無比。一種似有似無的汗氣味兒讓她嘆息一聲，緊緊摟了他一下。她這一瞬間竟覺得他像一個比自己還要小許多的娃娃。呀，多麼輕，多麼輕啊，她像放一件瓷瓶那樣將人一點一點挪到床上。

她許久以後還難忘這一幕。可要後悔也來不及了，何況她就從未後悔過。那一次是他掙扎著起床小解，她爲他取來了便盂就退到了門外。可她剛出門一小會兒聽到了撲通一聲，趕緊返回屋裡。老天，他摔在了一旁還奮力往上提拉短褲呢。無濟於事。於是她無可迴避地看到了一切，只好將其扶起，仔細爲他提上短褲束上帶子。整個過程她幾乎屏住了呼吸。當把他重新放到床上時，她的心跳都快停了。她在心裡暗自呼叫：老天爺，我怎麼就忘了他還要小解呢。擦完地回到床邊，爲他抹去滲出的淚花，心裡竟安定如初。不，那是一種從未有過的鎮定與沉著，當重新爲他換衣上藥時，再也不像過去那樣小心翼翼了。這一夜她從未合眼，直眼看著老師。她坐在他身邊看他入睡。他在深夜兩點十分睡著了。她把燈苗捻小，把枕旁的寶書拿開。她第一次有機會這麼久就近看自己的老師，一陣驚訝壓在了心頭。這人的眼凹得厲害，整個臉也凹著。幸虧鼻子漸漸聳起，這才使臉盤上有點突出的地方。喲，好圓的小鼻孔啊，多麼精緻的小鼻孔啊。唇上有白屑了，呼吸時白屑一動一動。上唇鼓鼓，鼻中溝又深又長，顯得整個人那麼有主意。她在心裡承認：自己最喜歡的還是這金色睫毛，它們又密又長，每根的梢頭那兒微微發黑。她甚至想數一數它們到底有多少根。他的眼睛由於深陷而顯出了鼻梁的挺立；眼皮兒雙了不止一道。她記得它在看人、特別是看自己的時候總是目不轉睛。她知道這是小孩兒看人才有的眼神。這個夜晚她險些忘掉躺在這兒的是自己的老師，而倒像是一個眞正的娃娃。從被子覆蓋的體積上看的確是一個娃娃。不過後來她還是臉紅了，因爲她又想到了他摔倒時的一幕。她承認自己看到的那一切與娃娃是背道而馳的。「那眞是怪嚇人的。老天，一輩子也別再讓咱看見這樣嚇人的東西罷！」

學校因雷丁生病停課一周。這期間小村裡不少人來看過，還有人帶來了粽子和糯米糕。會計伴著黑兒來過兩次，他們建議「高幹女」還應該來做飯什麼的，因爲病人生生是累成了這樣，又沒有一頓像樣的伙食。雷丁堅決拒絕：「不。」「強人哩，眞沒有鳥法子。」第八天崖下人又見到雷丁玩球了，都說：「狗日的小人兒眞悍，轉眼兒又能耍猴戲了。」重新開學，熱鬧如初，場院上書聲朗朗。只是許久沒有手風琴聲了，蜜蠟知道老師胸皮兒變厚那一天，要做的第一件事就是拉琴。她發現老師完全恢復了，又像過去那樣手舞足蹈，大聲讀寶書，手裡的教鞭啪啪擊打黑板。如果孩子們答出了一個問題、唱好了一首歌、做好了一個體操動作，他都會上前又拍又捏，把他們的小臉弄得紅撲撲的。那時他的手提在胸前，一刻也不能停歇，學生們圍住他，他在他們後背和頭髮上捋個不停，嘴裡發出一連串「啊唷」聲。劉蜜蠟發現惟有對她，那雙飛舞不息的手要停下來。他的眼神也變了。只有她將作文本交上去，他埋頭看得忘乎所以時，才重新開口大叫，把她的頭髮一攥一攥說：「多麼好啊，就這麼做下去，這眼看就勝利了呀！」後來他又爲她張了三次榜，每一次都引起了圍觀。

7

黑兒盤算著第一場雪落下來之前做點什麼。沒事做的苦惱折磨人呀。聽說四周村子都忙得很，鬥爭會、辯論會，再不就是急著破一個什麼案子。這個小村倒好，什麼事也沒有。那些男光棍在入冬前老實得令人生疑。蜜蠟媽也沒有什麼動靜。看來只好按老會計的話去做，操練那一二十個民兵了。多年來他十分注意排斥老會計的意見，因爲要提防此人篡權。這傢伙識字，算帳時一邊劈劈啪啪打算盤、一邊從眼鏡上方看人的模樣眞讓他害怕。可是沒有辦法，那就操練吧。在他做出這個決定的第二天，有個消息轉移了他的注意力。那也是老會計送來的情報。這傢伙神情肅穆走進來，故意待瞇眼老婆離開才說一句：「『高幹女』受傷了。」

原來她前些晚去了崖上，被上邊飛來的石塊擊中了，「老天，再偏一點就得出人命啊。」「她夜間去那搭做甚？」老會計拍拍腿：「你看，不是你讓她留意偵察嘛。」黑兒實在記不起。對方憤憤然：「那個雷丁了不得哩，崖上眞的壞了醋了。他和劉蜜蠟的事兒是人家親眼所見。『高幹女』瘀傷怪重哩，她能躲過這一劫可眞是福氣。」黑兒不聽他嘟嘟囔囔，讓人快些去傳。「高幹女」一拐一拐來了，說了沒有幾句就要脫褲子驗傷，儘管馬上被阻止也還是拉下了一截。結果黑兒瞥見了她大腿內側有巴掌大的一塊瘀青。這娘們兒的皮膚可眞白。「掌櫃的作主吧，狗男女害死人不償命啊！」她嗚嗚大哭，長時間露著半截屁股。黑兒拍了一下桌子。她哭訴：「原來是個凹眼兒小色狼哩，再不捆巴起來，一村好孩兒都得被他糟蹋。你問問哪個沒有被他摸索過。挨千刀的，窮人生下個孩兒不容易啊，就該他來作踐。」黑兒心煩，手指骨節握得咯咯響。

第二天，老會計戴著眼鏡進門，這讓黑兒覺得事態嚴重。「如果不操練民兵，抓抓大事兒，上邊一個包庇的罪名下來，也就麻煩了。」老會計陰陰的目光從眼鏡上方射來。「那你看怎麼辦呢？」「你握著兵權，我嘛，頂多算個軍師。」黑兒不作聲了。他覺得有人把雷丁的事誇大了，這點他心裡有數。老會計走了，黑兒心裡更煩，就去代銷點喝零酒，一邊喝一邊想辦法。他不知道那個女人是否給老會計看過瘀傷，只知道這一男一女合在一起，小村的麻煩可就大了。無論如何民兵是不能交給他操練的。黑兒喝了二兩酒，搖搖晃晃出了村。村頭老榆樹上的一隻烏鴉嗅出了酒氣，對著他的背影叫了兩聲。峁口上有霧，霧氣往下流動時發出撕破窗紙的那種聲音。他一口氣闖進公社，直奔教育助理的屋子。這傢伙的胸脯陷得更深了，臉上的眼鏡一遍遍往下滑脫。黑兒第一眼看上去就嘀咕：要糟，這人活不久了。他心裡升起一陣憐惜，對方卻在開口訓人：「天塌下來你才知道找我。」「我，沒有哩，順路進來看看領導。」助理喝香茶時並不讓他，鏡片後面是一種絕望的眼神，黑兒知道每隻老羊待宰之前都有這樣的神情。「你崖上出大事了。」助理杯子猛地一放。黑兒的頭一懵。

黑兒一回來就開始了民兵操練。由於他要忙另一些事，間隙裡不得不讓老會計代為喝操。黑兒遠遠聽見他的喝操聲極為驚愕：這傢伙在這種場合竟然使用起外地話。想了想，這腔調多少模仿了公社武裝部長。黑兒去老劉懵家，蜜蠟不在又去另一家。「高幹女」熱中於看老會計上操，對黑兒的探問待搭不理。黑兒循循善誘，這才重新喚起她搬弄是非的興趣。結果她把怎樣監視崖上、一連數月不曾鬆懈的細節一一講出。她說原打算只跟上頭說去，因為這裡的村頭兒與那崖上歹人是一對喝酒的兄弟。「狗日的，我那是尋個空兒套他話兒呢！」黑兒勃然大怒。女人把那個夜晚從窗上看到的事情刻意描繪了一番，說劉蜜蠟一整夜都把小人兒抱在懷裡，又親又拍，「就因為髒事兒露了餡，他們才想用石頭砸死我，這叫殺人滅口。」女人咬著牙，「雷丁這人有髒邪病兒，他把咱莊稼孩兒都作踐哩！」黑兒低下了頭。眼皮底下出了這事兒，可不是平常的罪名啊，這一下老會計該高興了。「狗日的我怎麼就沒有提早給他動動劁刀兒。」他閉上眼睛說一句，想起了教育助理陷下的胸脯裡吐出的悶音：「落實落實，弄成全社的靶子呀。」他知道這奇怪的聲音只有陰間裡才發得出，只有快死的人才做得到，因而備加恐懼。這會兒他小心叮囑一遍「高幹女」：一切先暗裡藏著，只等一聲令下再行動。

老會計戴著眼鏡夾著帳本開始挨家挨戶走訪，所有案情如數記下。最後他用算盤撥了兩遍，直到堅信無疑才把帳本推到黑兒面前。「啊呀這眞是一個沒有王法的孽障，瞧他做下了什麼！」黑兒盯著帳本上的一串數碼目瞪口呆。上面寫得清楚：小雷丁心懷不測，利用職權之便猥褻美貌村童二十餘名，其中男女各占一半。惟有「劉蜜蠟」三字畫了一道黑線，打了個大大的問號。「這為什麼？」「什麼？哼哼，」老會計咬咬牙：「這孩兒到底是同案犯還是被害人，還得從頭盤查哩。」黑兒馬上想到了老劉懵，心裡一酸。他忍住問：「你看該怎樣發落崖上那物件？」老會計扶扶眼鏡：「怎麼發落恐怕也不是咱說了算，按罪過論，一繩子捆走準是『喀嚓』了。不過咱村有咱村的律條，說到歸總也得開他幾天幾夜鬥爭會，揍他個腿斷胳膊折再送局子。這事兒許是更大的局子才能定哩。」黑兒額上有冷汗滲出，囁嚅著：「你先操練著民兵。劉蜜蠟的事兒由我親手處置。」

劉蜜蠟每次從崖上下來都汗津津的。天眼看要大冷了，可這孩兒還穿那麼單。年輕人火氣大，赤腳敢跑冰天雪地。「瞧這孩兒念書上癮，一天到晚往崖上躥，眼瞅著成了書癡。」「咱要有這麼個孩兒愁也愁死了，怎麼給她找婆家啊。」老婆婆們嘖嘖著，在路口上交換菸鍋吸。為了試探蜜蠟的心思，一個婆婆故意在路上截住了她：「孩兒咱說個私房話，給你說個婆家吧，十八里夼有個小鍋匠，鍋大缸一年賺下好幾斗苞米。你跟了他一輩子吃穿不愁。」誰知蜜蠟剛才還笑吟吟的，一霎時變了臉：「俺不哩！他掙下金山銀山俺也不哩！俺就不找婆家！」說著一溜煙跑了。「哦喲大臉孩兒，都學你這樣小子就得氣煞，咱山裡人就得斷根，欺天的話我看你還是不要說。」老婆婆望著她離去的方向喊。後來蜜蠟一下崖就躲著她們，一個人沿著東溪走，在溪邊看清流裡的小魚兒。這些小魚眼睛亮亮的，牠們一準瞥見了她。水多冷啊，小魚兒沒有一個穿衣裳，也沒有一個喊冷。她撿著發紅的石子，又折一束好看的乾花兒才往回走。「哦喲，大閨女有心事了，一個人溜達上十天半月，沒有不出毛病的。」一個老光棍望著溪邊議論，被黑兒一個耳光打過去。黑兒在一棵枯柳下攔住蜜蠟。她叫「大」，他低頭捲菸。他覺得這是一年裡吸的最辣的菸。「蜜蠟哩，大跟你爸是同族兄弟。你爸這輩子不易哩。」蜜蠟點頭。「你有什麼話就跟大實說。」「嗯哪。俺聽老師話，將來當個『大寫家』。俺夜夜隨老師讀書哩。」黑兒沉下臉：「那物件的話不能聽了。」蜜蠟一驚：「這怎麼了？」「邪癖髒人哩！」蜜蠟急了：「不哩，天底下再也沒有比老師更好的人了，俺就聽他的。」黑兒舉起巴掌，顫了顫又拍在自己腿上：「好孩兒，你到底中了什麼魔症，要如實講出。全村的孩兒都被他耍弄了，偏能饒過了你？」劉蜜蠟跳騰一下：「大，這是拿話髒人哩，沒蹤沒影的事啊，你千萬別信。俺老師是最好的人！」「那是你家好人。告訴你蜜蠟，不快些揭發雷丁做下那些骯髒，你倆就得一根繩兒捆下，到時候大也救不了你。」

民兵在溪邊沙地上廝打起來，騰起陣陣塵煙。老人坐著馬紮看練操，議論誰家孩兒最悍。老會計戴著眼鏡指點民兵，不時喊一句：「再來。」人們私下讚許：「古書上說得一點不假，『文能治國武能安邦啊』。」正說著瞇眼老婆一溜小跑過來，走近老劉憒跟前耳語幾句，把人領走了。老劉憒的腿磕磕絆絆往前，比瞇眼老婆走得還快。闖進院裡，見蜜蠟媽正在說什麼，黑兒巴掌一推：「我有話不跟你說，這裡沒你的事了，滾去。」瞇眼老婆連推帶搡把蜜蠟媽擁出院子，哐一聲合了門。老劉憒一見黑兒的臉色就發毛，問了半天才知道是怎麼回事兒。他聽著黑兒從頭訓斥一遍，立刻哀求道：「掌櫃，這孬娃有話都是跟她媽說，我什麼也不知道。不過你得救下這孩兒呀，千萬千萬。」黑兒跺腳：「眞是孬人根苗！我先前擔著凶險爲她瞞下，想不到這會兒又一跤子跌進去。老劉憒，你可知道那雷丁是什麼人家？」「什麼人家？」「他爹是個犯上的孬人！」老劉憒一下坐在了地上。瞇眼老婆去攙他，他泣哭不起：「老天爺讓我死了吧，養了這麼個閨女活著還有什麼臉啊。我讓她媽領上孩兒走人，我老劉憒這輩子打光棍也落個乾淨！」他滿臉淚水滾滾，黑兒心軟了。

「操練，操練，肩負著祖國的危呀安！」老會計哼唱著進來，老劉憒剛走。黑兒不願理他。他把眼鏡掏出來戴上，黑兒還是不理。「這一回要兜個底朝天了。眞是百年不遇的大案。」黑兒嘴裡「哧」一聲：「也別做過了火。瞅空兒把小先生砸巴一頓趕走算完，別連累咱村孩兒。」老會計瞪大了眼：「這是你說的？哦喲聽聽，你可眞敢胡弄事兒。你就不想想公社等著送人哩，不捆上開個鬥爭會那還了得？」「我是說，」黑兒突然口吃了，「俺，這、這蜜蠟怪冤、冤哩。她也是受害者啊。」老會計笑了：「話不說不明，她到底怎麼受了害，那也得會上說個清楚不是？別被咱包庇下，這也是大罪啊。」黑兒臉都紫了。他嘴裡不吭聲，心裡卻在想怎樣把老會計和「高幹女」捆了開個鬥爭會。他擺擺手：「你早些歇吧，這事由我再想想。」老會計走時天即黑下，黑兒胡亂吃了幾口，決心去崖上一趟。他許久沒有面對面瞅瞅這個小人兒啦。呵咦，前半月二十天崖上跳呀唱呀熱鬧成什麼，一轉眼荒了。眞是一夜之間世事大變啊。上了崖，黑乎乎沒有一絲風，星星近在眼前。紫藍的夜空少個月亮，人上了崖怪慌哩。狗兒們無聲無響，那大概是白天的操練嚇住了牠們。那扇小窗上的黃色燈影煞有介事，就是沒有一句念寶書的聲音。「小人兒往常都是大聲咋呼著讀哩，這會兒失了力氣？嗯哼？」

「你聽見白天上操了吧？」這是黑兒見了雷丁說的第一句話。雷丁點頭。黑兒看出他的凹眼儘管用力眨動也還是一副萎靡不振的樣子。桌上是一摞作業本、一瓷缸爛菜粥。他極力想從對方鼓鼓的雞胸和長長的鼻中溝看出幾分凶險，沒有，還是往常那個小人兒。「這些日子不拉風匣子琴了？」「沒。」「嗯，沒有那興頭了。天要下雨螞蟻提前知道。」雷丁瞥來一眼，無語。「『要想人不知，除非己莫爲』，老輩都這樣說。」雷丁乾咳一聲：「領導的話咱聽不懂。」黑兒大口吐煙，笑了：「不懂？你總不會以爲我又來請你吃酒吧。」「咱的酒量不行。」「知道就好。小小物件把自己當成了大酒罈子，那就砸了鍋了。人這一輩子還是要心裡有數，俗話說『見好就收』，還說『人心隔肚皮，相見兩不知』，骯髒人總是裝得像模像樣，穿制服插鋼筆的。」雷丁長長嘆氣：「領導莫扯遠了。我正想求你幫忙呢。」「是嗎？你這會兒也知道求領導了？咱能幫上什麼呢？」雷丁皺眉，吮嘴，一下下磕牙，直眼望向黑兒：「說起來眞是怪啊，孩兒們突然不來上課了，人一天比一天少，我上門找人，家家見了我就關上門板。眞是納悶啊。」黑兒興奮得大腳蹬到了桌子上，對方說一句，他就發出一聲「嗯」，一副大惑不解的樣子。待對方停下，他才瞇瞇眼說：「你都弄不明白，咱還不懵了瞪？過去的本事都哪去了，又拉琴又玩球的，整天胡吹海謗。這會兒完了章程吧。依我看是你自己有些蹊蹺，孩兒們怕了。」黑兒說到這兒猛一拍對方肩膀：「老弟，說句實在話，書讀多了，也就讀到驢肚子裡去了！」

這個夜晚他們談到很晚，雷丁的痛苦有增無減。他終於說聽不懂對方的話。黑兒說：「那是你的文化太大了啊。想一想咱倆上次吃酒說過的話吧，那一次我把什麼都說在了前頭。」「說了什麼？」「你看貴人多忘事，我說了什麼人家早當了耳旁風。我那次不是說過到時候要『公事公辦』、『官身不自由』的話嘛。」雷丁的金色眼睫毛眨動得飛快：「我還是聽不明白。」黑兒火了：「得，到時候你就明白了。人進了局子都變得聰明，不見棺材不掉淚，就是這話！」雷丁叫一聲：「領導！」黑兒從他的眼神和語氣中聽出了深深的哀求，不由得長嘆一聲：「你可千萬怨不得我啊，我事事都說在了前頭。」說完站起。對方一片茫然無措，嘴唇翕動著。他大概還想挽留，可黑兒咬咬牙，一抬腿跨出了屋子。

第二天公社傳話來了。傳話人通過老會計轉告：讓小村負責人去一趟。老會計直把黑兒送到村頭，分手時說了一句：「這回人家上級叫你了吧。」黑兒沒有應聲。到了公社，一個穿舊軍裝的人把他和教育助理領到了一個屋裡，並讓一個村童模樣的文書記下談話。黑兒明白問題嚴重了。穿舊軍裝的人褲兜那兒閃爍著紅綢，這使他想到那是一把手槍，同時也明白了下村小油矬用紅綢包槍的習慣從何而來。助理一開口還是陰間一樣沉悶的聲音：「整個案情業已核實，事態之重超乎預料。今天即商定如何處置，步驟嘛由部長指示。」黑兒這才知道那人是部長，但不知是不是新來的武裝部長。他站起來，部長伸出右手輕輕一壓讓他坐下：「這樣吧，近期開個鬥爭大會，地點就在崖上。揭發人和控訴人要準備好，同時有關部門負責人要到場，大會結束時宣布逮捕令。」黑兒掩飾著慌亂：「那是不是要、要槍斃？」部長點頭又搖頭：「這是下一步的事。不過我認爲這人吃不上明年的麥子了。」助理說：「一般是這樣。」黑兒立刻覺得揪心一樣疼痛。

從公社到小村的路只有二三小時里程，黑兒卻走了多半天，從中午時分直走到日落黃昏。在東溪邊，他盼望見到一個掄槌洗衣的女人，沒有。天冷了，快下第一場雪了。柳樹和梧桐開始掉下細小的乾枝，麻雀成群旋落。暮氣低垂，小村升起的炊煙融入一動不動的霧靄。到處死寂無聲，雞狗好像提早安眠了。不遠處的崖上沒有人影也沒有煙氣，幾間小屋像孤廟一樣伏在那兒。崖下一棵老槐邊有人影閃了一下，他定定神才看清是有人掮了槍貼在樹上。「鬼怪哩，事兒要糟，兵權暗裡移了不成。」他罵一句走過去，到了近前那民兵趕緊叫一聲「掌櫃」。黑兒厲聲問：「你鬼頭鬼腦站這兒幹什麼？」

「掌櫃，老會計讓我們換班放哨，崖上人說不定要跑哩。」黑兒一股火氣衝上腦門，喝道：「狗日的，咱村動一桿槍也得我發話。你們這是打草驚蛇哩！」民兵弓著腰走了。黑兒長時間僵在原地一動不動。他盯著崖上吸了兩口涼氣，又惡罵幾聲。這一回是罵雷丁。他從一開始就厭惡這人，這會兒又有些可憐了。「狗日的，小小人兒敢闖天禍啊，這一回吃不上明年的麥子了。」他還吃驚老會計的心勁兒，那傢伙把一切都想在了前邊。黑兒咬咬牙，抬頭看著村邊那個矮矮的石屋。老劉懵家冒出了炊煙。

黑兒顧不得吃飯。瞇眼老婆說他離家不到一天，老會計就把村子弄得人仰馬翻，領兵跑操，還讓人把蜜蠟關進小碾屋審，「高幹女」也摻和進去。「蜜蠟那孩兒哭成了淚人，說那兩人淨問些骯髒話，老會計一筆筆往帳本上記，還讓蜜蠟按下手印兒。」「她按了？」「沒。孩兒說她沒做那事兒，死也不按。『高幹女』還想揪下孩兒的褲子看呢，被孩兒踢了一腳。」黑兒鬆了一口氣，一拳搗在桌上：「反了他們！」他讓瞇眼老婆把蜜蠟沿著牆根領來，說有大事兒。蜜蠟一進門就哭，哭個不止，黑兒火起：「你和你媽都是小村的禍患，哭哩，再哭就出人命了！」蜜蠟含淚停下。黑兒吸菸，像鐵人一樣紋絲不動。「大，媽說俺娘兒倆，還有老師，都靠你作主了。」「禍水哩，禍水哩。」「大！」黑兒狠力一拋菸蒂：「實話告訴你吧，村裡鬥爭會這一二天裡準開，會上要捕人哩。」蜜蠟大眼瞪著：「捕誰？」「還有誰，狗日的雷丁。」蜜蠟肚子疼一樣蹲下。她渾身打顫。瞇眼老婆過來說：「看你嚇著孩兒。」蜜蠟蹲了一會兒，突然站起來就跑，一下衝到了黑影裡。瞇眼老婆叫著「孩兒你回來」，要出門追人，被黑兒一把攥住：「你給我閉嘴。」她聽出今夜男人的聲音沉得嚇人。

這一夜黑兒和瞇眼老婆都睡不安穩。狗零零星星吠過之後天就亮了。天近中午老會計慌慌張張跑來，後面還跟了「高幹女」，兩人一進門就嚷：「昨夜出大事了，出大事了！」黑兒瞪他們一眼。老會計說：「崖上那孬人跑了！」「高幹女」拍著手：「這下子完了，雞飛蛋打了！」黑兒不緊不慢捲上菸：「也莫緊著吵鬧。許是去公社辦事了吧。」老會計搖頭：「不對。我進他屋裡看了，常用物件，包裹和寶書，都一塊兒沒了。」「高幹女」撇嘴：「依我看哪，一準是有人走漏了消息，這小王八羔子有人做內應也說不準。」黑兒擺擺手：「領導層裡議事你就躲開些吧。」「高幹女」嘆一聲走開。黑兒說：「你怎麼能和這號女人一塊兒辦案？怕她那急火勁兒走不了風聲？聽著，先集合民兵，再回公社話。在這吃緊關頭，兵權收回哩！」老會計「嗯嗯」兩聲，僵在了原地。「蜜蠟不收進監房？」黑兒聲音粗重嚇人：「聽令，依我說那兩條做罷！」

第一場雪終於落下來。村裡人摀著耳朵呵著氣奔上街頭，見面便說：「孬人跑了！」「那挨千刀的跑了！」大家同時發現老會計蔫了頭，不再戴眼鏡，也不再領人操練了。村頭黑兒把民兵集合崖上，卡著腰說：「上級不出一天半日就派人來哩，咱村封了。」民兵表情嚴厲，嚇得看熱鬧的人遠遠避開。「沒有武裝不行啊，你看還是得有武裝。」老頭老婆婆們議論著，相互禮讓手中的菸鍋。黑兒估計得對，第二天就有一輛吉普車開進村裡，打個彎兒停在崖下。民兵扛著鏽蝕的槍刺站在階梯上，迎候穿舊軍裝的胖子部長、一個走路打顫的灰臉助理。黑兒把他們接進小屋，幾個人並不落座，而是一間一間看過。在那個有著窄窄小床的屋子裡，一瓷缸爛菜讓胖子連連吐地：「現場就是這樣？」黑兒點頭。助理看看木格窗，伸手推了推：「說不定是從這裡逃出去的。」黑兒料想助理使用的是陰間心思：逃犯爲什麼不走門偏要跳窗啊？三個人坐下，村童模樣的文書進來，胖子開始一板一眼說話：「已經搜過雷丁原籍，沒有。正考慮通緝。到底怎麼走漏了風聲？」黑兒正琢磨怎樣回答，助理說：「聽說崗哨是有的，你讓人撤了？」黑兒破口大罵：「狗日的胡亂布崗，那孬人又不是傻子！」胖子擺手，「算了。那個叫劉蜜蠟的是怎麼回事？」「怎麼回事，咱貧農孩兒唄。孬人殺上千刀不多，咱本村孩兒得護著哩。」胖子「嗯」一聲。助理問：「那她媽是怎麼回事？」「年輕時有些瘋浪，如今好多了。她與咱隔開了一個階級兒。」胖子說：「這就要查查了，嗯，這是個情況。」黑兒的拳頭握緊又鬆開，呑呑吐吐：「不過她這些年待老劉懵不孬哩。」沒人接話。胖子說：「雷丁一案沒結。一切要從頭查起，抓成一個典型上報。」

一年一度的全社民兵集訓開始了。黑兒帶走了二十三個民兵和幾桿老槍，幾顆啞彈也讓人拴在了腰上。下村民兵連長小油烇神氣活現，因爲每年集訓都是他一顯身手的時候。這人矮壯異常，性子暴烈，三十多歲了還是單身，治兵之嚴聳人聽聞。這次他一見黑兒就喜滋滋問：「聽說崖上出了花案？」黑兒從不懷疑。他知道這還沒等回答他就咯咯咬牙：「犯在我手裡，哼，早就把他擰成了麻花兒。」黑兒從不懷疑。他知道這人在下村是村頭的一桿槍，有名的狠人。下村是個大村，用公社頭兒的話說，就是「兵強馬壯」。遇到全縣打靶比賽一類事情，總是缺不了小油烇領人參加。他得過全社嘉獎，當時外村一個女民兵被他佩戴紅花的模樣吸引了，主動嫁過去。可惜這樁婚姻只持續了多半年，人人見女民兵枯瘦的樣子都驚訝。又過了不久女民兵就死了。女方父母找到下村頭兒伍定根，伍定根說：「沒有比我再喜油烇的了。是你那閨女享不來咱村的福。」小油烇無比專心下村的武裝，對黑兒說：「咱這一個加強連用來做甚？一是幫上級固防，二是保衛伍爺。」黑兒沒見過下村頭兒，但從小油烇的口氣裡猜測，那不會是一般人物。小油烇說：「你治村的嚴勁兒全社出名不是？可比起咱伍爺，連邊兒也不沾哩！」

集訓過半，黑兒有些放心了。因爲他這期間見了兩次胖子部長，對方沒提一句崖上案子。可是集訓結束時，胖子突然對他宣布：去崖上的工作組已經準備就緒，成員三個：助理、小油烇和文書。「你可要全面配合啊。」黑兒心裡一陣絕望。他料定這其中必有老會計和「高幹女」的參與。「兩個狗男女，有你倆的好果子啖了。」小油烇喜不自禁，對黑兒說：「咱不願摻和外村的事。不過上級器重就沒法了，你說是吧。」黑兒待他一挨近，馬上嗅到了一股濃烈的羶氣。黑兒認定這三人小組中文書無足輕重；助理一心想把事情往大裡做，快死的人嘛；惟有小油矬是個關鍵人物。黑兒說他：「你去我就放心了。除了案子，對民兵還會有些指導哩。喑，多大了呀，還是獨身。咱村大閨女你相中了誰，只管說一聲。」小油矬撇撇嘴：「我的婚事得伍爺批准哩！」

工作組進村後老會計又戴上了眼鏡。三個人在崖上空屋辦公，「高幹女」做了伙夫。黑兒反覆提醒這個女人是個「瘋浪潑皮之物」，助理不以爲然。小油矬說：「咱這裡不怕哩。」一開始黑兒不明白是什麼意思，後來才明白是怎麼回事。原來那女人於崖上做飯開頭幾天就與小油矬有了齷齪，後來雙雙出入草垛之間。民兵發現後請示怎麼辦?黑兒嘆口氣說隨狗日的去吧。「高幹女」逢人便說上級派來了包公，「那人矮矮壯壯了不得哩，那眞是一塊好鋼。」有幾天助理與文書回鄉，「高幹女」被小油矬關在崖上，任其告饒只是不放，三天三夜折騰得遍體鱗傷。黑兒第四天去崖上時發現小油矬還帶著滿臉殺氣。從那以後「高幹女」跛著去崖上做飯，比往日沉穩了許多。涉嫌案情者被一一傳到崖上，下崖時個個垂頭喪氣。老會計負責傳令，小村人被喊來喊去，漸漸心生怨恨，背後議論說：「這個眼鏡賊死了咱村也就太平了。」可是不久傳出一個噩耗：工作組的助理死了。對此黑兒毫不吃驚，只是擔心從此小油矬成了主事的人。

劉蜜蠟一家成了反覆審問的物件。老劉懵甚至被關在小屋裡兩天。蜜蠟去黑兒家求情，黑兒冷著臉：「我這個冬天還不知能不能熬過去哩。」老劉懵放出不久，小油矬又傳去了劉蜜蠟。他直眼盯著她：「哦喲喲，哦喲。眞他媽的不是個時候，哦喲喲好大閨女哩。」蜜蠟問一句：「什麼話哩?」他鼻塞般吭哧著：「我日。倒楣哩。好生生大閨女胖成什麼，臉盤兒亮堂堂大雙眼忽閃忽閃，到底被狗日的小先生作踐過幾回?我抓住非用零刀子剮他不可，你只管照直了給我說。從今以後我就是你的靠山！」蜜蠟大驚失色：「俺老師是一百個好人哩！」小油燈臉都氣紫了，大喝：「閉嘴，你不想想狗日的抽身一跑這輩子找誰去？」蜜蠟哭了。小油燈圍著她跺腳，嘆氣，不停地搓手，最後一揚胳膊：「走吧，在家等著傳信吧，咱不會虧待你！」

「大花姑娘啊！」小油燈喝得半醉，一進黑兒家就這樣喊。「你說什麼？」「大花姑娘啊！」黑兒搖頭：「你學日本人說話哩。」小油燈咂嘴，歪在那兒：「我不行了，這回非死不可了。工作組裡已經死了一個，這回該輪到我了。」黑兒不解：「怎麼回事？到底怎麼回事？」「遇見大花姑娘了。」「你是醉哩。」小油燈正色：「我沒醉。我只想問你先前說過的話算數不？要算，我這就告訴你，咱看上劉蜜蠟了！」黑兒嘴裡的菸掉在了地上。「你給我說呀！」黑兒嗡嗡一聲：「這孩兒不中。」「爲什麼？」「不中就是不中。」小油燈冷笑：「咱這就把大紅襖給她套上，讓民兵抬回下村睡上哩。俺爹六十的人了，盼我給他生娃哩。伍爺也會應允。」黑兒臉青了，粗著嗓子嚷：「一個水生生的好孩兒跟上你，冤煞哩！」小油燈跳起：「黑兒！這是你說的！我看上她還是捏把汗哩，你以爲我不知道她是什麼人？遺腹子哩，這樣大事被你瞞下。還有雷丁，她和他的事兒，都是你一個人的罪！你以爲落得清閒？」黑兒頭嗡嗡響：「莫聽老會計瞎嚼，也莫聽那『高幹女』。」小油燈笑了，討一枝菸點上：「實話說吧，咱在下村替伍爺辦案多了，這裡算什麼。那天我對老劉懵一喊，手槍往桌上一拍，他什麼都交代了。他說你早知孩子是誰的根苗。說句眞的，你和那娃兒都在咱手裡攥著哩！」黑兒足足有半個鐘點沒吱一聲，豆大的汗珠往下滾落，口氣終於軟下來：「我明白哩。我是說，這孩兒還小。」「小？大花姑娘哩！哼，她的出身抖落出去，一輩子也就完了。跟上咱就成了幹部家屬！你這當頭兒的揣摩去。」黑兒無語。他抬頭去尋瞇眼老婆，這才發現天全黑了，烏黑烏黑。

第二章 食人番家事

8

下村人暗暗詛咒老獾家斷了根苗才好。老獾姓宗，他的獨子小油矬至今沒有子女，而且死了妻室。當年小油矬從縣比武大會上領回一個眼眉粗長的女民兵，讓村裡慌張懊喪了許久。因爲這個閨女身量高大，方臉闊嘴，走在街上虎步生生，人們擔心她很快會給宗家生出一些悍人。聽說村頭伍定根看了看小油矬領去的姑娘，把手一揮說：「不孬，圈屋子裡去罷。」「圈」字在下村這兒再熟悉不過，就是「攔住」和「關押」的意思。這次當然是正式的婚配了。其實宗家這個獨子二十歲之前就蠻性過人，明明暗暗圈過不止一個姑娘。那些倒楣的外村女子忍不住飢餓出來抓撓豆子和紅薯，或是夜裡宿在莊稼地裡的流浪女人，經他圈起就輕易不再放手，捱過一兩個月都是常事。她們爲宗家父子洗衣做飯，還要給老獾捶背，日子久了沒有一個不告饒的。有的身上還要帶繩索鏈子，平時就鎖在柱子或窗櫺上。伍爺說：「這地界嚴著哩，自古都是出山霸王海賊的地方，沒有個鐵辣後生爲我守家還行？」那時老民兵頭兒剛剛掉到海裡淹死，都知道伍爺在物色人選。全村人心照不宣，估計這個狠差就要落到宗家獨苗身上。奇怪的是連長一職空缺兩年，伍爺並沒有輕易許人。有人猜測這是小油矬年紀未滿十八的緣故，因爲伍爺有時候刻板得要命。只有老獾沉得住氣，說：「我娃莫急。」宗家有代代尚武的傳統，老獾在小油矬七八歲時就讓他苦練石鎖，十一歲又送到外地學了勾連槍。他對渾身橫肉的兒子說：「只要武藝在身，國家準有用人的時候。」這話說了幾年，終於在那一天得到了應驗：伍定根在二月二龍抬頭的日子裡開會，宣布了小油矬爲新兵頭，並當眾授予一枝包了紅綢的手槍。從此老獾捧起了黃銅水菸袋，常坐在門檻上曬著太陽說：「俺如今是衙裡人了。」他對兒子領回的高個子媳婦心存疑慮，抱著水菸袋咕噥不休：「恐怕是個中看不中用的東西呀，就像你那吃了豹子膽的大媽。」「大媽」即老獾前一個老婆，曾跟過土匪，悍得沒人敢娶，老獾就說：「跟咱去。」他那時年紀大了些，急於再次有後，就讓人爲她開出一些喜藥，又令其盡吃海物。半年過去婆娘滋潤得肥胖，只沒有一點動靜。「咦，狗日的許是鹽鹼薄地哩，恐怕先要退鹼。」從那以後好飯水沒了，稍不如意就給她一頓拳腳。開始女人還試圖接手，後來才知道這個男人有內功，會耍鐵鞭，還動不動穿上護身甲出門鬧事。忍吧。誰知折磨一開了頭就往狠裡走，老獾喝了酒竟然用香頭觸她的腿根。過端午時她爲他備下毒酒，只可惜他喝了幾口就嘔起來，一邊嘔一邊將人擒住。接下去的日子他歇一氣打一氣，直用了一個星期才把人打死。「哦喲，好不容易才去掉這一害。她耽誤我有後。」

身量高大的女民兵走路咚咚響，跟上男人去演練場，回到家裡還要練習瞄準。老獾咕噥說：「吵死吵死。」他讓兒子先把女人馭住，說：「咱宗家可容不得草驢性兒。」小油矬說：「那是。」他再不讓女人出門，把她的所有衣服都鎖起來，讓她半裸著餵豬做飯。開始女人還能忍受，以爲這不過是男人的蠻性和怪癖。誰想到這種日子有頭無尾，公爹老獾端著水菸來來去去，不僅毫無迴避，還動不動就喝斥她：「見我過來了就轉過脊梁，對公爹一點禮數都沒有。」她羞惱怨怒到了極點：「兒媳的光身子也是你看的嗎？」老獾砰砰砸桌子：「啊呸，你這樣物件咱見多了，敢尥蹶子也哉？」兒子一回來老獾就數叨，小油矬點頭，回屋裡整了整。第二天她的光身子上就青一塊紫一塊了，在院裡高聲哭訴：「俺是奔著這村的武裝來的，想不到落進了狼窩。」老獾握著一根棍子威脅她：「再喊砸死你。」她原以爲公爹是嚇嚇人而已，後來見那雙眼珠血紅尖利，就一聲也不敢叫了。小油矬白天忙於民兵事務，回家時滿身躁火，稍不如意就用皮帶抽她，喊：「還不生娃！還不生娃！」老獾說：「算了，她跟你大媽是同一種胚子，瞎費力氣，不如早些想法兒。」小油矬說：「就留在家裡做個苦力吧，有什麼法子可想。」老獾咬牙嘆氣：「要在舊社會早一頓打賣到窯子裡，如今不中了。」父子倆恨死了這個女人。「誤事啊！」小油矬嚷叫。他喝醉了酒拿著包紅綢的手槍玩耍，女人一見槍就兩眼放光。他把槍交給她玩，誰知她雙手端著直奔公爹。老獾嚇得手一爹撒扔了水菸，小油矬笑嘻嘻說一句：「沒子彈哩！」老獾隨即跳起打掉她的手槍：「狗日的騷娃敢來行刺，今個咱給你上好大刑罰。」他和兒子一塊兒將其捆個結實，剝去最後一絲布絡，拴到柱子上吭哧吭哧打起了屁股，一口氣打折了兩塊洗衣板。女人哀求小油矬：「看在夫妻一場的份兒上，把老畜生手裡的板子奪下來吧。」小油矬說：「我爹有氣出不來會傷身哩。」老獾最後累得胸脯淌汗歪在一邊：「老天爺，你從哪弄來這麼個皮實物件，身上的肥膘有三指厚，咱打不實惠啊！」

這次暴打讓老獾累得大睡，結果第二天一早兒媳偷了他的衣服穿上逃了。爲了弄回女人，小油矬費盡心思瞞哄誘捕，最後才在秋糧入囤時把她牽回家來。進門後他說的第一句話就是：「從今以後你不算我的人了。」她不明白這是什麼意思，後來見他剝淨她的衣服鎖了，就哀求說：「你總得讓我留一絲布遮羞呀。」「你有什麼羞。」她白天給拴了鎖在門環上，夜裡入了被窩也不解繩子。白天老獾讓她按腰捶背，稍不如意就用菸袋嘴兒燙她。她大仰著躺在地上：「宗家老畜生啊，你快撲上來把我糟蹋了算完，我沒臉活了那天也就死得快了。老獾你快騎上我辦事兒吧，也不枉做了一回畜生。」老獾大怒：「你這雜種敢說這話，也不怕遭天譴。俺老宗家都是實打實過日月的人，有勇都用在正經地方。你算白謀畫了。了得，這娃凶險哩！」他牙齒咬得咯咯響，只盼兒子快回。小油矬直到半夜才歸來，聽老獾前後說了一遍，驚得大喊：「這眞是欺祖啊，這是往死套裡鑽啊！好矣，宗家這就成全你哩！」他一口氣喝了半瓶烈酒，剩下半瓶喝一口噴一口，全噴在女人的光身子上。他用皮帶耐心抽打起來，抽一下說一句：「白酒殺菌，這回就是打死也不會發臭了。」女人在地上滾動喊叫，老獾就從廂房過來：「我孩兒該把她的嘴堵上再打，看吵得我睡不著。」小油牮趕緊用一團髒布塞了她的嘴。他打了一會兒酒勁泛上來，站都站不穩，搖晃著打，躺下打，最後打著鼾倒在了女人身邊。「哦喲這對冤家啊，夜間把我吵煞！」老獾早晨醒來後蹲在兩人跟前看了一會兒，抄起一盆冷水嘩一下潑上去。兩人打個激靈醒來。小油牮哭喪著臉：「爸耶，我今個還要出操呢，這一下非著涼不可。」整整一天兒媳都喊肚子疼，說疼死了疼死了。老獾不理睬，出門去村東鋪子上喝豆腐腦。他喝過一碗又吃燒餅，身邊的人都說：「人家老孩兒福氣啊，盡吃好的，估摸著不想過了。」他聽了真快意。下半晌他一直坐在鋪前抽水菸，等兒子出操回來路過這裡。小油牮中午時分走過來，老獾說：「那畜生死嚎哩，我耳鼓子快爆了。」小油牮說：「看我回去收拾她。」父子倆一前一後往回走。老獾掏出鑰匙開了鎖，小油牮先一步跨入。他蹲在女人跟前久久楞著。「我娃瞎迂磨什麼？」小油牮站起來：「爸，這物件去了。」

整個下村只有一戶宗姓。這兒的大戶不只一家，繁衍人口最多的是伍家。大戶之間鬥得凶殘，每年都死幾口人。有一年夏天收麥子，姓伍的一族出了個悍娃，打架時用麥叉一口氣叉死了對方三口。悍娃後來儘管被官家捉殺，威名卻留下來。姓宗的是從外地避難而來，操著異鄉口音，把「孩兒」叫成「娃」，三代之後還與登州人有別。他們真正是房無一間地無一壟，窮得叮噹響。宗家與伍家結在一起，後來每有械鬥發起，都是宗家為伍家出力。宗家人長得渾實，個個光了膀子露出刀疤，都不怕死。老獾爺爺一門三個光棍，幾年下來打死了兩個，只留下一個傳種。三人求死的過程都是一串長長的故事，沒有耐心說不周詳。下村人都記得宗家有個好漢廝打起來善用牙齒，三五下交手就咬住了對方，不管對手怎麼嘶叫，就不鬆口，生生咬下一塊肉來，呼啦一下吞進肚裡。就憑了這一手，宗家威名遠揚。一些小孩子不知從哪兒學來了順口溜：「宗家獸性大發作，呑吃千人不算多。細嚼慢嚥剔筋骨，不喝血兒沒法活。」到了第三代宗家更加孤單，小油矬有一次學了順口溜回家，老獾就告訴兒子：「那都是唱了你爺爺、你太爺爺的事兒。如今咱宗家可老實多了。」閒來無事老獾講了不少家史，小油矬越聽越糊塗。那大概是太爺的太爺吧，並不姓宗，住在西南一片大山裡，傳說是山高林密的番界。番界每逢過節就吃葷腥，行大祭時要捉殺仇家。「世上人叫咱『食人番』哩，咱這支人嘴裡一左一右有兩顆尖牙，後來一代一代下來大葷腥沒了，尖牙也就蛻成兩顆小不點兒萎在嘴角，你照著鏡子擎著燈扒拉著看吧，一看就知道了。咱這支人原先過得滋潤哩，後來素食族騎著大馬來了，配了生鐵馬鐙和火槍，也就沒咱的好日子過了。不光大葷腥吃不上，安穩日子也沒了。那眞是苦啊。全都七打棒散了，溜了溝子走了河套子了。你爺的太爺領著一家鑽進東邊地界，先入了雲南那搭兒，沒想到人家提防著哩，一個一個扒拉著牙口看。幸虧咱族上聰明，事先在暗地裡把尖牙拔下扔了。連小崽兒也得拔，疼得大嚷小叫也沒法，不拔就沒有活路兒。這以後儘管沒有大葷腥了，好歹也能保住根苗呢。咱這支人呀，族上先人說要緊是活下來，吃大葷腥的年頭遲早還會有哩。可是姓什麼？這邊地界的人都得有姓有名。那邊就不一樣了，那邊隨便叫什麼『老樹精』、『水狸疙瘩』、『哈刺哈刺』，叫什麼都行。這邊的姓呀名呀都窮鳥規矩，一個一個還得記上帳本，馬虎不得哩。族上先人問一個北邊來的老頭，說『咱跟上你姓不行嗎？』那個老頭祖上離兗州不遠，一口的兗州腔兒。他回咱說：『中』。就這樣，咱族上姓了『宗』。娃兒你可知道，咱這『宗』跟別人的『宗』相差十萬八千里哩！娃兒你還得記住，咱族上先人在南邊伏下，品性不改，動不動就想打個牙祭，吃個大葷腥，結果被當地人圍上哩。廝殺那個凶殘，老婆哭孩子叫，天塌了地陷了，都知道這一回算是連根除了。誰想是老天爺活該給咱留下生路，有支番人打來了，一古腦兒把咱救下。這支人馬是不是『食人番』不知道，反正咱被他們救下就一路往北，晝伏夜行，直奔登州來哩。」

小油炷自小聽族上故事，半懂不懂。但有一點記在了心裡，就是要快些留下根苗。他同父親一樣確信，同族人在逃難中七零八落，不知經歷了多少代活下來，還有不少散在南南北北，只可惜他們都不知道自己的來路罷了。他的好奇心隨著年紀不斷增大，有一陣遇到什麼疑點就要探個究竟。在公社縣裡民兵集訓時，如果遇到一個凶悍過人者，他一定要想方設法去問對方族上是哪兒？給人的印象是他這個人熱中於族史。如果有機會，他一定要勘查對方的牙齒，結果一扒拉嘴巴十有八九就惹惱了人家。上次遇到那個崇拜他的女民兵時，就有這樣一番經歷。該女不僅長得人高馬大，而且悍氣逼人，問了問才知道她一直擔任「鐵姑娘隊」隊長。「了得，這是個雌性悍娃哩！」他們的戀愛過程簡單無比，不過是在深夜泥地裡練習摸爬滾打時摟在了一起。白天他們待在營地小屋裡時，她出奇的溫存讓其大失所望。「狗日的像換了一個人，還在我脖子上呵氣哩！」他心裡罵著，嘴上卻說：「鐵姑娘跟我回吧，早些給咱留下根苗。」他早就看過她的牙齒，扒拉嘴巴時被其當成了一種特別的親暱。可他看到的僅是一排整齊的板牙。那時他已確信此女非同族類。

鐵姑娘之死沒有引起太大的議論。伍定根只是讓他加緊操練民兵，別的一概不管。這支民兵年年參加縣社集訓比武都爭頭牌，這才讓伍爺高興。「炷兒，你年年都得爭個花兒戴上。」「是哩。」「落得上村黑兒那樣可不中。」伍爺總是把黑兒當成取笑物件，從來恥於和他來往，有什麼事只讓小油炷出面。有一次因為東溪水發生了爭執，黑兒提了禮品來見伍爺，伍爺不見，說：「這也算個物件啊。」人們白天黑夜都能看到新任連長躥動在街巷上，這人像有分身術似的，一會兒在村東火燒鋪喝湯，眨眼又出現在打馬掌的窩棚裡。有時候人們甚至為他的出沒行為發生爭吵：「連長剛才在剃頭棚讓人按膀子，按著按著打起了鼾。」「胡謅，我剛剛一會兒還見他從貐嫚家出來哩。」兩人吵著，賭咒發誓。沒人敢說宗家的閒話，因爲害怕傳過去。貐嫚做了一輩子藥匠和接生婆，經她手接下的孩子滿街都是，包括小油矬。她在下村是一個受人推崇的人物。合作醫療開辦那會兒伍爺讓貐嫚任赤腳醫生，沒有成。原因是上級明令接生婆不得擔當此職，結果另一個喜好擺弄草藥的男人背起了帶十字的藥箱。不過下村有不少人生了病仍舊找貐嫚，連伍爺也不例外。老獾四五十歲上開始讓貐嫚下藥，非她而不能除病，食欲不振，有心火，犯腳氣，或者是與人發生口角，都要讓小油矬去喊貐嫚。老獾伏在炕上扎針，那會兒的軀體就像一條扁鰻。宗家人有個明顯的體徵，即身廓又寬又扁。這種形體有利於爬樹和游泳，而且長於打鬥：一旦被其抱定就很難掙脫。被老獾抱過的人個個心有餘悸：「了得，那麼大年紀了，手臂還像索子一樣韌哩，摟人時兩腿也隨著把你盤上，你就等於給拴上了幾根棕纜，一絲兒也別想動彈；他要眞想折騰人，會把你的頭按在胸口下邊一點，那時身子一縮巴就能把人悶死。」誰都知道老獾的強健之軀一半來自習武，一半還要歸功於家族遺傳。「我喜好下狠手哩。」他說。這個紅眼利爪的男人十個指甲又長又硬，打架時一掃就是十道血痕。老獾六十左右歲時下口咬人鈍了，就讓貐嫚用茯苓製了一種膏散。老獾還把這種膏散獻給伍定根，說：「沒有伍爺族上護著，咱宗家早就被斬草除根哩。」

小油矬從上村盤案子回來，兩眼生光，見了老獾第一句話就說：「爸耶，娃在上村遇見寶器哩！」老獾一楞。族上爲這兩個字鬧過笑話哩。小油矬的爺爺差一點被老獾帶回的手電筒嚇個半死：他打開櫃子找東西發現它在棉絮間亮著，嚇得又吹又拍，最後咕咚一聲扔進了水缸。它還是亮著。「哦喲獾兒快來家看看吧，咱家有了寶器。」他嚷叫著衝上街頭，引來許多人圍上水缸。有人從水中取出關了電門。老獾沉著臉問：「你到底遇見了什麼？」小油矬繪聲繪色講了上村的劉蜜蠟，說：「好大物件，天哩，咱從根沒見這樣大水靈女娃。咱什麼心思都沒了，夜裡睡不著哩。」老獾用釬條使勁掘著水菸袋的火嘴，像是一心要掘出什麼。他掘了一會兒又用嘴吸，吸了滿口髒水「呸呸」大吐。「大水娃啊。」小油⿰火坐搓手。「這回可得相中，要緊是宗家有後。」小油⿰火坐「嗯」一聲，哼起了小曲兒；哼了一會兒又陰下臉嘆氣，「爸耶，咱宗家如今可是有頭有臉呢，眞要娶來又怕臉上掛不住。」「嗯哼？」「是這樣，傳說她與一個乾癟小先生有一腿哩，那物件逃沒了蹤影，她嗚哇嗚哇想得哭。」「原來是個臊臭玩意兒。」「可她死也不認這壺醋錢。」老獾甩甩手：「交給貐嫚審審。我娃這回可要娶個眞本實料的東西。咱如今是衙裡人。」小油⿰火坐拍腿：「對耶。」他琢磨著怎麼報告伍爺。他可不敢對伍爺說出「遺腹子」三個字，知道那樣一說也就完了。「嗯，那事兒先瞞下，待他應允了，再找貐嫚去。」

小油⿰火坐從來沒有像現在這樣既興沖沖又懶洋洋，對操練民兵的事兒也不放在心上。往常伍爺的門崗三天輪換一撥，這會兒全忘了。他一天到晚琢磨怎樣娶回劉蜜蠟，想得眼窩發紅。他已經開始打譜新娘進門以後的事兒了：不讓她去野地裡做那些粗活，只把她關在屋裡編草辮兒。日曬不著雨淋不著，白生生的大娃咱要好生摟抱。「這可不是鐵姑娘，這是大水娃哩。」一想起劉蜜蠟就有點心慌，這讓他覺得好生奇怪：咦，眞是怪哩。別說你從根柢上就有毛病，你媽是個瘋浪貨，你爸是個木頭人；就是俺村女娃也怕咱怕得要死，咱吆喝一聲，她們就嚇得屁滾尿流，一頭一頭往草垛和樹棵裡鑽。更不用說那些孬人家的女娃，跟咱隔開了一個階級兒，見了咱大氣兒也不敢出。她們一個個啊，都粉皮細肉滑不溜秋，怎麼摟也摟不牢實。「媽的，說起這些摟物呀，裡面的學問大了。」他對那個劉蜜蠟有一萬個不解，「也許這女娃身上有一股魔症勁兒，嗯，準是這麼回事！」第一回去老劉懵家的情景一輩子也不會忘記：小石屋黑洞洞像個大穴，一腳跨進去就聽見老劉懵在咳嗽，大腚婆娘哼呀呀。「蜜蠟哩？咱要見她啦。」大腚婆娘趕緊撩開帘子，原來劉蜜蠟伏在小木桌上看書。呵，大書小書摞了半尺高，她險些給書埋了。「你連長大來了，我孩兒快站直哩！」老劉懵跑過來催促。她站起來。呵，大花姑娘臉兒紅紅的。「我孩兒害羞哩連長大，要在平時嘴比蜜甜。叫大。」大腚女人在一邊幫腔。蜜蠟勉強吐出一聲：「大」。他一下傻在了原地。迂磨了一會兒，他吭吭哧哧糾正說：「我看還是、還是叫『哥』好些。」老劉懵慌了：「這還了得！這不中啊！」「中與不中都得叫『哥』。」他乾脆利落揮了揮手。當時他心裡泛起個蠻強的念頭：讓黑兒快些出面辦妥；一旦離開這個小村，事情說不定要添幾倍麻煩。

黑兒在他的催逼下總算去做了媒人。誰想到一進門會惹出那麼大亂子，這一家人眞是不識抬舉。老劉懵嚇得連連打抖，說蜜蠟還是個孩兒呢，還得接上念書呢，使不得啊。大腚婆娘說：「按說這孩兒找婆家也是早晚的事，不過找下的人高爽爽好些。」最可怕的是劉蜜蠟，她一跺腳說：「我死也不找婆家，我還要進書房！」黑兒嘆氣搓胸，在屋裡亂走：「蜜蠟，書房沒哩。再說人家連長是眞心實意娶你，會保你一輩子享福。人是矬了些，不過俗話說『人小能爲大』呀。」大腚婆娘在一旁嚷叫：「可惜我孩兒！可惜我孩兒！」黑兒不得不朝她喝一聲：「住口罷，都是你辦下的好事。你這『遺腹子』的事兒抖落出去要害她一輩子哩！」老劉懵哭了，哭著對婆娘說：「黑兒掌櫃也不是外人，實話說了吧，我把蜜蠟是別人根苗的事兒對人家招了。」石屋裡死一樣安靜。接著響起蜜蠟的大聲詢問：「什麼？什麼根苗？我到底是誰的根苗啊？爸！爸呀！」老劉懵搗著頭，淚水刷刷滾落：「你去問媽吧！孩兒，好孩兒認命吧，人在矮簷下，不得不低頭啊！」劉蜜蠟撲向了媽，媽摟著她一聲不吭。黑兒實在看不下，吸一口菸又扔掉，「蜜蠟，這事兒透出去你一輩子就成了黑人，我也得受牽連。不如讓那連長瞞下。這也是沒法的事兒。」劉蜜蠟拱在媽媽懷裡，像要找奶吃一樣往懷裡藏，哭得地動山搖，「媽哩，你孩兒完了，這輩子完了下輩子也完了。可我死也得死在這小村裡。媽耶，你聽著，你聽著！」蜜蠟媽抹著眼，不時按一下女兒的脊背，「都怨媽把你生下，生得起養不起，還不如不生。你媽那時年輕，太由著心性兒了。媽有罪哩。」蜜蠟不讓她說下去。黑兒在心裡罵著：騷浪婆娘，要不是村子管得嚴整，醜事兒還不知添上幾籮筐哩。這就是命啊，老劉懵當年還以爲撿了個便宜哩，其實便宜沒好貨，好貨不便宜。她那會兒水光溜滑小髻兒圓圓的怎麼就瞅上了你？那是急著來下小崽哩！「老劉懵啊老劉懵，你說我怎麼去回那小油矬子？這會兒我就聽你一句話了！」黑兒大聲問。劉蜜蠟一下從母親懷中跳開：「大，天大的事情由我擔著，你就說我死也不依！」黑兒看看她懸在睫毛上的淚珠，長嘆兩聲：「嗐嗐，你個孩兒家擔不起哩。你一家，還有你大我，這回就得被他一勺兒燴了。先不急，先思謀思謀再說吧。那狗日的蠻性怪大，那狗日的。」

小油矬一想起二進老劉懵家的情形臉就發疼。好在那一天再無他人在場。因爲多日未見黑兒回話，再三追問，黑兒才說這事要看麻煩，「小小孩兒想不通順，恐怕你得使上不少軟話兒才成。」他當時狠盯了黑兒兩眼，嘴裡說「眞是反了」，心裡卻在細細謀畫。那一天他磨磨蹭蹭，不停地摸著包紅綢的手槍，心想：咱有這物件還用費那鳥勁？眞恨不得迎著老劉懵一家的腦門點畫幾下，然後順手牽得人回。也罷，這事兒蠻不得哩，先裝樣兒去他一遭，等那大水娃到了手再從頭算帳。好漢不吃眼前虧嘛。也眞是的，這有什麼難爲情的？咱說到底還不是爲了一個大水娃？呵咦，快去哩。這樣一想步子就邁開了。那天開門的是老劉懵，是這個點頭哈腰、早晚要當岳父的木頭人。「連長她大來了。」老劉懵對婆娘說。婆娘「哎呀呀」叫著，虛情假意，不知死活的玩意兒。他一見她的磨盤腚就想發火，「臭美玩意兒再不依從就有你的好看了！」心裡一句惡念，嘴裡卻說：「都不是外人，咱這回得好好拉拉呀，今後就別叫官銜了，叫我小宗子就中，嗯，是這哩。」老劉懵說：「玄哩，咱哪敢。」小油矬故意把手抄向褲兜，讓紅綢閃露得刺眼，「明人不說暗話，咱這回是來表個心意的。咱自小沒媽，守著老爹過日子怪孤單，官身不自由嘛，滿心的孝順也使不出來。二位不信就問問下村，問我算不算個孝子？不錯，咱是霹靂性兒，不過那是對歹人哩。對自家人，咱是一百個勤快依順。蜜蠟跟了咱去，我包她天天吃甜粽喝豆腐腦，一身大花衣裳，夏天一熱就穿燈籠褲。她也不用出工下泊，願做就在家裡炕頭上編些草辮，不願做就大仰著玩耍。全村人哪個敢欺哪個敢管，根紅苗正，幹部家屬，連你二老也保管一輩子吃香的喝辣的。」他一溜兒說下去，流暢得讓自己也暗暗吃驚。蜜蠟媽應一句：「哦喲看連長說得怪饞人，咱孩兒要能享上一半兒就燒了高香了。」老劉慒不語，兩眼驚駭大睜。小油矬心想：是你娃兒饞人哩。蜜蠟媽又說了：「光吃好穿好不中，你不知我家孩兒脾性。她喜好書哩。她恨不得天天看啊寫啊才好，不用說是那個小先生、小王八崽子教的。」小油矬馬上在心裡惡罵：咱就日這書；嘴上卻說：「那還不好辦？今後盡看盡寫就中。咱回家為她找木匠打個大方桌兒，讓她趴上一天到晚不抬頭！」蜜蠟媽點頭笑了。她朝帘子裡喊：「蜜蠟！蜜蠟！出來吧，老大不小的閨女啦，怕個什麼？買賣不成仁義在嘛，又不怕狼叼了去，出來見見你連長哥吧！」帘子後面一聲不應。小油矬轉悠了一會兒，自己掀了帘子進去。他一進去她就出來，臉色紅漲。劉蜜蠟站在父親跟前。小油矬盯著她，眼都直了。蜜蠟媽說：「快跟連長哥好生說句話。」蜜蠟說：「你好生說吧。」

「老天爺這是什麼孩兒！老天爺她爹能不能就近給她仨倆耳刮？你倒是好生說啊。」小油矬咳一聲，

「咱是一回生兩回熟。蜜蠟，我什麼都會依你。看人不能看外表，吃瓜還要吃瓤哩。我保你跟了咱一輩子不悔。俗話說『人往高處走水往低處流』，俺村多少女娃找咱，咱打眼一看就厭棄她哩。為甚？就因為瞅見了你哩，嗯嗯！」蜜蠟捣著臉跑出了屋子。老劉慒喊她也不回轉。蜜蠟媽嘆口氣說：「俺兩口子作不下犟孩兒的主，不過也能給你保下八成。看見了沒？剛才孩兒害羞哩。你家去慢慢聽回話兒吧，連長他哥。」

「剩下的事兒就看你黑兒了！」小油炷把槍往桌上一拍。黑兒說我眞倒楣，去幹這不乾不淨的事兒。他耽擱了三天才去老劉懵家，一進門，兩口子的嘴巴就朝布帘那兒噘。黑兒剛踱過去，帘子裡的蜜蠟就說話了：「大，你就不用費心了，我只等著回書房，別的什麼也不答應。」「傻孩兒，哪裡還會有那一天。如今正布下天羅地網抓那雷丁哩，抓住他就一刀喀嚓了。」蜜蠟撩開帘子哭訴：「他們憑什麼！俺老師沒做一絲壞事！」黑兒嗟嘆：「那是你說哩。你老師從他爹那一輩起就是壞人，他這雙手又不老實。這些事跟你個女孩兒家是講不清的，不過還是實說了罷，這回你要不應，你和爸媽都得一繩子捆了走，我這個村頭也得輸給老會計。你好生琢磨去，你又不是傻孩兒。」蜜蠟哭得腰都彎了。蜜蠟媽說：「下村有個大書房，孩兒先支應他，就說上完了書房再辦婚事，孩兒年紀還小哩。」蜜蠟仰起淚眼看媽。黑兒馬上一拍大腿：「薑還是老的辣，瞧瞧這才是好法兒，先支應他嘛！」老劉懵也看出了一線光亮，「呵呵」點頭。蜜蠟媽大聲說：「蜜蠟哎，去哩，咱去下村書房，別的另說。你黑兒大就這麼回他，看他還能怎麼？」蜜蠟又看黑兒，黑兒說：「蜜蠟，看來也只能這麼辦了。先書房裡去，他連長再凶也不敢吃人吧。」

9

劉蜜蠟懷抱一個大書包要去下村。來接她的是一駕膠輪大車，上邊罩了席子，下邊鋪了紅氈。全村人都湧到東溪路邊，老頭老婆婆們喜笑顏開，交換著菸鍋議論：「多大的排場啊，這大車比轎子實惠。」「那馬背上照理說也該搭個紅鞍，過去官宦人家都是這樣迎喜。」「那是，那會兒起轎什麼的禮數怪多，有穿長袍的在旁邊喊，喊一聲做一下。」「瞧那孩兒連個紅衣裳都不穿，那邊婆家願意啊？臉上也木絲絲的，笑都不笑。」「女孩兒臉上冷心裡恣哩。別看有的女孩兒離家時哇哇哭，撲到媽懷裡死啊活的，心裡全想著小生呢。孩兒大了不由娘，個個都是野性兒，一上婆家小炕頭就恣了。」他們絮叨著，有的突然抹起了淚眼：「天哩，也怪難受，這孩兒說走就走了，連個招呼也不打。日後別想看見一個大水娃滿街躥了。」「眞是，眞是，人哪就是這樣，到了離家離土的一天才想起她的好處，全是好處啊。」「咱小村沒大福分留她。看咱村後生吧，一個個不是打光棍，就是娶來一些乾柴棒棒似的女孩兒。她們天天餵大饃也長不胖，生出個孩兒來灰不溜秋，嘖嘖。」這時老劉懵擠過人堆，想擠到前邊去，有人就說：「老孩兒吉慶啊！」老劉懵立刻說：「你以爲這是做甚？是去下村念書哩！」有人咂嘴：「多麼饞人哪，去婆家念書，好事全讓你家蜜蠟攤上了！」老劉懵嘆著氣擠到路邊，抬眼找女兒，見她懷抱大書包站在車尾。蜜蠟媽在她跟前抹眼，蜜蠟故意大聲說：「哭甚，我去書房報上名就回！」「去吧孩兒，好生念書，常去常回吧。」大車罩子下空空的，大家往下探頭看了看，沒見到戴花的男人，都有些失望。不過他們很快說：「如今不時興那樣了。有一年上一對孩兒辦喜事，他們什麼聘禮也沒有，只有一把捆了紅布的钁頭、一本寶書。」「蜜蠟懷裡八成也有寶書。」「那當然哩，那還用說呀。」

膠輪大車由一個吊眼人趕著，只晃悠了兩個鐘頭就進村了，然後停在了一個瓦房跟前。劉蜜蠟很久以後都忘不掉這個情景：正午時分的強烈陽光曬著門口的一簇月季，月季花下有幾隻蜂蝶。土牆圍起的院子，門樓比自己村裡的好多了。她一眼看上去就不厭棄這個地方，隨口問趕車的：「這是書房嗎？」吊眼說：「你得先住下，趕明兒再說上學的事。」「這是誰家？」「貐嫚家，咱村的赤腳醫生，全家只她一個老太太，你住下不是正好？」蜜蠟走進去。她知道下村是個大村子，這兒可不比上村，這裡規矩多哩。吊眼往院裡探探頭說一聲「人到家了」，就趕車回去了。不一會兒就有個老太婆出來，由於陽光太強，她一出門就手打眼罩四下看看，見了蜜蠟發出「哎喲」一聲，說「家來家來哩」，隨手把院門大敞了。蜜蠟懷抱大書包一步步踏入，像怕踩響了什麼似的。進了院子當心她才站定了端量這個老太婆，不敢相信她會是赤腳醫生。這人有六十多歲，戴了一頂呢帽，眉毛半豎著，眼睛比常人細長許多。她可真能吸菸哪，長桿菸鍋不離嘴，腰上還懸了叮叮噹噹一串東西：菸荷包、捅菸桿的釬子，還有一個黑皮小包，上面閃露出一截鐵塊。蜜蠟認得那是取火點菸的火鐮。如今有火柴了，可有些上年紀的人偏偏愛用火鐮。老婆婆磕了菸，又飛快裝上一鍋，一手捻了一點灰白的屑末在菸鍋上，一手取了一塊白石頭對上，手揮火鐮「喀啦」一下擊打，火花一閃就冒起了煙。她緊著吸吮，黑蒼蒼的厚唇把玉石菸袋嘴兒包裹得嚴嚴實實。多香的第一口菸哪，又深又長吸進去，再緩緩吐出。「孩兒，家裡來吧，先在大嬸屋裡臥著，完了事兒該去哪兒去哪兒。嗚喲，享大福的日子來了。」蜜蠟想問問學校的事情，但還是忍了。她進屋之前把院裡端量仔細：一邊是豬圈和茅廁，一邊是纏了玉米棒子的木柱。屋簷下是各種草藥，用馬蘭捆成一束一束。這才讓人想到一個赤腳醫生的家。屋裡黑魆魆的，有一股髒臭氣和草藥混和著，讓她進門就搗鼻子。「你這孩兒沒進過藥匠家？咱家裡哪天都熬煉膏散，你鼻子再有兩天就順過勁兒來了。」她說著掀了中間屋裡一個鐵鍋讓蜜蠟看：一灣又黑又濃的水，她攪了一下，浮起一塊龜板、一片有毛的動物皮。正看時老太婆抓起湯勺舀了仰脖兒灌下，蜜蠟被撲面的臭氣差點嗆出眼淚，趕忙躲開。「孩兒不曉得這是大滋補哩。」

夜間貐嫚讓蜜蠟宿在東間屋，說：「好生睡吧，大嬸爲你辦完了事兒，你就去過好日子吧。」蜜蠟不解其意，也沒有問。這間屋裡到處都是一些古怪器具，如火罐，錐子，多稜鏡，還有誰也說不上名堂的東西。牆上貼了兩張真人一樣大的男女裸圖，各處畫得那個逼真，讓她一看心上怦怦跳。她想用一塊布單蒙住，貐嫚嘿嘿笑：「藥匠家裡才有。這是上級發下來的，原先掛在另一個『赤腳』家裡。如今他給撤了。」貐嫚一提那人氣就粗了，牙齒咬得咯咯響：「幸虧把你交給了我，落到他手裡，哼，你呀。」蜜蠟楞著。「他這人有髒邪病哩，就像你那個小先生差不多，他叫雷什麼？『雷管兒』？先不提他，只說這邊的『赤腳』。這人給男娃看病也要順手牽羊耍弄幾下哩。開始伍爺不信，後來聽多了才惱起來。一頓潑揍算完。伍爺寬大啊，這種事換了別處，哼，送進局子喀嚓他。」蜜蠟眼裡滲出了一層淚，因爲想到了雷丁。她背過臉擦乾了淚，去看窗外。貐嫚在一邊點燈。突然蜜蠟肩膀抖了一下，因爲她看到院門一動，一個人影跨進來，正是小油矬。她身上打抖了。貐嫚高興得「啊嘿啊嘿」叫，拍著手說：「說到就到哩，人家老孩兒這回該忞了。」小油矬進門後一臉笑，好像還喝了酒。他的目光一遍遍撫摸蜜蠟，嘴巴顫抖喉結兒亂動，像噎住了一樣伸著脖子。「我的媽呀，我的媽呀，貐嫚你可得早些動手啊。」他咕噥，身子前後搖晃。蜜蠟鼓鼓勇氣迎住他說：「你讓我什麼時候去書房？」他笑著拍膝，「大花姑娘急哩。我比你還急。先讓貐嫚好好調弄一遍，也給小村裡一個交代，然後咱就圓房了。哦喲，大水娃兒饞死人不償命哩。」蜜蠟嚷一聲跳起：「我不！我要進書房！」「狗日的書房有什麼進頭。你來了咱村就得受咱支派哩，這可是伍爺說的。」蜜蠟跳下炕，赤著腳就往院裡跑，貐嫚去趕，小油矬擺擺手。蜜蠟跑到院門，馬上被一個背槍的民兵擋回了。

「大水娃兒，你不如好好忍下。人家連長眞是看中了你，看他那個哆嗦勁兒。跑不出了，誰也跑不出，他有一連兵哩。」貐嫚直到下半夜還在勸說蜜蠟。蜜蠟不吭一聲。她在想爸和媽。「爸呀媽呀，你倆不知孩兒掉進老虎口裡了，爸媽快來解救吧。」她暗自禱告，淚水不息。「大水孩兒，你別身在福中不知福。這大村子有多少女娃想做連長媳婦，連長不應哩。他看上你，是喜歡你個大圓臉兒。連長怕你在小村跟上小先生壞了名聲，讓咱查查呢，快把衣裳解了吧，大嬸掌著燈火。」蜜蠟作夢也想不到會有這種事，臉都氣歪了。她恨死了這個戴呢帽的女人，眞想一腳踢在這人臉上。可她的手腳顫顫抖抖伸不開。貐嫚過來揪衣服時，她一掙就把對方拖個仰八叉。「哎呀死蠻性兒，力氣大如牛；不過俺連長什麼牲口都騎得穩。」貐嫚喘得像個風箱，下了炕趿拉著鞋子跑到院門那兒喊：「快喚人去，就說尥蹶子了，起性了。」那邊有人咚咚跑了。貐嫚進屋盯著她吸菸。在嗆人的煙霧裡，蜜蠟淚水流了又乾，嘴裡不住聲地叫著：「媽呀，媽呀，再不來救下孩兒就死了。」這樣過了半個多鐘頭，院門砰砰摔響了，幾個大手大腳的女人撞進屋裡，連連問：「怎麼這麼難？這麼難？」貐嫚湊近了蜜蠟說：「看看連長多體貼，派的都是女人。」說著掌燈湊近了，使個眼色，幾個人就死力按住了蜜蠟。蜜蠟罵，吐，她們全不回應，只是認眞地按住，把她的衣裳解開。「讓大嬸來好好看看罷。喲，多好的大胖孩兒。」

那天一直折騰到黎明。蜜蠟吐罵喊叫，直到沒有了一絲力氣，直到滿街的狗零零散散叫亮了窗戶。貐嫚開始的時候喝斥掌燈的，說：「我不得眼！我不得眼！」她又挽衣袖又吐口水，摩拳擦掌的。「咱還從來沒見這樣肥嘟嘟的孩兒哩，身上也不白，只不過紅糯糯粉瑩瑩的，多細潤的皮兒呀。」她伸手理了一下蜜蠟的小腹，蜜蠟覺得像百刺毛螫了一般難受。貐嫚把頭埋下尋覓，鼻子抽動了半天，「燈火不得眼哩！老天爺，咱要不是爲了連長，這大年紀要了命也不幹這活兒。咱這是爲連長掙個臉面回家哩！」她吭吭哧哧，咕噥，打噴嚏，像被什麼嗆住了一樣。「我敢說這是個好端端的孩兒，小蜜蜂也沒螫她一下。上村有些人眞是胡謅八扯哩。小水靈物件起來吧，穿了衣裳吧，大嬸黑燈瞎火忙了這一陣子，也算沒白忙活。這是爲你討個清白，是一輩子的大事哩，你還哭也罵也。你日後就是端了一笸籮喜糖來報答咱，都抵不過這恩情呢！」幾個女人鬆了手的一刻，蜜蠟覺得剛剛從地獄返回了。可是她已經耗盡了力氣，躺在那兒一動也不能動。幾個女人藉著晨曦看了看她，打個呵欠就走了。貐嫚累得回到自己屋裡，呻吟聲越來越響。一會兒大門口的民兵在喊「連長」，蜜蠟聽了飛快穿好衣服爬起。她從窗上看見小油矬嘴角綳著一步一步走進來。可是他首先去了另一間屋子。只聽那邊咕咕噥噥，最後是貐嫚高高一聲：「是個新鮮孩兒，趕明兒去告訴上村，就說咱娶來的是沒叮沒咬的大胖閨女！」

那無比可怕的一天澆著瓢潑大雨。這場大雨直下了七天，是蜜蠟一輩子都忘不掉的一場豪雨。蜜蠟一直抱緊了懷裡的大書包害怕被雨淋濕。有幾個女人擁上她往老獾家走，她一出門就嚷：「我的書！我的書！」旁邊的人撐開的油傘只繞著她的頭轉。書包裡有她的一摞本子，還有寶書。貐嫚跟在後面咕噥：「這是什麼孩兒呀，大喜日子掛記的還是書。」嘩嘩大雨想把蜜蠟留在貐嫚家，因爲一出院門所有人都驚叫起來：街巷變成了渾河，從高處涮下的濁水一路打著滾兒捲來，誰也不敢邁腳。還是貐嫚膽大，她在身後督促：「不要緊，這是有定數的，只要扶住了蜜蠟水再急也沖不走。她這會兒是『千斤（金）小姐』！」說著眞的搭上蜜蠟肩膀一隻手。一夥人學她，揪住了蜜蠟。當蹚著水挨近了老獾家時，這才看到一個紅眼尖目的老人身披蓑衣站在院牆外，根根蓑衣毛兒奓著，眞嚇人哪。「這就是你公爹，快叫一聲，叫呀！」貐嫚在耳邊催促。蜜蠟咬緊了牙。大雨涮到臉上，流了再多的淚也沒人知道。奇怪的是這會兒她沒想一下爸媽，她明白二位親人不要她了。她從一大清早起就在想老師雷丁，想他在這個大雨天會在哪兒？他會被人追趕著滿泊逃竄嗎？會被瓢潑大雨沖得趴下，沖到了渾湯溝裡？他會不會一路趕來下村，把自己的女學生一把抱起救走呢？啊不，啊不，咱就是遭下天大的罪，也不能牽累老師了！這裡所有的人都是他的死對頭，他們會抓他、害他。蜜蠟只在心裡祝福老師趁著這個大雨天跑得又高又遠，跑到太平界裡。「我拚死拚活也要去找你，我找到你就再也不離開了。」她在心裡念著，被推到了老獾跟前。老獾衝她一笑，她差點兒給嚇昏。「新房裡去，新房裡去！」老獾拍著蓑衣，拍得水花四濺。一夥人晃啷啷把新娘牽進院門，又往裡推擁。蜜蠟抬眼找那個千仇萬恨的小油矬，發現他正站在中間灶台前，臉色像茄子花一樣顏色。「我會咬死你呢，只要你挨近了我，我就和你死在一起。」這是蜜蠟見了他的第一個念頭。幾個女人把住蜜蠟，讓她站在灶前聽新郎發話。他一聲不響，擺一下頭，她們就把蜜蠟推到了裡間。貐嫚湊在新郎耳邊說了幾句，他嫌她呵得耳朵癢，退開一步。「小心哪，別讓她在火頭上傷了你的身子。」他一個冷笑。她又說：「我與她住了這多天，知道脾性。要不要弄下些昏睡藥兒？」貐嫚正勸著，老獾進來聽到了，說：「呔。你把咱宗家看成了什麼。你以爲我娃是隻綿羊哩。」

大雨澆潑聲掩去了一切。大約是上午十一點左右，所有人都離去後，小油矬返身進門並上了鎖。蜜蠟抱著書包退到牆角，淋濕的衣服緊貼身上，整個人瑟瑟發抖。他衝她笑了，「大水娃兒快換個衣裳吧，冷不冷死。」她看也不看。「大雨啊，嘩嘩下著咱心裡喜呢，」他擠擠眼：「換下衣裳吧，誰的摟物誰心裡害疼。別看我是個驢脾性，我對自己中意的物件最疼哩。大水娃兒。」他上前一步，不防中被她掀個趔趄。「哦喲水娃兒手勁怪大。」他笑瞇瞇看著，突然「嗯」一聲發力將她抱緊，瞇著眼胡喊亂叫：「哦呀大胖娃這下歸咱哩，讓咱摟個牢實。幸虧伍爺這些天沒瞅見，他瞅一眼就壞了醋了。哦喲又肥又香的大婆娘咱可得撒了潑好一輩子。」蜜蠟騰不出手，這會兒使勁擰動，才知道對方雙臂宛如鐵索。她急切之下一低頭咬中了他的上臂。加力，發出咯嘣一聲，血濺出來。她害怕了，張開沾血的嘴啊啊叫。對方卻沒事人一樣仍舊把她抱得鐵定。血順著上臂往下淌，蜜蠟嘴角也有血滴下。她雙眼大睜，忍住一陣刺鼻的血腥氣。「還咬不？」他問不應，就說：「那好。」他看看嘩嘩流血的上臂，馬上歪歪脖子把嘴對上，絲絲吮了一口，咕咚一聲嚥下肚裡，說：「有勁道的好娃就該這樣，這就對了。中，咱上炕結帳吧。」說著飛快取下蜜蠟懷中的書包，還沒容她轉過神來就呼一下挽上炕頭。她又蹬又叫，卻再也咬不上他。他周身隨處都像安了轉輪一樣靈活，又像鋼鐵一樣不可動搖，只三兩下就將她按定在那兒，衣服不知何時早飛光了。她的哭嚎聲再大也穿不透這雨聲。大股雨水迎頭潑上玻璃窗子，發出擊鼓似的聲音，又像個瘋婆婆不停地拍打窗子。一個無法抗拒的魔障死死壓住了她的身子，開始一聲不吭地挖掘和搜尋帶血的食物。她覺得自己到了瀕死關頭，睜眼看著這個嚼肉喝血的獰獸。她準備去死，閉上了眼睛。在外邊灶間，只有一壁之隔的老獾和貐嫚諦聽許久。「耳朵不中了。」老獾說。貐嫚瞥瞥窗外，「這雨太凶哩，兩個孩兒在雨聲裡打滾兒，歡喜大哩，一準會早早生娃。」一句話說得老獾心花怒放，他立刻端過了水菸敬上。她的黑唇像有無數條裂紋似的，這會兒每一條都通向了水菸嘴兒。「哦喲，老獾家真有好菸，你是專等著這大喜日子才抽啊。」

老天爺不讓雨水停歇，一天裡就澆塌了好幾間泥屋。沒了窩的老老小小在渾水街上呼天號地。有人冒雨咚咚搗響小油銼家的院門，老獾罵著披上蓑衣去開門。原來敲門的是一男一女兩個民兵，他們不敢驚動伍爺，來問連長塌了屋怎麼辦？老獾兩眼紅得像椒子：「我日你媽不知道這是我娃大喜日子？屋塌了，就不會讓他們先住進牲口棚裡？我日！」男女民兵應聲跑開，老獾又在背後罵了一句。待他回來貐嫚就說：「你是越老火氣越大了。」她知道是這個大雨天讓萬物不寧，連老傢伙都這樣煩躁，他兒子還不知怎樣暴烈呢。「大水孩兒，今個雨天是你的一關哪，過了這一關，小臉兒喜漣漣。」整整一天貐嫚都在老獾家抽水菸，不時抓一塊地瓜糖嚼嚼。中午和晚上對面屋裡沒聲沒響，也沒人出來吃飯。貐嫚說：「老天，兩個孩兒這麼久不出來嚼口東西不行哩！」老獾斜她一眼：「我娃從昨個就備好了一個大食盒放在炕頭上，裡邊有瓜果芋頭，還有豬後肘哩。你是瞎操心呀。」這一夜貐嫚就守在了老獾家，總覺得這兒離不開她。大雨還是嚎，窮嚎，莊稼人聽見這嚎聲就知道好日子被老天爺拐走了。貐嫚在午夜裡夢見那些關在牲口棚子裡的人，看見他們當中有人害了心口疼，正偷偷去求前任赤腳醫生。那小子留了分頭，鼻子一側有灰，赤著腳，背著自製的小藥箱一顛一顛亂躥呢。

大雨在第七天停了。漫漫大水從街上消退，就像過了一次潮汐。老獾盯一眼天上的光色，剛想去拍西屋門板，門就開了。老天，兒子紅眼深凹，臂上纏塊白布，踉踉蹌蹌出來。「大娃呢？」「正睡哩，睡得眞香。我得準備下一些熱湯熱水等她。」老獾見兒子摸索著走到灶口，眞的去舀水抓米了。「哦咦，我孩兒恣了。」他像看一樁奇蹟一樣看兒子忙來忙去，紅眼溜圓。兒子從未有過的勤快。老獾見水米添好火點上了，就坐下拉起了風箱。父子倆一會兒就把飯做好，然後專心等炕上的人醒來。呵，好一場大睡啊，太陽出了又落，她就是不再睜眼。他們把飯熱了三次，又打了一個荷包蛋。「咱這是和大娃過日子哩。」小油矬坐在灶間自語。老獾吭吭兩聲：「下狠力生娃，越多越好。」裡面有了響動，小油矬趕忙把飯端到了炕上。老獾在門口眼瞅著蜜蠟坐起，那模樣讓他嚇了一跳：烏油油的頭髮變成了亂草窩，身上的花衣服碎成了一綹一綹，從破碎的衣服間再清楚不過地閃露著火紅的胸脯。那乳房可眞是大啊，老獾閉上眼，嘴裡發出：「呵咦。」蜜蠟兩眼似睜非睜，一伸手就抓起了木盤裡的碗，然後低頭吃起來。她吃得可眞快，吃完一碗就接過小油矬剛添上的一碗。兩人一聲不吭，一個吃一個看。「上村大孩兒可眞有一場好睡啊，一睡就是幾天幾夜，怪不得這麼胖哩。大孩兒成了宗家人了，比前些年那個鐵姑娘好上千千倍。」老獾依在門框上咕噥，長而硬的手指甲把木框摳出了一道深痕。炕上的人只顧咀嚼，什麼也不聽。「天晴了日頭亮堂堂，我娃到院子裡溜達不？」老獾見蜜蠟放下碗筷，問了一句。她還是不應。小油矬兩眼隨著蜜蠟打轉，對父親的話充耳不聞。

三天之後蜜蠟眞的到院裡來了，仍舊穿了那件撕成布綹的衣裳。她一點一點看過院子裡的每一塊石子、每一株草木，然後又仰臉看天。院門半掩，她走到門邊，看到了兩個背槍的民兵。蜜蠟坐在太陽下，咬著牙關。老獾捧著水菸袋在四周轉，老想引逗她說話。他抽菸發出的咕嚕聲讓她轉過臉：那個冒煙的東西是黃銅的，有沉甸甸的托兒。她眞想搶到手裡砸破老傢伙的頭。可惜門口有背槍的人，她跑不脫；再說跑脫了又去哪裡？狠心的爸媽啊，七天七夜一聲不吭，只讓她一個人跟上窗外的大雨嚎哭。孩兒一輩子只哭這一次，哭過了該死就死該活就活。「我家孩兒露皮露肉的，找件新襖套上。快套去。」老獾轉到跟前催促，聽不到回聲就使勁咬起了嘴唇。「沒遇見這樣犟娃哩，不過你倆好生過下吧，給宗家傳下虎眉虎眼的後人，讓你一天到晚吃白麵大饃和酥油果子，坐村頭火燒鋪享福去。」老獾坐在一旁，一低頭看到她火紅色的雙腳，吸了一口：「呵咦，大肥蹄兒也鮮亮哩。我娃眞有大福分啊。」他估摸這一刻兒子正在聽伍爺吩咐。伍爺七天七夜沒見兵頭兒準是急了，準是躺在炕上一邊放屁一邊訓人：脾氣那個暴，如果是戰爭年代肯定是殺人不眨眼的角兒。老獾知道伍爺幾年也殺不了個把人，手都癢死了，有時去屠宰場替別人捅羊，就是想過一把殺手癮。他幹那活兒時嘴裡發出「嗯、嗯」聲，滿意哩。老獾一想到伍爺發火就要出汗，十根手指一奓撒水菸袋就掉了。他想趁這會兒給犟孩兒講個故事唬唬她，不講她就不知道下村的規矩，更不知道伍爺手下人的厲害。他想著想著就說開了：「我兒去給伍爺領兵了，不能在家陪新媳婦了。衙裡人官身不自由嘛。伍爺鼻子一吭滿村都起暴土，手下人個個含糊不得。前幾年伍爺聽說外村起了鬨，仗一打起來，就領上你男人去增援。村裡有幾個孬人也讓伍爺順手收拾了。孬人倒還老實，可誰讓他們前世作了孽？伍爺三下五除二幹掉了兩個，使上了火槍和砍刀。你男人小小年紀生勇啊，撲上一個孬人吭嚓一口，咬折了他的後脖兒筋。那人也活該倒楣，想還手哩，說時遲那時快，你男人打一個飛腳踏中了他，讓他疼得哎喲喲彎腰，伍爺就趁空兒甩了個飛刀。嘿，小小孬崽給砍了個窩兒老。」老獾講得有滋有味兒，不停地吸水菸。蜜蠟聽得呆傻了。老獾瞥瞥她：「伍爺和你男人打援回來，等於是班師回朝，想想看下村的龍墩還坐不牢實？哪個孬人不得一跪三作揖？別說孬人了，就是平常百姓也得老老實實，在伍爺那兒都是要麥子是麵，上緊著顛呢。我家娃待你不薄，這些我都看在眼裡。你也不用這麼積氣，一個草娃嫁個連長理該歡喜。再說給伍爺當兵頭什麼沒有？好水娃你琢磨去。」

劉蜜蠟在一天大早開口說話了。她先是洗了臉換了衣裳，然後對小油矬說：「你也不用提防，我不想死也不想跑。」小油矬大喜：「想過來啦？」「我有個要求你得答應，這也是爸媽跟你說好的。」「什麼哩？」劉蜜蠟大著聲音：「送我去書房！」他四下看了看，嘴巴鼓大又鬆開，「這個嘛，書房裡都是小毛孩兒，你是個新媳婦哩。我保準你去不了兩天就得回。」「我要去書房。」「好水娃兒心疼的物件，我是捨不得哩。滿街男人眼上都長了鉤子，我心疼哩。」小油矬抱上她一聲連一聲哀求：「別去了別去了。」她臉色冰冷，只重複一句：去書房。「我的老天，書房有個狗蛋用啊，我日。去吧。」

10

「歪嘴火眼吊斜風，鍮嫚不怕對口疔；下村數誰文化大，要問村西二先生。」這是下村三歲娃娃都會說的順口溜。前兩句誇鍮嫚的醫術，後面說二先生有學問。「那些鳥人鬧五鬧六的，還比得上二先生的書底子？」伍爺有時厭惡上邊派來駐村的人，就把這句話掛在嘴上。二先生身高體瘦，面黃鬚稀，年輕時在一個偽軍頭兒家教書。伍爺說他：「你也就是在下村吧，換個地方，有這樣身世早就被『喀嚓』了。」二先生點頭：「『喀嚓』了。」他和鍮嫚都是伍爺的人。鍮嫚治病走家入戶，常給伍爺報個口信。二先生是個閒人，除了抄手曬太陽，就是說伍爺的奉承話。他把一生的見聞、書上看來的事情說給伍爺。伍爺想讓他去書房當老師，後來被公社否決。上邊給予類似干預的還有赤腳醫生一事，這些都讓伍爺惱恨。他說：「就等著起戰事啊。」二先生明白伍爺嫌亂烘烘的打鬥停息太早，如果再延一年，就會帶人殺進公社。二先生是觀察女人的能手，沒事了站在街巷上睃來睃去，說誰家婆娘「這一段擰擰扎扎又歡實了」，誰家女娃「胸脯眼見得暄了」。他有了心得就找伍爺，提起當年僞軍的大姨太就咂嘴：「年紀一大，狗日的男人不喜了。好比明珠土裡埋。從她那兒我得出個結論：女人醜俊倒在其次，要緊是摟著和順。」伍爺點頭。說到誰家女人如何，二先生開口就是：「和順不？」他出門趕集回來，常咧著缺齒少牙的嘴巴說：「喝呀，遇上個和順娘們兒。」他成爲書房的常客，動不動就寫上一個生僻字兒讓老師們辨認。他每看到他們在字典上苦查而不得，就一陣搓掌大笑。這天他又懷揣一個三十多畫的繁體字入了校門。書房由一處地主舊宅改成，共有黑門四進。當他走到第二進時就遇到了頭包藍圍巾的劉蜜蠟，嘴巴再也合不攏。「哦喲喲又是一個和順物件。」他退開一步等蜜蠟走過，直眼盯著她的背影，看得淚眼模糊。他跟上去。出了校門又入巷子，他還是跟上。當劉蜜蠟轉過巷口時，他已經像狗一樣哈達哈達喘息。一邊走來了小油矬。「哦咦連長，咱書房出了大肥美女哩。」「是嘛？」「又一個和順物件。我估計是個新來的女老師。」二先生咂嘴。小油矬對在他耳朵上說：「我看你是個狗日的東西哩。」

　二先生引著伍爺往書房走，「那油矬兒罵我怪狠。」「罵殺你。」「人一有兵權就是這樣。伍爺千不該萬不該給他手槍呀。」伍爺哼一聲：「你問他放得響不？」他們走到火燒鋪那兒待了一會兒，喝了兩碗熱騰騰的豆腐腦。「我估摸那新來女老師是個稀罕物件。」二先生說。伍爺站起揉肚子：「狗日的一有文化就不服管教。」「那倒是。不過再大的官位，在下村還得給伍爺下拜。你就是咱這兒的皇上。」最後一句讓伍爺伸長脖子四下看看。「咱走吧。」二先生捋捋上衣口袋，那兒閃著寶書的紅色。「我上回的字又難住了他們。」進了四道門就是教師辦公室，正在批改作業的兩個中年男子立刻站了。「又公派新教師了嗎？」二先生邊說邊從懷中掏出三十多畫的繁體字遞上。兩個中年看看又夾到本子裡，說：「沒有公派呀。」二先生盯伍爺一眼：「人家說沒有，」然後聲音陡然增大：「那個大肥閨女頭戴藍圍脖兒的，就是她。」男教師皺眉相互看看，其中一個拍腿：「不就是劉蜜蠟嘛。哦，那是、那是連長媳婦來上學哩。」伍爺咳嗽起來。二先生哭喪著臉坐下。伍爺笑了：「聽說小油矬冒著大雨成親哩。」二先生捋著黃鬚：「成了親又送書房，這稀罕物件。」他咂起了嘴。伍爺眯著眼咕噥一句：「傳她來呀。」一個教師二話不說就走了。只一會兒劉蜜蠟跨進了門檻，一露面就讓伍爺喊了一聲：「喝咦！」二先生說：「快叫伍爺，這是伍爺。」「伍爺。」「嗯，」伍爺兩眼睜睜閉閉，「上村孩兒？」劉蜜蠟嚇得木呆呆的，點點頭。「來書房做甚？」「念書哩。」「那矬兒可中？」劉蜜蠟慌得不知怎樣回答。伍爺一瞪眼：「他要不好生待你，言一聲，我把個小畜生喀嚓了。」「喀、嚓？」蜜蠟越發不解。二先生抬手在自己脖子上比畫一下：「就是砍頭。」蜜蠟吸了一口涼氣。

伍爺躺在炕上吸菸，不停地放屁。他老婆捂著鼻子滿屋亂躥。門板響了一下，他說：「狗日的進來。」是小油矬，一跨到炕下就雙腳並攏行個軍禮。「知道爲什麼傳你呀？」「不知道。」「那先把耳朵裡的驢毛拔淨了，好好聽。這大雨潑下七天七夜，你躲在家裡不出。百姓塌了屋吱哇亂叫也不管。還有全村孬人，一個個全忘了性兒。我估摸你是沒了心肺。」小油矬大氣不出。伍爺猛一拍席子：「回我！」「伍爺，咱定準上緊辦理，蓋屋、治孬人。」伍爺大喘著躺下，揮手。小油矬出來擦擦汗，這才發覺那把手槍墜得褲子滑下來。他使勁提拉褲子醒醒神，往牲口棚那兒走去。牛馬驢騾一齊拉屎，臊氣頂鼻子。一捆捆麥草攤在棚子一側，一家一戶全坐在麥草上。他看見貐嫚把帶十字的箱子放在乾牛糞上，正一下一下狠捋一個男娃的頭。他走過去，貐嫚朝他咬咬牙：「前邊那個男赤腳偷偷來了。他一走大夥兒都拉稀了，我得一個一個治。」她罵了句讓男人臉紅的粗話。小油矬「嗯」一聲，就奔那個廢了的赤腳醫生家。「赤腳，你雨天溜出去給人治病了?」赤腳站起來：「嗯哪。」「你好大膽。」「發大水找不見貐嫚，他們瀉得慌，救人要緊。」小油矬要到門口找一個巡邏的民兵，喊了兩聲沒人，就回屋挽挽袖子抄起了一根木棍。「哎呀連長我再也不敢了，不敢了。」赤腳盯著棍子大叫。小油矬卻不打，命令對方解下褲子。灰白的屁股一露出來就讓持棍人怒火中燒，他「砰嚓」一聲打了上去。赤腳大跳大叫，小油矬就掄棍亂打。小油矬喘著：「從今起你就是孬人了，天天隨孬人掃街拉糞。」赤腳頻頻作揖：「連長行行好吧，別讓我做孬人。」小油矬扔了棍子揚長而去，剛走不遠就看見一隊孬人在掃街，打頭的是老核桃。小油矬一腳踢飛了他手裡的掃帚，所有孬人一齊扔下工具站直了。隊中有一個女人，她是從城裡來的眼鏡，這時拄著掃帚站著。「哦嘿，狗日的膽大啊，你敢不站好?」眼鏡女人四十左右，目光冷峻。他眞想用手槍柄敲碎她的眼鏡。他跳開一步吆喝：「都給我聽著，從今個起不掃街了，快搭屋去，不把塌屋全整好，不准睡囫圇覺。」一隊孬人垂著頭走了。小油矬有幾分閒心，先去村頭火燒鋪坐了一會兒，又去了打馬掌的窩棚。馬蹄劉是個老光棍，因爲願講葷故事，來這兒的人就多，他聽了什麼口信就給連長。這一次馬蹄劉見了小油矬就說：「伍爺快要病了，低頭蔫腦的，火氣比往常大了一倍。他有一回在這兒坐了沒有一歇兒就說，『咱村民兵不中。我要操練一支鐵軍，改日裡你給我打上幾十副馬掌，給基幹民兵全鑲上!』你知道伍爺說話是作數的。」「他沒說連長鑲不鑲?」「沒說。不過兵鑲了，兵頭兒自然也要鑲。」馬蹄劉說著竟然眞的扳起小油矬的腳，脫下鞋子看了看，「老皮老肉兒的，倒也掛得住掌。」小油矬跳了起來：「你媽的還眞幹不成?掛了掌就不是鐵軍了，就是瘸軍了。」「這我不管。你知道眞到了那一天我也只好聽伍爺的。」小油𪸩沮喪之極。他明白這是眞話。去年一個大霧天伍爺把一個孬人鎖在治保會，孬人閨女到處找伍爺求情，正好在馬掌棚裡遇到了。伍爺那一次起了驢性，一聲吆喝讓馬蹄劉按住了閨女。馬蹄劉的臉被抓得血乎淋拉，可他從無怨言。「日不盡的孬人，看不完的報紙。」這是馬蹄劉跟伍爺學來的一句口頭禪。伍爺最看不起下鄉送報的人，因爲這些印了字的紙一打眼黑漬麻花的，擦屁股還嫌糙呢。「伍爺這些天眞躁呢。」小油𪸩聽了忐忑，他害怕自己要倒楣。

自從蜜蠟上次去書房遇到了二先生和伍爺，老獾父子就惶恐起來。小油𪸩沒敢將馬蹄劉的話告訴父親，只在一邊嘆氣。「我孩兒，依我看先把蜜蠟藏了，等伍爺忘了這事兒再說。」小油𪸩搖搖頭，「伍爺忘不掉的。媽的都怨她吵著上書房、上書房。這麼大的鮮娃誰藏得住！」父子倆商量半天，決定不再讓蜜蠟出門了。小油𪸩把她關在屋裡規勸：「好大婆娘以後別再出門了，外面凶險哩。這可不是上村，這兒離海近，海煞半夜出來遊蕩，白天也要捕個把人回去。牠們專找肥嘟嘟胸脯鼓凸的嫩孩兒下嘴，那還跑了你？」蜜蠟說：「就上書房哩！」小油𪸩哭了。他不出聲地流淚，擁住蜜蠟，她推拒掙脫，他還是不鬆，淚水潸潸，「咱夫妻過一天算一天，海煞嫉恨哩。好大肥娃，貼心的物件，我是官身不自由啊。我不能天天陪你，老被喊去做公差。」「我就去書房！」「不哩蜜蠟，咱在家裡矗它一張大桌兒，你盡看盡寫，咱家裡強似書房。你看呀寫呀累了，就編些草辮兒。我一有閒空就躥回來。大好蜜蠟豎起小兔耳朵聽話吧，啊？」這一天，老獾父子翻箱倒櫃，找出鐵姑娘和油𪸩媽的破舊衣裳給蜜蠟穿。老獾一件一件翻揀著告訴蜜蠟：「我娃，你得裝扮出個邋遢樣兒。幾十年前村邊上過匪，女人臉上搽了鍋底灰才敢出門。匪過了，把臉一洗又是個活鮮的孩兒。這理兒我想你不難解開。」蜜蠟被阻在院門之內，懷抱大書包走來走去，淚水流下又乾。老獾從自己屋裡搬出點心盒子，蜜蠟不吃。老獾又遞上水菸袋說：「你也學學菸兒罷。這東西有癮哩，慢悠悠吸上何如？」蜜蠟說：

「不何如！」她望著天上的遊雲小聲喊著：「爸啊媽啊，兩個狠心人不要孩兒了，孩兒給鎖在活地獄了。」一會兒小油矬眞的差人送回了一張大木桌，把它擺在了裡間屋裡。蜜蠟坐在桌前念著：「老師，俺老師哩。」她不停地寫起來，寫一會兒哭一會兒，心裡總算舒坦一些了。「老師，我要當個大寫家。我背詩文讀寶書，想著你和風匣琴。我盡想你，想你得病那些天我抱了餵飯水，給你胸脯上藥。」蜜蠟寫累了就讀寶書，聲音越來越大，引得老獾踮腳從窗上看。

「她安穩些了罷？」小油矬一回來就問爸。「大聲念書哩，寫下一串串字兒。也哭。」老獾懷抱水菸，指指點心盒子：「不吃。」小油矬歡心了，進屋就抓起字紙，不識。「貼心摟物恣哩，這就好。盡看盡寫，連長家屬哪個管得？除非是伍爺。」他提到那兩個字臉就沉了，縮縮脖子。白天蜜蠟悶得慌，一到院裡老獾就不再停嘴。她由厭棄到好奇，最後竟聽了下去。老獾說：「聽老成人兒數叨陳年舊事吃不了虧。年輕娃兒要傳下後人，也要傳下家事。那些破皮爛鳥的事兒、貓叫狗日的事兒誰家都有一籮筐哩。」蜜蠟終於忍不住斥道：「這些髒話也是你說出口的呀？」老獾收收口，接著勸：「我娃聽著，家家都有自己的風俗忌諱，咱家不忌粗口，你長了就知道了。我看娃兒歸順下來，一塊石頭算是落了地。你倆合力生娃吧，這是大事。上回那個鐵姑娘算是白費了力氣，下不出崽兒還嘴硬。人和人不一樣，你老婆婆幾年工夫生下仨娃；你老老婆婆一胎就是倆。到了你大婆婆這兒就不中了，白長了副大奶子。咱潑睡她三年。你二婆婆算是生下你男人，不過有個氣房的毛病。宗家不是伍家，伍爺生猛哩。他不管在下村還是別的村，見了孬人一聲吆喝，男男女女牙齒打抖哩。這也怨不得。孬人失了江山，咱得了江山。咱的地盤咱不管起，那還不要亂了套啊。扯到這裡我得給娃說下，娃是孬人根苗哩。這事由宗家替你瞞下，俺日夜捏把虛汗。這事讓伍爺知道了可饒不了咱。」劉蜜蠟按著心口站起，因爲那兒一陣巨跳。「娃兒坐下莫慌。你生下的娃兒就是好人根苗了，想想你肚裡懷上小崽那天，還不是一功？生哩，宗家娃兒自古金貴。事到如今了也不瞞你，咱這一家不是登州人，也不是大河套北邊的人。咱老祖上抓了別人打牙祭，惹了眾，他們要把咱斬草除根。逃啊追啊，剛得一點空閒就生娃，娃長大了又想找人打牙祭，給剿沒了影兒再生。你想想這還能剩下幾人？伍爺爲什麼對咱好？他也是古譜上尋不著的人口，用一個假『伍』藏住了身哩。咱讓鄃嫚暗裡看了他的口，那是趁他哼叫牙疼時扒拉開了，一看了得，裡邊一面一顆小獠牙。你當這是怎麼？這是要在人堆裡啃咬哩。哦咦，咱宗家跟上伍家死也不回頭了。你不曉得這兩家的勾連，那眞是生死不離。我跟上伍爺去外村摸過營，營裡人個個戴袖章，主帥帳口上掛了獠牙幡子，跟古時候分毫不差。火器變了，不使矛了，有轉盤子機槍和發連珠的寶器，交起火來這一邊拿個什麼說『喂喂喂喂』，那一邊就噌噌放銃。喝咦，人就像割麥子砍高粱，成排兒倒下。摸城裡大營時伍爺領上你男人，那會兒他手槍還沒別上。入了城門，只聽有人大聲背寶書，接著嘎勾嘎勾槍響了。你男人跟伍爺一個箭步躥進一間大屋，抓起被窩裡熱氣騰騰的人兒一看全是蓮藕似的女人，不用說是壓寨夫人。伍爺先把她們睡了一番，拿走一些菸酒戰利品就往外躥。那兩個女人原本也該捎回的，這是交戰規矩，只可惜時候不等人啊，槍響似爆豆哩。那一夜好殺，兩人回來時天亮了，身上都沾了血。他們估摸敵營裡死傷少說也在這個數上，三十。女人見了鄉下兵勇還咬文嚼字，跟咱擺文明陣法哩，哪知道老輩上見得多了，罵一聲『我日』，三五下捺住。你男人是伍爺帶出來的勇娃，也是咱家根柢血旺，潑殺潑上原是本分。一句話，咱眞要惹急了那天，有銃使銃有刀使刀，打赤手兒就撲上去咬他個血花兒流。」老獾因爲說得急躁，鬍子翹起，兩眼血紅，胸口上直冒白氣。蜜蠟嚇得大氣也不敢出。

「你個矬兒，你再不放我出門就憋死了！」劉蜜蠟嚷著要出門做活兒，要去海邊。「不是讀呀寫呀？再說還有編草辮兒這活計。」「我不，我得去看看大海是什麼樣兒，看一眼就回行不？」小油矬咬咬牙思忖一會兒，「也中，不過我得隨上防海煞哩。還有，你得把舊衣裳穿好，把臉抹上灰土。」劉蜜蠟犟他不過，只好依從。這是個無風無雲的下午，大白日頭照得人出門眼花。小油矬領她沿小巷繞出村子，然後往北折進一片白茅地，鑽入齊腰深的紅柳棵裡。白雲一朵朵在天上走，能唱的小鳥鑽得多高，牠們唱的是「樂樂得樂，得樂樂樂」，不住聲地誘惑人。蜜蠟心裡說這是多好的大海灘呀，這是比村裡好上千倍的地方。有隻野兔探了一下頭又躥了，螞蚱直往臉上撞。長尾巴大鳥讓她楞了神，她被這近在眼前的奇蹟逼得合不上嘴。大鳥身上色彩斑斕，金光閃閃。小油矬哼一句：「野公雞。」大鳥飛跑了。遠遠近近都是「克兒克兒」的聲音。『野雞兔兒雜』，就是把牠們剝了皮合燉，那是伍爺的口福。」小油矬說著瞥瞥她，突然一把抱住，沒頭沒腦地摟動，「我這大水娃金不換哩，走哪兒讓我喜歡到哪兒。」他牽上她的手繞著柳棵走，咕噥說：「我這驢脾性娶了你眞忞，啊喲回頭還得潑摟潑睡，待小娃生下，小日子過下，大炕燒得熱烘烘，你想吃什麼我就往家搗騰什麼。」蜜蠟淚水刷刷流下。「怪咦，大水娃穿金戴銀都不歡喜哩。換了別的女娃亂哭，不客氣講，我一天裡能打折兩塊洗衣板。鐵姑娘壯不？我和俺爸輪番潑揍，一口氣揍個半死。那賤皮物件身高馬大，我琢磨自小就被家裡人揍慣了，身上隨處哪裡都綳綳硬，半夜一摟硌死人了，連伍爺見了都厭棄，說『拖一邊去』。他懶得瞅她哩。」蜜蠟不再聽他絮叨，因爲大海即在眼前。媽呀，咱是生來第一遭見這大片的藍水呀，上接天下接地，比上村溝頭水庫大上千千萬。大灰白鳥兒就是書上說的海鷗了，牠們像小飛機一樣橫著斜著飛旋，一個個巧死俊死。牠們落在水浪印兒上了，像小貓覓食一樣一步一步走了，搖搖晃晃。牠們不怕人，近了才看出個個都是肥傢伙，大胸脯強死俺蜜蠟，大胸脯往上翹著喜歡死人了。哎呀沒邊沒緣的大藍綢緞，老天爺用來饞咱莊稼孩兒的物件，莊稼孩兒一看見你就不想回去了。蜜蠟往前飛跑飛跑，嚇得海鷗嘎叫飛起，小油矬就大步追趕，「我日，你跑個什麼哩。」他趕得上氣不接下氣還是追不上，到了近前，見蜜蠟突然一頭撲進了水裡。「老天，大娃急著看海看海，原是想投海哩。」他三步併作兩步撲上，鑽猛子打撲騰，總算揪住了蜜蠟的頭髮。他把她挽上岸邊，摟住大問：「你幹什麼？你想投海嗎？」蜜蠟閉著眼睛，「我也不知道。我歡喜它，想跟它去哩。」

貐熳告訴老獾：「伍爺火氣怎麼都息不下了。他這會兒罵你兒子啦，叫他『小婊子養的』。」老獾的水菸吸得又細又緩，咕嚕聲若有若無。「伍爺還說下什麼？」「他說原想把治保會也讓給連長坐，現在看這孬娃覺悟不甚高哩。」老獾又小又圓的紅眼尖利利盯她了：「他眞這樣說了？」「嗯哪。」整整一天老獾不願吱聲，劉蜜蠟走到院裡他也不再拉家常了。小油[火坐]回來後老獾一個勁兒嘆氣：「你瞎蹦個什麼哎。咱這裡要緊是伺候伍爺。我娃千萬莫把帳碼算反了。」小油[火坐]咬著下唇點頭，開始坐立不安。他呆了一會兒，不時翻弄一下蜜蠟桌上那一疊字紙，後來索性出門去找伍爺。伍爺住了三進大院，大門兩側各立一個齜牙瞪眼的石獅，一個小廟模樣的亭子裡有個扛槍的民兵。「伍爺出門沒？」「沒。」「中。好好守壘，不准打瞌睡。」「是啦連長。」二進院的廂房窗前站了伍爺老婆，她裝作看不見來人。他在伍爺外間叩門，直聽到裡面傳出一聲巨咳才進去。伍爺蓋了半截緞子被，碩大的頭顱轉動著，厚眼皮翻了翻又合上，咕噥：「小骯髒玩意兒。」「伍爺。」「吭吭。你這個官兒做大發了。」「不敢哩，我不過是伍爺胯下的坐騎。」伍爺撲楞一下坐起，黑球似的大眼珠轉了兩轉，「我這些天睡不沉哪，琢磨著：我把最好的物件送給你啦，你倒是把好東西自己掖藏下。」「我不敢哩。」「那把小手槍我喜歡了二十年，德國造哩，給了你。」「伍爺。」伍爺的大鼻孔用力噴氣，像要吹開水面上漂來的屑末。當他伏身去炕的另一頭抓摸菸鍋時，下垂的腹部嚇了小油[火坐]一跳。「哦喲這大肚兒呀，它比牛牯還大看不墜壞了腰兒哩。」小油[火坐]暗暗驚嘆，嘀咕了一句。他絕望得要哭，只想告訴伍爺，自己連性命都是伍爺給的哩，還有什麼物件敢偷偷昧下？他急得頭都要裂開了。

伍爺吸上菸，再次把緞子被拉到頷下：「你那婆娘進村有些時日了，連伍爺的門都沒登。」小油矬心上「咯噔」一下，額頭立刻珠汗滾滾。伍爺再次閉了眼睛咕噥起來，不過轉了話頭：「我要操練一支鐵軍呀，從兵頭兒開始，一人要鑲一副馬掌。」小油矬的頭快垂到胯部了。「走去走去，」伍爺揚揚菸鍋驅趕了。「伍爺。」「走去走去。」小油矬踉踉蹌蹌出了門，太陽照得頭暈眼花邁不開步子，「媽呀，我得領人來拜伍爺啊。我怎麼兩腿打顫哩。」

「蜜蠟，咱不拜伍爺不行哩。」小油矬一進門就往外翻找最醜舊的衣服。老獾咕噥：「別怕，伍爺抬抬手也就過去了。」蜜蠟回想那天在書房見到的人，嚇得心都木了。她敢說一輩子也沒見過這樣的粗醜：兩隻又厚又圓的眼皮一翻一翻，大臉又長又粗滿是疙瘩，嘴巴寬過常人幾倍。她一直覺得這副面孔怪熟，可又一時想不起在哪兒見過。想啊想啊，好不容易才想起來：雷丁老師那摞書裡有一本大畫冊，上面畫了一隻大河馬哩。「老天，這兒的村頭活活長了一張河馬臉啊！」她覺得那人不光是臉，還有粗短的手臂、脖子，只要是隨處露在衣衫外面的皮色，都像河馬啊。「我害怕河馬哩，我不敢直著眼看他。」蜜蠟嚷著。「不怕哩水娃，伍爺對宗家人抬抬手就過去了。說到底咱也是衙裡人。」老獾在一旁細聲規勸。小油矬躁得拍腿：「什麼時候了蜜蠟大孩兒，咱再不敢磨蹭哩！咱和你一塊兒去了就回！」他牽上她的手，再不管她的嚶嚶泣哭。「哭吧哭吧，一哭臉上渾兒花乎怪好。」他們一出門就遇上了一夥人，有人剛喊了一句「肥娃」，看見小油矬摸出包紅綢的槍，立刻轟一聲逃散了。「伍爺啊，蜜蠟看你來了。」小油矬從進第一道門開始念叨，一直念到伍爺臥房。裡面的人還是閉著眼睛，問：「有什麼稀罕物件？」「咱領婆娘來了。」「唔，我望望。」伍爺抬起頭，一瞄就楞住了。小油矬忙說：「她髒氣哩，瞧多骯髒啊。」伍爺仔細瞧了幾眼，哼哼著：「過一遍水就中。閨女多大了？」「十八二十歲有了。」小油矬說過後又補一句：「山裡草娃都是這樣，上下起落不出三兩歲兒。」「我日，古怪事兒。」伍爺使勁翻了個身，露出了肚臍。蜜蠟被這又大又黑的皮囊嚇呆了，一個勁兒往旁躲閃。小油炷攥住了她的胳膊。伍爺說：「你家男人是個悍娃哎。」小油炷催促蜜蠟：「快回伍爺話。」蜜蠟答：「悍娃。」伍爺又說：「他得了你這麼個寶器哎。」蜜蠟答：「寶器。」伍爺笑了，一笑露出又長又寬的板牙，結實無比的一排，「咱這村不比上村，規矩老多哩。你要好生聽話，聽話呢肉饃盡吃，不聽話呢糠菜麩皮。」伍爺吸著菸，巨屁連連。蜜蠟趕緊捣上鼻子。

11

劉蜜蠟第一次返回娘家，一踏上小村的路就哭。她怕村裡人看見，直捱到天黑才試著往裡挪蹭。看見上崖的石階路了，掩著咚咚心跳看那幾間石屋。她攀到崖上，一間一間屋子摸過，每扇門上都摸到一把大鎖。「老師哩，老師一去不回了！」老劉檣一家團聚了，三口人哭得歡欣。蜜蠟媽說：「不是爸媽不要你了，是下村人凶狠哩。你爸不出三天就去尋人，被他們打了耳刮子。你媽問他們要閨女，也差一點讓悍人擄去。幸虧黑兒去問了，才知道你平平安安。」她按住蜜蠟親個不停，直到嗅出了一股羶氣味兒。「我孩兒原是香噴噴大娃哩，如今怎麼有了畜生味兒。」蜜蠟哭著：「媽呀，那人連畜生也不如。還有村頭兒，模樣就像大河馬。他們快把孩兒嚇死了。孩兒再也不回了，不回了。」老劉檣搓手，摟一下蜜蠟又鬆開：「孩兒是嫁出的女潑出的水，這就是命啊。那連長前一天還嚇唬黑兒和爸媽，說你有一回想投海哩，這一次住娘家萬一有個三長兩短，就拿我們治罪。」蜜蠟媽問：「是「孩兒眞投海了？」「我也不知道。我那會兒什麼也不知道。」她把臉埋進媽媽懷裡，全身大抖。

命就得忍下，孩兒千萬莫犟。人都是忍哪忍哪，忍來了好日月。等你生下孩兒的那一天就明白了，就不再悽惶了。」媽媽一下一下摸她的頭髮，又伸進衣服裡摸她的背肉。「孩兒在家將養一陣，上村下村輪換著過。那個連長許你一輩子享福，風不吹日不曬的。他也是眞心待娃哩。」蜜蠟掙出身子，不再流淚也不再吱聲。

第一個夜晚蜜蠟就頂著星星出門去了，她想煞了村街、這裡的每一道溝坎。蜜蠟媽讓老劉憎隨上，她卻一個人跑在前邊。山裡的星星眞亮，山風格外涼爽。走到了老碾屋再往東就是一座座草垛了，乾草的香味一下湧進鼻孔。沙沙聲近了，是一隻隻久違的狗兒跟過來。牠們晶亮的眼睛注視著她一招手牠們就靠到近前。一隻一隻親過，這是故鄉的狗兒啊。牠們激動而沉默，全然不吱一聲。她這會兒相信：牠們曾經思念深重，此刻正在歡喜中咀嚼往事呢。今夜一切都消逝了，那絲絲拉拉的風琴聲，那又小又好的老師。東溪邊的沙原在月光下平展展銀亮亮，哦咦，大月亮又掛在東岈口了。好像這裡的體育比賽、人聲喧鬧一霎時全都復活了。她蹲在沙原上。溪上流水淙淙，有小魚在跳。一隻隻狗兒幾步跨到她的前邊，昂首去看溪水。溪水繞著高高凸起的崖子往北流去，近崖處有一片又平又大的水灣。這是多好的水灣，記得一個夏末的深夜老師曾獨自在水灣裡游泳哩。他避開了所有的人，這是因爲他害羞。可是老師想不到那會兒只有她一個人在柳樹下看：那晚上她睡不著，就一路奔到溪邊了。老師月光下的裸體像白滑石，水紋兒在上面漾著；有時他倏一下鑽到了崖下陰影裡，無聲無息好一陣兒；有時又拍得水花四射，最高的水柱騰起有好幾米高。了得啊，老師是什麼人啊，他簡直是鮫兒變成的。那個夜晚，她對老師充滿了異樣的崇敬和神祕，有一陣竟衝動得不能自抑，恨不能立刻脫下衣服跳入水中，讓老師教手風琴那樣教她游泳。可她還是忍住了。她像老師一樣怕羞哩。

劉蜜蠟在上村待了半月，然後不容分說就被接了回去。這一次沒有使用膠輪大車，而是在深夜用毛驢馱回。從蜜蠟回來那一刻起，小油烇一直咬緊下唇，一會兒呆看窗外，一會兒又出門溜達。老獾從東間屋裡出來，探探頭又縮回。黎明時分小油烇呼呼大喘著對蜜蠟說：「貼心大娃，伍爺還掛記你哩，常問你回了沒？我只說你住了娘家。」他蔫著臉說：「咱藏下一天算一天，就在家裡悄沒聲兒過。」蜜蠟說：「那我還回上村！」「傻哩，再不回來就成了叛娃，他急了會出兵把你逮回哩。」天一亮小油烇就出門去了，老獾對蜜蠟說：「我娃上緊爲伍爺練兵。伍爺這人喜好兩樣事兒，一是武裝，二是開辯論會。我這人一輩子沒見有誰比他更懂練兵，也沒見有誰比他辯才更好。」老獾咂著嘴，「伍爺要挑出二十個精壯漢子做成騎兵，那是啊，沒有騎兵不成。這是一大發明要報縣社哩。愁的是沒有那麼多馬，只好使上毛驢。反正不是正規軍。毛驢不孬哩，矮巴巴跨上去容易，也不尥蹶子。慢了些，不過事急緊著揚鞭就中。」老獾的眼神尖起來：「可惜我年紀大了，操練兵丁這事兒咱懂，要緊是口齒清行事狠，我常叮囑孩兒。二先生看操練指手畫腳，忘了自己是誰。」蜜蠟無處可去，只好聽他嘮叨。她有好幾次想不顧一切出門，去野地，去大海灘。可是門鎖牆高，牆頭還布滿了玻璃尖刺。「媽耶，孩兒這回眞的給打入牢籠。」她伏在桌上讀一會兒寶書，哼一遍所學過的歌兒。「要問我讀的什麼書哎；千斤的鐵錘當針拿。」寶書讀了一遍又一遍，力氣果然長了一節。「我的老師，親愛的雷丁，」她剛寫下一行字就臉紅心跳了，但咬咬嘴唇繼續下去，「我一個人給鎖起了，等著畜生回來。老師才不管我這個沒爹沒娘的孩兒呢。我成了根獨苗兒，孬人根苗。爸媽不要我了。我只盼你領我遠走高飛哩。你到底在山裡還是野泊、到底怎麼過冬怎麼吃食兒？大雪大雨你都沒法躲了，好人兒，我敢說自己喜歡煞你。哎呀我一大膽就說出了，說出了就心安了。你和我都不知道喜歡是怎麼回事兒，那時我把你抱在懷裡呢，一口一口餵。你小腦瓜上有一層絨絨毛兒，離一拃遠才看得清。那時眞該使勁親上一口，晚了，過了這村沒有這店了。我一輩子都想跟上你，聽你念書聽你說話。好人哪，你的凹眼上有一層金毛毛，連它我也想親哩。那些夜晚我該給你脫下衣服，咱倆合蓋一床大花被子。可我不敢哩。你的小手兒巧死了，摸琴鍵子看得人眼花。那時你胸前有一片高凸兒磨爛了，我給你上藥。你身上有一股松蘑香氣，咱嗅也嗅不夠。你生病解溲跌倒時，是我幫你提上了小衣褲。老師啊！你隨處哪裡咱都見過了，咱眞該是你的人哩！」

「你再不生娃就成了鹽鹼薄地哩。」小油烇撮著嘴端量她，又解了衣服摸肚腹，「這兒窪窪著一看就知道沒裝下活動物件，耽擱大事哩。」他的呼叫引來了老獾，蜜蠟趕緊掩上衣服，小油烇卻生生拽開：「這是什麼時候了還擺文明陣。」老獾端著水菸弓下身看蜜蠟的肚腹，伸手從肚臍比量到乳房，咂咂嘴：「我娃莫急，這事兒慌了不中，就看看明年開春能不能發芽了。趕空兒你得讓貐嫚開一副喜藥。」老獾走後蜜蠟哭叫著抓打小油烇，「你這個畜生，你是畜生啊，你讓你爹進來摸摸揑揑，你們都是畜生！」他並不還手，只沉著臉：「怪厭棄，怪厭棄。」她再次撕扯他的頭髮時，他終於捉住她的兩手，她馬上疼得啊啊叫。「大孩兒別鬧罷，咱該留些勁兒生娃哩。」他將其推到一邊。兩天後貐嫚眞的來了，抓了一把褐色粉末讓蜜蠟吃下，蜜蠟一接到手裡就揚了。「天哩，大嬸一輩子沒見你這麼個拗性兒，要換了別人，連長早就把她砸巴砸巴扔進海裡了。老天，反哩。」小油烇和貐嫚硬是給蜜蠟灌下了湯藥。蜜蠟的哭聲像一陣豪雨，把他們嚇得半傻。老獾過來勸阻：「別哭哩，早些吞下藥兒，早些懷上娃兒。有多少狼狗眼盯著咱哩。宗家說什麼也得有後，這是板上砸釘的事兒，由不得犟哩。」說著又從自己屋裡提來了點心盒子。到了半夜，蜜蠟覺得從腹股溝那兒湧來一陣灼人的熱浪，讓她不得安生，想喊喊不出，想叫口發乾。咚咚喝下兩碗涼水，馬上就變成眼淚淌下來。小油烇說：「貐嫚是從獸醫那兒淘過來的方兒，加加減減，成了咱村的寶方。」直到天亮雞鳴，蜜蠟一直在心裡哭訴：「我如果不能逃出，用不了幾天，就會一頭撞死在南牆上。」

蜜蠟把每一疊寫滿了字的紙都小心藏起。儘管老獾父子不識字，他們一翻弄還是讓她心驚肉跳。所有的紙上都寫滿了對老師的呼喚：「老師，你到底是活著還是死了？你會游泳哩，他們追不上你。大河馬正操練騎兵呢，可是他們逮不著你。老師，你要找有河有水的地方去啊，大水會攔住他們。老師見過大海嗎？那天我看見一片大水喜傻了。我一下撲了進去。我要能死在裡面多好啊，那就一了百了啦。可是我害怕再也見不著老師。我一天到晚盡想你得病的時候，想那些半夜三更沒人沒聲的時候，你在我懷裡的模樣。老師睡著了就像小孩兒，可誰能想到你又會算術又會拉琴，還會噗嗟噗嗟拍大球哩。你摸摸這個按按那個，親他們的腦殼，那是喜歡哩！我比誰都知道那是怎麼一回事兒，你壓根就沒有一絲壞心眼兒！我就是最好的證人，我敢說沒有比你再規矩的人了。說到這裡我算是後悔了，因為早知道有這麼一天，還不如全都給了你，也不讓你白擔了一場虛名！有個叫貐嫚的妖婆纏住我看哪看哪，說要還我一個清白！天啊，誰來一塊兒咒那些嚼舌根的人哪，誰來幫幫冤枉的老師啊！我想你千遍萬遍，牽掛得夜不合眼。老師不知道，那個五短身材的悍性兒畜生將我按住，讓我一絲動彈不得，給我使上這千年難遇的男女大刑。他的胳膊像蜥蜴一樣有道道環紋兒，瞳仁兒是螞蚱那樣的複眼，胸脯細看就能瞧出龜板似的方塊兒，尾骨還長著一寸多長的尖頭，後大椎有個瘤子大小的圓疙瘩，兩腿又細又硬全是老筋攀著，乳頭一大一小硬得像蠶豆，脖頸子一使勁就能抽出兩三節，胯骨那兒長了兩塊抹泥板似的彎彎骨頭，壓上人就一左一右把你死死扣住。他的指頭啊，又短又硬像釬子頭，上面的指甲像銅錢一樣翹著。老師，我寫這些不過是想告訴你咱遇到了一個什麼人，想告訴你別人因為沒有這麼貼近，會把他混成了常人。其實不是哩，都不是哩。我琢磨人和魚一樣，記得村裡人在水庫和東溪哪年都捉幾條怪魚，因為牠們的模樣小村人一輩子沒見，嚇得一抬手就扔了。老師，我說的這個人就是這樣的怪魚。他爹是個毛臉，看人時無論離多麼近，都讓人覺得是從十幾里路以外望過來的。這老畜生忘了形兒就要講祖上的事情，我聽不甚懂，不過總能明白這一支人是從什麼遠地方遷來的，老祖宗好像吃人不眨眼哩。他們一提到這些往事就膽小虛虛，變得細聲細氣兒。我聽出他們最怕的就是斷了根苗，最急的就是找個女人快快生孩子。他們扳著手指算了，說我這樣年紀哪怕三兩年生一個，這輩子至少也爲他們生下二十多個。上一個女人叫鐵姑娘，因爲不會生育被他們爺兒倆活活打死了。畜生往死裡折騰我，不住口地喊著：生娃！生娃！老師，我這會兒想告訴你的就是這一家人的大祕密：他們是一個快要斷根的族類，這會兒大慌大急哩，潑上了老命也要繁衍。當我明白了這個以後，再看他們瘋狗似的模樣兒，就害怕了。這兒狠勁兒跟吃人下口是同理啊，他們恨不得嚼著筋肉囫圇吞下我呢。說到這兒我眞想大哭一場，因爲我也知道了你的身世，知道你是『孬人』根苗，像我這個『遺腹子』一樣。我倆的命眞是差不離哎，咱眞該在一起生個水靈靈的孩兒，讓他有你那樣一雙大凹眼兒，那樣的金色眼睫毛。我會好好餵他，讓他穿上一針一線縫就的小紅肚兜兒，打小就會背寶書，啊啊呀呀唱歌兒。我一閉眼就能想出這孩兒的模樣，想出他腳背上的小肉窩兒和小腳丫，想出他怎樣衝我笑哩。哎呀想死了，也許就爲了等來這一天，我得忍辱受屈活下去。我的命性根兒眞粗啊，我到如今還沒死哩！」

老獾在窗外踮腳看著，當看到蜜蠟哭一陣笑一陣，就對歸家的兒子說：「這大水娃兒約莫是癡了。」小油矬瞥屋內一眼說：「看書哩，擺文明陣哩。」父子倆議論騎兵訓練，老獾就到院裡比畫起騎馬使勾連槍的動作，「我娃，要緊是翻身上去那空檔兒夾住馬鐙。牠顚起來凶哩。」「二先生不出好主意，他對伍爺說咱村也該興辦女騎兵，媽的。」「伍爺許了?」「沒。伍爺說不咧，女人都是用來壓寨的。」「伍爺眞英明哩。」小油矬嘆氣：「可二先生背了一句『撒撒纓子（颯爽英姿）五尺槍』什麼的，還說是寶書上的話，把伍爺給唬住了。我看二先生沒安好心，想借個由頭把咱蜜蠟引出哩。」老獾抽出水菸嘴兒，發出極響的一聲「昂」，鬍子翹了：「這還了得！這得上緊防他！」小油烇進到裡屋對蜜蠟說：「『五尺槍』哩，會背嗎？」蜜蠟不應。「哼，那槍上有『撒撒纓兒』哩。」蜜蠟木著臉，突然說一句：「我要出門，我給憋悶死！這樣下去就不生娃！」小油烇拍拍手：「誰不讓你出門啊，是門外有大兇險哩。這麼著，夜間單獨執行任務時帶上你，白天還得這樣待著。怕憋悶，我找些東西養這院裡，你餵呀看呀就舒坦了不是？大狗中不？大羊中不？」蜜蠟不語。小油烇獨自咕噥：「『五尺槍』哩，看來這槍怪長怪大，是二人扛的火銃也說不定。秋後武裝要添置哩，兵服也要一色兒新。」他決定要把這建議說給伍爺：全體民兵要有統一兵服，這樣上縣下社刷刷一走，臉上可就風光大了。他心上喜滋滋的。兩天後院裡眞的有了一條黑脊大狗，一頭小羊和一隻拐腿鴿子。

蜜蠟害怕那狗，因爲牠看人的眼神冷冷的。她給小羊洗了溫水澡，給鴿子的傷腿裹上布條。小羊咩咩叫著往她懷裡拱動，她摟住牠時眼都濕了，爲其取名「白白」。鴿子腿上的傷好了，可走路還是一拐一拐，總是跟在她的身後。她叫鴿子「灰灰」。她在屋裡讀書寫字時，「白白」和「灰灰」不離左右。牠們純稚的眼神啊，讓她忍不住親吻起來，說：「我的孩兒，我的寶貝。」她感到驚奇的是牠們的眼神兒像水一樣清！我們這些人哪，比起牠們眞是一錢不値呢。幾天過去了，她還是沒法親近那隻大狗，餵食時也要離得遠遠的。有一次她正站在窗前出神，突然手被舔了一下，原以爲是「白白」呢，一低頭楞住了：大狗的身子緊貼在她的腿上，正抬頭注視呢。這一次她終於從那雙眸子中看出了一絲熾熱，「原來你是一隻好狗兒，你叫什麼？就讓我叫你『大個兒』吧。」牠像即刻領悟一般點頭搖尾。「大個兒」矜持而又忠誠，任何時候都昂首挺胸。她常常雙手捧著牠的臉，看牠小夥子一般的羞澀。「『大個兒』，你比那些披了人皮的畜生好上千倍。看你的牙齒多白，眼睛多亮，你和『白白』『灰灰』該是兄弟姊妹。」她把牠們三個攏到一塊兒時，牠們害羞似地扭著身子，直過了許久才彼此嗅一嗅。牠們像要對蜜蠟耳語什麼，毛茸茸的嘴巴弄得她奇癢難耐。老獾端著水菸走過來，一打眼就發出「嗤」的一聲，「了得，跟畜生嘴對嘴說話兒。老天爺，瘋癲事兒全讓咱宗家遇上了，這回可熱鬧了。」

小油燈聽老獾說蜜蠟在家裡跟野物親嘴兒，並未在意。他忙著找貐嫚商量製作軍服的事，準備到時候給伍爺一個驚喜。他們倆比照著一些樣式取捨再三，最後用黑色平紋布做了上下緊身衣褲，胸脯那兒再用白布縫了一個圓，上面描一個「忠」字。「你先穿上照照鏡子罷。」貐嫚退遠些看著，讚許不止。他穿著直接去了馬蹄劉那兒，老頭當時正夾著一塊赤鐵淬火，一見了他嚇得夾子都掉了。赤鐵把地上的水窪打起一團白氣，馬蹄劉在煙氣裡豎起拇指：「鐵軍哩，就缺一副馬掌了。」小油燈罵了一句走開。回到家裡，老獾對在他耳朵上說：「咱家要出大禍患啦。」「嗯哼?」「我娃真得上緊料理婆娘了，我蹺腳從窗上看了一眼活活嚇煞。黑背大狗騎在仰面朝天的婆娘身上鬧騰哩，小羊和鴿子也在一邊蹦跳。那大狗舌頭彤紅老長耷拉在她臉上，兩個緊繃繃相摟哩。欺天哪，我孩兒快些把婆娘收拾下吧，晚了不中。」小油燈臉陰了。他咬著嘴唇一腳踢翻院裡的狗食缽子：「今晚不吃飯哩，伙食孬任務急，待會兒我和蜜蠟回來要吃大葷腥哩。」老獾與兒子對一下眼，跺腳：「那是哩!那是哩!」小油燈進屋扯出蜜蠟：「不是嫌悶嗎?咱趁著天黑去巡邏哩。」街上寂靜無聲，家家炊煙散盡。他們從一條窄巷出來時，小油燈指指書房大門：「那是狗日的地主大院，當年三個孬人蓋了這大屋怪忞哩，想不到日後讓伍爺先人一個個都『喀嚓』了。」蜜蠟大氣不出轉臉往前看去，小油燈一臉怪笑：「孬人該砍的砍了，剩下一些給咱做使役，掃街挑尿做骯髒活計。」蜜蠟盯住他：「我就是『孬人』孩兒，讓我跟他們一塊兒吧。」小油燈拍腿：「大水娃兒淨說些瘋話。」走到一片土場上，他說：「瞧見了吧，咱就在這兒操練騎兵。孬驢，一閘下來就配得慌急!」蜜蠟要往海邊走，小油燈說：

「你莫不是又要投進去吧。」他們走到一片矮柳叢那兒了，聽到噗噗海浪聲，小油炷再也不動了。天上的星星真大啊，呼吸中全是海水的腥鹹。「媽耶爸耶，孩兒總有離開的一天，孩兒想老師哩，就是去了天涯海角也要尋上他。」她心中喃喃，小油炷突然扯上她：「家走哩，肚子咕咕叫了，回去有好吃物哩。」往回走時他腳步變得飛快，像有什麼催促一樣，還時不時回身拉一下蜜蠟。他離家很遠就開始蓬蓬吸鼻子。「喝咦兩個娃兒回來正好，大鍋熱騰騰哩！」老獾開門迎接，十根手指大張，兩眼在夜色中發出尖亮。蜜蠟一進院就喚著「白白灰灰大個兒」，從裡屋到外間找了一圈。「牠們哪去了？」老獾一邊搬弄一摞子泥碗一邊說：「你這娃兒真迂磨，牠們在鍋裡呢，讓我一勺兒燴了。」蜜蠟身子一軟倒在了門框上。她緩緩倒下，兩手死死抱住門框。後來她的手碰到了門邊的一把鐵鍬，一下攬到了懷中。老獾那一瞬腿腳突然變得靈動過人，一個彈跳躍開了，嘶喊著：「我娃快把婆娘拿下！」蜜蠟只掄動了一下鍬柄，就被小油炷抱了個鐵定。

「這得熬副護心湯哩，」貐嫚摸著蜜蠟脈象，咧著紫烏大嘴說，「這孩兒湯水不進三天了。」老獾說：「狗日的想砍殺我，按祖宗律條該活活勒死。可你知道我兒捨不下哩。」貐嫚不聽嘮叨，一邊讓他拉風箱熬湯，一邊從帶十字的箱子裡找出什麼，順手把聽診器掛到脖子上。她解了蜜蠟衣褲，「哦喲，這也是大餓三天的孩兒？看身上還是火紅鮮亮哩。」老獾瞄著聽診器：「這物件用來做甚？」「沒用。不過掛上它才算『赤腳』呀。」蜜蠟醒來時發現自己赤身裸體，身上只蓋了一片布單，胸前肋下都有火罐紫印，最可氣的是小腹和屁股上也有，連乳房上都一邊一個。「畜生啊，兩個吃人的畜生。」她到處找衣褲，翻遍了箱櫃一件不見。推門，門關得緊緊。老獾在窗前蹺腳對她喊：「騷狐犯了律條，看有你的好，再蹦噠咱使上鏈子。」蜜蠟用布單護住身子，可它小得遮了上遮不了下。蜜蠟只好把窗子蒙住，一下伏在了桌上。「老師啊我怎麼辦，我怎麼辦啊！我在這兒死了都沒人知道。老師在哪裡啊，你如今也該逃到天邊了吧！」蜜蠟滿腦子都是東溪那條山路，最後悔那次回娘家沒有順路跑掉。「媽耶，那一回我戀著上村，戀著你和爸，把天大的事兒都耽擱了。」她心裡打定主意：再回娘家，就沿著東溪一路跑下去，不找到老師一輩子不回哩！蜜蠟盼著小油矬回來，那時她要跟他和顏悅色說話，矇騙他，讓他交還衣服，然後設法回娘家。「穿那做甚，大水娃兒。」他不還她衣服。「我羞煞哩，你爸望著窗子蹺腳啊。」蜜蠟急哭了：「我不能沒臉沒皮地活啊，你得讓我上院子，惹我急了一頭撞死哩！」小油矬到另一間屋裡去了。一會兒傳來老獾「昂昂」的聲音。他回來後懷抱蜜蠟的衣服，扔給她說：「別再尥蹶子了。爹惱恨起來了得，他宰個豬兒狗兒剝個皮兒，連刀子都不用，你以爲還怎麼。」

三天過去，蜜蠟到院裡曬太陽，老獾瞪著一雙尖眼不理她。「我給你捶捶腰吧！」她說。老獾一閃身子搭腔：「哦喲咱用不起。」「眞哩，讓我給你消消氣。」老獾不躲了。她捶了他幾下，他立刻哼叫著躺在地上，「哦喲這才叫好娃哩，哦喲。」小油矬回來後老獾說：「你婆娘歸順哩。」父子倆歡天喜地。蜜蠟當晚提出跟上出門巡邏，小油矬答應了，還把包了紅綢的手槍別上她的腰。他們一路繞開書房，又繞開伍爺那座黑屋。小油矬指點那個方向：「咱得對伍爺忠哩。忠了心裡怪忞，睡覺也香甜。」「緰嫚說他就是村裡皇上。」小油矬拍腿：「那還用說。」待了一會兒蜜蠟把頭低下，他扯一下她還是低下，「咦，怪婆娘哩。」蜜蠟說：「我想娘家了，想得夜夜心口疼，睡不著。能回去住三天兩日也好啊。」小油矬歪著頭：「那算什麼，尋個有月亮的好天，我讓騎兵送你就是。」蜜蠟忍著怦怦心跳去看天空：一道流星在西北方劃下去。野地裡蛐蛐鳴叫，連毛毛草也在微風中發出一陣熱烈的歌唱。不過這歌唱只有劉蜜蠟才能聽到。

第四章

浪女

12

「哦喲，這是誰家大閨女跑這麼慌急？」坡地上做活的人望過來，一連聲議論。「瞧她背那個大包，活像爬樹的蝸牛哩。」「啊嘿，大胖孩兒一路往南下去了，家裡人也眞放心啊。」這些聲音隨著西風吹進劉蜜蠟的耳廓，她像沒有聽見。天就要黑了，天黑前翻過那座最高的嶺子就算到了外鄉。小時候聽說嶺子那邊的人一開口就像鳥叫，啾兒啾兒眞夠人受的。太陽紅了，溪水繞路了，她背倚在一棵榆樹上張望不已。「爸耶媽耶，孩兒今生今世再也見不到你們了，孩兒這回要一撒丫子尥到天邊！」她想在暮霧中最後看一眼村子，什麼也看不清。心跳怦怦，伸手一按直撞掌窩，「媽耶，孩兒又順著你當年出山的路跑開了，孩兒也長了一雙野蹄子。」這天一大早小油矬就讓人牽上驢子送人，她一到東溪就催人回去，然後藏在草垛後邊。她等著天黑，罵著小油矬一家：瞎眼畜生。早晨老獾端著水菸袋站在門口看她上驢，叮囑趕驢的民兵：「不緊不慢溜達，別顛壞我家大娃。」她在驢子起步時望了老東西一眼，看到他尖長的指甲在蜷動，血紅的眼睛陷在毛茸茸的眼窩裡。他旁邊是雙手扠腰的小油矬，這傢伙袒露的肚臍嚇人一跳：又深又黑像眼枯井。驢子垂頭趕路，她一路都緊閉雙眼摟緊書包。到了上村，一眼看到崖上矮小的石屋，看到那根立在屋前空地上的籃球竿子，淚水就下來了。媽呀爸呀，孩兒臨走都不能看你們一眼。

第一夜要蜷在嶺下沙地上了。那條溪繞過嶺子，沖刷出一片白沙。初秋的夜晚滿是蟲鳴鳥叫，各種野物都在夜深人靜時匯到溪邊，牠們盡可能不弄出一點響動，卻讓劉蜜蠟格外害怕。她聽說有一種短爪獾專門在荒郊野外胳肢人的小腹和腋窩，人要一直笑死。天有些冷，她把書包貼上胸前，等著月亮升上岈口。她記得全村的狗兒都喜歡這個時光，在村頭溪邊跑得汗津津的。村頭兒睡了時，還會有年輕人躥上街頭：他們一開始悄沒聲響，一腳跨出巷子就呼呼啦啦奔跑。他們在場院上騎著石墩子玩，倚著草垛罵人。她常常隱在黑影裡，一動不動，連呼吸也放得輕輕，生怕被人發現。他們兜裡揣著地瓜糖和煮芋頭，手裡還攥著烤蔓菁，一邊拉呱兒一邊啃吃，還隔三插五咯吱咯吱嚼幾塊地瓜糖。後來不知怎麼就咚咚奔跑起來，捉起了迷藏。蜜蠟記得有一回一個姑娘大氣不喘伏在草垛上，當一個小夥子從旁走過時就伸腿絆倒了他。他生氣了，騎上她便打，她就仰躺著還擊。黑影裡什麼都看不清，只聽見劈劈啦啦打著。一會兒打鬥聲沒了，女的哭了。男的問：「你還敢不？」女的說：「沒好心眼的東西天打五雷轟。」他們站起吃東西，一會兒烤蔓菁的香味就彌漫起來，劉蜜蠟眞想伸手討一口。那些數不清的夜晚啊，媽媽在月亮好的時刻就一個人端著洗衣盆坐到溪邊了。月光在媽媽的白頭上水一樣流，黑髮像河岸垂柳的葉子。她遠遠看著不敢靠前，因爲有一次她剛剛挨近就挨了一頓喝斥：「小潑辣孩兒不在家好生待著，出來癡跑什麼！」她那會兒只想伏在媽媽背上，想依偎一會兒。媽媽啊，後頭像白雪一樣的媽媽啊，一到了夜晚就撇下全家來到東溪。她被喝斥得吮著手指走開。她吃不到地瓜糖，也沒有香噴噴的烤蔓菁。有一個夜晚她又獨自溜達出來，再次走近溪水拐彎的地方。媽媽在那兒洗衣服。可是今夜木盆上橫著洗衣棍，媽媽正對付一個漢子，一遍遍掙扎像要爬起。蜜蠟頭嗡一聲響起，彎腰抱起一塊大石頭就跑過去。可是離開那團黑影十幾步遠時，她聽到了親暱的呵氣聲。手裡的石頭掉了，她扭頭跑開。遠遠的一聲狗吠讓她抬頭遙望，月亮把小村洗得眞乾淨。多麼安靜啊，那些潑打皮鬧的小夥子姑娘一定是蹚過溪水走遠了。

蜜蠟緊縮在白沙上，抵禦陣陣寒意。一整天都沒吃一口東西，肚子餓極了。她舉目四望，想找草朵子和莊稼地。沒有，這兒離村莊太遠了。如果找到一片蔓菁地多好啊，這個季節的蔓菁一定長成了小孩拳那麼大。還有胡蘿蔔和地瓜，咬一口冒甜水兒。秋天的野地餓不死人，只要撲進莊稼地就能吃個肚兒圓。她閉上眼睛想水蜜桃、金黃的李子和脆瓜，還有外號叫「關羽臉」的面瓜，想無花果和桑葚、扁桃、大黃櫻桃，想杏子和鮮花生。嘿呀，那伸手一揪帶起一串的花生果呀，躺在地上嚼得兩個嘴角泛白沫兒，就像喝了奶汁一樣。那眞是又甜又香又抵餓，是秋天裡最養人的吃物。她在心裡叫著：「爸耶媽耶，孩兒餓啊。」今夜她一點都不恨他們，滿是惦念。這會兒她一閉眼就能看見小油夎胸脯上的龜紋，嗅得見老獾身上的羶氣。「爸耶媽耶，孩兒要不是一撒丫子逃出來，就得被蠻性野物撕巴撕巴吃了。」她面向溪水輕聲呼叫，彷彿又看到媽媽伏身捶打衣服，聽到了「啪噠啪噠」聲。這個月夜她突然想：媽媽是怎麼在一個拇指甲大的村子裡過下來的呀？還有，你爲什麼跑走又返回呀？她還想書房，想通上崖頭的石階路。老師啊，我怎麼辦，我要爲你從南到北去趕路，爲你火銃逼身不眨眼。我這回就是上天入地也要找到你，兩手大張把你摟住，沒一絲害羞扳住就親。這等於是小媳婦千里尋夫啊。你高一聲低一聲念寶書的模樣啊，你東躥西跳撲球的機靈勁兒啊，還有被風匣子琴磨爛了的胸脯，今夜都在眼前哩。

　　她認定雷丁就沿著這條東溪翻過嶺子走了。他還能去哪兒，想必是在天邊上遊蕩，成了個吃百家飯的人。一想起雷丁伸出瘦骨嶙峋的手叫著大爺大娘給口吃的吧，心上就疼。那該是我去討哩，讓我串街走戶找來各種吃物，在山溝河套裡爲他支起火盆兒熬玉米粥。反正有我你就別想挨餓，你剛打個寒顫我就給你生了火，你才一咂巴嘴我就給你遞上烤芋頭。在野地裡跑上百八十天，吃個小嘴兒黑乎黧拉小肚兒溜溜圓，然後再找個沒風沒雨的山旮旯趴下，仨月二十天過去，滿泊青草發芽再躥上大道。在書房那會兒聽你的，在外鄉人的街頭你聽我的。誰要是瞪著虎生生大眼瞅過來你就趕緊扭脖兒，誰要是從後門扔出個香饃饃你就搶了揣懷裡。爬滿了毛蟲的瓜兒不能摘，澆了大糞尿的蔥韭也不能拔。一村有一村的規矩，一戶有一戶的尊長，走到哪兒都得看領頭說話的是誰，仗勢欺人的是誰，誰又手拿火槍狗眼看人聽喝受使。俺老師啊你聽了這些莫笑話莫咧開嘴兒，山裡孩兒個個都從娘胎裡帶來了心眼。我是你坑窪路上的一根拐，數九寒冬裡的一爐火，大熱天捧起就喝的溫吞水兒，害飢挨餓時的一塊玉米餅。咱手扯手走在路上，有人見了會指指點點，說什麼「小兩口一步也離不開」啊，「好大婆娘摽上個小女婿」啊。他們只看出咱倆恩恩愛愛，可就是猜不出咱這一路遭了多少磨難、受了多少苦楚。老師啊，你今夜在哪？你也像我一樣想著心事看月亮、臉上火燒火燎肚裡咕咕響？

天剛泛亮劉蜜蠟就匆匆趕路了。飢餓像火一樣逼人，她行前伏上溪水喝了幾口，四下逡巡。奇怪的是一夜未眠兩眼還是鋥亮，腿腳還是有力。她相信這都是從狼窩裡掙出來的本領，從死路上拚出來的拗勁。啊呀呀，從這兒往東看是起伏的山嶺，霧目罩眼看不透；往南往西都是平原，是一輩子也走不完的大平場子，遠遠望去有一層貼地雲，那大概就是村莊和田地了。這中間還隔開了貧土砬子，不生作物只長茅草，上面溝渠縱橫。咱可不能貓在原地等死，咱要蹽開長腿往前躥哩。

天黑前趕過了難忘的一程，瞥見稀稀落落的小村，看見了修葺整齊的田壟。她看到一個菜園結了紫色的茄子，不管不顧伸手就摘，在褲子上胡亂擦一下就塞進了嘴裡。嫩嫩的小茄子有一股清香，很像花生和芫荽的香味。她咂一下嘴還想再摘，芸豆架後面鑽出一個腰上圍了破布的長臉漢子，「你，你這閨女嗙哧嗙哧就白吃了？」劉蜜蠟趕緊叫一聲「大叔」，說自己趕路兩天一夜沒吃沒喝了，兩眼直冒金星，行行好吧！漢子沒應也沒攔，咕咕噥噥往回走了。前邊有一個矮矮的草屋，像臨時搭起的寮子。漢子進去了一會兒，出來時手裡捧了一塊黑餅，還有一碗湯。她一聲感謝的話也顧不得說，接過東西就往嘴裡塞。黑餅又甜又艮，咬到嘴裡就像嚼一塊膠皮。湯是酸的，喝到最後才看見幾粒青豆。「咱這裡沒有好吃物，待上半月二十天芋頭下來就好了，」漢子蹲下，隨手拾幾片乾豆葉揉碎捲成喇叭菸吸上。「你這閨女是個能吃的主兒。老婆子哎！」一聲吆喝，草屋出來一個四十多歲的女人，她繞著菜架空隙飛快走來，一邊走一邊說：「哪天都有要飯的來園子，連外縣人都跑來了。」蜜蠟驚呆了：這個女人閉著眼睛走呢，原來是個盲人。「大嬸俺不是要飯的，是出來找人的。」「聽音兒是個小媳婦，出來尋自家男人？」蜜蠟心上忞了一下，說：「是俺家哥哥，他出遠門走親戚半月不回，媽讓俺出來喊他收秋。」「聽音兒你是登州人。你哥去了哪裡？」「鵪鶉泊！」劉蜜蠟一急報出了雷丁的老家。咦，真是哩，她還記得他那個村名，記得他老家還有個弟弟。多好的名兒啊，讓人想起滿地小鳥兒毛絨絨的。「大嬸知道不？」女人搖頭。漢子搓搓手，煙從兩個粗鼻孔冒出，一連打了幾個噴嚏，「沒聽說。你找人得說出哪府哪縣，天下地界大著哩。」蜜蠟知道再順手的事兒也別指望出門頭一天就辦得成，這得一路走一路訪聽。她料定找到那個村子就不難打聽蹤跡，燕飛天邊還回窩啊。她順口問一句：「來這兒的人中有沒有這樣一個人，他個子不高三十上下，眼窩兒凹凹著，對了，長了金色眼睫毛，衣兜上還插了一管水筆。」漢子搖頭。女人答：「咱也沒見。問我，你得說他一開口是什麼嗓子。有人啞著像噎了沙子一樣，有人一張嘴脆生生像含著冰糖。你哥有什麼口頭語兒沒有？」蜜蠟思忖著，「我的哥，他說話文謅謅淨詞兒，像個教書先生。」漢子攤攤手：「那完了，你趁早別問了，來咱這園子的都是窮要飯的，再不就是順路過來討水喝的。」

這一夜蜜蠟就歇息在園子裡。這兒離前邊的村子還有二里路，他們夫婦是專門料理園子的。天亮後告別了夫婦，一路往南。她看著深深的轍印和一團團乾結的牛糞，心裡有一種說不出的暢快。俺真的是走哪兒算哪兒，一個人吃飽了全家不餓，直到有一天找到那個小鵪鶉滿地亂跑的美麗村莊。路上不知問了多少人，可就是沒有一個能答上來。「雷丁啊，你可千萬不要隨口胡謅一個村名啊，那樣也就害苦了咱。」平原上不知有多少村子，可自己從來也沒聽說過它們。那個「鵪鶉泊」肯定就是這些小村當中的一個，一個落地的「小鵪鶉」。蜜蠟甚至想雷丁也是一隻小鳥托生的：瘦小可愛，渾身毛絨絨的。一輛馬車駛過來，她打聽路的時候趕車人照例搖頭，卻願意捎她一段。趕車人三十多歲，頭上包了藍布頭巾，一路上都用鞭桿兒輕輕敲打大馬的屁股。天黑了，她在大車拐向一個黑乎乎的大村時下車了。站在夜色裡猶豫了一會兒，還是走開。她害怕村莊，想找另一個地方過夜。黑黑的夜路使人想起胡跑亂蹿的童年，那時候她膽大機警，咚咚跑上一陣，然後兩手倒剪倚樹而立，諦聽夜色裡的萬千祕密。蜜蠟覺得這會兒不同的是，自己與整個世界捉起了迷藏。

終於又看見大片的玉米地了。蜜蠟心中一熱，決定就在裡面過夜。先是小心翼翼邁進玉米壟，在幾株肥碩的玉米棵前站一會兒，摸摸熱呼呼的玉米棒子，往深處走去了。沒有光亮，沒有聲息，腳下是稀稀落落的青草。莊稼地裡該有許多蟲鳴，還有鳥兒，大概這會兒都被驚動了，正閉上嘴巴等待一個可怕的危險過去。她眞是小村人說的那種「大胖孩兒」，不得不側身鑽著田壟。她在地當心找到一片炕那麼大的茅草，坐下來一陣歡欣。如果再點一堆火烤幾隻玉米該多好啊，可惜不行。她扳了嫩玉米又啃又吮，感受著特別的甘甜和清涼。飢餓總算忍住了，剩下的事情就是摟緊書包過夜了。烏黑的夜色裡慢慢有了聲息：嘎嘎聲，四蹄小獸的奔走聲，還有遙遠處咯咯的笑聲。當她挺起身子諦聽時，各種聲音又消遁在夜幕後面。月亮出來時她睡著了，一睜眼月亮轉到雲彩後面，天黑得可怕，四周好像布滿了藍幽幽的眼睛，使人想到一張張隱在暗處的臉。她雙手捣眼嚇得大氣不出，只等心跳平緩了才從指縫裡往外瞧：天上的星星越來越少，雲在聚積。這使她後悔沒有進村：一個從老獾家跑出來的人什麼都不該怕，咱會編出一筐瞎話兒矇得外村人團團轉。「一個大閨女家跑出來做什麼？」「找人唄。」「也許是瞞著爹娘出門找婆家的吧！」「找婆家就找婆家，又不犯法！」她自問自答，直到再次睡去。

她重新上路，邊問邊走。可惜沒有一個人知道鵪鶉泊。這使她疑心走錯了方向，擔心越走越遠了。這天黑夜她來到了一個生滿苦楝樹的村莊，從那些揹著糞筐的男人身邊走過時，不少人都瞥來幾眼。「大爺大娘，大叔大嬸兒，俺是來打聽一個親戚的。」她一開口說話村裡人就好奇地瞪大了眼睛：「咦，登州腔兒。」只是沒人知道她要找的地方，都說一個大姑娘小媳婦家不該滿世界竄，這等於是大海裡撈針啊。一個老婆婆看著她，憐惜起來，就讓她去家裡過夜。蜜蠟幾天沒有洗臉了，上面沾了稼禾汁水。她跟著老婆婆穿過窄窄街巷，進了一幢小小的泥屋。屋裡原來只有老婆婆自己，她剛才是出門買醬油的。晚飯早做好了，一揭鍋蓋冒出濃濃的白氣，露出一個個又軟又大的薯麵饃饃。蜜蠟差點喊出聲來，興奮得雙手抱住了前胸。老婆婆讓她洗了臉坐下，自己端了碗涼水走到灶前，伸手蘸一下水飛快抓出一個熱饃。兩人跟前放了一個小瓷碟，碟裡倒了淺淺一點醬油。老婆婆教她撕下一塊黑饃，沾上醬油塡到嘴裡，「嘗嘗這是多好的吃物吧，這在舊社會作夢也別想。」蜜蠟急急吞嚥起來，噎得兩眼淚花閃閃。老婆婆還以爲她想起了悲傷的往事，就規勸：「吃飯就是吃飯哩，不能掛記難過的事兒。」

老婆婆和蜜蠟睡在同一個寬大的土炕上。炕下燒了火，蜜蠟熱得不停地翻動身子。老婆婆和她長一句短一句拉呱兒。原來老人只有一個獨生子，三十多歲了還沒有娶親，這會兒正在遠處的大山裡出伕。「那裡活兒苦哩，孩兒哪回來家都兩手血泡，」老人說著又問蜜蠟：「你該不是尋自家男人吧？」「不哩，那是俺哥，媽讓我喊他回家收秋。」「看你這孩兒大圓圓臉，眉眼兒俊煞了。」老人說著竟起身點燈看她，蜜蠟羞得用胳膊擋臉。老人放了燈坐在那兒：「人人都打年輕時候過來呀，那些事兒就在眼前哩。」說著說著竟擦起了眼淚。夜深了，月亮透過窗戶照著炕上的素花被子。小村的夜晚眞靜啊，靜得聽見小貓從窗前溜過。蜜蠟不知怎麼就睡過去，後來是被一陣猛烈的狗吠驚醒的。她聽到一聲叫罵，然後又是一陣咚咚奔跑。老人披上衣服湊到窗前說：「夜夜亂騰啊，雞飛狗跳的。」

劉蜜蠟第二天要趕路了，老婆婆執意挽留：「好孩兒再住一宿吧，今夜有說大鼓書的呢。」蜜蠟知道是盲人宣傳隊巡迴演出，以前在上村也看過。她對那些夜間敲響的鼓和鈸、對他們的敘說和歌唱總是十二分入迷。天黑前她隨老婆婆去田裡做活，兩人蹲在花生棵間有說有笑，鄰居見了就逗一句：「新娶來的兒媳婦呀？」老婆婆抿著嘴看蜜蠟。夜晚她們鎖了門，扛著小板凳往場院上走去。那兒早有稀稀落落的人坐了，許多人趁著一絲光色往這邊看。蜜蠟一聲不吭貼緊老婆婆坐著，直捱到天更黑了，人坐滿了場院。老婆婆說：「一有說大鼓書的進村，十里二十里外的年輕人也圍過來，他們的鼻子可真尖。」有人吆吆喝喝用麥叉挑來了一盞氣燈，然後就是一溜五個盲人出場了，他們都懷抱三弦和竹板、銅鈴和小鑼。蜜蠟等亂烘烘的人群靜下來才發現其中那個女的正是在菜園遇到的人。只有今夜她才看清這人多麼秀氣：細眉長眼，小嘴兒有些翹，鼻中溝又深又長。「咱今夜不把別的唱，只唱哎，火紅的寶書放光芒。」女的領一句，四男人鼓鈸齊鳴，緊聲兒接上：「是哩呀，火紅的寶書放光芒。」三弦彈得細碎曲折，那人的手像中了魔法一樣在弦上飛快挪動。蜜蠟眼睛一眨不眨，心中充滿了羨慕。她又想起了那架手風琴奏響的日子。已經許久沒唱憶苦歌了，那時自己一開口淚水雙流，引得滿場都哭。那樣的日月啊，何時再來。

13

天要下雨了，黑雲越壓越低。蜜蠟急著趕路，想在大雨澆下之前找地方躲雨。大個的雨點打在腦門上了，她只好鑽進溝畔上堆起的玉米稭叢。風追在身後，疾雨幾乎隨著她鑽入稭叢的一瞬落了下來。這是上一年積存的焦乾的玉米稭，有一股乾草味兒。她從稭桿空隙看著外面的疾雨：乾土被雨鞭抽打得直冒白煙，一會兒就泛起了白沫。她又想起了在下村經歷的那七天大雨，那場可怖的折磨：一隻短爪獸日夜不停地啃食了七天七夜，內臟都給掏空了。「媽耶，孩兒這輩子算給害慘了，孩兒被挖空的部分如今只有一個人才能修補得好。」她呻吟著，終於明白自己爲什麼要沒白沒黑心急火燎去找老師。趁著還有一絲光亮，她從包裡取出黑乎乎的薯饃。多好的老婆婆啊，臨行前的一夜爲她蓋被子，那目光慈祥得勝過母親。老婆婆伸手到被窩裡摸了摸她的後背和胳膊，說：「多麼瓷實的娃兒。」說過了又嘆氣：「你要見過我兒就好了，那是個美貌兒郎！」蜜蠟的臉熱辣辣的。老婆婆眼望著夜色：「北村裡有一戶人家生了一對男女，就因爲是歹人後人，好生生的男娃娶不上親。另一家有個憨醜男娃，提出換親：這邊女娃去做媳婦，那邊就把女兒嫁過來。可那邊的閨女比這邊男娃差多了，是個歪瓜劣棗，斜眼。就爲了哥哥能娶來斜眼閨女，做妹妹的就抱著包袱去了。想不到那一家是沒良心的東西，等到生米做成熟飯那一天，再也不提閨女出嫁的事兒了，還說：『誰家孩兒也不能眼睜睜往火坑裡跳呀。』這邊男娃思前想後沒有活的心思，說一句『闖關東去』，就跳了崖。」天亮了，蜜蠟收拾上路的書包時，老婆婆突然攥住她的手：「好孩兒，找了哥再回轉吧。」蜜蠟不知該點頭還是搖頭，因為她心裡明白不會回轉的，只是可憐好心的婆婆。

大雨下了一夜。蜜蠟在稭叢裡睡著了，夢中出現了短爪獸。睡睡醒醒直到天亮，雨停後一步跨出稭叢卻吃了一驚：一個中年男子站在跟前。她「呀」了一聲，不知該不該跑開。男人長了兩撇黃鬍鬚，生了禽類那樣的圓眼，一雙糙腳從帆布鞋口露出。「我在另一叢稭子裡睡哩，早晨起來聽到這邊有人喘粗氣兒。」蜜蠟往前走去，男人背著一個布褡子追上來：「我也是趕路遭雨闖進垛子的。你去哪兒？」蜜蠟不喜歡黃鬍鬚，冷冷說：「趕路哩。」她跨上泥濘的土路，男人還是跟著。她想起什麼，問：「你聽說過『鵪鶉泊』這個地方嗎？」男人仰臉想了想，猛一拍腦瓜：「噢噢，我知道這地方哩，那村子蓋在了大河套上，一片榆樹黑蒼蒼的。」「離這兒遠不？」「說遠也不遠，三四十里吧，正好我要路經那裡。」蜜蠟臉漲得發疼，驚喜得什麼都忘了，身子一歪差點倒在黃鬍男人懷裡。男人馬上退開兩步：「啊喲喲大閨女家可別、別這樣哩，咱有話說話沒話趕緊上路。」蜜蠟興奮得眼裡迸出水花兒，再看這個黃鬍男人也不覺得難看了。「俺是去那裡找自家哥的，你哩？」「我嘛，給公家出差，整天在外邊瞎轉悠。」「噢喲，公家人兒。」「你哥做甚？」「當老師的，教書。」「咱們認識了也算個緣分。我叫『興兒』，你哩？」「我叫『冷兒』。」蜜蠟隨口謅了一個。男子搓搓手：「真好呀。」「什麼真好？」「你真好。」

他們一路上交談不多，因為蜜蠟總是想著那個即將見面的村莊，高興得什麼也說不出。從天一大早就趕路，中午胡亂吃了口東西又趕，天黑了還是沒見那個村子。「這就是你說的『三四十里』？」蜜蠟盯著興兒。興兒拍腿：「唔唉，你以為咱說的是一般的『里』？不哩，咱公家人說的都是『公里』，也就是平常講的六七十里、八九十里。」蜜蠟哭笑不得。天真的黑了，路過一個村莊時蜜蠟要進去尋地方過夜，想了想又作罷。兩人繼續往前。星星一顆顆出現了，遠處傳來狗吠。「今夜到哪裡過夜啊？」蜜蠟爲難時，興兒咂咂嘴四下端量：「冷兒，要我說嘛，咱還不如像昨夜那樣。」後來他們找到了幾個離村莊不遠的麥草垛。興兒高興無比：「多麼好啊，這軟和和的麥草比昨晚強不？」蜜蠟不再吱聲。興兒彎腰在垛子上掏起來，一會兒掏出一個大洞，指指說：「進去吧。」蜜蠟搖頭：「咱倆躺在一個洞子裡，我哥知道了還不揍死我呀。」「你把我當成了什麼人。也罷。」他掏自己的洞子去了。蜜蠟想了想，還是踮著腳轉到一個小垛子那兒，掏了個很小的洞子藏進去。啊，又軟又香的新麥草啊，它們被夏天的石墩碾得如此溫柔。她蜷下身子，頭枕書包，盤算這是出門的第幾個夜晚。她想了一會兒唱歌的盲女人、老婆婆和她的故事，最後只想雷丁了。她摟著一團麥草睡過去。要不是後來一陣腳步聲驚醒了她，這該是多好的一場酣睡啊。那腳步由遠到近，又由近到遠。「這肯定是興兒。」她不知他夜深人靜要幹什麼，反正不想理他。她把呼吸放得輕而又輕。

蜜蠟有多麼睏哪，她聽了一會兒也就睡去了。再次睜眼是被掏麥草的聲音嚇醒的，洞子被一隻手扯開了一個小豁口，月光馬上瀉進來。她使勁往裡縮了一下。「冷兒，是你嗎？你在裡頭吧？」是興兒的聲音。還沒等答話，洞口呼拉一下被扒開了，興兒弓腰拱進來。她一個撲楞坐起：「你來幹什麼？」「睡不著哩，想說說話。哈，你還藏了哩。」「你給我走。你不走我走。」蜜蠟抱起書包就往外掙，興兒伸長兩臂攔住：「你這是咋？這是咋？咱不過是說幾句話。」「那你快說。」興兒僵了一會兒，哭喪著臉：「俺辛辛苦苦陪你找哥，連句好話也沒有，還像防賊一樣防著俺。俺越想越窩囊，乾脆自己趕夜路得了。」說著真的站起來。蜜蠟馬上乞求一聲：「你還要領我尋鵪鶉泊哩。別生氣了，啊。」興兒慢慢轉身，垂頭坐下。月光勾勒出一對尖尖的肩膀。他費力昂頭，看著她，伸手理了一下自己的脖子。「大肥閨女，我第一眼差點給你嚇死。今夜真是好啊。」他一開口就不停地抽動喉結，兩手打抖。她正看著那雙抖抖的手，它們卻一下舉起，死死地按了過來。蜜蠟屏住一口氣把他掀翻，回身取了書包就走，想不到又被他扯倒。他那粗粗的喘息使人想到了一隻狼，連濕淋淋的舌頭也垂下來了。蜜蠟扭動身子想掙脫，誰知他毫不猶豫地抓起一團麥草蓋在她的臉上，兩手用力摀住、摀住。一種令人恐懼的窒息讓蜜蠟頭顱嗡嗡響，一個可怕的信號從眼前彈跳而過。她想呼喊一句，可是已經發不出聲音了。待她掙扎的手漸漸無力時，那雙拚命摀住麥草的手才撤掉一隻，去解她的衣服。當月光照亮那對驚心動魄的乳房時，他把自己的舌頭咬疼了。正這時突然一聲嘶叫，仰躺在地的人一伸手摳住了他臉上的某個部分。他哇哇叫著滾到一旁，臉伏在麥草上。蜜蠟往外逃時踩中了他的手，讓他順勁兒抓住了腳腕。他喊著：「哎呀疼死我了，哎呀我的媽呀你往死裡抓我。我今夜不整死你就不叫興兒。」他們扭在一起。興兒不知什麼時候把下身脫光了，她看見了瘦瘦的灰屁股。她手撕牙咬，吐他，扭住他又髒又臭的頭髮聳拉，讓他薄薄的身子甩動著。連她自己都驚異這兩手的力氣了，並且對眼前這個男人有了十二分的不解：如此羸弱卻又如此大膽，靠了什麼？就靠惡毒凶狠嗎？他剛才想用麥草把我活活悶死啊。這樣一想恨得牙疼，就不管不顧踢起了他的肚子，讓他一邊滾動一邊呻吟。

夜風眞涼。蜜蠟繞著麥垛空隙跑開，直跑上一條筆直的沙土路。天已到了下半夜兩三點的樣子，老天，整整廝打了一個鐘頭。除了衣衫扯破了一點，頭髮揪疼了，身上有輕微的抓傷，再無大的創痕。這場突如其來的遭遇讓蜜蠟有一種說不出的順暢。「我不怕，我什麼都不怕哩。」她大仰著臉說出一句。平原上的大好夜晚啊，這會兒望一眼多麼透徹。月光鋪得又勻又細，溝渠田壟，草葉，長長的路和高高的樹，都被午夜的安靜弄得不知所措。沒有任何東西發出聲響，泥土在沉睡，它那小而又小的鼾聲都可以聽得見。這樣的夜晚連小螞蚱都不願蹦跳。她看到清一色墨藍的天空裡星星在相互注視，月亮伸出又軟又長的手臂去攔住它們。星星是月亮的孩子，就好比母雞和小雞，不同的是月亮孵出的更多。又看到流星了，它是老天爺揚出的一把種子。多好的夜晚啊，只有我一個人呢，這該是趕路的時刻，以前怎麼就沒有想過白天睡覺晚上趕路呢？白沙路是天底下最好的路了，可是它會把我引向何方？她突然想到那個髒東西嘴裡沒有一句話可信，前面哪有什麼「鵪鶉泊」啊。這一想蜜蠟又憂愁起來，不知下一步該踏向哪裡了。她把身子貼在楊樹上，讓心事壓得抬不起頭。剛剛擺脫了一個攔路鬼，一轉眼又走不動了。如果那個雷丁遠在天邊，那麼我這一輩子都得不停地趕路了。

「大叔大嬸，打聽個事兒，您聽說有個村子叫『鵪鶉泊』嗎？」「咱沒聽說。」「您見過一個衣兜上插了水筆、個子不高長了金色眼睫毛的人嗎？」「呵咦，咱也沒見。」蜜蠟一路問下去，口乾了找地方喝水，肚餓了討一塊窩窩。走在沒人的莊稼地裡就方便多了，什麼花生地瓜胡蘿蔔，這些新鮮吃物讓她開懷大嚼，而且從來不患肚疼。她記起媽媽小時候的誇獎：「咱這潑嘴孩兒眞好養活，長肉兒快哩。」她有一次見路邊田壟裡結了一串彤紅的辣椒，高興得摘下一枚塡進嘴巴，一嚼辣得直跳。這一天趕路抵得上兩天，途經了好幾個村莊，打聽了無數的人。天黑時她進了河邊的一個村子，見村裡人急匆匆顧不得說話，都夾著一個小板凳往場院上走。她問：「說大鼓書呀？」他們鼻子裡吭一聲，面色冷肅。她隨著人流到了場院上。像所有的場院一樣，幾個草垛子矗在邊上，中間光潔乾淨的平場坐滿了人。老年人手持一根火繩一桿菸斗，相互瞥著，偶爾交換品嘗。前面是一張白木桌，兩盞油氣燈。蜜蠟問身邊一個老婆婆：「今夜要做什麼？」剛開口就看見了揹槍的民兵，槍刺鏽跡斑斑。她嚇得一聲不吭了。從黑影裡拖上一個人，場上的口號聲立刻響起來，領喊的是一個嗓門尖亮的老太婆。

蜜蠟瞥了瞥，見她就站在前邊，七十多歲，小腳，頭上包了米色圍巾。她每呼一聲就要狠狠跺一下腳。拖上場的是一個老頭，他脖子往後仰著，洞開的嘴巴露出了殘缺的牙齒，光光的肋骨上有幾道紅傷，臉上是密而深的皺紋，刮光的頭皮上有一塊發亮的疤。「『老酒肴』，今個再不吐口恐怕熬不過去了吧？」有人吆喝。場上亂騰騰的，蜜蠟聽不見前邊說什麼，只見有人弓著腰走到老頭跟前點畫著，喊：「吊起來吊起來！」幾個民兵找出一根繩子從老人腋下穿過，另一端搭到了楊樹杈上。就在這一刻老人哭了。「別聽他瞎抽搭，煞繩子呀！」「煞呀！煞呀！」場子裡一喊，民兵的繩子就在樹杈上「哧啦哧啦」拉起來。老人縮成了一球，像打秋千一樣吊在了半空。

蜜蠟好不容易才悄悄鑽著人空走出來。她離開的一刻只記住了剛剛升起的紅色月亮，記住了場院邊上有幾條狗，牠們注視著人聲沸動之處，神色凝重，甚至來不及看她一眼。蜜蠟急急逃到了路上，心上一陣後怕。腳下的路坑坑窪窪，加上月亮雲出雲遮，說不一定一腳陷下去就跌個跟頭。這就是荒村野路啊，它讓那些膽小的人坐下泣哭。蜜蠟還沒有吃東西，一賭氣就往路旁黑乎乎的地壟走去，彎下身子摸摸看看，才知道自己進了一片棉花地。棉桃兒青生生的，如果是杏子就可以伏上去咬一口了。這一想流出了口水。記得村裡一個小媳婦在場院上做活兒時，一有空兒就跑開找青杏，大嬸們都說：「有喜了有喜了。」蜜蠟在黑影裡咕噥一句：「我也想『有喜』呢。」她摟緊書：「我這輩子就在野地裡跑哩，一直跑到『有喜』。」她想著那個不怕青杏的小媳婦：她有一層粉茸的臉龐，衣襟下還有閃閃爍爍的紅色腰帶。那是一種誘人的、未曾明瞭的神祕的幸福。直到今夜這個時節，她才覺得自己的一路追趕都與這一類幸福有關。走啊莫停歇啊，找一個不餓肚的地方啊。她怕踩壞了棉花棵，就一跳一跳往前趕，直跳到一條長滿了紫穗槐的乾渠岸上。順著渠岸走了半晌，走進了一片玉米田。「又要啃生玉米了。」這樣想著，卻從徐徐南風中嗅到了一股瓜香。難以抵禦的誘惑讓她大步趕過去：真的，玉米後面真的是一片瓜地，當心有一個高高搭起的瓜鋪呢。她蹲在了地邊，卻不敢向瓜秧伸手。瓜鋪上有一明一暗的火點兒，她知道那是看瓜人在吸菸。怎麼辦呢？狗一吠，瓜鋪上馬上響起一聲：「下邊是誰呀？」聽聲音是個老頭，這使她大著聲音應一句：「我呀，趕路的人。」

蜜蠟想不到會有這樣一個夜晚。當看瓜的老頭與之一問一答弄清了緣由，就讓她飽餐了一頓瓜兒，還拿來隔夜的乾糧。老人說鋪上有一壺香茶，讓她咯吱咯吱踏著木梯上去。今生第一遭喝茶。多好的鋪子啊，又高又爽，鋪了麥稭編成的席子，四角有四個立柱，上面掛了茶壺和酒壺，還有玉米纓擰成的火繩。茶香逼人，莊稼孩兒第一遭喝。「哦喲大叔俺給撐得慌，有瓜有餅又有茶的，您這兒的好吃物比哪裡都多。」老人手捋鬍鬚笑答：「那是雖然的了。」蜜蠟聽到他把「雖然」和「當然」用混了，吃吃笑。老人天性快樂，躺在鋪上東拉西扯講故事，問：「你看見鋪上的火頭兒不害怕呀？」蜜蠟搖頭。他對上火頭點了菸，「這你呀就不對了。我年輕時候，就是像你這般大時也沒白沒黑趕路哩。有一天下濛濛雨，我走到了一個瓜鋪跟前，看見一個火頭兒就湊過去點菸。點了兩下沒點著，就說：『給咱劃個火兒吧。』誰知黑影裡那人甕聲甕氣說了句：『湊合著抽吧，劃亮火兒你不怕嚇著嗎？』我說『咱怕甚』。黑影裡說『那好』，就哧楞一聲劃著了火柴，我的老天，咱嚇得魂都沒了。」「怎麼了？」「怎麼？火苗兒一亮黑影就掩不住那傢伙的臉了，你猜怎麼？原來那守在鋪上的傢伙是個鬼。」蜜蠟叫了一聲，一聲不響了。「要不說麼，黑燈瞎火趕路，事事都得小心著點啊。」她還在吸涼氣，老人又說：「我還經了一樁眞事兒。有一年我在鋪裡看瓜，每到了半夜就有人隔著窗紙要菸吸，我那鋪子有窗哩。一連要了十幾回，我就知道不是吉祥事情。每一回我都把菸桿兒倒過來，從窗紙上把菸嘴兒捅到他嘴裡，他飽吸一頓謝也不謝就走了。我害怕哩，有一天借來一桿火槍等他。半夜了，又是那傢伙來了，在窗外嚷嚷說：『給口菸兒吸呀，咱菸癮又上來了。』我說：『那好啊，我的菸嘴兒捅出去了。』說著就把火槍筒兒塞到窗紙外邊。那傢伙伸口一含說：『喝咦，今夜好大的菸袋嘴兒。』我哩，隨聲就按了一下扳機。」蜜蠟大叫：「打中了？」「那是雖然的了。」蜜蠟瞪圓眼睛看他。「你猜怎麼？當時一道火線劃過，我點上燈火出門去找，天哪，他老人家啊，原來打死了一個老兔子精哩，兩顆門牙那麼大個兒。」他伸手比畫著。蜜蠟探頭看了看，說一聲：「喝。」

喝茶說故事，不知不覺半夜過了。蜜蠟不想睡，可還是睡著了。醒來時月光鋥明，鋪上空著。她下了鋪子，狗對她搖著尾巴。她四處尋找，最後才在瓜園南邊的水溝旁找到了老人：他鋪了一塊草荐仰躺著，好像並未合眼。「你得回鋪上啊，著了涼怎麼辦？」她拉他，他還是躺著。她又拉了一會兒他才坐起來：「好孩兒，使不得啊。你不想想大黑天裡一男一女睡在鋪上，壞了名聲啊。」蜜蠟執意拉他，「俺不怕壞了名聲。」「我不是說你，是我怕哩。」蜜蠟笑出了聲。老人正色：「莫笑。跟你說吧，別看咱一輩子走南闖北打光棍，誰都說咱是規矩人。」蜜蠟再三勸說他才上了鋪子。仰躺了許久，蜜蠟說：「怎麼就是睡不著？」「那是你喝了茶哩。」「茶是這樣怪的東西？」「那是哩。有了茶，瓜賊想伸手就難了。」「可你養了狗啊。」「茶比狗還管事兒。」蜜蠟覺得有趣。後來她想起了一個要緊事情，趕緊問起了「鵪鶉泊」。老人手按肚子思量了一會兒，咬咬嘴唇說：「是有這麼個地方。」蜜蠟呼一下爬起，嚇了老人一跳。「真有？」老人抬起胳膊往西指了一下：「聽說蘆青河沒？它的西面是界河，沿界河往北走上一天一宿，百八十里地下去，就看見河邊那個村子了，一千多戶的大村呢。」蜜蠟背過身躺下了。月光太亮，她害怕老人看見臉龐上淌下的淚水。

整整一個白天蜜蠟都在大步趕路。她不吃不喝往西，臉上熱汗津津。「讓咱這一回了個心願吧，咱看到他就什麼都不掛記了。日後咱要結伴兒尋這個瓜鋪，好好報答老人呢。」她把見面情景在腦海裡演練千遍：不顧一切撲上去，叫著「想死了」，淚花一串串往外湧；他哩，讀書讀過了火兒的靦腆人，會讓咱弄得不好意思。不過不管怎麼說，第一夜就要相摟著睡哩，要實打實地好上。也許就在這個秋天，俺要和他手扯手去泊裡溜達，喊著「有喜了有喜了」。蜜蠟每想到這裡就有些躊躇：好人哪，你會嫌我潑辣性兒不像個羞答答女孩兒家。一點不差，咱就不是哩。畜生把咱給壓制在十八層地獄了，能活著，能留下一口氣就是萬幸了。你千萬不要厭棄，咱心裡像一朵水蓮花，一絲一瓣兒都沾了露水氣兒，咱要兩手擎著交給你。

蘆青河橋是褐色柳木做成，涼涼的河水浸著它，生出了綠色鬍鬚。柳木太滑了，人走在上面顫悠悠的。蜜蠟想像雷丁就是踏著這橋去了河東。咱眞是幸運啊，像一條迷路的白羊一樣亂跑，一路嚼著秋天的果實，總算沒有餓死。儘管咱跑得太遠，可到底還是讓心慈面軟的老天爺牽到正路上了。蘆青河是離上村最近的一條大河，它讓人又怕又愛。聽老人說舊社會河裡有很多鬼，它們常在兩岸出沒；新社會不停地打鬼，鬼就不再出來。如果在舊社會，咱一個女孩兒家可不敢在天剛撒矇兒的時候往河岸上跑啊，那樣男鬼就會把咱拖到水底下成親。想想看，人在水裡沒法兒喘氣，再好的事兒也要辦砸了呀。哦咦，咱蜜蠟要一個人過河了。她爲自己壯著膽，一步一步踏上柳木橋。可惜水太旺，橋的另一頭浸在了淺水裡。她正爲難，從一邊過來一個長髮女人，懷抱幾塊石頭，一一放在水中讓她踏了上岸。蜜蠟走到近前吃了一驚：抱石頭的是個俄羅斯女人，瞧她的鼻子多高，眼睛多藍啊。蜜蠟知道河兩岸有不少俄國女人，她們都是上一代「跑反」過來的。蜜蠟謝過她就要離去，她卻伸出手說：「也不給大嬸仨子兒倆子兒？」蜜蠟爲難了，因爲身上沒有一分錢。後來蜜蠟只得從包裡掏出兩個香瓜送給她。對方拍拍打打：「大胖孩兒，好好走吧。」

蜜蠟在半夜時分走近了鵪鶉泊。她盯著村莊的黑色輪廓，心跳不已。這個時刻進村沒法找人，只得忍到天亮。一大早有個拾糞的老人走過來，蜜蠟就打聽有沒有姓雷的人家？老人說那可多了。「有叫雷丁的嗎？」老人立刻瞪大了眼睛。「有嗎？」老人轉身就走。街頭小巷站了一個和善的婆婆，她上前去問。老婆婆一聲不吭，四下看看，悄聲把她領到了一個矮小的泥屋跟前。黎明時分的寂靜啊，她眞聽到了自己的心跳：撲通，撲通。敲門，敲敲停停。這是一扇雨水洗白了的門板，邊邊角角都朽了。裡面有了走路聲，她的呼吸停了。「誰呀？」隨著一聲詢問，一個長臉小夥子開了門。「我，我找雷丁，請問這是他家？」小夥子東看西看，盯住她。他大概剛剛睡醒，揉揉眼：「他眞的不在了。」「他哪去了？我是他學生啊，走了一千多里路來尋老師。」小夥子一楞，馬上閃開身子。蜜蠟跨進去，一進門就瞪大眼睛滿屋看，室內空空；她又回頭看小夥子：個子中等偏上，臉膛扁長，一頭烏髮有些鬈。她特別注意到了他的一雙凹眼，立刻從眉宇間捕捉到了那種極爲熟悉的東西。她問：「他是你什麼人？」「俺哥。」「你叫什麼？」「俺叫三許。」蜜蠟的身子往前一衝，又趕緊挺住。「老天，你就是他弟啊。」

蜜蠟作夢也想不到等待她的會是一個令人心碎的故事。三許弄明白她就是哥哥那個忠誠的學生，一腔話語就像河水一樣奔流了。原來他們的父親和母親遣返回來第二年就相繼去世了。雷丁是長子，在父親去世前就做教師，如今只剩下三許在老家守著泥屋。兄弟倆都成了孬人的孩子，村裡人說雷丁做教師不能長久。這話給說中了。有一天半夜三許被拍門聲驚醒，一開門進來的是身背大包的雷丁。「原來哥出事了，他背上書呀手風琴呀連夜逃回家了。哥說家裡也不能久待。他睏極了累極了，可只待了一小會兒又得躲出村子。我給哥準備了吃的東西，又藏了手風琴和書。第二天下午眞的來了一些背槍的民兵，他們凶得像惡狼，問不出什麼就到處翻。書放在炕洞裡沒有找到，手風琴藏在糧囤裡就給提出來了。他們把我綁起來打，打一下問一句：人藏哪了？說哥犯下的是砍頭之罪。我咬住牙，說什麼也不能讓他們逮了哥砍頭。後來我給抽得背上冒血了，裝著再也忍不住，說我招我招。我說哥要去關東，估計這會兒也到了龍口港，他要從那裡乘船去旅順口。他們見說得合情合理，就急火火去龍口碼頭那兒截人了。」「後來呢後來呢？」「後來當然是白跑一趟。我估摸那些人還會返回，不敢讓外面的哥回家，趁著天黑送去吃的。誰知這樣過了十多天，有一天夜裡十一點了，全村的狗都叫起來，滿街人咚咚跑。我擔心害怕一夜沒睡。天亮了，一夥人進來，把一套衣服和鞋子往我跟前啪啦一扔。

我認出那是哥的，摟住了就哭。原來早有一夥人埋伏在村頭上，他們發現了哥，先是追著打槍，後來又說要逮活的。哥給堵在了界河邊上，他三兩下脫了衣服就跳河。那是大冷天啊，哥遊到河心就沉下去了。那夥人兩天兩夜在下游找哥的屍首，沒找見，說是沖進大海裡去了。」三許說得滿臉淚花，一頭伏在了炕上。蜜蠟張大嘴巴合不攏，眼前一黑就倒在了三許身邊。「蜜蠟，蜜蠟！」一聲聲呼叫由遠到近，一隻手在掐她的人中。她醒來了，臉色煞白，嘴角上沾了什麼。只是安靜了一瞬，她又慟哭起來，哭過之後第一句話就是：「把你哥的書拿來。」三許到屋角去了，一會兒提來一個土布包袱，裡面是三本寶書、五本舊書。她把它們一下摟進了懷裡。

月亮出來後，兩人悄聲出了屋子，一直走到河邊。界河在月色下凝住了一般，水漫到了蘆葦梢頭，無聲無息。多寬的一條河，對岸消失在一片朦朧之中，與無邊大野連成一體。「就是這裡。」三許說。她緊盯河水，又低頭看白色沙岸。「聽人說他跳河以後，追趕的人喊了一會兒，一塊兒朝河裡放槍。」「他們肯定打中了。」三許搖頭：「水也太冷了。」兩人從河邊又去了一片南瓜地，沙土上結滿了南瓜。地中央有一個墳頭，三許說裡面埋了雷丁的鞋子和衣服。蜜蠟跪下來。她哭得倒在了墳前，三許一遍遍拉她。她說：「天哪，我再往哪裡去啊？」三許陪她流淚。「三許，我來這兒是要一輩子跟上你哥啊，可他沒有了。」回到小泥屋已是下半夜，三許爲她取了一些南瓜餅。許久沒有好好吃一頓飯了，這餅是人世間最甜的食物。三許點上煤油燈，蜜蠟翻開了書。一股濃烈的雷丁氣味撲鼻而來。『我們的八路軍、新四軍，都是革命的隊伍。』只讀出一句，淚水又流下來。

「我往哪裡去啊？」蜜蠟淚眼汪汪盯著窗外。三許白天出門做活，從外面掛了一把大鎖，這樣就沒人疑心屋裡有人。小屋裡有一點花生和紅薯，更多的是南瓜。她試著做南瓜餅，等他。她總是重複一句：「我要走了。」可兩腿就是邁不出這扇門。她在悲痛欲絕之中好像要等一個事情。等那個人的魂靈嗎？大白天屋裡只有她，還有兩隻刺蝟。她不明白三許為什麼要養牠們？他告訴她以前養過一條狗，被村頭兒和民兵打死吃了肉；他養過一頭豬，剛長到半大也給打死了。養羊、兔子，結局都是一樣。三許說著哭了：「有一年鄰居給我介紹了一個姑娘，俺倆都中意。這事被治保會知道了，他們喊去姑娘喝斥一頓，又訓我：『你這樣的還想撒籽兒？死了這條心吧。』」他說著突然臉紅了，低下頭。「現在姑娘呢？」「早嫁外村了。」蜜蠟問起了雷丁小時候的事，三許說：「俺哥打小摔壞了身子，可他樣樣要強呢。同一座樓裡有個雪白的小女孩兒，他倆好得不分對兒。」蜜蠟咬著嘴唇：「後來呢？」「後來哥去找她，沒找見。」「再後來呢？」「不知道了。」蜜蠟按著咚咚心跳蹲下來，看那兩隻刺蝟。三許說：「這隻瘦的是個潑性兒，叫『二混』，捏住蹄爪還不忘吃食；那隻害羞哩，叫『霞霞』。」兩隻刺蝟一一轉過頭來，他一揮手，牠們又回到了屋角。她說：「我要走了。」「嗯。」「我想快些趕路。」三許低頭：「等我做些餅讓你帶上。」他把所有的麵粉和油鹽都拿到鍋檯上，又把南瓜一個個切開。她幫他做，一直做到午夜兩點。油滋滋的鐵鍋散發出刺鼻的香味兒。蜜蠟把剛剛做好的餅掰開來，讓他吃軟軟的瓤兒。他推讓著。「就像你哥一樣，心裡全是別人。」她往布包裡裝餅，裝一半留一半。後來她停住了。伸手摸摸炕席熱呼呼的，她躺在了炕上。真想夢見雷丁。「我的好人啊，這一輩子想你都不夠用哩。可俺不知道你和那個小白孩兒是怎麼回事兒。」

不知睡了多久，蜜蠟被驚醒了。儘管三許小心翼翼為她蓋被子，她還是睜開了那雙睡眼朦朧的大眼，一眨不眨盯住他。一會兒，她開始伸手撫弄他的頭髮、眼睫毛，叫著：「雷丁，雷丁。」她欠身抱住了他親吻。「我，我是三許啊。」「可憐的人。我明天就上路了，那時再也見不到自家人了。」三許掙脫了，滿臉彤紅。她的目光一直像火一樣。他垂下頭，默無聲息抱住她。「好人，你今夜就讓我『有喜』吧。」她的喘息把對方的臉都給弄濕了。三許好像從來沒有這麼絕望和悲傷，哭著為她解去衣衫。當火紅色的肌膚突然袒露出來時，三許大驚失色。她用力扳過他的腦廓，一種甘味很快讓他不能自已。「媽啊，我還什麼都不懂哩。」她止息他的呼叫、他的淚水，攥住那雙亂抖的手，「你不厭棄我嗎？」「嗯哪。」「快些讓我『有喜』吧，就在天亮以前。」「嗯哪嗯哪。」蜜蠟在他黝黑閃亮的身體上挪動十指，好像在丈量第一個男人。

14

告別了難以承受的悲慟和歡樂，劉蜜蠟最終踏上了界河堤岸。她在雷丁跳河之地徘徊不已，像在做一個艱難的決定：是不是要隨他而去。她往南走下去了。背上有沉甸甸的南瓜餅，還有新添的幾本書。她有一刻眞的要返身回頭，跨入那個泥屋不再離開。本來講好在那個情濃似酒的大炕上只待一夜，後來竟待了三夜。上路前三許發出了聲聲乞求。她說：「我不，我聽見有個聲音在喊我快走呢。」蜜蠟在這樣的夜晚，在無法承受的歡樂中突然想到了媽媽。「媽媽啊，孩兒今夜才明白你爲什麼要沿著東溪跑開，女人的心一撒開，就再也收不回來了。」她在河堤上爲剛剛分手的好小夥兒唱了一首又一首歌，什麼「千斤的鐵錘當針拿哎」、「三天不讀那個沒法兒活」，還有一些淒婉的憶苦歌。月亮最亮的時刻她停下了步子，背倚一株野椿樹吃了一塊南瓜餅，又掏出寶書撫摸了一會兒。「親愛的老師，那會兒我如果把自己給了你，也就沒有後來這些麻煩了。如今三許是代表了你的。我還知道了『小白孩』的事兒。」重新上路時月亮又隱入雲中，腳下黑黑的幾次絆倒，眞擔心會一個趔趄跌進河裡。她一想到打槍的情景，那個致命的時刻，心上就一陣揪疼。想不出老師那一刻會有多麼痛。「天哩，這是眞的嗎？」她在深更半夜的野外仰天大哭起來，哭聲與河水的嗚咽混在一起。

白天，河兩岸的紅薯都掘出來了，它們成堆成簇曬著太陽。大個兒南瓜熟了一茬又一茬，新嫩的小瓜還在生出。最甜最香的大瓜要在秧上迎接銀霜，它們的紅腦殼在蔫蔫的藤葉間總是格外招眼。這個時節河邊村子家家都做南瓜餅，人一走進街巷就被香糯糯的氣味裹住了。人說吃多了這樣的餅身子就會長得圓鼓鼓的，從屁股到大腿胳膊，再到乳房。河邊姑娘小夥子在正午的莊稼地裡幹活，被太陽曬得舒心大叫。他們相互誇著，小夥子說：「瞧大腿像水桶似的，媽耶嚇人。」「哎呀胖成了犢子哩，保險你一冬不瘦。」姑娘紅著臉說：「你才是犢子哩，沒遮沒攔胡咧咧。」「那邊過來的更胖哩，哎呀我看清了，多大的婆娘哎。」劉蜜蠟聽到議論，就索性走到了地中央。年輕人見了趕路的主動搭話，還掏出兜裡的花生和杏子給她吃。「我來幫你們做活吧。」「做吧做吧，頭兒不在怎麼都行。」蜜蠟挨近的是兩個小媳婦，就問她們：「快有孩兒了吧？」一個搖頭說：「沒呢。不歇氣吃酸杏兒的時候才是哩。」另一個接上：「也有的到時候撒了潑吃辣椒，一口一個大紅辣椒眼都不眨。」她們嘖嘖著，都說這是早晚的事兒：「那些不懂事的男人哪，像小孩兒一樣怪能鬧騰，早晚有一天砰嚓一聲，讓咱懷上了。」幾個人哈哈大笑。小媳婦說：「男人們眞有辦法，能讓咱愛吃酸和辣什麼的。」另一個說：「那得看是誰了。如果是俗話說的『鹽鹼薄地』，就生不出根苗了。」最後一句讓蜜蠟瞪大了眼睛，長時間不再吱聲。有人問她：「大妹妹咱多句話兒：你有了婆家還是沒有？」「沒有。」「喲喲，快許下個吧，大奶兒暄蓬蓬的，日子久了也不是個法兒呀。」蜜蠟臉紅了，瞧這個小媳婦嘴頭潑辣。她答一句：「俺是出門找哥的，找了哥再找婆家。」「那找咱村行不？聽我說，只要不是孬人孩兒，跟了誰都保你一輩子吃饃吃餅哩。」蜜蠟冷冷問一句：「孬人孩兒又怎麼？缺鼻子少眼嗎？」兩個小媳婦一連聲「哎喲」：瞧你說哩，大閨女好模生生盡說胡話哩。「俺不管孬人怎麼，只要他們模樣好、心眼正，俺就情願跟上。」她們四目相對，再不言語。停了一會兒有人嘆息：「說起來眞不假，咱村雙子長得多俊氣，三十好幾了也沒個媳婦。」「他呀，聽說饞得滿炕打滾哩。」「你看見了？」「聽說嘛。」「什麼聽說，一口一個『雙子』，你小心此罷！」蜜蠟於是記住了一個名字。

她等著肚裡消息，等一雙小手抓撓。「我沒白沒黑追呀趕呀，要出門懷個孩兒。我火了要生一打好孩兒，扯上他們的小手走山嶺過平原。一溜小嘴兒一齊喊『媽耶媽耶』，一齊念寶書，多恣哩。等沒有畜生當道惡人霸村時，咱就領上孩兒回家呀，讓他們喊姥爺姥娘啊。」她相信那是喜淚雙流的日子，是趕上秋天南瓜滿地亂滾的時候。「媽耶，可憐至今肚裡沒消息哩。」她懊喪了。沿著河堤遊蕩，腳上生繭鞋子綻幫，飢一頓飽一頓風吹日曬，走到哪裡才算一站啊。我眞想看遍孬人的孩兒，親眼看看他們怎麼過日子。這些英俊的孩兒個個身披無形大枷。蜜蠟回想最多的就是地瓜田裡那兩個小媳婦的話，想著「雙子」這個名字。這樣一邊想一邊走，繞了一圈又回到了原地。她從來沒有這麼好奇，想親眼看一看雙子。

這兒的街道長滿了梧桐樹，也許眞會招來鳳凰哩。秋天的鳳凰鳥兒肥大哩，落到樹枝上沉甸甸像石頭，喀嚓一聲把樹杈壓折了。滿街的狗兒有心無心叫了幾聲，很快向蜜蠟搖起了尾巴。她與貓兒狗兒天生就親，雙方互不厭棄。有一個夜晚她甚至和一條出村的大狗相挨著睡在了草垛裡，半夜牠身上熱力大發，伸著懶腰，前爪像嘴饞的孩兒那樣死死按住她的雙乳。街道上又是迷人的餅香，這對飢餓的人來說可不是好忍的。她設法弄清了雙子的住處，沒怎麼猶豫就去敲門。開門的是一位白髮婆婆，當她看清門前站了個姑娘時，提在胸前的手立刻放下了。「大嬸俺是過路的，想進門討點水喝。」婆婆讓她進來了。草屋裡的小油燈閃閃跳跳。端過來的是一塊薯麵窩窩，一碗湯。蜜蠟吃過後倚在門板上，眼睛很快瞇上了。「你這孩兒累了吧，要去哪兒？」蜜蠟瞇著眼答：「俺找哥走迷了路。」婆婆嘆氣：「不瞞你說，俺這樣人家留生人過夜要報治保會哩，不敢留你宿下。」「莫怕哩，咱宿下一夜天不亮就走誰也不知。」婆婆為難，蜜蠟又瞇上了眼。老人只好讓她歇一會兒。「好心的大嬸莫嫌棄一個趕路人啊。」「不嫌，睡吧睡吧。」蜜蠟真是累極了，頭一沾上炕頭就睡著了。醒來時天已大亮，一睜眼就嗅到了濃濃的香氣。她去中間屋時馬上楞住了：一張小木桌前坐了一個濃眉大眼的高個青年，正吃餅呢。婆婆說：「這是我家雙子，他出早工回來了。」雙子點點頭。她心裡說：「果然是個俊氣後生啊。」雙子吃過飯說一聲「上工了」，就走了。蜜蠟與婆婆一起吃飯時忍不住了：「你家雙子真英俊啊。」婆婆瞥瞥她：「俺孩兒都三十了，還是一個人哩。」

蜜蠟在這兒磨蹭了兩天。「找婆家了嗎？」第三天婆婆終於問了一句。「沒哩。俺看不上的誰也不嫁。」婆婆拉住了她的手，「多好的大閨女啊，天底下哪兒找去。」蜜蠟伏在婆婆耳邊說：「我準備偷偷生個孩兒，自己過上一輩子。」「老天，咱看不出你這閨女膽子怪大。」老人摸她的臉，摸了又摸，「瞧這皮兒水蜜桃似的，真是海邊上長大的人哪，親死個人了。」蜜蠟低下頭：「你兒子心氣太高，見了咱不願搭理哩。」老人忙拍手：「嗐呀，這是哪裡話。你才不知他哩，見了姑娘害羞，越是好姑娘越不敢搭話。」「他看書吧？」「看，天天看到下半夜。」蜜蠟趕忙從書包中掏出幾本晃了一下。婆婆喜不自禁：「雙子見了還不知高興成什麼。他一天到晚就看那幾本，翻來覆去還是那幾本。」這天雙子一回來婆婆就手指蜜蠟：「快找大妹妹討書去，滿滿一書包哩。」這會兒她親眼見他眼中放光，兩手在身上擦了又擦，一把接過了書包。門關上了，喊他吃飯也不應。婆婆說：「這可怎麼好，門都不出了。」蜜蠟說：「讓我喊他試試，」說著一下下拍門，「開呀，是我，咱跟你說話哩。」門打開了。這之後除了上工，大多數時間他們都在一塊兒談書。

日子一天天過去。蜜蠟對婆婆說：「大嬸，俺不願走了，依戀你家好吃物哩。」婆婆含笑不答，滿臉慈祥。雙子出工時家裡只有她們倆，兩人像母女一樣融洽。蜜蠟講海邊的事情，講崖上小學，講著講著就吐出一個祕密：自己的心上人跳河了，那些狠心人照準河裡砰砰放槍。她淚水雙流，老人也哭了。「我不想活了，我沒路走了，」她伏在老人身上。老人摸她的頭髮，用力握一握，「多好的大水靈孩兒，長這大不易哩，好好過下啊。看你穿上大花衣裳多讓人歡喜。你就在這裡住一輩子吧。」蜜蠟從婆婆懷中脫開，擦擦眼睛：「可我還得趕路哩。」「好孩兒去哪兒？」「不知道，走哪兒算哪兒罷。」「咱家裡不是一站嗎？」「不是。這裡離東海邊還是太近了，我一開口就是登州腔兒，早晚得被人捉回去。」婆婆拍手：「苦命孩兒，跟雙子一樣。你走開他會不捨得哩。」「俺日後回來看他。」婆婆嘖嘖兩聲，不再說什麼。草屋後面有一個小園子，裡面有草垛子，空地上還有韭菜和薄荷。婆婆採了薄荷爲她做餅，她吃一口「絲啊絲啊」吸氣。「多好的餅啊，瓤兒綠晶晶的。」她從未吃過這樣的餅。婆婆說她是全村裡最會做餅的人，年輕時候就因爲會做地膚餅、南瓜餅、蘿蔔餅，才被大戶雇下來。「大戶人家先是吃餅，後來連人帶餅一鍋端了。萬惡的舊社會啊，窮人家女孩兒模樣好些就添了磨難，掉進老虎嘴裡八九不離十。這不，當年生下了雙子。」「雙子爹呢？」婆婆擦眼：「解放後一頓棍子打死算完。我是窮人根苗啊，可他們說我『不乾不淨』。我好不容易拉扯孩子長大。」蜜蠟哭了，哭著去親老人的臉頰、頭髮。這天老人使出了全部做餅的手藝，還做了佐餅的湯，告訴她：這都是那個雙子爹最願吃的東西，「貪嘴，貪嘴，搭上了一條命。他原先是有婆娘的，沒有後人，再娶；吃鍋望盆啊。你想想那年月窮人吃了上頓沒下頓，滿村光棍多得車拉船裝。窮人得了勢還能饒他。」蜜蠟看著老人，從端莊的面龐上猜測當年神采：年輕時必是美人。婆婆接上說：「分了田地家產，還要分女人。光棍提著褲子沒好聲地嚎，『就日呀，就日呀』，嚇得俺幾個女人抱著打抖。後來幸虧來了一個麻臉上級，他人醜心善，解救下大夥兒。聽說有人想使上身子報答，人家揮揮手走了。

好上級原是公事公辦的。」

蜜蠟對雙子說：「咱就只讀這一晚了，送你一本，剩下的咱要裝上趕路。」他低頭不語。「天一明咱就走。你要沒話，俺回大嬸炕上歇了。」她一活動，雙子一下拉住了她的胳膊。她看著他的手：「我看你這手還敢放哪兒。」這手顫了一會兒，突然把她整個兒扳住了。她倒在懷中，小聲念一句：「好人孩兒個個英俊。」雙子的嗓子噎住了，汗如雨下。她不得不從頭親他，爲他解了一層又一層衣服。「我們勞動人民哪，戰天鬥地何所懼啊。」她不知爲什麼咕噥起書上的話，爲他強健的肌體而震驚。她從他的脊溝上嗅出了一股泥土的香氣。「群眾是眞正的英雄，而我們自己，則往往是幼稚可笑的。」他兩眼盯住前方，也背了一句書上的話。她捧起他的臉頰：「好青年哪，閒話少說罷，啊。」她光潤的肌膚貼緊他時，他反而要掙脫，她問：「你，你是怎麼了啊？」「咱害怕，咱從根沒見過這些物件哩。」「難道，然而，你不幸福嗎？」「幸福死了。不過也害怕哩。讓我先待一會兒吧。」蜜蠟流淚，像哄小娃娃那樣哄他，好不容易才讓他轉過身來。「你今夜好生愛我吧。我從老遠的海邊跑來，腳都磨起了繭子。」雙子受驚的眼睛亮著，讓她喜愛之極。「如果我不告訴你，你可能至今還不知道自己英俊吧。」她專注非常看他的周身，讓其無法躲閃。這樣直到下半夜，他才下了最大的決心去看她。他發現她的胳膊和腿，所有關節打彎處都有剛過百日的小孩兒那樣的深痕，而且全身燦亮，香氣滿溢；她的睫毛翹起，兩眼水旺，嘴唇像紫皮無花果的顏色，乳房好似地主老財家上供的點彩大饃。她的臀部、大腿，結實有力彤光閃閃，除非是足踏大地的兒女才長得出，也除非是一會兒憂愁一會兒歡笑的人才長得出。「睡吧，睡吧，莫等到大天亮啊。你是好樣的就讓我今夜懷上吧。」雙子陣陣畏懼。蜜蠟手撫他說：「咱是『一個階級兒』。」雙子擁住她：「老天，我這輩子也沒聽過這麼反動的話。」他在黎明前的驚懼與迷惑中要了她，不知疲倦。

黎明來臨，窗紙上是紅黃相間的曙色，雙子說著：「我要出早工了。」卻不忍離開。蜜蠟肌膚之色與朝霞混成一體，還有她安靜甜蜜的笑容，都融入陽光。「昨夜我沒有聽見雞叫。」她說。雙子把她的頭顱扳在自己膝上，伸理她長長的眉毛。他說：「我覺得你頂多有二十一歲。」她不吭聲。他又說：「書上寫了，這叫『圓房』。」他不得不出早工了。當南瓜餅的香氣飄進屋裡時，蜜蠟趕緊下了炕。婆婆不知怎樣疼她才好，一聲聲叫著：「大孩兒，餓了吧？」雙子回來時腳上膝上全是露水，像小孩子一樣跟在母親後面。媽取一塊熱呼呼的餅塞到他手裡，蜜蠟為他盛湯。「這個秋天的露水真盛啊，該是豐收的兆頭。」婆婆說。又是三天過去了，蜜蠟一想到趕路就要流淚。「好孩兒留下過日子吧，沒有比雙子再疼你的了。」「啊不，俺要趕路哩。」「雙子受不住哩。」「可俺天生就是一個趕路的命啊。」這天半夜狗吠聲急，接著敲門不停。婆婆披著衣服說來了來了，卻小聲叫開西間屋的門：「別慌，這是民兵查夜，十天半月總有一次。孩兒先去後園躲一躲。」蜜蠟抱上書包出了後門，婆婆才把民兵放進來。民兵一溜三個挺著槍刺，東屋西屋瞅一圈，丟下一句：「來了歹人要報告。」就出門去了。白天蜜蠟留下一本書，其餘全裝進了包裡。後來她又掏出了一本。天一黑就要上路了，她手扯婆婆衣襟：「我一輩子忘不了這個家，忘不了雙子。」婆婆抱住她，「好孩兒這個家留不住你，你就走吧。等你累了睏了再回。總有雲開天晴的日子，到那天咱使八抬大轎把你迎進門。」蜜蠟點頭又搖頭：「我配不上雙子，我是個破罐子破摔一條道走到黑的人哪。」婆婆放開她，「可別這麼說哎，好孩兒凡事往好處看，千萬莫要灰心啊。」「我不灰心。」蜜蠟說完這句哭了。

蜜蠟的背包裡有了幾種噴香的餅：蘿蔔餅、薄荷餅、南瓜餅。婆婆臨行前還要為她做槐花餅，可惜夏天採下的槐花沒了。走在堤上，掐掐手指算一算，出來一個多月了，行走的路線曲曲折折，往南往西又往北，竟然走反了。她現在急著要往南往西。「也許有那麼一天，老獾和小油燈一伸腿死了，我就能重回登州了。那時俺媽又能摟住我『孩兒孩兒』叫喚了。」她這麼一想就有了勁兒，一旁的汪河水也不那麼饞人了。她多少次想一頭撲進河裡，讓它帶到一個誰也不知道的地方，去會那個長了金色睫毛的人：一雙凹眼盛滿慈悲，誰被它看了都受不住啊，都會心甘情願以身相許。如果說咱是個輕浮的人那就錯了，咱是走千山過萬水都不變心的人，咱的心早就歸了一個人。這個人哪，口口聲聲教咱成個「大寫家」，他自己倒成了一個「革命先烈」。眞的啊，他犧牲了，「讓我們繼承他們的遺志吧，踏著他們的血跡前進吧」。

她一直踏著河堤往前，餓了吃一口餅，睏了鑽進茅窩睡一覺。一個小河汊裡有草蝦和小魚，她就設法編了草網捉了幾尾。她手提亂撞亂蹦的魚蝦四下張望，看到了遠處飄蕩的炊煙。走過去，原來是幾個娃娃在地頭上偷偷燒豆棵吃。她吃他們的豆棵，他們吃她的魚蝦，分手時還討來了他們的火柴。從此以後再也不缺葷腥了。雲雀在空中叫個不停，她往前牠也往前。她在堤下捉螞蚱，還撿到了鳥蛋，然後一併烤了吃，嘴上常有兩撇灰痕。中午太陽曬得腦門發燙，她坐在白楊樹蔭歇息，看一會兒寶書寫一會兒，想到哪寫到哪，忘記的字就畫個圓圈。一路見聞都記下，從說大鼓書之夜記到如今，有時議論橫生。她記得當年老師最讚許的就是這些議論：先設問一句「爲什麼哩？」然後就從頭說來。別看平時悶聲不響，肚裡泛動的全是話語哩。她沒忘罵興兒，想起他被打得奄奄一息的模樣，就議論：「這是一個小型的色狼。」回憶三許和剛剛分手的雙子，臉燙手抖了。「那是多好的青年啊，開始那會兒他們都不好意思。我也豁上去了。必須承認，咱嘗到了愛情的甜蜜。」她手夾鉛筆出神，因爲風中吹來的稼禾香氣讓她想到了瓜鋪上的夜晚。眞想那個看瓜的老人哪，想他的故事。「看來鬼是有的，精靈也是有的。那個好老人惟一的缺點和不足，是打死了兔子精。」她幻想能否結交一個好的鬼魂和精靈，讓他們幫忙剷除惡人？她要他們去對付那個凶殘的伍爺、老獾父子，還要爲她找回大河裡的冤魂，讓他起死回生。「雷丁啊雷丁，我想死你了。」

這天半夜她宿在堤下。睡前為自己鋪了個舒服的草窩，仰躺著背了一會兒詩文，不知不覺就睡著了。後來模模糊糊聽到有人說話，奇怪的是一點都不害怕。她聽到一個對另一個說：咱不要嚇著她呀，咱都不是人；另一個說：咱是真心實意幫她來著，有什麼怕不怕的。她這才明白一個是鬼，一個是老兔子精。老兔子精白髮白鬚，雄性卻有幾分女相，門牙巨大；那個鬼怕嚇著她，一直背對著她。兔子精說：你的誠心感動了俺呀，咱這回鐵了心要幫你了。鬼說：一點不錯，天地間都喜歡義氣人兒。閒話少說，咱們早去早回吧。兩個鬼精牽上她的手，說路嘛，遠也不遠，不過是千千八百里的，一夜打個來回。她說老天這還不遠呀？他們說你以為陰間路和陽間一樣？那不是公里也不是華里，那是陰曹地府的記數法兒：一呼一吸為一里，一閉眼十里二十里下去了。他們一上了河堤就讓她閉眼，說一聲「著」，噌一下入了波濤。奇怪的是水路像絲絨一樣滑膩，裡面鋥光瓦亮什麼都有，貓兒狗兒小雞小鴨，還有抱孩子的女人和打赤膊的男人。他們告訴這都是從陽間下來的，地上有什麼地下有什麼，一陰一陽正對著分毫不差。她趕緊問一句：「地下也有書房嗎？」「傻哩，地下沒書房你男人幹啥？」她一顆心歡喜得撲撲亂跳，一心盼相見時刻。不一會兒就到了一個小山包下，山前出現一片茅舍。他們把她領到一間茅舍前說：「快進去吧，圓了房早些出來，俺倆天亮以前還得把你領回。」他們伸手一推她就進去了。哎呀，這明擺著是一間書房，一些娃娃端坐了傾聽。講臺上手拿教鞭比比畫畫的真是他：不瘦也不胖，金色睫毛雞胸脯兒，大眼凹凹著下巴老長，走到天邊咱都認得出。他瞥來一眼，照舊把一堂課講下來。好不容易只剩下他倆了，這會兒可就了不得了，像換了個人似的，那股親熱勁兒書上都寫不出。「我的男人哪，你讓咱找得好苦，再不見面我就得死了。」他一年不見學會了親嘴兒，一口接一口，長下巴硌得人生疼。他什麼都顧不得，教室變新房，一劃火柴點上兩根鎦金蠟燭，照得四下彤紅。她知道圓房的時刻到了，閉上眼說一句「親人」。她帶著過來人的嫻熟和新娘必備的嬌羞爲他寬衣，再一次察看了他過於突出的胸骨和渾身披掛的絨毛。他這副模樣讓人想起一種秋桃：毛絨絨熟得很晚，卻無比甘甜。他的小腹平坦柔軟可人，肚臍自然熨帖，脊溝的骨節像李子核一樣又圓又硬。他試圖在新娘的胸部那兒挨近一下，可惜雞胸不可避免地硌疼了她。她湊近了尋找當年手風琴的磨傷，一下下用小拇指按著瘢痂。「這不礙事，它記下了那一段不凡的歲月。」他一句話了結過去，又召喚她面對眼前。啊，這可眞是難爲情啊，老師，我寧可先聽聽你那流水般的嗓子讀書，然後再做別的。突然，只是一會兒的工夫，他急急挪動的手停止了。原來他搬動她的腳時被厚厚的老繭驚呆了；還有，他疑惑地盯視她身上幾處抓撓的紅印。對親愛的人不能相瞞，她只得將一路奔跑和屈指可數的歡愛如實說出，「眞的，也許是死一樣絕望，也許是遺傳的緣故，我像俺媽一樣，喜好那事兒哩。你要厭棄我還來得及。」她話一出口就哽咽了。雷丁祈禱一樣垂下頭，許久許久才抬起來：「你是我惟一的、永久的新娘。」

經過了泣哭的一夜和幸福的一夜，蜜蠟品味著奇異的夢境，簡直再也不想啓程了。她仰躺在高粱稭叢裡。太陽升起，鳥兒喧叫，河堤上的霧氣被驅散了。她想吃一塊餅止息悲傷，塡到嘴裡卻沒有一絲滋味。她惟一能夠記起的是夢中的雷丁原諒了一切，從此她可以在大地上問心無愧地來去了。她覺得身體沉得像石頭，這讓人眞的懷疑有過一夜跋涉。可是衣服上沒有一絲水氣，這又使她清醒過來。走啊走啊，人長了兩條腿就爲了趕路，一大早賴著不走可不行。前邊還有新鮮光景哩，人這一輩子就得一站一站往前挪。她背上書包，咬著一塊餅站起。也許是因爲雷丁最後消失在這條河裡吧，她竟然難以離開河堤。界河基本上是南北流向，它源於很遠的大山，一路往北急著去見龍王。這條河以及河的兩岸還不知有多少鬼怪呢：人死了變成鬼，畜類死了變成怪，它們纏著大河索要生命，一天到晚吵吵嚷嚷。所以每天黃昏河堤上出現的身影總是令人生疑，就連一條野貓從草叢中鑽出也要嚇人一跳。雖然說新舊社會兩重天，人們還是不敢保證河岸的陰魂全都消散了。大家寧可相信它們蟄伏下來，一有機會還會出來轉悠。一般來說它們是不害人的，只不過太寂寞了出來尋個開心。所有的鬼都具備不凡的經歷，在它們眼裡活人都像小孩一樣幼稚。比較起來，鬼怪們最喜歡逗弄的是婦女和兒童。蜜蠟一口氣走了幾十里，河邊上的兩個村莊都被她甩在了身後。天快黑的時候正想歇息一會兒，突然發現離河汊不遠處冒出了一縷白煙。她馬上想到了捉魚的孩子。走過去，看到是一個裸露後背的男人在點火。想轉身已經來不及了，那個男人像背上長眼似地說一聲：「過來趕趕寒氣吧。」壯著膽子走到跟前，見他在火上煮一小鍋地瓜粥，上身被火烤得發紅。這人有四十多歲，臉上全是灰塵，以至於看不清眉眼。「大妹子啊，天一黑得趕緊趴下點火，寒氣重哩。」他盯著火苗，眼白很大。蜜蠟看出他胸脯上有一道道陳舊的疤痕。他身邊有一個罐頭盒改成的小水桶，一個脫瓷的搪瓷缸。烏黑的布捲倚在身後，上面別了一根棍子。她很快明白這是一個流浪漢。鍋裡的東西煮好了，漢子盛到缸裡一些，讓她喝上一口。她謝過，卻隨手掏出了一塊餅。對方接過餅看了看，像是經過了反覆推敲才下決心咬上一口，「唔喲，好甜的餅。」

蜜蠟在火旁烤了一會兒，生出了好奇心，但不敢多問。他吃過東西又從破布捲裡摸出一個酒瓶，禮讓一下，咕咚咚喝了幾口，臉眼瞅著紅了。他反反覆覆端量她，說：「閨女，聽口音你是登州人兒？」還沒等到回答他就自報一句：「咱也是哩。」蜜蠟楞了：「可你沒有一句登州腔兒。」「啊嘿，這得在路上一個字一個字改。咱那塊地場把『麥』念成了『墨』，你就得念它『賣』；把「黑」念成了『河』，咱就得說『嘿』。這麼一改腔兒，他們就弄不清咱是哪裡人了。」她笑了：「咱改不動哩。」漢子沉下臉：「那就完了。路上遇到盤查的一聽口音全露了馬腳，一繩子捆了回去。哦喲閨女，我是瞎操心哩。」蜜蠟暗暗吃驚。她發現他在使勁咬著嘴唇。她呼吸放得輕輕，把臉轉開。他開始像自語一樣小聲說起來，看著天上的星斗：「我轉眼出來一年了，想俺那口子呢。她就和你一般高，比你瘦哩，笑起來一模一樣。可惜再見不到她了，咱和她成了兩個世界的人。」「那是怎麼回事呀？」漢子吭吭兩聲躺下，翻動著身子，「有人欺負她，我就用一桿糞叉把那人叉死了。然後跑出來。有武裝追趕呢，咱實在沒了法兒一頭撲進河裡。從那會兒起就成了個鬼魂，一天到晚在兩岸遊蕩。」蜜蠟不信：「別矇人了。俺看你是瞎編哩。」「你不信也沒有法。」「那你用什麼證明你是個鬼呢？」漢子爲難了，皺皺眉頭：「你看啊，」他飛快從火中捏出一個杏子大的火炭，在她面前一舉，「看清了吧？」她尖聲大叫，他把火炭放了。她捂著臉：「天啊，不怕火，這回是眞的了。哎呀我完了。」她看他一眼拔腿就跑。他坐在原地：「我追你還不容易。我是爲你好，想告訴你個事情。」蜜蠟這才發現書包丟在火旁，就一絲一絲挪過去。她把書包抱在懷裡，僵在了那裡。漢子說：「聽著，我在河兩岸轉悠，沒有打聽不著的事兒。上個月在下游村子聽說了一樁奇事，說是有戶厲害的人家跑了老婆，滿村武裝都動員起來，正四處裡找人哩。聽說逃竄的婆娘大眉大眼大臉盤，胖乎乎水靈靈，一開口是登州腔兒。聽明白了沒？聽明白了就快撒丫子吧。」

蜜蠟跑開很遠還能聽見身後傳來的喘息聲。那是火邊的人在喘息啊，是陰間的呼吸。她被他講出的事情嚇懵了，腳不沾地奔跑起來。不知跑了多久才停下，巨大的喘息立刻沒了。她這才明白剛才是自己在喘。望前觀後，星星像是迎頭逼近，一團烏雲撒網一樣拋向頭頂。一隻很大的鳥兒，大概是貓頭鷹吧，把附近的空氣拍打出金屬般的聲音。她又累又怕癱在地上不能動，在心裡哀求了。她稍微平靜一下，認定剛才遇到的鬼是眞的，那故事和警告也是眞的。她相信這個活生生的遊魂在幫她。是的，自己擔心的事情原來早就發生了，伍定根和小油矬一夥正發了瘋追她哩。想到這兒再不敢耽擱，爬起來還是往前跑去。有好幾次她實在不想動了，歪在一棵樹上就要睡去，又記起這不是打瞌睡的時候，這是沒死沒活趕路哩。天漸漸亮了，前邊的一個村莊像從晨霧中一下跳出。村邊有了擔水的，他們相互打招呼的聲音聽來十分陌生。她在琢磨怎樣與這些人搭話兒，怎樣改變自己的口音。一個字一個字改，試著說一句，連自己都嚇住了。「女娃兒起得好早，從哪搭來哉？」「這搭那搭，哦唷千千八百里有了，門頭溝十八里疃，這些地名兒聽說啵？」反正怎麼彆扭怎麼說。村裡人一個勁兒搖頭，說她的腔調兒像舊社會老教會裡的洋人，「像那些大鼻子哉。」蜜蠟高興了，因爲她覺得一夜奔跑，實實在在來到了新地界，也就放鬆了許多。不過爲了保險起見，她並未在這個村子停留，而是繞著村邊繼續往前。

一連兩天疾走慢行，蜜蠟大致上沒有離開河堤。有時她實在忍不住才進村討點熱食，打聽一下地方。這兒的人沒一個見過大海，這說明眞是走遠了。可是這兒也照例能遇見民兵，他們肩上的槍刺像海邊見過的一樣鏽跡斑斑。有一次她在街頭看一個大腦殼娃娃抽陀螺，一個揹槍的民兵盯住她問：「哪裡人氏？」她一楞，隨即大大方方答：「十八里疃。」「來做甚？」「要飯哪，俺那地場遭了水災，地瓜田裡大水漫腰深哩。」民兵上下打量一遍：「不管怎麼還是跟我走一趟吧。」她心跳不已，嘴裡卻說：「走一趟就走一趟，你以爲要飯還丟人啊。」民兵把她領到了一間屋，一會兒來了個耳朵上夾菸捲的老頭兒。這人眨眼不停，問：「要飯的哪會長這麼大胖？」她馬上回一句：「胖是遺傳，俺媽比俺還胖。」「包裡是什麼？」她把幾本書和一疊紙掏出，還有一塊餿餅。「這不用看。我不識字。你帶這些物件做甚？」「俺是沒畢業的學生哩，路上閒下來讀讀寫寫。」問話的男人點頭：「這麼著，儘管村村都有組織，你一個女孩兒家一路還是小心才好。」他讓民兵回家取了兩塊玉米餅給她，就放人了。她滿心感激走出屋子，大口吃起了玉米餅。

接下來的路程陽光燦爛。蜜蠟看著大河兩岸的房子，心想這裡是不是書上說的「南方」？聽人說南方人吃大米，就忍不住問一個人：「你們平時吃大米嗎？」那人煩著：「大米是什麼物件。」原來這兒不是南方。不過街道上一棵棵的老槐樹、樹下啄來啄去的母雞，還是讓人歡喜。也就是這一天，她出村沒有半個時辰就遇上了一場大雨。野外沒處躲避，只好弓起身子死命護住書包。大雨下了一個鐘頭，她給淋壞了，叫著「媽耶」，到處尋找暖和身子的地方。可是這兒離村子太遠了，連個草垛都沒有。她什麼也不想，只想快些討一碗熱湯。可是來不及了，因爲天一黑什麼都看不見了，她深一腳淺一腳往前蹚，不知怎麼跌進了一條深溝。腥臭的水漫進嘴裡，幸虧跌倒的一刻書包拋在了岸上。她爬出時渾身稀泥，東摸西摸找到了書包。踉踉蹌蹌往前，當她碰到了一堆亂草時，就再也走不動了。

醒來時滿眼都是陽光。仔細看陽光是從窗櫺上射入的。再看身上蓋著被子，衣服是褐色的。「媽耶這是什麼地方。」她一掙要坐起，身上沉得像墜了石塊。旁邊有人喘息，一回頭見到一個四十多歲的黑臉男人。「你是誰？這是什麼地場？」男人兩手哆嗦：「我大清早去菜園，遇見你昏睡不省哩，摸摸腦殼火燙，滿身髒物。俺琢磨救人要緊就背了家來。」蜜蠟四下望望，問一句：「你家裡人呢？」男人搓手：「沒了，我自己。咱叫蔑兒。」蜜蠟直眼盯著穿在自己身上的深色粗衣，臉燒了起來。她眞不敢想那會兒就由這個男人爲她脫衣穿衣。蔑兒說：「沒有辦法，奇髒哩，不脫不中。」說著轉身取來了洗淨晾乾的衣服：「還你哩，幾件花襖兒都在。」蜜蠟把自己的衣服抱在懷裡，待他走開才換衣服。一會兒蔑兒端來了蛋花湯，那逼人的香氣啊。她燙得叫起來，一咂嘴品出了薑的辣味兒。剛剛蒸好的玉米餅也遞過來。他看她吃飯，高興得連連搓手，「這下子好哩，好哩，盡吃。」她聽了趕忙掰一塊玉米餅給他，他就塞到了嘴裡。她一口氣吃完喝光，鼻尖上生出一簇汗粒。蔑兒走來走去，很爲難的樣子。後來他提著一把钁頭說：「誤了出工不得了哩，我走了，我得把院門鎖上。」她還沒有反應過來人已經出門了。蜜蠟下了炕，試著挪動疼疼的兩腿。三間草屋，中間照例是廚房，兩邊各一間帶火炕的臥室。好在有一個寬敞的前院，院裡是一些雜物，倚牆放了農具，橫著扯起的鐵絲上懸了鹹蘿蔔條和白菜葉之類。煮熟的紅薯條晾曬一片，她知道那是入冬以後做地瓜糖用的。她回到西間屋，這才發現自己枕過的枕頭油滋滋的，「眞髒氣啊，光棍漢就是髒氣。」她提起書包才知道自己要試著翻牆而去，躊躇了一會兒又想：人家救了咱哩，可不能一尥蹄子就走。

蔑兒收工回來天已黑透。他在升起的蒸氣裡活動，讓她覺得這是一個好人。晚飯喝了玉米麵摻紅薯葉兒鹹飯，滋味兒眞好。她瞧著燈影裡的蔑兒，覺得這人的鼻子眞大啊，長在臉盤上一定墜得難受。她笑了。對方有些惶惑。她板起臉說：「你這人做了好事，可不能再做壞事呀。」蔑兒一驚：「我做啥壞事咧？」「你把我上大鎖囚在家裡。」蔑兒冤枉之極，哼哼著。「有理走遍天下，你說啊。」蔑兒帶著哭腔：「哎呀實話說了吧，俺不敢讓人知道收留了你，俺怕哩！」「咦？」蜜蠟湊近了一步看他，又坐了。他囁嚅：「天黑趕路不中，天一明你就走吧。俺也不問姊妹哪去哪來，也不求個什麼。」蜜蠟笑了：「傻子，你還敢求個什麼？依我看你已經是個壞人了。」蔑兒再次驚慌站起。蜜蠟帶著十二分惱恨：「想想看，俺個大閨女家就讓你脫巴脫巴看了一遍，眞是光有說不到的沒有做不到的，這事要讓人知道了咱臊也臊死了。眞是知人知面不知心啊，你一個大老爺們兒也眞好意思。」蔑兒雙手合起如同作揖一般：「好姊妹別這麼數叨好不？你那會兒人事不省身上大髒哩。再說從頭到尾褪下來，咱一看是放光大娃哩，趕緊嚇得合了眼。咱光棍漢被你害個好苦，你還埋怨哩，咱被你害得夜夜睡不著。」「怎麼就睡不著？」「不中。睡不著。想什麼法兒也不中。」

這一夜蜜蠟也睡不著了。她在炕上翻動，聽著東間屋裡的嘆息。後來她心一橫爬起，披件衣服就過去了。蔑兒像見了野物一樣縮到炕角。她說：「都睡不著，乾脆拉個家長里短吧。」「中。」蜜蠟笑吟吟問：「你娶不上媳婦，大概主要是因爲醜吧？」蔑兒搖頭：「醜是一方面，不過這不是主要『矛盾』。」蜜蠟笑了：「有人就喜歡你哩。」「誰？」「我呀。」蔑兒把頭扭到一邊：「胡扯個什麼。別拿老實人取樂兒呀。」蜜蠟摸了摸他的頭髮，發現全都汗濕了。又摸他的胳膊、肋骨，捏一捏他的後背。蔑兒一動不動，像凝住了一般。突然他在黑影裡像牛一樣發出「哞」的一聲，下狠力把她抱住了。她依他：「蔑兒啊，你這人哪兒都好，就是嘴裡的菸味兒太重了。你一天抽幾枝？」「七八十來枝。」

第五章

河馬傳

15

小油矬身穿帶「忠」字的新軍服，腰上別了包紅綢的小手槍，腳跟磕在一塊兒挺身站立。伍爺蓋了半截紅緞子被，肚腹在呼吸中一聳一聳，寬大的鼻孔吭吭噴氣，闊嘴每一次吐氣都要咧齜一下。「眞是個大河馬呀，俺家蜜蠟說的不假。」油矬在心中嘀咕一句。伍爺左眼瞼翻滾著，緩緩坐起。小油矬挺挺身子。「這就是你弄的新軍服？」「是哩。」「中間那圓圈裡是個什麼物件？」「『忠』哩。」「媽的，你見過這號鐵軍？」小油矬出門後有些沮喪，直奔村頭火燒鋪，一口氣喝了兩碗豆腐腦。那些抽菸的人見他這副打扮都「喝咦喝咦」叫著：「看人家老孩兒這頓好吃，怕是不想過了。」小油矬抹抹嘴巴問幾個老頭：「老乾貨，想想混亂年頭打仗的兵勇都穿什麼？」他們抽出菸嘴兒對視著，其中一個說：「混亂年頭多了，是前些年麼？」「更早些罷。」老人拍拍頭：「我見當兵的把土布染成黃不拉嘰的色兒，用槐樹花兒搓成的。」油矬「嗯嗯」應著，走開了。幾個人盯著他的背影議論：「八成要起戰事。」「看這兵服吧，身上穿得齊整，頭上就該紮塊黑布。」

小油矬令人採下槐花一斗，囑鎓嫚如法炮製，然後去了演兵場。他一路上憤懣惱恨，遇到什麼都想踹上一腳。他踢了一塊路邊石，結果疼得啊啊大叫。出門前老獾盯住兒子說：「該接回家口了。」他那會兒只顧演練勾連槍，並不作答。老獾兩手摳緊水菸袋：「只當是腳踏馬蹬，轉身狠刺咧。」小油矬決心讓騎兵個個顯露一番，到時候讓伍爺的拇指翹起來。伍爺歡心是大事情，壞就壞在伍爺好像有大脾氣悶在那兒發不出。這就糟啦。如果找個孬人交給他喀嚓了也好，可惜如今要辦這事兒也麻煩了。早幾年人有火氣就能發出來，有多少發多少，如今不行了。他特別不能忘懷的是跟上伍爺去外村打援：伍爺使個眼色他們就知道要幹什麼，二十個好手都站在村口上等待。老獾行前一遍遍叮囑兒子：「記住貼近伍爺，莫讓刀槍沾他的身。」父親對伍爺的忠誠令他又困惑又欽佩，只一心照著去做。那些夜晚的汗腥味兒啊，把一團團蒼蠅都引了過來。伍爺跟外村的首領接上頭，然後就幹起來。敵對那一撥從縣城趕來打援。事兒不太順遂，因爲這邊的人一開頭就挨了土炮，可能是「二人抬」，呼隆一聲把鄉勇的耳朵削下一隻。伍爺火起，揮著大刀砍將起來，直殺得他們連逃十里，借著夜霧回城了。「城裡娃兒個個血孬。」這是伍爺的結論。小油炷離得近，看清了伍爺在舉刀吶喊時眼都是紅的，嘴角有隻殘牙壓在唇上，寬鼻橫著翕動。外村首領對伍爺奉承不迭：「那些鳥人不要說過來交手了，單是湊近了看一眼伍爺的臉也要嚇癱。」伍爺哼一聲，吃犒賞去了。一個大屋裡備足了菸酒吃物，隔壁還有關起的孬人。伍爺吃足了飲食就要提審孬人，見了女孬人聲如霹靂。她們求饒也沒用，發怒也沒用。黑影裡不斷傳來伍爺的吆喝聲：「再哭我用麻繩縫了你的嘴。」事後伍爺說：「歷朝歷代都是這樣，失了江山，妻女就得被收作家奴。」

小油炷長大後，知道姓宗的一家除了忠於伍爺簡直無事可做。人家是眞刀眞槍幹出來的，坐了龍墩也非偶然。二先生讀過不少書，總按書上出一些鬼點子，動不動就說：「咱村也該有些制度了。」點子好出，操勞的還是宗家，什麼給伍爺門前修崗樓子、訓練兵丁、夜裡編造口令之類，麻煩多著呢。那口令往往三天兩日裡就要更換一番：「口令。」「小刺狗子。」「口令。」「魚腮。」小油炷變著法兒折騰別人，讓人驚異費解。所有拗口的詞兒都不會得罪伍爺，因爲伍爺從不需要記住它們，任何人在夜裡聽見又沉又笨的腳步聲都知道是伍爺來了。有一次二先生故意不回口令，還拖拖拉拉學伍爺走路，被執勤的民兵一個耳光抽過去。二先生爲這事冤氣沖天，小油炷就說：「那也是沒法兒，

『軍令如山』這句話你總算聽說過吧。」他知道二先生的膽子就靠阿諛才滋長起來，自吹自擂，說自己上曉天文下通地理，說伍爺啊本可以做省長的，就因爲生性懶惰，才成了眼前這樣。伍爺同意。二先生又說：這是了不得的命相哩，雖說沒做省長，卻使上了「縮地法」，把一村縮成一國，差不多也就是皇上了。「所以說嘛，咱村該有些制度了。」二先生多次提議爲伍爺修一部傳書。「『傳書』是什麼鳥物？」「就是記下你一生大事，厚厚一本哉。」「我日。」伍爺口中輕蔑，後來卻眞的說些往事關節。二先生說這些都得修進書裡，最終刻成一部大書，用蠟繩兒訂上，再拴上骨頭別子。

小油矬最忘不了的是去伍爺家吃滿漢大餐。舊社會開過燒鍋鋪的孬人二直槓來做主炊，民兵背槍押著他幹活：剖魚割肉，一刀一個宰雞鴨。二直槓是全村最會做菜的人，傳說能把泥團燒成噴香的丸子。二先生揪揪忙個不停的二直槓耳朵：「好生調弄食水，伍爺吃順了嘴就什麼都有了。」主炊提著刀子點頭哈腰。「怪矣，這些年也沒餓癟了你，瞧老孩兒後脖上的肉一團一團。」幫炊的老娘們兒串來串去，她們平時都是常來伍爺家的，這會兒像過節一樣穿了水紅緞子襖，還搽了香粉、戴了銀鐲子。這都是她們上一輩分得的「浮財」，是從孬人家挖出來的。早些年混亂，有人又趁機從什麼地方搗騰出一些東西。老娘們兒年紀都在三四十歲上，有胖有瘦，撅著屁股在院裡抱柴禾、拿笸籮，二先生與她們混在一起，說：「咱村有個節慶什麼的還是離不了咱們。」小油矬眞想揪住他揍一頓，手癢得直往褲子上磨。大鍋裡的水氣湧出來了，大胖豬頭和羊腿被煮得軟乎乎油滋滋，上面粘了桂皮花椒八角茴香什麼的。二直槓這會兒兩眼尖溜溜盯住各色吃物呀、調料呀，拿勺子挽袖子，支配得幫炊老娘們兒個個不閒。小油矬在院裡瞧了一會兒又去屋裡看伍爺：壽星躺在炕上，蓋著半截緞子被。他躡手躡腳走出，去了西間屋。這兒的大炕上新鋪了白葦席，上面是一張長條紅木桌，桌上此刻已擺好了七八個冷盤、菸酒糖果之類。炕下是小一些的木桌，那是供次要客人坐的地方，還用來堆積吃食。二先生也探頭來看，見了他就說：「連長口福啊。」小油烇的厭惡難以發散，因為伍爺生日這天對方無形中成了總指揮，吆五喝六捏拿呢。正午了，壽星被攙入席，民兵挺著槍刺站在二門外了，一群老娘們兒推推搡搡紅著臉進來出去。「這些臊臭玩意兒呀，生生把個喜宴弄骯髒了。」伍爺婆娘搓著淚眼咕咕噥噥，聲音不大。二先生端著一個大泥碗，添上肉菜，滿滿的舉起遞給咕噥不停的女人說：「哎，舀上一點滷兒，夾上青蒿蒿、大肥雞腿、大魚頭丸子，拿去清靜地方吃罷。」伍爺老婆接過來退出門去，咕噥：「還是二先生待我好。」一大杯白酒滿上了，二先生行個令，一桌人齊刷刷敬起伍爺。伍爺穿了帶壽字的上衣，因為領口兒小了，脖子上的肉堆起一簇，仰臉喝酒時總要灑上幾滴。「哦夷，鬼天氣一天比一天熱，綠頭蒼蠅鬧得人心煩。」他砰一下放了酒杯。幾個老娘們兒趕緊驅趕蒼蠅，還把魚肉兒剔在小碟裡遞給伍爺。「敬呀，敬咱村老掌櫃呀。」二先生一邊吆喝一邊看著小油烇。小油烇率先敬一杯，帶頭飲下。他知道有人抓住這個機會以文傲武，真是不知死的鬼。伍爺喝得高興，嚷著要抽洋菸，幾個老娘們兒把菸給他插到嘴裡，點菸時他偏一甩嘴巴躲了。一個老娘們兒又給他的耳朵眼各插一枝、鼻孔各插一枝。五枝洋菸一齊點上，伍爺高興了：「咱就是皇上又怎麼，咱就有三宮六院又怎麼。」他一邊一個摟住老娘們兒，她們拱在他腋下一動不動。他摸了她們幾把，又下大力在身上捏巴，弄得一個個啊啊大叫。二先生狠力拍一下扭動的老娘們兒屁股說：「聽話，在咱下村伍爺說幾壺就是幾壺。」她們不敢亂動了。伍爺嫌熱，解開對襟小褂，露出了古銅色的腹部。小油烇發現那熱氣騰騰的肉疙瘩抖動不停，比酒杯還深的肚臍傲視群雄。那褲帶是海昌藍布條做成的，在小腹那兒打了個梅花結。汗珠啊，像眉豆粒兒那麼大一顆顆滲出。二先生指著汗珠大聲說：「看見了吧，怪不得伍爺海量，他身上有『酒漏』哩。」「咱看看什麼是『酒漏』，什麼是『酒漏』。」老娘們兒把頭從腋下抽出，爭看大汗淋漓的伍爺胸腹。伍爺手夾洋菸揮動著，說起了往事：「那年上我征西，夜夜就是這個數兒：三瓶老白乾。」小油矬知道「征西」就是前些年去河西幹那幾仗，立刻插話：「這是我親眼見哩，下酒菜是黃瓜拌肴。」「老天，饞死個人哪。」老娘們兒感嘆。伍爺喝多了，竟然當著大夥的面問起了今夜口令是什麼。小油矬裝作沒聽見，去取一根雞腿。「是什麼？」伍爺厲聲問。小油矬用眼角示意周圍。「你媽的我問哩。」伍爺一拍桌子。小油矬只得答：「『小豬嫚兒』。」「什麼？」「眞的是這哩。」

他永遠都會爲酒宴上走漏機密而懊悔。事後他曾痛惜感慨：當時爲什麼不能當眾報一個假口令？這眞是人急無智呀；還有，對伍爺的忠誠使他壓根就想不起說謊。結果釀成了大錯：祝壽宴的當夜，海邊漁鋪裡丟失了大宗網具，看鋪的老頭給捆在了鋪柱上，差一點給海風凍死。在海邊巡邏的民兵事後說，他們也聽見過異常響動，吆喝了口令，那邊答得順順暢暢，就沒在意。「這是血的教訓哪！」小油矬去見伍爺，伍爺「砰啦」一聲摔了核桃手串子，嚇得他渾身一哆嗦。「我把孬人老老少少都捆了，讓他們候審。其實哩，另在暗中訪查那天來喝酒的人。」伍爺發出一聲：「哼？」「伍爺，要知道曉得當夜口令的只有他們。我擔心是那幾個老娘們兒通外。」「嗯哼？」「是這樣，她們五人當中有三個是外村娘家。偷東西犯案的肯定是外村人，這叫裡勾外連。」伍爺不吭聲了。待了一會兒伍爺翻翻大圓眼皮：「你是連長了，那麼我考考你，咱查出娘們兒的詭計，怎麼辦才好？」他不假思索答道：「歸到孬人隊裡算完。」伍爺笑了，「那還用說。我還想開她的鬥爭會，辯論辯論哩。她說不出個一二三，那就當眾解下褲子打屁股，砰砰嚓嚓用洗衣板楞砸，讓你爸老獾親手做哩。」小油矬說：「高級，」又搖頭：「俺爸年紀大了倒不一定幹得起勁兒，還是找倆民兵吧。」這之後小油矬像個鼬子一樣機靈起來。他細細琢磨離開酒宴的那段時間，發現從下午四點到夜裡十一點僅有七個小時，除去盜賊要幹營生的準備工夫，那麼留給老娘們的只剩下三到五個小時。「騷貨母狐啊，就在這工夫裡施了巧計。」他查訪的結果是三個老娘們兒當中有兩個在酒宴後出過門：一個說想去街上看看有沒有賣豆腐的，一個說去村邊拾些楊樹葉兒。小油矬對後者格外生疑，因爲他知道這個叫「吉妹兒」的婆娘從不安分，整天村裡村外胡躥。吉妹兒三十出頭，小模樣不錯，就是嘴太大了。這張嘴見了頭頭腦腦格外甜蜜，男人都被她哄得眼窩發熱腿發酥。小油矬覺得這女人眞是該下大力氣調教才好。「吉妹兒，我來問你，那個午後你在村外溝渠裡瞎迂磨什麼？」吉妹兒咧開全村數一數二的大嘴笑了：「連長看見俺了？咱拾楊樹葉兒哩。」他厲聲喝一句：「從實招來，那天在溝裡撒野的外村男人是誰？」吉妹兒眉頭一皺：「野物騷驢尥蹶子還算稀罕？那得看嬸子願不願意了。」事到如今她還自抬輩分，終於惹得小油矬怒火躥到了腦門。他一腳踢在她的屁股上，沒等對方爬起又是一腳：「你媽的賣乖耍嘴火上房子還想矇人哩，口令賣給了狗日的，如今發了大案。」吉妹兒不再起來，躺在地上嚷叫：「我就去找伍爺，我就去找伍爺。天哪，你敢踢我。」小油矬笑了，心想伍爺還要開你的辯論會哩。

伍爺最大的嗜好就是開辯論會，動不動就說：「咱辯論辯論呀。」一個月裡沒有一次辯論會，日子等於白過。人人都說伍爺是天底下最大的辯才，不管孬人有多狡猾，最後還是得敗下陣來。那些拉到場子上與伍爺對陣的沒有一個不是屁滾尿流，出盡了洋相。所以說下村的規矩簡直就是靠辯論會建立起來的，因爲誰都怕被拉到場子上。村裡人一提到這事兒都慌恐萬分：「哎呀，就是殺了咱也比上辯論會強啊。」如果兩個人吵架，其中的一個說：「讓你上會了。」另一個準得蔫下不敢抬頭。伍爺在會上巧話兒一串又一串，讓滿場人大呼小應，跺著腳爲他叫好。被辯者無地自容恨不得扎到地底，他們的妻子兒女不再抬頭，就連鄰居也面有愧色。如果辯論進行得順利，伍爺高興，還有一場說唱節目跟在後頭。所有節目都是事前準備好的，由表演者根據被辯人的事兒編排出快板之類，助興效果倍增。吉妹兒作夢也想不到自己會被拉上辯論會，所以當她被推搡到煤油燈下、迎著一場圓目大睁的鄉親時，還以爲是讓她來對付另一個人呢。以前辯論孬人時就選過伶牙俐齒的女人出場對付，待孬人倦了蔫了，伍爺才親自出場。可這一會兒場上再也沒有別人，她有些慌了。伍爺手插在褲腰那兒，不急不慢從場角溜達上來，和顏悅色。她趕忙叫一聲：「伍爺您也來了。」「來了，嘿嘿，天兒怪熱不是？」她不知所措，答：「不，不熱啊。」「我看熱哩。東溝裡沒水了，前一晌人家老孩兒還跳進去扒了衣裳洗早澡兒。」一場人哈哈大笑。她不知該說什麼，咧著嘴。伍爺坐在一張椅子上斜著她：「老少爺們兒看看人家的嘴多大啊。俗話說下了，『嘴大吃四方』；又說下了，『吃裡扒外』啊。」眾人大笑。吉妹兒哀聲叫道：「伍爺，我作夢也想不到那人會騙了口令去做案子，我眞是冤啊。」伍爺「哦哦」兩聲，學她那樣尖聲細氣說道：「冤死了，眞是冤啊。」滿場裡又一陣哄笑。「不過，」伍爺大眼閃閃掃過全場，「不過那邊的人得了手，二一添作五分點銀子給你，那就是『瓜子塞到了小姑娘嘴裡，闊（嗑）了』呀！」「啊哈哈，啊哈哈。」坐在前邊的幾個老婆婆聽明白了，大笑起來。吉妹兒哭了：「伍爺，天地良心，我當時什麼也沒想什麼也不知道。」「是嗎？按說那是『兩個人在溝裡撅屁股，我看不一定（腚）』啊！」人們興奮得跺腳，跺著跺著又呼起了口號：「坦白兒從寬兒，抗拒兒從嚴兒！」「從嚴兒！從嚴兒！」呼叫好不容易平息，吉妹兒只顧哀叫：「伍爺，您看在過去的分上，恕咱年輕無知，就饒了俺這一回吧。」伍爺面向場子：「聽聽哩，書上不是常說嘛，『群眾是眞正英雄』，饒不饒還要群眾說了算哩，群眾才是『書記鍘草，決定（撅腚）一切』啊！」滿場掌聲跺腳聲鬧成了一片，伍爺一手罩著耳朵：「怎麼處置？哦喲咱聽不見。哦喲怎麼？念她初犯，打打屁股？哦喲，也中。屁股發癢打打也中。打打吧，罷，就打打屁股何如？」他一口大牙咬住下唇，掃視滿場。這會兒鴉雀無聲了。呆了片刻，伍爺像是最後下了決心，大手一揮：「架板子！」幾個民兵撲上來，不管吉妹兒怎麼掙扎，硬是把她的褲子脫下了一截，按伏在凳子上。屁股在煤氣燈下白得刺眼。場上的混亂掩去了吉妹兒的哭叫。一個民兵揚起洗衣板，「砰砰」打了起來。「老天爺啊，這哪是小媳婦幹的傻事啊，這是往死路上走哩。」場上的老婆婆們抽泣起來。「這麼砸下去咱還是心疼。」幾個男人議論。「再打下去能不能疼絕了氣？」「那就得看她會不會憋氣了。」場上亂得很。伍爺舉了舉手，民兵停板。伏在那兒的人並不活動，最後是民兵爲她提上褲子。

小油烓至今不明白的是，會後那個挨板子的老娘們兒並沒有歸於孬人隊。這使他深爲不快。「這些年的怪事兒啊，伍爺的心思啊。」他越發猜不透這個人了。那次辯論會不久他又在伍爺家遇到了那個吉妹兒：把瓜子嗑在手裡，積成一小把傾進伍爺的大河馬嘴裡。他於是明白這娘們兒是伍爺的人。一想到這兒他就絲絲吸冷氣了：原來誰也難保平安哩。他的目光落在路邊石頭上一動不動，一層冷汗從腦門滲出，「蜜蠟大水娃兒你這輩子可害苦了我，伍爺不再饒我哩。」他仰臉看著天上一塊飄移的白雲，使勁拍了一下自己的腿。他準備瞅個空兒去上村一趟；至於說領不領回水娃，那還要三思後行。這邊的河馬嘴大張著哩，水娃一不小心就成了口中肉。躲過初一躲不過十五，老天爺給咱出了一道什麼難題啊。他一路不時攥攥那把手槍，槍柄都濕漉漉的了。離演兵場老遠就能聽見驢子的噴氣聲：牠們也厭倦了軍事生活，一天到晚唉聲嘆氣；眞是溫飽思淫逸啊，這些畜生在軍訓期間剛剛增加了二兩麩皮，一有空閒就忙著交配哩。平時來看演練的有老頭老太婆，他們見了年輕媳婦就拉長了臉訓斥：「這也是你站的地方？」小油烓剛剛走近，那些老太婆就叫起來：「瞧咱連長來了。哦喲連長走得怪急。」他掃一眼滿臉大汗的民兵：瘦子騎不住胯下的強驢，正被牠馱著團團轉。小油烓掏出手槍指著驢子腦殼：「再不聽使喚我就斃了你。」毛驢忽閃著大眼發出「嘞嘞」兩聲，不再打轉。「還是連長有威啊。」老太婆說。他卡著腰來回走動。「連長啊，咱多少天沒見你媳婦啦。可別一天到晚藏在屋裡啊，該透風也得透透風。」一個老太婆剛說一句，另一個接上：「是哩，俺就愛看她個大胖臉兒，打從娶來只看過一回，心裡癢癢哩。」小油矬迎著一頭啃咬樹木的驢子怒喝：「看我揍不揍死你這頭賤嘴老母驢。」一個民兵過來說：「連長，那邊『嘴兒』來了。」他揮揮手：「讓狗日的過來。」嘴兒是全村最會演快板的人，許多辯論會上都有他的節目。小油矬以前曾讓他爲騎兵連編一段快板，卻遲遲未成。嘴兒走近了哈哈腰：「我來了。」「編好了？」「沒哩。我都是現看現編，講究個急智。」嘴兒留了分頭，細長眼高顴骨，沒長鬍子。小油矬覺得這個人天生就是塊孬人材料，冷著臉說：「那就整整吧，別瞎迂磨了。」嘴兒應一聲「好哎」。就玩弄起手裡的家什。這是一大一小兩副竹板，由於常年使用已變得油漬麻花的。那副小竹板拴了銅錢，所以一拍就「沙啦沙啦」響，俗稱「沙啦雞」。除了這兩副竹板，手裡還夾了一根竹條做成的鋸子，拍打竹板時要間或鋸鋸竹板上緣，發出「嘎啦嘎啦」的聲音，讓人聽來發癢。三樣器具被他耍弄個熟練，大竹板兒呱呱響，沙啦雞啞啞叫，竹鋸嘎嘎拉，還時不時把它們一個花兒高高撩起，待落下時正好趕拍兒。小油矬睜一個眼閉一個眼，心想你這套我看得多了，唬誰去。場上的民兵、老頭老太婆，還有驢子，全被吸引住了，都目不轉睛盯住嘴兒。嘴兒發出「哎，哎」的聲音，臉都紫了。小油矬知道那是因爲編不出詞兒憋的。竹板越打越急，漸漸不玩花樣，總算是吐出了一串詞兒。「你往這邊看哪，啊這是騎兵連；說起騎兵連哪，啊眞是不簡單；刀山火裡鑽哪，啊敢捅刺毛蛋。」所有人都起勁鼓掌，嘴兒珠汗滾滾，張口大喘。老頭老太婆相互豎起拇指：「幹什麼都不容易啊，都不容易啊。」他們站起來給嘴兒遞上菸鍋：「來，抽袋菸歇一歇！」嘴兒被湧來的犒賞弄得暈頭轉向。小油矬卻湊近了問一句：「那『刺毛蛋』是什麼鬼物件？」嘴兒想了想說：「反正不是什麼好物件，你就當最壞的敵人吧。」

16

「俗話說『文能治國武能安邦』，咱不聯手怎麼了得。」二先生攜一壺酒去小油矬家，瞥瞥老獾父子。老獾飲了一口酒。二先生展開手裡的一卷黑紙，那是爲伍爺修的「傳書」。老獾瞥幾眼，把臉轉到別處，「我們又不識字，你拿它來做甚。」「我不給連長爺兒倆說叨還能給誰說叨。」二先生攤開紙卷，又抓過水菸吸了一口，「年輕時候我在孬人府上做事，有文墨事項都是咱挽挽袖子去做。唉，如今年紀大了，得戴眼鏡了，」說著去衣兜裡掏摸。老獾覺得一副眼鏡架在鼻梁上，一個熟人立刻就變成了嚇人的怪物。「伍爺嘛本是貧賤之人，族上未有一人吃油穿綢，沒有田畝也不得官餉，眞正是遊走無所之徒，飢民流寇之後，上溯三代皆悽悽惶惶，不得稍許安逸也哉。幸得一道士贈些碎銀，於大饑之年留存性命，而後方能繁衍後人，斷斷續續直至解放之初。二姥爺即外祖父之胞弟與祖父素來有隙，歹念日盛勾連拳匪，自陝甘一帶輾轉而來登州，過黃腄越棲霞，串通大財主牟家後人及妖道邪門，使盡民間陰毒無所不用其極，致使其祖父於四十盛年之期命喪黃泉。積怨凡二十四載難昭天下，湛湛青天朗朗白日均無濟於事。其間更有小人饞言誣陷君子，謂遺孤與村後廟前姜家一寡婦有染，遂引起姜姓家族群起而剿。姜姓族長爲一封建遺老，頑劣異常威焰烈烈，絕非無助孤兒所能抵禦。登州自古缺少仗義疏財之人，更無路見不平拔刀相助之輩，由此可見何以當年倭寇竄犯囂張。若有高人說項，或可轉圜，無奈智勇不見，善良泯跡，遺孤命在旦夕耳。俗話說世無絕人之路，無巧不成大書，恰在尺寸關頭出現一黑面莽漢，其人六尺有餘面闊口方，足蹬草鞋腰懸鐵鞭，與古時拳匪無異。孤兒依依相隨從此步出鄉村，十餘年音訊杳杳。那寡婦想必是淚水沾巾度日如年，也活該是人心不古自招瘰亂。話說歲月如梭時不我待，那莽漢原是落草爲寇之徒，打家劫舍從無畏懼，終落得四方追殺無路可逃，幸被一官家收留並封爲六品，日後享盡榮華暫且不表。單說伍爺先人晦期未盡，也該是命中有劫，偏偏於莽漢發跡前夜不堪煎熬反戈一擊，由是打入另冊。背運漢先是流入丐幫，後又遁入佛門，轉而拜師演習鍋藝、皮影、拆鐘、彈花、鐵匠，林林總總不一而足，皆無成就。」

「老天，你是想曚死活人哪。」老獾嘬著嘴抽菸，把臉轉到一邊。二先生舉著紙頁隨上他轉，提高了嗓門並一字一頓：「頑志既存，潛在民間苟延殘喘，等候天賜良機。這期間也曾淪落窮山惡水之境，嘗與一佯瘋女人爲伴，二人常攜手登高，作獅子吼，令村人大駭。是年十一月生下一男嬰，可嘆風寒屋漏，一月即夭。至二年春分，女人爲串鄉藥匠所誘，於月黑風高之夜棄他而去，並隨手竊走背褡及水罐物器多宗，外加一些散碎銀兩。嗚呼，一生坎坷至此可吁可嘆，在下幾次停筆不忍詳敘。倒運漢命薄如紙獨居草寮，或是舊性復發也未可知，常晝伏夜出，斂回一些零碎他物權作糊口，少不得驚擾民女一二。日久天長風聲不掩，惡名流入七品耳中，衙役轉眼即到。也虧得先人腿腳靈便，翻牆越屋疾走如飛，讓官差空餘張望。此一去凶多吉少，路途迷漫，想必是貧病交加，於慌促潦倒中不拘小節，不免落得個遍體鱗傷，惶惶然來日無多。這期間偶有知遇，也算禍福相依，難得一展歡顏。一日宿村邊廢屋，半夜忽有強人傳喚，先塞予一點銀子，爾後囑其翦除仇人，事成必贈巨金云云。先人乃血勇之人，豈有不就之理，連日裡勘踩路徑，磨刀霍霍。所謂善者不來，來者不善，原覓刀下鬼，反遇強中手。伍爺先人那時輕身入牆，黑布蒙面，落地打一個側立，貓步直趨東窗。室內燈火輝煌，俏影佳人，把盞連連，料想是以石擊卵，囊中取物。誰曾想歹人早有設防，巧布機關，於瓦頂、箭垛、角樓、邊廂四處埋下兵勇，只等一聲呼號扳弩挽弓。可憐人爲財死鳥爲食亡，先人隻身闖穴，可讚可嘆。說時遲那時快，暗影裡手鈴一搖，咋呼既起，噌噌噌箭簇如雨，火槍吐舌，滾木石雷自高傾下。先人奮勇逃命，顧不得腳膝中傷，兩臂掛彩。待攀上老牆正欲一躍而去，悔不該回首再作張望：一利箭從斜楞裡竄出，翎翅啾啾呼嘯而來，誰人還能躲閃。飛箭直撲左目，鮮血嘩嘩滿臉。嗚呼，枯燈偏遭漏牆風，冰霜單打獨根草，此一來大勢去矣。先人勉強逃逸，鑄成獨目，一目了然。是夜大霧彌漫，梟鳥聲淒，血淚淋漓一步一磕，眞不知何去何從。幾欲奮身投井了此一生，總算是思前想後留住生念。好男兒驚險之後頓生徹悟，不回漏屋直奔莽野，撿回一條性命。君不見螳螂撲蟬黃雀在後，歹人於三更天即伏村外，欲將折翅之鳥收入羅網。也活該吉人自有天相，後福尚未享完，伍家先人日後踉蹌輾轉，抱殘思變，並非一味頹唐。約莫四十郎當歲中年已屆，毛髮稀疏，獨目灼灼，每逢秋景天裡尚有盎然生趣，觀婦家常常目不能轉。如此日久，街頭巷尾也尋來些許慰藉，歪瓜劣棗偶或呑食，竟於第三年臘月覓得一渾壯婦人。該婦身長五尺有餘，雙目如鈴，手足俱大，嗓音隆隆，不屈不撓。本是貧寒出身，房無一間地無一壟，惟持有一塊祖上傳下之帶蓋懷錶，常炫耀於先人眼前。先人一躍而起，一蹴而就，人錶俱獲，並於當年生下本書傳主伍爺。傳說生產之期將近，日月通明，有五色彩鳥鳴唱翩飛於屋梁之上。另一說有托缽僧人自遠方至，口含微笑，撫婦人額三次，喃喃數語乃去。凡此種種無非是吉象環生，凡高人異士降臨人世莫不如是，鮮有例外。吾聞聽妖人降生即是反兆：烏雲蔽日久久不散，昏昏然雞犬不寧，驢騾仰天昂昂大叫，原是淒恐也。吾不知西人德意志之希特勒氏降生之實況，僅留以諸君備考。單說伍爺既生，百事順遂，先人浪跡天涯之期已盡，回歸故里之日將至。話說神靈有眼，勞先人之筋骨，委重任於斯人。一轉眼世相大變，乾坤初轉，咱祖國遍地鐵戈，聲浪滔天，殺富濟貧已成公理。先人說一聲還鄉也，攜妻將雛一路東行，直奔登州。今非昔比，渤海之濱財主聲泣，貧苦儒漢頤指氣使。先人且安頓妻小於破祠間，爾後直搗姜姓大戶。族長既死，嬌妻尚存。咱先人哪顧得羞花閉月，更不憐哽噎聲聲，劈頭便打，垢語惡聲。一連數日破門撬鎖，挖地探寶鞭笞小童，將五代積存劫掠一空，遂成表率。春陽下高臺大築殺氣森然，有退役之轉盤槍警戒，苦淚悲聲，老少攙扶，其聲勢與三月廟會無異。先人此間已是生猛可期之士，上級依仗之臣，無人望其項背。此可謂百花俱放，一枝獨秀，一朝得勢，光宗耀祖。眨眼間往日艱辛化爲泥丸，萬般坎坷談笑而過。至此上下遠近皆知有個獨目英雄，苦大仇深且足智多謀。種瓜得瓜種豆得豆，論功行賞乃不變之行規，先人一家三口即分得堂屋八間，小院二進，門檻寬厚並塗抹黑漆，磚石鋪地，木槿一株。更有雕花窗扇，巧工屏風，上飾蘭草銅錢，如意捲簾。炕櫃乃上等紅木家具，匣屜無數，暗有機樞，午夜飢渴內貯膏湯補汁，昏晨寂寞更多新巧玩器。男女歡愛之傳統藥具，在在周備。最可讚嘆者惟先人品行，登高運轉，意氣風發，一時嬌女美色繽紛撩亂，如蠅似蝶。先人屹立巋然，雖於酒酣耳熱之時少不得染指一二，但畢竟未棄糟糠。說到此浮想聯翩，不由得比較左右。有野童原本是貧苦無告，得賞賜槍在手反目驕橫，傲文臣欺武僚生活糜爛，得一女棄一女舉一反三。如此小人，不足掛齒。歷數先人一生行跡，晚年大節不可不書。其時江山初定，百廢待興，怎料有蚍蜉蠢蠢欲動，撼大樹毀社稷黃粱一夢。該村族群斑駁，大戶林立，聚眾舉事者日漸浮顯。先人明暗設計，先遣內線，後一舉發刃，砍殺捉拿四十有五，列惡行造名冊戴枷上鐐，從此龍墩固穩不再受擾。也該是後人有福，血脈傳人，在下即將鋒毫轉折，爲傳主伍爺試書也。」

「這是什麼破爛詞兒，咱白白支楞起大耳朵。」小油矬抓一把地瓜糖嚼了。二先生把紙卷推展幾下：「搗弄這活兒沒有書底子不行啊。要找書房裡那些老師，那是狗吃芥茉乾瞪眼。還有，我這是一色兒狼毫正楷寫成。」老獾吸著水菸一聲不吭，包在一層黑絨毛裡的雙眼定定望來。「哎呀你這副眼神讓我害怕哩，快別這麼看我。」「念完了還不摘鏡？」二先生剛把眼鏡摘下，老獾就說：「老二家，你說傳書裡那個得了槍的『野童』是不是指了我兒？」二先生慌慌拍打腦殼：「您老也就別、別摳死理了。」小油銼罵了一句。二先生伸手討了幾塊地瓜糖，向裡屋探探頭：「你家蜜蠟哩？」「早就回娘家去了。」「哦哦這大水娃兒。你家老孩兒極有豔福哩。不過恕我直言，」他噍一口，「年輕女娃家一個人不成哩。」「呔。」老獾吐了一口。二先生走後老獾立刻對兒子說：「也該接回家口了。久了真是不中。」小油銼點頭：「早想哩。今夜咱就揪她來家。」

小油銼出門後，老獾就用鍬把院子平整了一下，還拔去了蒿草，「咱要乾乾淨淨接回大水娃兒。」他幹完了活坐下吸菸，手邊放著點心盒子。幾個鐘頭過去，門外有驢子噴噓，老獾呼一下站起。小油銼臉色鐵青躥進來，手裡舞動手槍：「野性騷娃跑了，她壓根沒去上村。」「啊呀？有這等孬事？」老獾大叫。「媽的，真是忒大膽哩，她就不想想鑽到天邊不成？我要撒下天羅地網哩，弄回來立馬上鐐。」小油銼滿院疾走，跺腳。「我娃，這事兒報不報給伍爺？」「還沒想好哩。先暗裡差人訪聽吧。」老獾拍一下凳子：「這下用上騎兵了不是？」「動用騎兵就得伍爺發話。先讓步兵搜吧。我就不信一個肥娃會跑多遠。」「搜哩，從地下掏個窟窿也得把她抓回。」老獾咬得牙響。時間已近午夜，小油銼睡不下，出門找來仨倆民兵。老獾披著衣裳聽兒子訓話，偶爾插上一句。小油銼說：「聽著，我家蜜蠟有好大耍心，她去外面轉悠了，你們得給我找回。」一個民兵問：「她到底去了哪搭？俺好尋去。」「我知道去了哪搭還用派兵？你們南南北北尋去。」民兵對視咧嘴。老獾尖長的指甲往下蜷動，說：「出門多帶些乾糧，恐怕也不是三天兩日的事兒。路上多聽口風。好在這娃兒誰見了都忘不了，人家會跟你說個一五一十。路上別顯山露水帶刀啊槍的，最好往腰裡揣副鏈子錘三節棍什麼的，戴上手刺抓勾也行。我怕強人行劫啦。」

伍爺一上街，門口站崗的民兵就隨上他。「看伍爺大臉紅濡濡的，準是睡了個好覺。」一個老娘們兒在街口上搭話。伍爺蓬蓬噴著寬鼻：「我日。」前面有個穿白球鞋的後生疾步而去，他問：「誰家崽呀？」民兵說是孬人老核桃的兒子。「我日。」一個老太婆提著馬紮走過來：「伍爺這是上哪去呀？」民兵答一句：「去看騎兵操練哩。」「唉喲眞是的，那些孩兒武藝嚇人哩，伍爺早該去看看了。」老婆婆一路走在前邊，滿臉歡欣。演兵場在村東一塊平場上，四周全是乾枯的菊芋。今日非同平常，場上早有小油烒率眾等候，並在場邊擺了一張鋪氈木桌，上面有水瓶和瓜果。再看每個騎兵都身著米黃土布軍衣，留了平頭，脖頸伸長，喉結突出。他們一見伍爺走近馬上啪啪磕響腳跟，一手揪緊驢韁，昂首挺胸。小油烒腰上的手槍紅綢耀眼，小步跑到伍爺跟前，啪一個敬禮：「報告伍爺，本騎兵連長率部操練齊備，敬請您老檢閱。」伍爺睒睒眼坐在桌前，揚揚手說：「搗弄去吧。」他斜眼瞅瞅坐在老娘們兒中間的二先生，同時也發現了孬人老核桃的兒子，這小子也站在一邊看操練。小油烒行了口令，一隊民兵翻身躍上驢背，背過一段寶書之後，立即捉對廝殺起來。驢子相互掙踏，嘶叫聲聲震耳，有幾隻竟從胯下掙脫，逃到了菊芋林裡。摔下的民兵摟在一起，滾動得渾身泥猴一般。又是一聲口令，廝打停止，改爲列隊追逐。驢子被鞭打催促到了極點，大喘大跳。觀看者齊聲呼叫：「喝咦，眞好身手啊。」跑動，改變隊形，像要墜地一般將身體躲到驢背一側，然後再躍起揚鞭。場下掌聲不息，連連呼嘆。隊伍中有一個黑漢身軟似帶，竟能在驢背上騰挪自如，還能仰臉貼在奔跑的驢腹上。「哦喲這是什麼身手，咱有神兵哩。」伍爺看得興起，站了張望。一邊的護衛說：「剛才打鬥那會兒也是他勝哩。」伍爺聽在心中。小油烒再次跑到這邊敬禮，說已經演練一場，請伍爺指示等等。伍爺目光落在佇列中的黑漢身上，招招手。黑漢挪蹭過來。「你叫什麼?」「照兒。」「嗯，好身手。這麼著，你敢不敢跟連長比武?你要贏了，那小槍就歸你了。」「媽呀，咱可不敢跟連長比試。」「我讓你比試。」場上先是鴉雀無聲，一會兒又喧騰起來，不少人叫著「照兒。」照兒瞥瞥一旁的小油炷，又望望伍爺，突然搓搓手轉過身。小油炷走向場子中央，緊了緊腰帶，解了手槍，小聲對跟過來的照兒說一句：「我日你祖宗。」兩人馬上摟得鐵緊，一個想把另一個舉起摔倒，憋得臉色黑紫。照兒尋個機會撤後半步，接著架起雙臂。小油炷想把他拽入懷中，以便尋個機會用膝蓋頂其胯部，無奈對方早就預防著，未成。正在相持著，照兒卻巧借力氣一悠，把小油炷掄了起來。「啊呀，啊呀呀好生了得。」場邊的老頭兒立刻捏著菸鍋站起，被身後的老太婆喝斥一句。照兒想摔倒對方，可又甩不脫，要大喘著定定神，卻被小油炷騰在半空的腳一下踢中了胯部。他「啊呀」一聲倒地，滾動著兩手胡亂抓撓，疼得眼睛都閉上了。小油炷猛虎撲食一般按過來，哧哧一撕，十道血痕從胸脯劃到肚臍。照兒滾動、蹬踢，小油炷就騎上去扼他的咽部，直扼得照兒甩頭抓地，兩眼翻白。場上人幾乎都在喊：「快放手啊別出人命。」可騎在上面的人充耳不聞，穩穩地扼過了，又揮起勾拳猛擊下頷。照兒嘴巴破了。小油炷一邊擊打一邊叫罵：「我日你祖宗看你能跑到哪裡，你跑到天邊咱也要揪回哩，把你大卸八塊。你這輩子都是咱摟物不服不行，敢撒丫子跑哩。叫你野性！叫你耍蠻！叫你不知深淺尥蹄子！叫你瞎迂磨！嗯，嗯，嗯嗯！」他把照兒雙臂用膝蓋壓住，連連揮拳。「連長饒了我吧，我再也不敢了，不敢了。」「我看你能跑了哪去，我一腳就能把你踢成八瓣，一傢伙就能穿你個透心兒涼。讓你跑、跑、跑哩。讓你膽大得沒了形兒，欺天害祖哩。嗯，嗯，嗯嗯！」「老天，咱連長打暈了頭，這回非出人命不可，」老太婆搗著眼叫。「連長你下來吧，下來吧，反正誰是強手這回知道了。」誰的呼叫都無濟於事。小油炷擊打了一會兒剛要歇手，見照兒嘴巴活動著像是罵人，就伸手屏力一撕，撕裂了嘴角。血出來了，喊叫撕心裂肺，老太婆紛紛搗眼。伍爺走過來，伸腳碰了碰血水淋漓的人，又瞥瞥小油炷：「是個『食人番』呀。」

半個月過去，出門搜尋的人一連兩撥空手而歸。第三撥派出後，小油炷擔心伍爺聽到了什麼風聲。因爲對方有一次說他：「矬兒，你和婆娘沒有丁點孝心。」「是哩伍爺。那蜜蠟回娘家了，她一回就看望您老。」伍爺咧咧嘴：「怎麼說也是個老娘們兒，該服帖些。這些事兒還得我說不成。」小油矬心裡打顫，嘴上卻說：「那是那是。」「聽說孬人老核桃兒子的事了？」「這小畜生出伕回來就不老實。穿白球鞋，還說要當民兵哩。」「啊哈？」伍爺恣了。「眞哩，他說自己憑什麼不能當？狗日的仰脖兒跟咱說話哩。」伍爺大眼滾動著看了看地下，「他要成親的事兒你可知曉？」「成親？沒有的事吧。」「這你就不如貐嫚靈通了。女方是他出伕時勾連上的，宣傳員哩，偏要嫁他。怪也哉。」小油矬咬著下唇，「怪不得這小子神氣哩。讓我來理正一下吧。」他出了伍爺家立刻差人叫來老核桃兒子，打眼一看就惱了。這小子大名叫金孜，在書房那會兒是念書好手，十七歲被派到山裡出伕。幾年不見這小子頭髮黑鋥鋥的，還穿了白球鞋。「金孜，知道爲什麼傳你嗎？」「當民兵的事兒吧。」「啊哼，盡想好事兒。你對組織瞞下什麼？膽子不小啊。」「瞞下什麼？」小油矬一拍桌子：「工地宣傳員是你勾連的不成？」金孜臉紅了：「這，是自由戀愛啊。」「孬人反哩。」「我不是孬人。」「我看也差不多。反正你要勾連個什麼，伍爺不批准也白搭。」金孜急了：「我們雙方都同意的，然而，」他抿抿嘴：「然而法律上並未規定要報告。」「那行，你急得滿嘴冒泡去。」

一個細高挑姑娘戴了草帽走上街頭，引得不少人從窗上探頭。中午的太陽怪熱，蟬聲急一陣慢一陣。有人聽見她打聽伍爺了，說：「這姑娘是個有能爲的嫚兒，不懼官。」「就是哩。」他們眼瞅著她向那個青磚黑門走去，然後拍打起門板。「我找村領導啊。」民兵端量她，撓撓頭開了門。二進院的木門有半尺厚，伍爺老婆從廂房走出，看到姑娘咒了一聲。姑娘開始敲裡間的門，裡面傳出一句：「瞎鳥敲打。」她於是進門。當她定定神看清了之後，差一點驚呼出來：炕上有一個人仰躺著，紅緞子被上邊露出一顆疙疙瘩瘩的巨大頭顱，轉動著尋找來人。他看見了姑娘，眨眨眼，挪動身子倚上牆壁。「哎依，城裡孩兒？」「我是金孜的朋友，他的嗯，未婚愛人。我來看望領導，還請領導今後多多幫助。」「脆嗓兒不孬。不過你說愛、愛個什麼？發昏了？」姑娘笑彎了腰。伍爺大嘴咧著：「聽人說有些年輕娃兒結婚，村領導要送一把鐝頭、一本寶書哩，上面還捆紅綢布。你也想讓咱送這兩樣物件？」「那當然好。不過我今天是想，嗯，讓您了解一下我們的情況，能夠支持這種結合。」他的大手胡亂在嘴上抹抹，發出「嗦嗦」吭氣聲：「饞死人了。哦喲這天兒可眞熱燥。你說到了哪搭？老核桃孩兒？」「我是說金孜。」「哦哦，咱是大老粗，不過話粗理不粗；你現在回頭還來得及，別讓他一傢伙睡了，吱哇一叫這輩子算完了。」姑娘「啊」了一聲，連連退開幾步。伍爺斜眼瞟瞟：「別是讓他的白球鞋晃花了眼吧，那是膠皮做的哩。」姑娘哭了。「看小奶兒翹生生的，今年有個二十郎當歲兒？」伍爺噗噗放屁，伸手去抓菸鍋，姑娘一閃身跑了。「孬貨反了哉。想跟咱擺文明陣。」他咕噥一聲剛要躺下，放哨的民兵就進來了：「伍爺，那個叫金孜的也來了，要找伍爺呢，見不？」「給我揪了來。」「是啦。」門一響，金孜站在了屋子中央，「伍爺，我來了。」「吭吭，咳咳，」伍爺睜了眼，大眼球轉動不止，「來了好。你瞧瞧變天了沒？」「變天？沒呀，外面日頭很大的。」「噢，我還以爲變天哩，孬人一個個怪恣，還想結婚呀貼喜字呀盡開配種站哩。」金孜咬著牙關：「伍爺，還求您成全我們。」「淨想好事兒。那蔥嫩摟物也是你辦得？不服咱就開會辯論辯論，你要贏了，怎麼著都中。敢不？」金孜的臉終於憋得發青，一跺腳：「你，你欺人太甚。好吧，你一手遮天，你剛剛還耍流氓。我要把你的惡行一條條全寫給上級。我寧可死，寧可死！」伍爺坐起。金孜臉色由青黑變爲蠟黃。伍爺寬鼻噴噴氣，笑了。「伍爺。」「伍爺。」金孜叫道。伍爺又笑。「伍爺。」金孜大著聲音又叫。伍爺笑出了聲音。

村裡人見了金孜都覺得有點不對勁兒：眼神木木的，白球鞋髒膩膩，頭髮又長又亂。「你這孩兒不上泊做活亂躥什麼?」貐嫚說。她身上的草藥味兒頂鼻子，金孜盯著她：「你能幫我成親嗎?」「我能給你配副瀉藥，裡面有大黃和硭硝。」一個老太婆過來，金孜問：「你能幫我成親嗎?」「孩兒，先去泊裡做活吧，老老實實低頭苦做罷。」金孜站在街口上張望，看見小油㷄從火燒鋪那兒走來，抬腿想躲。那邊喊：「是你吧?你出來得正好，咱找你哩。」小油㷄兩手卡腰看著他笑。「你能幫我成親嗎?」「這事兒好說。還是先當民兵吧，你的請求批准了。」「眞的?」「那可不是怎麼。不光讓你當民兵，還要讓你當鐵軍呢，怎麼樣?」金孜不敢相信這是眞的，「像，像夢一樣。」「這可不是夢。走吧，先跟我去一個地方換裝，這回好事都是你的啦。」他一晃一晃前邊走，金孜跟上。一會兒鐵匠鋪到了，門口站了兩個背槍的民兵。「進去吧，到裡邊拾掇。」「發給裝備?」小油㷄一笑：「進去就明白了。」馬蹄劉手裡的火鉗正夾著一塊赤紅的蹄鐵，笑嘻嘻說：「快來快來，什麼都是現成的。」金孜進了煙氣迷濛的鋪子，看不清。馬蹄劉光著膀子幹活，時不時抓起窗檯上的酒瓶灌一口，發出誇張的「啊啊」聲，濕漉漉的嘴唇血一樣紅。這時一個民兵從旁邊捧來一件粗布黃制服讓金孜穿，金孜一看笑了。馬蹄劉豎起拇指：「喝，穿上這個神氣。如果再鑲一副鐵掌，那就全了。」金孜瞅著槐花染成的兵服看個不休，兩個民兵卻架住他的胳膊往前拖。「這，這幹什麼?」「換副鐵掌啊。咱這兒的裝備呱呱叫。」小油㷄一揮手，馬蹄劉提來了一個裝著蹄鐵鏟刀的籃子，又圍上帆布圍裙。「媽呀這是幹什麼?」金孜往上掙脫，大喊大叫，民兵就打他的頭。馬蹄劉綳著臉規勸：「我這輩子鑲馬掌牛掌無數，不會弄傷你的蹄子。我挑了一副薄鐵掌、小細釘兒，保險鑲時像小蜜蜂螫了似的，過後會癢癢哩。來吧，進了這個門就得鑲啊，你先忍著。」他挽起袖子，往手上吐一口，「二十年前咱這手藝也給好人試過，他們個個服氣。今個是你，來吧。」民兵擰住金孜，金孜又喊，小油㷄就往他嘴裡塞進一塊破布。球鞋脫了，馬蹄劉捏捏他的腳掌，一遍遍端量，揀起一塊蹄鐵試了試，又換另一塊，一口氣試了十幾塊。「中，就是它了。」馬蹄劉專心致志選了幾顆蹄釘，放嘴裡吮一下，「砰啦」一錘砸進了一枚。

17

老獾父子再也不能安生，他們在院子裡打轉，張大嘴巴哈哈喘。「老天，還是伍爺神算，咱們千不該萬不該跟他耍心眼兒，這一下雞飛蛋打，大水娃保不住哩。」老獾雙手哆嗦。小油炷生怕門外有人聽見，做個手勢。老獾跺腳：「忠臣不事二主哩，你早該去伍爺家請罪啦。」「我在想另一些凶險呢。爸，他們把蜜蠟鎖在一個地方，萬一弄清她是遺腹子，那就全完了。」老獾嗑牙想著對策。這會兒門口有一個民兵身前身後瞄瞄，側身進來。小油炷問：「怎樣了？」「鎖在老黑屋裡，有人按時送燒餅豆腐腦，吃的不孬。」老獾在地上砸著水菸袋：「眞是不中用的物件，連長讓你幾個去尋，尋來尋去倒落進伍爺手裡。該死。」民兵哭喪著臉：「大爺，派了這麼多兵，一撥又一撥，哪能不走消息。有人巴不能暗裡報給伍爺呢。」小油炷嘆氣，擺手，「你從頭說說那些天的事兒吧。」「俺哥幾個帶了燒餅水壺，打算往南一路下去。咦哎，不知誰說該去那個雷丁老家望望。咱去了，從那兒才打聽出蜜蠟行蹤。咱順藤摸瓜一路訪聽呀打探哪，老不忘問一句：看見一個大腚嫚兒了嗎？有人說見哩見哩，咱就知道快出眉目了。最後是在一片南瓜地裡把她逮到的，開始好一頓撲楞，不服管哩。因爲是連長嫂子，咱就鬆鬆拴了來。」老獾插言：「這話不假。」民兵說得滿頭大汗：「原本想趁著月黑頭牽來家哩，誰知這事兒蹊蹺了，剛進村就有一隊民兵上來攔住，抓過蜜蠟就走，說伍爺要親審逃犯哩。」小油矬低下頭：「肯定你們當中出了叛賊。」

老黑屋是離伍爺家不遠的幾幢廂房，圍成一處小院。這是當年地主的瓜乾庫，解放初用作押人，所以窗上有鐵檔，院裡有崗亭。村裡那些不服規矩者，最害怕的就是進老黑屋。小油矬成親以前把這裡當成半個家，審人過了大半夜，在這兒倒頭便睡。小院最裡邊一間有炕有灶，還有一張粗腿樟木桌，是過堂的地方。小油矬今天走進小院，像來到了一個陌生之地。站崗的民兵見了他打敬禮，眼神閃閃爍爍。「人哩？」「關在北廂。」「我要審審這物件。」民兵皺眉：「伍爺說除了他誰也不能審哩。」「嗯？」他走到北廂窗外，民兵揹槍跟在後面。天哩，又看見大水娃了，她頭髮長長，沒胖沒瘦，正隔著窗戶往外張望，一眼看見小油矬就喊：「你這樣待我？」「你是伍爺要犯哩，自作自受。」「我要回家，你放我回。」喊聲讓人心上打顫。小油矬閉閉眼：「你要真想家就不會跑了。」他不敢久待，馬上轉身出院。在路上，他橫了橫心去找伍爺，走了不遠就遇上行色匆匆的二先生，問：「老掌櫃怎樣？」「唔喲，唔喲。」「到底怎麼了？」「唔喲。」小油矬小心跨過二進院，見伍爺老婆站在窗前啃烤蔓菁。他逕直進門，開口就說：「伍爺，我認罪來了。」伍爺把手裡一疊字紙撲一下扔到炕上：「認個什麼罪？」「這真是昏了頭呀，孬娃跑了，我只當家醜不可外揚，瞞了老掌櫃。」伍爺咧著滿口牙齒，「我不識字兒，可有人識哩。這是你那婆娘寫的，一筆一筆全在這兒了。先不說她一路上淨睡孬人，咱只說一樁：她就是個孬人根苗。」小油矬臉色大變。伍爺又說：「是你爲她瞞了。」「伍爺饒我。」伍爺摸起菸鍋，「想要婆娘就別當連長。」小油矬把臉上的汗一抹袖子擦掉：「這騷貨婆娘咱不要哩，立馬不要。」伍爺的大黑眼球快要掉出眼眶了，「那就先開她個辯論會，然後收進孬人隊。」「媽呀，天哩。」小油矬呻吟著，肚子疼一樣伏在了炕上。

伍爺吃了晚飯，囑民兵備下食盒，把兩個衣兜裝滿了地瓜糖，叼著菸鍋去了老黑屋。他在樟木桌前叉開兩腿說：「過堂哎。」民兵把蜜蠟押來，她說：「我要回家哩。」伍爺嚼著一塊地瓜糖，打量著：「我的媽呀這是什麼成色，這是什麼成色。」「伍爺說什麼我聽不懂啊。」「聽不懂好，咱過堂吧。我來問你，你是瞞下的孬人根苗，知罪不？」對方不答，他又說：「從今個起，雉兒把你休了。」蜜蠟這才聽明白：「他休了我？那更好哎，我要回娘家。」「那不中，你入了咱村名冊，就充了公了。」「咱不充公。」伍爺哼一聲：「這由不得你。咱問：你一路上睡下多少？那本本上哼啊哈的全記下了。」「不說哩。」伍爺哼哼著：「你喜好那事兒，就該找這裡的老行家。」蜜蠟罵一句：「大河馬。」「二先生常說書上的一句話，什麼『四十（事實）勝於熊鞭（雄辯）』，嗯，那『熊鞭』會有個什麼好，咱伍爺五十了，說什麼就是什麼，想吃千層小豆腐、吃大魚，一句話就有人端了來。」他邊說邊敲打食盒。蜜蠟淚水都出來了，嚷一聲：「你殺了我吧，你是作夢哩。」伍爺捶打桌子：「強娘們兒我見的多了，最後還得服帖。你個臊臭物件聽著，敢不依從，咱就不歇氣開辯論會哩，再一鞭子趕到孬人隊裡。」「辯論吧，去孬人隊吧！」「喝咦。」「我不怕。」「喝咦。」

「聽說了吧，這回是辯論連長婆娘。」「媽呀，天底下什麼事都有。」「聽說伍爺火了，說一聲『休』，連長就休了她。」「了得，聽說那婆娘往南一路下去，睡睡走走，盡吃大饃，倒真會享福。」「人享過頭福，就受過頭苦，等著看吧，嗯。」滿街人都在議論蜜蠟的事，等待即將來臨的那個夜晚。不冷不熱的秋涼天裡開辯論會才好，想想看煤氣燈往場上一掛，民兵揹著槍走出燈影，該是多好的時光。「咱多久沒開辯論會了？滿村都蔫不拉嘰的。」老頭子抱怨起來惡聲惡氣，「那些死貓爛狗該擰扎著忞哩。」老婆婆附和：「這話不假。村子就好比是一架座鐘，不上弦不走啊。」村裡人期待著，可人押在老黑屋兩天了還沒開會。街上民兵面色肅穆，二先生耳朵上夾著菸捲來去匆匆。「興許這回要有文書案子？」大家知道那是在辯論中動書筆哩。人們都記得從城裡遣返回來那個眼鏡女人，村裡爲她開了三場辯論會，她場場都想贏回。伍爺額上的汗珠在氣燈下看得清清楚楚，台下人議論：「了得，這城裡女人肚裡有牙哎。」第三場二先生出臺幫腔了，他依仗書底子一說半天，可惜驢唇不對馬嘴，還是沒有贏的兆頭。後來他就專心往紙上記了。不過大家都知道那三場並未算完，伍爺早晚會想出新法兒勝她。勝是必要勝的，不信等著看吧。至於說劉蜜蠟，這婆娘當然不在話下，別的不說，單是她一路的狐騷就夠喝一壺的了。多好的天景啊，星兒閃閃，樹梢不搖，狗兒們連連呵欠，第三天就傳下話來：開矣。這個夜晚人到得又多又早，而且有些人家還讓小童提前搬了板凳占居前面的位置。民兵比往日多了一倍，他們都穿了一色的米黃色粗布軍衣。人們特別注意到連長父子也來了，小油矬臉色鐵青腰別手槍，老獾端了水菸袋。煤氣燈比過去多了兩盞，這是因爲場上有兩張木桌。一會兒二先生夾著一疊紙先來坐了，誰也不看，掏出眼鏡哈氣，用衣襟擦了又擦。隨著一陣混亂，蜜蠟被民兵帶上來了。「你好生站著。」民兵說。蜜蠟臉上是滿不在乎的神氣，一雙大眼往場上瞟呢。「咦，多俊的水娃兒，可惜了的。」「唔喲，腆著大胸脯撅著大馬腚哩，大水靈眼兒把咱一個一個望個遍，許是找自家男人。」「人家早把她休了，她如今是無主的人了。」「別看是休了，終歸是那麼回事，不心疼是假。」「今後就看連長了，他平時對孬人可狠。」「過了這一天，老鼠旮旯鑽。這婆娘沒處去哩。」「活鮮的娃兒不往好路上走啊，你說這怨誰去。聽說她娘家媽就是個瘋跑野拉的物件，一口氣往南把男人睡恣了。」「人都是有根柢的，沒有那樣媽，哪有這樣娃。」「哎，這種事兒說了怪不中聽，不過村村光棍都喜哩，是吧是吧，人心都是肉長的。」「這是什麼狗哼狐咧的話。照你這樣說可壞了醋了。」「就是，就是。瓜乾不能當成發麵饃，制服褲衩也不能反著穿，事兒該咋樣還得咋樣。」場上嗡嗡亂響，伍爺終於上場了。他今夜模樣有些疲憊，一上來就歪在那張木桌上，說了一句：「辯論辯論哩。」從他有氣無力的樣子看，好像辯論沒等開始他就輸掉了似的，這眞是從未有過的事兒。接著是二先生照本宣科：「該犯女，下村人氏，原爲有夫之婦，於古曆六月二十四日逃遁，以歸返娘家探親爲由，直趨東溪翻山越嶺一路出了岈口，晝伏夜行，鬼鬼祟祟，多次與孬人勾搭成奸，其行徑令人髮指，在此暫不詳敘。爲懲一儆百嚴肅綱紀，現決定將該犯收入孬人隊，並核實案情同時具名上報備考。今夜責令該犯交代罪狀，本人將據文字加以審核。因案犯心懷僥倖且驕奢淫逸，極擅長以文筆而自娛，所幸在在如睹。惟狡猾異常心存蹊蹺，下筆之初隱去同案犯之姓名，而僅以動物之名代之，經考察均爲雄性無疑。」伍爺早不耐煩，咧著大嘴說：「哧。你讓她從頭招來就是。」

　　蜜蠟大多數時間笑而不答。二先生手指一疊字紙：「告訴你，一筆一畫都在這兒了，說不說？不說咱替你說了。」他揑紙站起，扶著眼鏡：「這娘們兒文化不高腦兒不靈，孬筆頭念出來老少爺們非聽懵懂了不可，不如我把意思說出來更便當。話說她一路起性，盡想念崖上那小人兒雷丁，夢中多有野合，鬧騰得怪凶，眞是什麼詞兒孬偏用什麼詞兒，『咱扳住你毛絨絨的小嘴兒親也親不夠』，乍一聽還以爲是跟個兔兒來事哩。還有什麼『咱夢見你一夜摟上咱哩，小腰兒細溜溜怪疼人』。聽聽這是什麼話。再往下更不得了啦，在南瓜地裡潑辣起來，那孬娃到底是誰咱也說不清。反正後來住進人家屋裡，什麼好吃什麼，恩呀愛的。你想想孬人家好吃物原本有限，一看見大水娃心上慌了，小磨香油一勺勺舀出來了，幹啥？做餅哩。他們還包素餡大包子給她吃，讓她吃得膘肥體壯大腿吊桶粗。她吭哧吭哧頂撞人家，天底下的騷娃都會來這一手，動不動就喘噓噓大喊大叫，『老天老地啊，棒小夥兒頭髮烏黑鋥亮身上光溜溜嘴上有小黑鬍兒，眉眼兒虎生生的，嚇死人了。好日子也不是一天過的，你快饒了俺這一回吧。』那男方要不是走南闖北的主兒，聽了這一番咋呼早嚇得勒緊腰帶跳窗跑了。好在是一路遇見的都是窮光棍，他們等於是大餓癆一抬手抓住了白麵饃饃油炸糕，低頭不語就是一頓好吃哩。她一路上胡亂鬧騰像是跟誰舉行不要臉比賽哩，嘴上倒有好詞兒，老少爺們猜猜她說了什麼?她說『快讓咱有喜吧』。鬼精啊，這一說倒像是出門求子哩，你說說這是個什麼潑皮物件。還是寶書上說得好啊，他們壞人幹的事兒，是咱們善良人怎麼想也想不出的啊。那眞是孬透了。閒話休言，接上往下數叨。話說有一天她抑鬱之至口不能言手不能書，欲回返而後怕，將前行而躊躇，恍恍然如醉似癡，潸潸然如喪考妣。媽的，一急咱又說開書上話了，還得從頭拐回來。我的意思是她又瞟上了一個孬娃兒，黑燈瞎火睡得不知天高地厚，不吃不喝。這一家是娘兒倆，她藏在人家西間屋裡當新媳婦，說什麼『我琢磨這回可要有喜了』。她叫那男的『親人哩，咱扎在你懷裡就想哭』。聽聽吧老少爺們，牙磣啊，這是給咱下村人眼裡掖棒槌啊。我要是有這樣婆娘，三五下砸死算完，腿兒胳膊都不讓她周全。好了，下邊還有。接下來遇到的是一個四十多歲男人，這人趕過車，後來幹些挑糞尿的骯髒活兒。就是嘛，鞭桿子可不能掌在這號人手裡。他在屋裡藏下婆娘，沒白沒黑的，想想看，這等於是騎在咱村脖子上屙屎屙尿嘛。這婆娘要不是嫁咱村怎麼都好說，嫁了，就是成心給咱伍爺丟人現眼。這還不算完，最末的一個不得了哩，這婆娘寫了『俺遇上了一個美少年』，『那會兒天搖地動了，咱害怕了』，聽聽，毀哩，大雨天裡撒潑，『見了他，俺心上開放了一層花瓣』。女人身上有花瓣兒?以前誰聽說過?活該這花瓣只放了一層，第二層還沒來得及放哩，民兵就把她揪住了。老少爺們，剩下的花瓣就讓她在咱村放啊。」

場上靜得很。一會兒人們都聽到了絲絲啦啦的聲音，定神一看都害怕了。原來是伍爺在桌前仰著脖兒流淚，眼珠大淚珠也大，一顆顆掛了滿臉，「哦喲像作大噩夢哩，咱村大水娃兒好生生被欺負成這樣。我心疼得不行，恨不能把一路上那些孬娃揪回來抽筋剝皮。蜜蠟你行行好說出來吧，說出來沒你的事兒，說吧。」伍爺搖晃著走到蜜蠟跟前。「說吧，說吧。」「快從頭說哩，抗拒從嚴兒！」滿場齊聲呼應伍爺。蜜蠟嚷：「那是俺自願哩。一人做事一人當。」場上有一個沙啞惡聲突然響起，原來是老獾躥到了前邊：「呔，不要臉的物件，眞是沒有良心。你說說咱家怎麼待你，風不吹雨不淋在家盡讀盡寫點心盡吃。你不生娃還有臉啦？換個別人砸也砸死。我娃兒把你慣恣了，他早一天緩過神來會一槍打中你的腦門心。嗯哼，你的苦日月來了，報應哩。」他說得全身大抖，有人趕忙上前扶了。小油銼接上父親的話：「誰犯了律條咱就辦誰，伍爺說幾壺就是幾壺。今夜就辯論你哩，沒有王法的東西。」伍爺抹抹淚眼：「咱家銼兒當連長算是沒有選錯，我看你是『屁股上掛暖壺，有一定（腚）水平（瓶）』。」蜜蠟往前一步：「是老獾家把俺擄了來，他騙咱上書房，然後強迫成親，我還要告他哩。」伍爺撇嘴：「這會兒知道告人了，那時節大花襖一穿恣不？你倆的事怎麼搗弄咱又上哪兒知道？那是『被窩裡打拳沒外手兒』，『黑瞎子娶媳婦撂倒就睡』，『關東菸沒沾嘴兒都留給了老東家』，是這理兒不？再說了，誰的鞋好那得穿在腳上才知道，不過也不能一秋天下來穿成了全國最大號的破鞋呀。」場上人摩拳擦掌興奮起來。伍爺又說：「咱就辯論辯論。你不是跟上那個什麼『雷管』，學了不少招數？人說他是個公猴兒托生，小手兒舞舞扎扎不閒哩。你也許眞該當個『公侯（猴）夫人』，出門有旗羅傘扇，吃飯有人伺候，屙屎端來金盆子。找下銼兒你覺得屈了才啊，肥肥大大人家按不住哩。」場上老頭兒咂著菸鍋：「這大婆娘老輩兒沒見，老獾家馭她不住。」「可惜了老獾爺兒倆有一身武功。」「那也不能在老婆身上一天到晚使用勾連槍啊。」「眞是，娶個不長進的婆娘你就得活活氣死，有什麼法兒也白搭。聽說前村有個婆娘暗裡有了相好，偷著把男人飯碗放屋簷下接蠍虎尿呢。」「老天，女人心蛇蠍心，這話什麼時候都得記住啊。連長家幸虧休了這婆娘，要不怎麼死的他們都不知道。」

不知不覺半夜過去，全場沒有一個人打呵欠。二先生尋出一些紙上段落，伸手指著讓蜜蠟說細節，她都把頭轉開。二先生對伍爺說：「我看這會兒架板子最是適宜。」伍爺不語。燈影裡有人探頭探腦往伍爺這邊看，伍爺對其點頭。原來嘴兒早就等在一邊了，這會兒竹板掄成了花兒邊打邊上，站在燈光最亮處，未等開口先迎來一陣喝采。他好像今夜主要是顯擺打板的技藝來了，拋起竹板好幾次，竹鋸使用得更是順手。「說呀，快來一段啊。」年輕人忍不住了。嘴兒開始轉向蜜蠟，而且邊打板邊往前挪動，幾乎要對在她臉上了。她把臉轉到一邊，他就跟到另一邊。「哎，哎，竹板打，響連天，老少爺們都往這邊看。這邊看，眞好看，大胖臉兒紅豔豔；長得好，不聽話，階級敵人是她大；又吃饃，又吃肉，白白養了個翻眼猴；原來是個瘋浪物，隔三岔五要脫褲；對她好，她不知，孬人孩兒胡亂日；咱村也不是吹牛皮，伍爺火了不客氣，不客氣那麼不、客、氣！」嘴兒越說越急，白沫從嘴角滲出，積得越來越多，遠看像一朵小蘑菇。嘴兒大汗交流下了場，走過蜜蠟跟前使勁做個鬼臉。他剛下去吉妹兒幾個老娘們兒扭扭扎扎上來了，伍爺瞥瞥二先生：「好傢伙，熱鬧了不是。」她們要表演一個小聯唱，曲調借了某首現成的歌，詞句倒是換成了新的。滿場人誰不記得吉妹兒上回被辯論的情景，瞧她一轉眼出來演節目了。「這娘們兒臉皮厚得氣死驢皮。」一個老頭子說。旁邊的老婆婆立刻駁道：「也不能這麼說啊，小媳婦知錯改錯多好。」吉妹兒她們掏出手巾包了頭，然後學老人那樣一挪一挪走路，唱著：「大妹子哎，要問咱村裡什麼多?咿茲呀兒吆，民兵訓練模範多。伍爺揮手把邪風頂啊，孬人嚇得直哆嗦，直哆嗦，咿茲呀兒吆。小小年紀不學好啊，撒開了丫子往黑道上跑啊，跑啊跑啊咿茲呀兒吆，這樣的騷貨古來少，古呀麼古來少啊。」整個一首歌兒都由吉妹兒領唱，這使全村人都領略了她又高又尖的嗓子。大家嘖嘖稱讚，同時都記起上一次辯論會上被砰砰擊打屁股時，她那震耳欲聾的嘶喊。

散會後民兵仍舊把蜜蠟押進老黑屋。二先生陪伍爺走了一會兒，沒有吭聲。後來他瞥瞥伍爺說：「你今夜哭哩。」「我聽她一路上的事兒，覺得還不如死了好。說到底她還是咱村婆娘啊。」二先生嘖嘴：「這話不假。不過有了今夜，我算是明白了你是個大善人。」「哧。」伍爺一歪頭。「大善人哪。伍爺要有閒心，我得把修出的傳書一節一節讀給你了。」「哧。」後半夜伍爺沒有回家，而是一個人到老黑屋睡下。桌上是二先生攜來的蜜蠟書包，裡面有書，有一卷卷的字紙。他翻動著，又對上鼻子嗅了嗅。他能認出哪一本是寶書，揀出來作一個揖放到一邊，然後對剩下的一堆吐一口：「呸。」他和衣而臥剛剛一會兒，崗哨上的民兵就提來了食盒。他吃了一塊酥餅，說：「今後我來過堂。」「是啦。」「矬兒有什麼動靜？」「他恨蜜蠟哩。」伍爺重新躺下，隨手把那個大書包摟到枕邊，「咦，上面全是大水娃的味兒。」不知過了多久睡著了，醒來時發現月光透過窗子。他坐起，趴在窗上看一天星斗，念著：「一個大星一個大星啊。」一陣燥熱逼人，他脫得只剩一個大褲衩，不停地哼叫。後來他試著背上枕邊那個大書包，不知該斜挎還是單背，反正怎麼試都彆扭。他背著出門，涼絲絲的風眞叫舒服。他直奔北廂房，叫著：「蜜蠟蜜蠟咱老孩兒也上書房哩。」引得她從窗上探頭看了一眼。蜜蠟看清了月光下的光身子、巨大的肚腹和頭顱，馬上捂了臉。「你怕咱，咱還怕你哩。開了門教咱識字怎樣？」「你別想進來，大河馬，妖怪。」伍爺笑了，把書包拍了拍，大搖大擺在院裡走個來回，又湊到窗前說：「明天就歸到孬人隊啊，白天幹活夜裡再關老黑屋。想過堂咱就過堂，看你不從。」

大白天民兵押上孬人隊上街總是引人好奇。眞是怪啊，人還是那些人，可就是看不夠。瞧這老老少少的模樣兒多麼怪，原來孬人都是天生的。他們當中最讓人感興趣的就是那個眼鏡女人，這女人從衣著舉止到說話都是別一種味兒，人長得高高爽爽，皮兒眞白。太陽把她曬蛻了皮，蛻了一層又一層，還是比別人白。她在辯論會上語言不多，卻能一語中的，寶書上的話句句記得，伍爺的俏皮話一出口，她就冷冷回一句。伍爺害怕頂撞時誤傷了寶書上的話，所以躲躲閃閃不得盡興。一場又一場辯過了，連場上的老婆婆都明白伍爺沒有勝她。「慢慢來吧，急了不中。」她們私下裡勸說伍爺。伍爺的羞怒掩飾不住，牙齒咬得咯咯響。每次辯論都因爲太不順遂，準備好的節目也沒法演了。人們總想從眼鏡女身上看出點名堂。民兵凶得嚇人，動不動就推搡孬人，可他們在目光冷肅的眼鏡女面前常有些收斂。這一天孬人隊中又多了個蜜蠟，她一入隊就喊眼鏡女：「大姊。」眼鏡女說：「你長得眞好看。」「俺不如大姊哩。」她們做活時老在一塊兒，一邊幹一邊說話。民兵過來訓斥：「瞎串攏什麼？閉上臭嘴。」蜜蠟不聽，小聲問她：「大姊原在城裡幹什麼？」「在中學教書。」「是書房老師啊，眞好哩。」民兵扯了蜜蠟一把：「你來幹這營生。」那是汪著水的豬圈，要把裡面的糞肥鏟出來。眼鏡女來看了，說：「沒有膠靴怎麼做？」民兵哼一聲：「關你什麼事，嘴賤。」蜜蠟往手上唾一口，抓起鐵鍬就跳進了糞水中，一群蒼蠅嗡一下飛起。她飛快往外鏟糞肥，其他人再用筐子擔走。蜜蠟衣服上濺滿了汙糞，一會兒就濕淋淋的了。「你該光著膀子幹哩。」民兵蹲在圈邊看她。蜜蠟一聲不吭鏟糞，有一鍬鏟起揚偏了，糊了民兵滿臉。「哎呀我揍死你個孬貨，給你一槍刺個雙關透。」民兵揮起槍托去砸圈裡的人，卻被蜜蠟反手抓住躍上來。兩人抓在了一起，「你這個大破鞋，咱這回把你拆巴零碎。」民兵屏住氣想把她按倒。眼鏡女跑過來，蜜蠟卻嚷：「大姊遠些別沾了糞。」說完「嗯」一聲把民兵摔了個仰八叉。民兵紅著眼去抓槍，蜜蠟看準了一腳把槍踢到了糞水裡。「你媽的天大膽子啊。」民兵要從地上撿石塊，一彎腰卻被衝過來的蜜蠟掀了個狗趴。所有做活的人都停下來看。民兵趴在地上瞇了眼，搓揉著滿地尋找打人的東西，蜜蠟就直眼盯住他。

18

伍爺大白天在黑屋裡睡覺，鼾聲響得嚇人。小油矬好幾次走近了，從窗上看一眼又趕緊離開。炕上的人四仰八叉躺著，左眼球睡著了還露出一半，泛著青微微的光。剛開始小油矬以為這半睜半閉的眼是看得見的，後來才知道是多慮了。伍爺的軀體平攤在炕上占去了一多半面積，另一邊放了一個大書包、一個敞開的食盒。他打鼾時肚腹起伏，有拳頭大小的凸起在皮下游躥，活像蓄養的一群動物在悄悄活動。這肚腹太大了，大到讓人猜測有一些水狸鼠之類生活在其中，牠們與伍爺兩不相擾。因為這個人的飯量驚人，有一次小油矬親眼看著他吞下了一條豬後肘，外加食盒裡的三塊糯米紅糖糕、一碗粉團蛋花滷，還有蔥花大油餅。白酒不計，高興了一斤，不高興八兩，反正是醉了大吐，吐過再喝。小油矬認為這些吃物加在一起足可以養活一個五口之家。伍爺最愛吃老獾做的「撕兔」和「撕雞撕鴨」。這些菜要由老獾一個人做，而且不能動用鐵器，因為沾鐵泛腥，只好空著兩手將兔子或雞鴨活剝了再撕碎，然後加佐料放入砂鍋燉煮。老獾手勁大指甲硬，做起來毫不費力。小油矬讓父親做了幾隻「撕兔」送到老黑屋，兩次都遇上人在酣睡，只好交給守崗的民兵。白天睡覺夜晚精神，所以接下來的幾個辯論會滿場的人都熬不過伍爺。蜜蠟一到了後半夜就站在臺上打瞌睡，民兵不得不隨時推擁幾下：「你聽見了沒？」蜜蠟瞇著眼答一句：「聽啊，他們怎麼說都聽啊。」看著她懶洋洋的大臉，伍爺不再掩飾心中的喜歡，拍著巴掌嚷：「哦喲這個物件，這個物件才是咱村寶器哩，咱要了命也不能把她交給外村，就是上級要咱也不給，是吧是吧？」「咱給他們？憑什麼？人是咱逮回來的，再說也是犯在咱村手上。」一個老頭子站起來呼應。有個初中畢業的年輕人反駁道：「我們都是來自五湖四海，為了一個共同的目標才走到一起來的。」老人看著場上的伍爺說：「呔。」伍爺的大黑眼球轉到年輕人身上：「你也該學著說句人話了。」二先生搓手，嗑牙，對伍爺說：「要說借，那得先借來蜜蠟媽。聽說那娘們兒才叫瘋浪，脫了褲子就是皇上，駐村的頭頭腦腦都蔫了。伍爺不和她鬥鬥嘴，她就不知道山外有山。我把你的辯才也修進了傳書。」伍爺讓他住嘴，轉向場子說：「誰再說說？咱今夜好好辯論辯論哩。」有個小腳老太婆拄著拐上來，老遠就伸手點畫蜜蠟說：「你這孩兒也算欺天哪，敢溜溜達達幹那事兒。老少爺們老姊妹們，咱誰沒打年輕時候過來啊？老東家去東北帶上咱做使喚丫頭，差點沒讓女主家使簪子捅瞎了眼。看看傷了脖子，」說著扭過脖子讓人看疤，「想想看吧，老東家穿了千層底兒布鞋，絲綢對襟襖上還掛了懷錶，金絲眼鏡，兜裡大洋一摸一塊，那是什麼成色！咱要和你一樣，那還不是肉包子打狗啊？」老太婆哽咽起來，幾個年輕媳婦趕忙上前規勸。伍爺鼻子發出吭吭聲：「你跟了東家今天就是孬人了。那真是『剃頭刀子揩腚』，好險啊！」「好險！好險！」幾個老頭兒迎著老太婆大叫。「要想人不知，除非己莫為。你這胖孩兒還是一樁一樁從實招了好。」貐嫚不知什麼時候從人空裡擠出來說一句。蜜蠟睏極了，瞇著眼看她一下。貐嫚轉向滿場說：「咱最知她底細。咱為她扒過衣裳。本來是個火紅大胖孩兒，打小不知吞下了多少好吃物。該跟連長圓房了，她死也不從啊。咱為她配了喜藥，人家老孩兒還把食盒提進裡間，結果哩？她硬是把連長胳膊咬穿了。狠哩，狠哩。」滿場發出「絲絲」吸氣聲。伍爺瞥瞥場子：「矬兒來了沒？我問你有沒有這搭子事？」小油矬走到氣燈下捋起袖子，露出一個燦亮的大疤。「這真是老輩沒聽說的事兒啊。」「連大喜日子都下口，真成了狼哩。」「狼見了郎君也知道恣呀，她還不如一隻狼。」人群裡議論聲聲。伍爺踱到蜜蠟跟前：「看來以後再圓房還得為你備下一副牲口籠頭哩。」場裡人大笑。貐嫚說：「聽人講這瘋浪娘們兒一路都掛記著『有喜』，安了什麼心腸啊。咱白白給她配了好幾副喜藥。」幾句話引得老獾大惱，鬍子翹起嚷：「我家待她真是不薄。我一天到晚好聲勸她：大水娃兒快些生罷，咱家等人使哩。她大腚撅著裝作最能生娃的模樣，其實是揣著計謀害人。這糟爛物件該拿水菸袋把頭砸破，伍爺你行個令兒我立馬把她砸死，看她還敢也不敢？」蜜蠟呵欠連連應著：「不敢不敢。」

辯論會後人們搓著眼往回走，相互問道：「伍爺今夜勝沒勝她？」有人說，「勝了一點兒。」有人說，「早就大勝了。」不過都知道辯論會還遠遠沒有開完，「好戲還在後頭呢，就是害睏。」許多人拿蜜蠟比眼鏡女，都說後者才是個厲害角色，要勝她多說一年兩載，少說也得六個月。「也許等她粗活幹多了，手上腳上老皮蒼蒼腦子也就不好使了。」「聽說她天天在家洗澡，身上怪白，村裡人她不喜見哩。」「這就是伍爺辯不勝的緣故，她不正眼看人麻煩不？」正議論著，二先生伸著脖子過來，大聲問：「看見老核桃兒子金孜沒？」都說沒有。二先生又匆匆走開了。老婆婆望著他的背影：「咱村啊，一出事兒連著一出事兒，怕要忙上一陣子了。」「那是啊，今年的事兒積成了疙瘩，不是這樣就是那樣，催得咱上茅廁都得一路小跑。」二先生回頭追上伍爺，呼哧呼哧喘著：「伍爺，聽人說金孜添了徵候，一天到晚在莊稼地裡胡蹿呢。」伍爺心不在焉，二先生又說：「恕我直言，事情鬧到了這般田地，小油矬不該再掌兵權了。」伍爺不語。

伍爺一回老黑屋，站崗的民兵就遞上了香噴噴的「撕兔」。伍爺打開砂鍋，鋪一團荷葉墊在桌上，用一把卸下的槍刺切開大肉塊，端著杯子吃喝起來。「來人哩，」他指著北廂說：「看住了別讓她睡覺，待會兒我還要提審。她別再睡了，今個咱用『害睏法兒』治她。」民兵十分作難：「她老嚷『睏呀睏呀』，一進屋就喊不醒哩。」「胳肢她，一閉眼就撓撓她。」民兵去了。伍爺喝過吃過已是凌晨三點，拍拍桌子喊一聲「過堂」，民兵就押著搖搖晃晃的蜜蠟過來了。她一進門就歪在門框上睡，伍爺揮手讓民兵走開。他在她胸部那兒撓了撓，蜜蠟立刻醒來。「還不好好交代？」「我睏死了。」「咱不打也不罵，就是不讓你睡覺。」「我睏死了，睏死了。」蜜蠟說著又閉上了眼。他笑著又撓了撓她的胸部，她沒睜眼。他又捏了她一下。「媽啊，河馬畜生。」蜜蠟尖叫。「咱睡了一天，精神頭兒剛剛上來。還嫌燥哩熱哩，老天爺受不了啦。」說著脫了衣服，只剩下一個大褲衩兒。他卡腰站了一會兒，推擁蜜蠟：「炕上躺哩，要睡就大睡。」說這話時發現窗外有人，就拿上刺刀走出。原來是站崗的民兵，瞥見伍爺的臉色抬腿就跑。伍爺端著刺刀追趕著喊：「我非殺了你不可，我得殺了你。」他踏得石板啪啪響，民兵背著槍沒命逃竄，一直逃出巷口。

二先生夾上修了一半的傳書到書房去，見了那些老師就攤開了。他們瞥幾眼說：「盡是老繁體啊。」他夾上出了書房。走上街頭，看了一會兒民兵演練，最後又在伍爺的大門口站住。哨兵打著瞌睡，見了他故意問「口令」，他說：「見了那個金孜再問罷。他在莊稼地裡亂躥。」說著邁進門去。他知道伍爺白天晚上都住老黑屋，跨入二進院時還是問一聲：「伍爺在啊？」伍爺老婆抹抹風淚眼走出：「老二家啊。他忙得一連三天不沾家。你看這是什麼年頭，大老爺們兒一天到晚鬥狐騷，狐騷多得鬥也鬥不完。」他們一塊兒坐在門口石頭上曬太陽。「老二家一天到晚夾一卷大紙，累不累死？」「這是給伍爺修傳書哩，花了幾年工夫，急了還真不中。」她取到手裡摩挲，「可惜咱是個睜眼瞎。」「那我讀一小段你聽，權當解悶兒。」他咳咳嗓子，嘩啦啦翻紙：「男女先人精心飼餵孩童，剃光頭穿花衣——」「『仙人』是誰？」「他爸他媽哩，嗯，好生聽。眼見得雙腿如象足，兩手似龍爪，寬額巨目闊口堅牙，一派大英雄氣象。大丈夫生來尚武，蔑視書房，跟隨雙親來往於鬥爭場上，耳濡目染動輒舞刀弄槍。可惜天下初定戰事稍息，有帥才而無良機屈身低就。觀伍爺眉目便可知大將本領，視滿口堅齒即可料咬鋼嚼鐵。十五歲長成街上霸主，大小童子皆爲身邊嘍囉。孬人聞其聲而色變，常人觀其行而規避。大小村落，泱泱民間，莫不知虎門又添豹子，蒼天再降災星。先人既老，兵權私授，上級倚重，根紅苗正。君不見都督來視，執手而行，酒過三巡，聲色俱厲。筆者曾有幸跟隨左右，親睹伍爺自幼霹靂剛勇，實爲凡人不可比擬之驍悍。吾雖年長十歲有二，或可爲伍爺記敘日常行止，收拾一路碎銀。可嘆吾輩鼠目寸光身陷泥潭，光復後險遭喀嚓。說到此心中怦然戰戰兢兢，一生常憶伍爺大赦之恩。其恩也重，重於泰山；其德也高，高於崑崙。吾半生覓得病妻一枚苟延殘喘，幸得伍爺關愛方獲一分活趣，不致輕生。吾平生所見偉人多乎不多，身材寬大聲如洪鐘者僅此一例。且不說治理保甲技高一籌，設文臣置武將以逸代勞，平日裡安臥榻上身覆朱紅緞被，大街上一片昇平井井有條。眞正是以靜制動，運籌帷幄，決勝於千里之外。其人聲勢遠播，恩威並舉，毗鄰如上村之頭黑兒來見，每每躬身低眉，乃畏懼之狀也。凡強力之士必有餘興存焉，俺伍爺雖日理萬機，仍舊異趣盎然令人驚駭。本傳書依據不爲賢者諱之原則，在此愼記傳主瑕疵一二，以承續太史公之遺風。申亥閏七月農曆中旬雷雨之夜，筆者煩躁無眠一時興起持傘上街，行至村東一草寮忽聞嘶叫與巨喘交會，心跳怦怦耳，以致步不能舉一刻有餘。爾後側立巷角待觀，方見傳主步出草寮，餘者爲村婦李某。大德未掩小過，巨流不棄線溪。衙所東側之麥田屢有襲人妻女者，受害人每每緘口。筆者曾暗中勘測，所見麥稭倒伏之狀偉巨高長，即判定非一人而不能爲。身爲村首，氣貫長虹，心裝萬千丘壑，然難免千慮一失，偶見仄逼之心機。如與眼鏡女辯論一事即爲例證。眾所周知，若論辯才則無出其右者；然尺有所短，寸有所長，眼鏡女遍讀寶書且舉一反三，新詞迭出，也非伍爺一時所能招架。辯論會令伍爺快快，於是乎求勝心切，不再從長計議，反在會後慫恿村童作亂。筆者親睹炎熱正午群少於眼鏡女屋後嬉耍，伍爺見其後窗蒸氣繚繞，知曉該女正在興炊，遂唆使眾村童拋驢糞蛋於室內。另有新春時節，二三頑童於代銷點購得拉鞭一副，注：該鞭爲手拉即響之鞭炮，屬喜慶節令消耗品之一宗。伍爺見狀即教導頑童橫拉絆線於眼鏡女門前，然後悄立暗中。眼鏡女收工歸來踢中絆線，隨即鞭聲驟起，一個踉蹌荷鋤飛出，人匍在地，伍爺與頑童則大笑而還。凡此種種，在在皆是，僅與看官存留點滴而已。時光荏苒，春去秋還，話說西元一千九百六十七年戰事頻仍，烽火終起，伍爺大運轉來。集鄉勇三十，造土雷子百六十枚，黑藥火槍二十有五，遂無敵於方圓數里。越二年，烽煙漸息，伍爺尚有三次午夜打援之舉。據不完全統算，大小戰役四十，令新舊好人魂喪膽寒。戰爭中期欲與戰友三次北上，面見偉人，無奈因刀兵所阻而未成行，至今耿耿。先人既去，伍爺棲身當年勝利之果即二進宅院，事業又何嘗超過前人數倍，可謂如日中天。俗語云好花還賴綠葉，又云巧婦難炊無米。伍爺最具識人之慧眼，偏愛者如吾輩雖不才，亦聊可一用耳。筆者除掌握文樞，供給耳食，倘與之智聊神侃，博得擊掌一笑之快。貐嫚赤腳，老邁粗醜，然善於醫治，藉走街串巷之便也可充作耳目；其人尤長於背疾，爲年長者所喜。至於說兵頭油矬，則稍遜風騷，或可視爲敗績。此一時彼一時，以勝敗論英雄當不足取。其人於社縣武試爭得名次，遂奪得歡心。筆者料定此景將不久於世矣。嗚呼，筆者坎坷半生，功業不展，惟願伏首爲臣忠貞不二，日月可鑒矣。」

蜜蠟在老黑屋泣哭，發出聲聲哀求：「讓我睡一覺吧，只睡一小會兒，行行好吧。」兩個民兵木臉端坐，待她一閉眼就伸手胳肢一下。她喊，蹦跳，衣服都撕破了，只覺得頭顱開裂，耳朵想要掙飛，眼睛像兩顆砸不爛的石子。「媽呀爸呀，這是什麼刑罰呀，這是老輩沒聽說的一個毒招呀，孩兒眞想一頭撞死。」她也不知道這些話是不是喊出來了，因爲嘴巴和腦子一塊兒木了，不聽使喚了。她把雷丁叫成銅娃，有一刻好像還抱住了他倆。她直直瞪大眼睛，這樣民兵就不會胳肢她了。她學會了睜大雙眼睡覺，又怕打出呼嚕被他們識破。她張大的雙目一無所視，面前民兵若有若無，倒是夢中幻影交迭出現：蔑兒與她雙雙押上場院；一個沉默終日的美少年；河畔雨，南瓜田；不記得山盟海誓，只記得生生分離。「好銅娃你還手持鐮刀站在河邊張望？俺在趕去會你的路上被妖怪擄走了。你快些回吧，回吧，再不要等了。俺大概一輩子也見不到你這個美少年了。」她的眼睛滲出淚滴，在夢中哀慟哭。她如今最想念的就是銅娃了，他就是今生的摯愛。從三許到雙子再到蔑兒，他們沒有一個讓她像牽掛銅娃一樣急切揪心。「咱眞像媽一樣哩，兩眼一望見美少年就再也邁不開步兒了。咱眞像媽的脾性。媽耶，咱當孩兒的再也不敢嫌棄你了。」蜜蠟的哭訴與哀求都在夢中，雙眼凝視不動，旁邊的兩個民兵終起疑心，就伸手撥動她的頷部。「哎呀這大胖婆娘啊，」一個民兵嫌燙一樣縮回了手，「她怎麼不轉眼兒，莫不是成了活死人？」兩人你一句我一句議論，後來就報告了伍爺。伍爺噴著寬鼻走來，一見蜜蠟就笑了：「這孩兒睜著大眼看咱哩。」他朝她做個鬼臉，沒有反應。「哦喲喲功夫不淺啊，大胖孩兒親死個人。」他在她乳部按了一下，又捏捏她的鼻子。突然蜜蠟發出一聲長喘，全身一震，眼睛眨動起來。「你們不讓我睡啊，行行好吧，我要死了，要死了。」「死了也不能睡哩，大胖孩兒你好好看看有誰睡了？我那屋裡有壺好茶，你一喝就不睏了。」蜜蠟聽到一個「茶」字忙問：「在哪兒在哪兒？」伍爺回去取來一個紫泥茶壺，直接把壺嘴兒插進了她嘴裡。好喝啊，她咕咚咚一口氣喝空了茶壺，抿抿嘴唇。「啊呀大胖孩兒剛才一頓好喝。」伍爺喊著，發現她還在木木看人，就轉向民兵：「你兩個輪換著搔逗，不行去找兩枝掃帚草來劃拉她，往她胳肢窩那兒找癢癢肉。直到把她搔得嘎嘎大笑才成。」

天亮了，有人押蜜蠟出去幹活。他們拖她架她，好不容易才把她弄出門。她跟上挪動，那模樣不知是睡是醒，走到半路上竟打起了鼾。「呀呀眞怪，人還能邊走邊睡？」大家都跑過來看：「眞是哩，瞧她走得不孬，一步一步緊跟點兒，眼也睜著，遇到牆角呀石頭呀還知道躲閃，可就是打鼾哩。」他們一直把她領到幹活的地方，正好小油矬頭捆布條站在那兒，聽民兵說了幾句就過來了。他伸長脖子湊到鼻孔那兒聽了聽，然後對準她耳廓說：「咱是連長，你這個孬物。」蜜蠟嘴角蠕動：「畜生。」「她沒睡。」民兵說。小油矬又說：「我讓你害得頭快裂了，換了別人，早就給你一槍算完。」蜜蠟又低低咕噥：「畜生。」小油矬轉臉對別人說：「幹活幹活。」眼鏡女和蜜蠟抬一個糞筐，有人給她們的筐子裝得太滿，小油矬就罵：「你他媽眼瞎了不成？她睡著哩。」她們抬了筐子，搖搖晃晃，小油矬跟在一旁。她們剛拐過一個牆角，蜜蠟就倚著牆壁不動了。小油矬取掉她肩上的扁擔放到另一個人肩上，「你個孬貨先歪這兒，回頭再好好審你。」蜜蠟倚在牆上打鼾，旁邊人匆匆幹活不再管她。小油矬卡腰監視所有孬人，時不時掃蜜蠟一眼。快到中午時分二先生突然出現了，他一轉臉看到了倚牆而睡的人，立刻跑到小油矬跟前說：「了不得了，你怎麼敢讓她合眼？伍爺在使『害睏法兒』。了得，你破了伍爺法術哩。」小油矬招招手讓他離得近一些，說：「你聽著，我早晚喀嚓了你。」

二先生一聲不吭離開了。他步子細碎走出巷子，一直走到村外。額上濕濕的，一摸汗水滿手。一顆心怦怦亂跳，兩眼視物昏花。他從小油矬咬牙切齒之中聽出了一個惡兆，從心裡害怕老獾父子。「媽呀，咱報不報伍爺呢？」他呻吟著坐在了泥地上，掐弄手指骨節算著什麼，又哼哼呀呀把手縮進衣袖裡。多少次夜裡失眠，驚駭於同一個場景：小油矬翻臉不認人，指揮那些持槍人把戴了眼鏡的黃臉瘦子押到河灘上。天哪，陽光白花花的，沙子耀得人睜不開眼，那腰上別了槍的矬兒手掌一揮：上緊辦了。他們讓那人跪在沙灘上，一個人手持大刀過來，喀嚓一聲。他每想到這裡都全身冷汗，因爲那個黃臉瘦子正是自己。他在那樣的夜晚越發明白，自己今生只有伍爺護佑了。這會兒他抬起頭：一片豆地傳來喀啦啦的響聲，一隻黃鼬從豆蔓裡探頭望一眼，倏地縮回。另一邊的高粱棵裡有劈劈啪啪的響動，他一轉臉楞住了：一個人在跳，每跳一下都要踩折一棵高粱。二先生瞪大眼睛走過去。那跳著走路的人頭髮長長，身上一色米黃制服，不過已經髒得不成樣子；腳上是染成土色的球鞋，用破布纏裹了。二先生認出這是金孜，驚得閉嘴。瞧幾天不見這年輕人全變了形，臉上土末厚得不見眞皮，眼紅得像火繩頭兒，嘴巴腫得像綿羊下巴。腳上的傷一定重得不行了，如今不能走只能單腿兒跳了，一蹦一蹦像兔子。金孜盯住他：「你能幫我成親嗎？」「大半不能。」「我如今是民兵了，伍爺批准的。」二先生端量幾眼，「那女的哪去了？」「她順著大街往西跑了，我知道她要找我成親。」「那你該在家裡等她。」金孜哇哇哭了：「她不知道我當了民兵，以爲在村裡成不了親。我們該一起逃的，這會兒她肯定正滿地裡找我。」二先生盯著天上一塊雲彩：「糟透了，這回糟透了。」

第六章 飛驢

19

「她的癢癢肉在哪裡？」伍爺打著嗝，趿拉著一雙又破又大的圓頭氈靴走過來。兩個民兵拿了掃帚草在蜜蠟腋下、頜下搔動，「原先還在這兒，這會兒又不知又跑到哪去了。」「嗯哼？」伍爺雙手拄膝看著。蜜蠟兩眼半睜半閉，他伸出一根粗指頭在她眼前晃了晃。「媽的，又睡過去了，倆廢物看不住一個女人打瞌睡。」說著捏住她使勁一拽。蜜蠟往上一跳，兩眼睜得又紅又大。當她看清了眼前是誰，立刻念出：「讓我睡吧睡吧只睡一小會兒，我就要死了。」「咱不信哩。咱還沒聽說誰打著瞌睡死哩。」「行行好吧，讓我只睡一眨眼的工夫吧。」伍爺嘻嘻笑，轉向民兵：「看來這娘們兒被咱治服了。你倆今夜上緊看住，她的癢癢肉在胸脯上。」說完拖拖拉拉走了。兩個民兵每隔二三分鐘就用掃帚草搔弄她的胸前一下，咕噥：「你不能睡，你可不能睡。」蜜蠟嘴裡一直應著「啊啊，啊啊」，眼睛再也瞪不圓了。她覺得自己被一團又濕又黏的雲絮托起，不停地飄遊。她離星星那麼近，它們一顆一顆就像玉米穗兒，摸一摸燙人。原來天上也有河流和莊稼，有上一年遺下的稭稈。她一見這些稭稈心裡就親，它們好像是救命草，她一看見它們就要踉踉蹌蹌奔過去，打一個又大又長的呵欠。「你可不能睡，你可不能睡！」這呼喊像來自田野。她打著呵欠，聽著自己無邊的囈語：「我想你想得睡不著，瞌睡死了。你的小下巴又磕在胸口了，我得把它下面墊一塊小手絹。胸口剛剛長出了嫩皮兒，又亮又新紅濡濡像剝了皮的瓜兒。因爲這是手風琴一點一點磨成的，我一貼上去就能聽到絲絲拉拉的風聲。那是比悄悄話還要低的聲音，是你的心在拉琴哩。再摸摸你一根根活動不停的肋骨，它們好比風琴腔上的一道道稜兒。哎呀這後背上脖頸上、胸脯上肚子上的絨絨啊，又密又滑，對上鼻子嗅嗅有牽牛花的香氣。多大的人了啊，還穿著白色小肚兜兒，大約是怕胃口受風寒吧。俺把臉貼在你的胸前，趁著你兩眼合上的當口，伸手摸了你的周身。老天，大男人一天到晚板著臉教導咱莊稼孩兒，身上倒和小孩兒差不多：小肚子圓溜溜軟綿綿，後脊梁像熨衣板一樣平整。我一遍遍數了你的骨節兒，數也數不清。我怕你屁股上生褥瘡，伸手一兜墊上一塊粗棉布。俺在你周身上下忙忙活活什麼也不怕。你就該在咱心裡揣上一輩子，因爲沒有你教導咱愛護咱，咱什麼也不是，到現在還得躺在溪邊草垛上打挺呢。你病了那會兒不吭不哈，閉著眼一張嘴就吞下咱剝好的煮芋頭，嗯哪嗯哪吃得香。咱在那些黑燈瞎火的夜晚，睏了拱你被窩邊上就打瞌睡。你說說吧，你到底是什麼精靈托生下來？咱這會兒只想告訴你，咱要趕在秋天煞尾找到你，不管你害羞啊師生有別啊領導不讓啊，不管這些藉口和託辭，二話不說就要攥住你。小小人兒會掙巴哩，兩手亂舞動哩。其實也是白搭，俺要把你生生按住哩。」

「你不能睡，你可不能睡！」這呼喊啊，傳遍四野，雲彩都嚇飛了。肥羊在河邊上匯成一群，趕羊老漢揚鞭吆喝。一個割草美少年手持鐮刀張望不已，他的眼睛亮如星星，額頭之上是黑雲似的濃髮，雙唇紅潤稜角分明，裸露在外的肌膚宛如古銅。「一個傳說中的金童站在了河邊，我要隨你走哩，不管是風天雨天泥濘路，也不管飢睏口渴。少年哪，雙眼憂愁嘴唇抿起，手持鐮刀看著遠方。那又清又沉的眼波啊，那揚起的雙眉啊。咱把紅頭巾捆在腰上，打扮就像花木蘭；咱在瓢潑大雨裡踏著河堤趕路，讓水淋淋的衣裝貼在身上。咱不怕風寒雨疾天昏地暗，心上揣了愛慕的炭火。兩個悲傷流淚的苦命娃，雨水掩去咱滿臉淚花。你不知道我受了什麼劫難，十八歲遭了汙髒，洞房裡沒有情和愛。我要詛咒一些人，一些事，一些日月，一些村莊。我知道一個大閨女家撒了潑要找回心愛，連鬼神都管不住。咱恨，咱苦，咱悲傷哩。咱直到有一天讓人逮住了從裡到外數落。可我不服哩。誰是從地獄裡爬上來、從苦海裡漂上來的人？誰像一朵鮮花剛開了一半就讓人用腳碾碎，碾成了一堆爛泥？如果不是，就先閉嘴吧，俺莊稼孩兒不喜聽哩。咱在大雨天裡東跑西躥，是想讓老天爺的清水洗個乾淨，花蕊簇新好似從前，只獻給眼前這個少年哩。快伸手接下吧，一朵花還帶著露珠，誰都誇這是一朵又鮮又嫩、沒招惹一隻蜜蜂的好花。這花開得不易，冬天冰雪磕嚓的，夏天毒日頭要殺人。俺爸俺媽一口口把咱餵大，俺媽動不動就親咱的臉。崖上老師念詩文學寶書，手把手教，這都是作夢也不敢想的事兒啊，咱莊稼孩兒渾身忞透哩。他來崖上行的是大仁義，給咱打開智竅，讓咱有朝一日遇到美少年能夠開口說話。咱要一句書上的話都不會說，人家不喜見哩。老天爺，事到臨頭咱還是害羞了，結結巴巴不敢說了。那些天的煎熬啊，忍耐啊，到頭來一次次拔腿往河邊上跑了。那兒有暖煦煦的風，有搖頭擺尾的樹棵子，有摸一把又軟又熱的大沙灘。作夢也想不到會有那樣成雙成對的時候，想不到會有那樣一場大姻緣。天搖了，地皮一動一動，一生一世不該忘了。我再不抱怨命苦啊活不過來了啊，只該一路仰著笑臉。銅娃從那天起化爲咱的心瓣兒，一顫一顫歡喜，一揪一揪生疼。這是老輩沒見過的好小夥，表情肅穆的俊男子，比書上寫過的郎君還要精神百倍。咱這是怎麼了，手心裡是汗胸口上亂跳，八成是得了人世間最重的相思病。世上的事就是這麼怪啊，你不親眼看見親身經歷就死也不信。俺不行了，俺一閉眼就看見他手提鐮刀站在河堤上。」

伍爺用槍刺挑著肉塊，邊吃邊踱進北廂。兩個民兵看著刀尖上的東西目不轉睛。「你們吃好東西的日子還在後頭哩。」伍爺把肉塊兒在蜜蠟嘴上蹭一下，然後收回來大咬一口，發出「嗯啊嗯啊」的聲音。「哎呀眞香啊，一口大肉一口燒酒哩。」他低頭瞅著蜜蠟的嘴巴：「油滋滋大嘴兒怪好。」蜜蠟夢中抿著嘴，「你別手提鐮刀站那兒啊，我瞌睡得跑不動了。」伍爺停止咀嚼側耳傾聽，大笑：

「咱手提的是槍刺哩，從三八大蓋上剛卸下來。」他牽上她的手：「今夜咱得過堂哩，這『害睏法』我看使得差不多了，走哩走哩。」蜜蠟搖搖晃晃往前，鼻子裡仍舊是沉重的呼吸。兩個民兵隨上說：「她走路也在睡哩。」他們遞上掃帚草，被伍爺一掌打掉：「回去歇著吧，沒你倆的事了。」兩個民兵一連聲打著呵欠離開。蜜蠟被牽到了過堂的屋子，一陣刺鼻的羶氣讓她睜一下眼：樟木桌上是散亂的荷葉，上面是切得亂七八糟的熟肉，那個大河馬用槍刺挑著肉塊大嚼。她的頭顱沉得像石頭，一晃就磕在了門框上，發出「咚」的一聲，隨即卻發出了鼾聲。伍爺放下手裡的東西，過來摸摸這兒瞅瞅那兒，一雙大眼濕淋淋的。「哦喲大肥孩兒這回真是瞌睡了，不過咱得讓你好生睡哩。」蜜蠟被他揪疼了，口中喃喃：「行行好吧，我睏死了睏死了，我只睡一小會兒，求求你了。」「你說什麼？」「求求你讓咱合一下眼，我快死了。」伍爺大笑：「沒聽說瞌睡還能死人。也好，要睡咱就潑睡，炕上蓋了大被子呼啦呼啦睡去，三天三夜別醒。」他推擁一下，她攀上了炕。「哦喲大肥娃少說也有個千千八百斤，咱差點兒弄不上炕哩。你不能半截身子爬上炕就呼啦起來啊。哎咳咳，哎咳咳，中哩，蓋上大花被子。」他把一個油滋滋的藍布枕頭塞給她，又在她肩膀四周將被角掖得嚴嚴實實，咕噥：「一頓好睡哩，大孩兒一喘氣滿屋噴香，真是老輩沒見的寶物。老獾家不會調理啊，再說誰拱在獾窩裡受得了，別說你了，就算換了我這個皮實人也早撒開丫子跑了是吧？嗯哼，大肥娃，咱先一邊端量著啃肉吃肴，一盅連一盅喝酒，一會兒再泡一壺釅茶，喝得渾身汗粒兒直冒，最後才呼嚕一下鑽進被窩哩。咱嗯哪哈啊拉呱兒，一直拉到公雞伸著脖子叫也不起來。到時候咱可得比比誰胖，依我看你呀胖得還是不到數兒，咱冬天得穿四尺二的老棉褲腰哩。哦咦，說著說著酒癮泛上來了，我得先灌四兩半斤的，你先睡著。瞧眼睫毛夾得溜齊，待會兒咱要哄得你小滿月孩兒一樣聽話。嗯，呼啊呼啊睡哩。」他像踩高蹺一樣晃動，踏來踏去走個不停，一會兒伏身看一下炕上的人，一會兒又回頭飲一口酒。疙疙瘩瘩的大臉紅中泛紫，寬鼻喘息時像有兩股火苗進進出出。他挪到屋角照準一個瓦罐撒了泡尿，然後又把鼻子塞進涼水缽裡吸了一通水，抽出鼻子「砰」一聲噴出。「哎呀燥死熱死。」他念著幾句街上的順口溜：「伍爺去征西，火了剝他兩層皮。排骨肉包吃得飽，一刀砍他個窩兒老。」這樣念著湊到炕邊，在蜜蠟額上親一口，帶著哭腔喊：「夜到三更了，不睡不中哩。」他開始脫衣服，脫一件往上扔一件，落在哪兒都不管。在鑽進被窩之前，他又拉開木格子窗看了看天空，正好看到了一個流星。「又一個大星溜號哩。」他費力拱進被子，然後一絲不動仰躺了一會兒。蜜蠟睡到了最沉的時刻，那又長又深的呼吸啊，那顫顫的鼻翼啊。他坐起來俯身看著，嘴唇一癟哭起來，「咱天一明就把那油矬兒綁了，捆到村西老槐樹上開刀問斬，吭哧一刀剁下。那樣大肥孩兒該解氣了不是？」淚水流個不停，順著鼻子淌，擦也擦不完。他哭著掀了被子，一件一件解蜜蠟的花衣。解一層又一層，「哦咦，你是真能穿呀，你說天又不冷你穿這麼多做什麼，你說咱莊稼孩兒哪用戴這麼多裝備，又是奶搗子啊，又是小汗衫啊，還有方格小褲頭啊，淨給領導找麻煩啊。咱脫了先放一邊擱下，等天亮了一五一十好好數數，看看一共有多少。」蜜蠟呼呼喘息，一雙手卻拉緊了最後的布絡，就像臨近深崖時揪住了一根葛藤，死也不敢鬆手。「好蜜蠟這是何苦呢，咱不跟你推啊拉的逗弄著玩，一寸光陰一寸金，寸金難買寸光陰哩。咱如今也是『小貓鑽進了魚筐裡，手按腳蹬張口叉』。哎咳咳，抬抬身子脫呀，脫出個水光溜滑大胖孩兒。」他掰蜜蠟的手，掰了幾掰沒掰動，「咦，睡娃手上打了鐵扣？咱還不信哩。」他吭吭掰這手，硬拉。嘶嘶幾聲，布絡撕碎了。乾脆橫扯幾下，剩下的幾絡也撕光了。蜜蠟推拒、扭動，起身又被按下。她被一個個瞌睡蟲纏住了，眼不能睜口不能言。她在半睡半醒中與百折不撓的瞌睡蟲打鬥，手指甲都快脫落了。她暗暗呼叫：「瞌睡蟲啊瞌睡蟲，你是大河馬放出來的吧，球成一團團壓住咱胸口，塞上咱鼻子耳朵，又鑽進腦子裡咬我。疼死了，你啄吧吃吧，你把我掏空了就什麼也記不得了。」這會兒手中那條救命葛藤「砰」一聲斷掉了，下面就是萬丈深淵。「媽耶媽耶——」她一聲大喊破口而出，這回徹底醒了：一眼看到那頭紫青色的大河馬水淋淋往她身上爬，只差一絲就爬上來了。她一扭躲過了他的一撲，又一扭讓他的兩爪落了空。她想欠身跳到炕下，可是剛一仰就被橢圓形的巨腹頂倒了。河馬身上滑膩不堪，分泌出一種稀泥一樣的東西，使人無法抓住。他那雙大黑眼球垂突出來，好像隨時都能砸到她的胸口上。她的身子往炕邊掙扭，想扳住樟木桌躍起。好幾次要將他蹬翻，結果蹬在了肚腹上兩腳一陷老深。每蹬一下他都啊啊叫，像哀求似的，可就是不挪窩兒。她又一次蜷起雙腿，準備給他胸口上狠命來一下。可惜這腿還沒有蹬出，大河馬早就有了防備，「嗯」一聲大叫壓下來，大爪鐵鉗一樣卡住了她的兩腳。這千鈞之力讓她一動不能動了，既仰不起身又看不見人，只知道再有一瞬最危險的事情就要發生了。她在那一刻聽到了大河馬用盡全力吸氣的聲音，就循著聲音去抓他的眼睛。可是她飛快抓撓的雙手先是碰到了樟木桌，然後抓到了一個冰涼的東西。她想不起這是一個油膩的槍刺，只是用它抵擋，抵擋，兩手攥緊了向前一頂。

只聽到「嗚哦」一聲，大河馬像害羞一樣閃到了一邊。蜜蠟那會兒覺得瞌睡蟲四散奔逃了。夜色馬上變得清明，眼前一下沒有了昏翳。她搓了一下眼，到處尋找突然湧來的腥臭之源，兩手緊捣口鼻。她看清了，大河馬肚子上插了一根槍刺，連同巨大的裸軀一齊顫抖。一攤紫藍色汪出，緩緩蔓延，炕上牆上全是它的噴濺。裸軀的上部有兩個黑色圓球活動不已，最後動了兩下，合上了。蜜蠟晃晃頭，懵了幾天幾夜的腦子變得從未有過的澄明。「是我，劉蜜蠟，殺了大河馬。」她來不及呻吟，下巴顫顫抖抖老要呻吟，可是眞的來不及了。漆黑的夜心裡傳出一聲驚呼，這聲音像箭一樣射穿胸廓：「孩兒快撒丫子啊！」「嗯嗯，嗯，我慌得連褲子都穿不上了。」她也不知是怎麼把幾件衣裳弄到身上的，然後抱起炕角那個大書包，一頭撞開了黑門。當她緊抱書包踏進高高低低的石板巷子時，又聽見了瞌睡蟲在遠處圍攏。「瞌睡蟲啊瞌睡蟲，你今夜是咱的死命對頭。」

滿天星星都在風中搖墜。她的腳一出巷子就騰在了空中。身後是攪成一團的瞌睡蟲，它們追得她連連求饒，她知道只要一閉眼就會糊個滿身滿臉。可她不能跑得更快了，眼盯盯看著它們呼一下圍上來，堵上眼睛塞上耳朵，整個人等於陷進了萬丈枯井。就在這萬般絕望之時，她聽到了瞌睡蟲的慈悲之聲：「她累了，也嚇壞了，就讓咱抬上她奔命吧。」她的身體果然給抬離了地面，一雙腳還在挪動，可就是不沾地了。瞌睡蟲先是糊住她的眼睛，然後是耳朵，讓她既看不見又聽不清，只任它們抬上飛跑，磕磕絆絆沒命逃竄。「哎呀這人身上有股腥氣，是大河馬味兒，咱快把她舉到風口上散一散。」蜜蠟馬上覺得來到了一個野風大作的地方，風把頭髮衣絡都吹到了一個方向，發出「嗚爾嗚爾」的聲音。她此刻緊緊抱住那個大書包。風吹過了，腥氣少了許多，但還是若有若無。它們又議論：「咱把她扔進水潭裡洗一洗吧。」她一聽趕緊把書包放在地上，同時身體眞的浸到了涼水裡。搓呀洗呀，一遍又一遍，連大腿根和前胸也讓這些小淘氣搓過了。「這回洗得香噴噴一股青草味兒，就和山啊水啊土溝啊混到了一塊兒，他們再也找不到她了。」它們的議論讓她立刻明白，原來它們全力清除她身上的異味兒，是爲了不讓追趕的人嗅見。心頭的感激差點讓她流淚。她重新把書包摟在胸口。濕淋淋的身子在涼風裡奔馳，凍得牙齒磕碰。看不見星星月亮，辨不清路徑，只知道飛出村莊街巷，離它越來越遠了。她弄不清是往南還是往東，但肯定不是往北，因爲那就掉進了大海裡。飛吧，在天大亮之前逃得越遠越好，逃到天邊。媽耶爸耶，孩兒這次做下驚天事了，可千萬別連累你們。大河馬死了，化成了紫烏烏的髒水。等那腥臭氣漲滿了村子，狗兒們一齊抬頭嗅著，天就該撒曚了。那是撒開大兵的時辰，孩兒這回一尥蹶子可就遠了，那不是千千八百里，那是十萬八千里哩。

人人都知道天上有三顆大星，它們最顧戀莊稼人，是天上老奶奶懷裡的貓兒：「大貓出來二貓鑽，三貓出來亮了天」。蜜蠟問瞌睡蟲：「三貓出來沒？」「你自己看吧，俺不認得。」她把它們從眼窩裡費力揪出來，一隻一隻抖落乾淨，試著睜眼。哦喲，天盡頭有一道小白邊兒，那就是書上說的「魚肚白」了。她終於找到了三貓星，它蜷著雙爪端坐天宮，鬍鬚長長一副小圓鼻子，神氣倦怠。原來自己一夜向著東方奔馳，東方有輪紅太陽。她回手摸摸寶書，「寶書啊保佑咱吧，咱被惡人折騰得迷迷糊糊死去活來，不知怎麼就殺了他，保佑咱吧。」這樣咕噥著兩腿一軟，撲通一聲，瞌睡蟲把她放在了地上。她這才想起它們抬著自己飛行一夜，肯定累了。「蟲兒蟲兒，我總有一天會報答你們的救命之恩。」天越來越亮，蜜蠟狠命揪自己的頭髮、耳朵，扭自己的腿，招呼瞌睡蟲兒一起上路。咱不敢歪在這路邊溝畔，不敢有一絲耽擱。不錯，咱偏不向南，南方是他們追趕的地方。這會兒咱蜜蠟頭腦水一樣清：咱要向大山裡走，花上九九八十一天翻山越嶺。她相信那片大山後面有個古怪國，那裡糊糊塗塗再分不出誰是歹人。她惟一擔心的是古怪國裡的人聽不懂她的話，「大爺大娘行行好吧，給咱苦命孩兒一口吃的吧。」這句活命話兒他們可該聽得懂啊。黎明時分她看到了一群匆匆西行的烏鴉，嚇了一跳：天哪，我一夜掙命馬不停蹄，其實並沒有逃遠，瞧烏鴉也知道那邊死了大河馬，要趕去參加他的葬禮。烏鴉啊啊大叫，好大的一群啊。她只有這時候才稍稍睜大了眼睛，看著群山蒼鬱，朝陽勾勒出大山金色的上緣。紅色的雲霧一絲絲橫著疊起，像南瓜餅撕開了瓤兒，滿世界都彌漫了他的香氣。山那面該有大餅等人去吃哩，這是一個吉兆呀。那些追命鬼以爲我去了南方，會沿著東溪山岈直奔大河。他們錯了。咱蜜蠟迎著太陽瘋跑野躥哩。

丘陵越走越高。太陽躍出山口照得人眼花。梯田一層層疊起，上面的樹木結了果子。蜜蠟想用果子趕趕瞌睡蟲，就走了過去。原來是青核桃，她採下一枚用石頭砸，殼裡的仁兒又嫩又香。一連砸了十幾枚核桃，瞌睡蟲兒越圍越厚，又塞住了眼睛耳朵。它們重新抬起她飛跑了。不知飛奔了多久，直到磕碰一下摔到地上，她大叫：「媽呀疼死我了！」這一喊瞌睡蟲嗡一聲飛開，又乾又澀的大眼睜開了：眼前是一堆砸破的青核桃皮，剛才真的睡著了，腰被核桃樹硌得生疼。她看看升得高高的太陽，趕緊抱了書包站起。跑啊，一刻不停地跑啊，一直向東，向東。

20

「我一睡到兩點就醒哩，攀著窗欞子看星星。今夜心裡大慌著。」老獾捧著水菸袋出門，一眼看見小油矬也坐在院裡，正發出自語：「第十一天了。」老獾知道這是蜜蠟關在老黑屋的時日，就說：「那大婆娘又犟氣又不生娃，就算臉坯子好，咱也不喜見哩。」「不喜見。」小油矬撫弄腰上的槍，抬頭看天，「照理說咱辯論會上真該劈劈啪啪砸她一頓才解氣，可走到跟前瞥瞥，又抬不起手。」老獾點頭：「這家娃在家那會兒可沒少吃我的點心。別人動了點心可不行。」小油矬想起什麼，躡手躡腳走到門口聽了聽，又打開院門四下瞧。「怎麼？」「我老疑心有人聽話兒，伍爺不高興咱哩。」「他可沒說不高興。」「說了就晚了。」「咱好歹都是衙裡人，宗家伍家不拆對兒。」小油矬嘆息：「話是這麼說呀，可心裡打鼓哩。這些夜晚啊，按理說又該布下口令。可這口令不是從咱口裡出，咱不知道。」「也許時候不到，沒有口令。」小油矬搖頭：「不知道，我什麼都不知道。」滿村的狗都高高低低吠起來，老獾昂起頭聽。驢子也叫了，那種「昂啊昂啊」的聲音真是嚇人。老獾瞥瞥兒子，鼻子向著天空蓬蓬吸氣，「哎呀這股腥臭氣，這是怎麼回事？」小油矬歪著頭：「我好像聽見有什麼拍動大翅膀在天上飛。真的怪臭哩。」老獾雙手蜷著急急走動，咕噥：「孩兒，我今夜真是大慌哩。」小油矬出門站了一會兒，又返身回院，「我該去老黑屋看看了。」老獾連連阻止：「你去那裡做甚？那是你半夜去的地方？找死啊。」驢子和狗叫得更凶，臭氣濃得讓人掩鼻。父子倆在小院裡一直站到黎明，老獾開始操練勾連槍。院門大敞，小油矬希望這時候有誰進來說點什麼。沒有，一個人不見，連貐嫚也不來串門。他跺一下腳，終於在曙色迷茫中上街了。

籠罩四野的惡腥氣差點把走上街頭的小油矬嗆個跟頭。他咬著牙往前，街上空無一人。驢和狗也安靜下來，最初的驚恐過去，牠們被越來越濃的惡腥逼到了角落。一家一戶門板緊閉，往常起早撿糞的老人也不見蹤影。他抽出腰間的槍提在手裡，然後砰砰砸一個民兵的門。這是老照兒的家。老照兒出來，一見小油矬立刻翕動半豁的嘴巴：「希（是）連長呀，連長呀。」「我命令你跟上巡邏。」「希，希。」他們一前一後往街筒子摸去，極度的安靜讓兩人都害怕了。腥臭越往前越濃，大概再往前這惡腥氣就會變成固體。「連長，咱這希（是）上哪去呀？」「哪兒臭上哪兒去，咱今天非把它找到不可。」照兒點頭：「臭氣像磨凡（盤）一樣壓下來，嚇人呀。」兩人東瞅西瞅小聲說話，腳步放得又輕又慢。「蓬蓬，蓬蓬。」照兒仰著鼻子嗅，一路走在前邊，直走向了老黑屋。崗哨那兒沒人，進了小院也沒人。這兒安靜無聲，只有刺鼻的腥臭。照兒兩腿篩糠了，小油矬自己壯膽，可舌頭也有點不受使了：「怕、怕個什、什麼哩。」他緊緊攥槍弓腰往前。看過了空空的北廂房，又折向南，摸向有大炕的那間老屋。門開一扇閉一扇，小油矬揮揮槍，照兒硬著頭皮鑽進去。幾秒鐘的沉寂之後，突然「哇」一聲哀號，照兒搗著臉踉蹌後退，一下跌在小油矬腳下：「連長不、不考（好）了，大事不考了。」小油矬只覺得頭髮梢兒豎起，一咬牙一跺腳，砰一聲踢開了另一扇門。老天爺，不敢看，眞不敢看：整整一面大炕上都高聳著黏乎乎紅赤赤的氣泡，一些暗綠色的濃稠液體像澆了水的生石灰那樣咕咕泛動，只有最上部的大河馬頭還清清楚楚歪在那兒。這一攤東西還在不斷膨脹，已經達到了牆的半腰。一些被惡腥引來的綠頭蒼蠅剛剛挨近就死了，積起了厚厚一層。小油矬覺得涼氣直滲骨縫。他發現在氣泡中間有一把微微搖動的槍刺。「照兒，快集合、合民兵來。」照兒已經從地上爬起，一邊後退一邊說：「希，希。」

所有民兵都匯聚在老黑屋東側的空地上，村裡人陸陸續續圍過來。「騎兵連，騎兵連！」小油矬吆喝著，臉色鐵青。一會兒驢子打著噴嚏牽來，民兵穿上黃色軍服，身上紮了叉式武裝帶，提了粗重的步槍和鳥槍。全村人差不多匯齊了，貐嫚和二先生、馬蹄劉、嘴兒幾個站在了前邊。兩個民兵抬出一張木桌，後面跟了老獾。小油矬看一眼父親，一聳身子跳上了木桌，卡腰喊起話來：「聽著，昨夜發生了凶案，伍爺在老黑屋給害了。村裡沒了主兒，咱連長得趕緊執掌起來。這會兒先給你們大夥說下幾條：一是立馬戒嚴，夜晚上街有口令；二是派騎兵追捕凶犯，其餘人駐紮守村，不管是誰，敢犯毛病格殺勿論；三是關押起全部孬人，直到凶手逮捕歸案。」人群一片驚呼。貐嫚和二先生想往老黑屋裡探個究竟，剛一動就被持槍的民兵推個趔趄。老獾伸出兩隻胳膊往上揮動，「老少爺們咱逢了亂世哩，伍爺一去塌了天，塌了天。凶手逮住咱零刀子剮呀，剮呀，啊呀呀我抵不住了。」他大串淚水流個不停，一下歪倒了。貐曼按住他又掐又拍，人才睜開了眼。二先生全身哆嗦，一會兒跑到老獾跟前，一會兒又跑到小油矬跟前，「連長，恕我直言，這騎兵再、再也不能耽擱了。」小油矬直眼盯著他。二先生低下頭：「連長，我是說，伍爺不在了，我就成了連長的人，你把我當驢當馬都行，只要你使著可心。」小油矬轉身招呼了幾個人往自家走去。其餘的人一動不動站在原地，一點聲音都沒有。所有人都呆了。這樣大約有一刻鍾，老太婆領頭，一場人哇哇大哭起來。那些老娘們兒哭得最凶，哭著哭著滾在了地上，滿身是土，「嗚喲喲哎，俺不過了，俺不過了。這眞是好人無好報啊，那個凶手逮住了，咱就得把他（她）活活咬了吃呀，吃呀，咱就那樣也不解氣那個咿呀哎呼咳。」哭聲激揚起一片暴土，執勤的民兵被迷了眼，一遍又一遍搓揉。「看，烏鴉來了，一群群好多啊，咱老輩沒見這麼多烏鴉。」有人一喊，大家抬頭去望。撲楞楞的聲音壓過了哭聲，黑色的鳥兒撲到老黑屋上，一層疊起一層。所有人都止住了哭聲，驚慌四顧。有的民兵想迎著烏鴉放一槍，可剛剛端起槍就掉在了地上。

小油矬領走了幾個民兵。他們一路快走，老獾斷後。二先生尾隨了一會兒，轉過一個巷子就被老獾一下掐住了脖子，「哎呀大爺饒我哩。」「哼，我叫你盯梢，我叫你盯梢，我這回把你掐死。」二先生被兩隻蠻力大手勒提得翻了白眼，兩腿離開地面蹬了幾下摔倒了。他沒有馬上爬起，雙手作揖跪著嚷叫：「大爺咱青天在上說半句謊話不是人種，咱哪敢盯梢兒，咱是跟上大爺走哩。」老獾罵：「呔，骯髒人的東西，你跟上我走做甚？」「大爺，我是急著告訴你，從今以後咱什麼念頭也沒有了，只一門心思聽你老指派，只要不嫌棄就中。」老獾吭一聲，「咱可指派不起，你還是趴在家裡寫伍爺傳書吧。」二先生連連作揖：「大爺，我是想寫你老、寫矬兒的傳書哩。」「『矬兒』兩字也是你叫的？」「哎喲我這張臭嘴啊，該打哩。」老獾氣還沒消，胸脯一鼓一鼓。二先生說：「趁著這會兒沒人，我給大爺磕個響頭吧，讓你看看我的誠心。」說著一連磕了三個。老獾狠罵一句，轉過身去。小油矬站在門口，老獾一進院子，他馬上咚一聲關了門。院內的人神情冷鐵一樣，誰也不看誰。小油矬掃他們一眼，又看看父親。老獾去屋裡搬出水菸吸上，咂著：「俗話說了，一朝君子一朝臣；又說了，也不能抹了前朝規矩。我娃平時待你們怎樣，該有個數罷。這會兒得兒弟幾個睜大眼珠兒幫他。」幾個人一齊開腔：「那是肯定的。」「那當然了，誰對連長不忠就沒有人味兒。」小油矬擺擺手：「我招你們來議大事，琢磨琢磨這幾天幹些什麼。」一個人說：「趁著凶手還沒跑遠，趕緊逮回。」另一個點頭：「殺伍爺了不得哩，上級，還有五鄉八疃，誰聽了都得懵了瞪。」「那兩個執勤的人得關哩，是他們溜了號才出這事。」「嗯哪嗯哪，傳他們吧。」小油矬在院裡踱步：「那倆渾物關起就是。村子哩，失了伍爺就會有人鬧事，你幾個給我看住，分兵把口。這個最是上緊。凶手嘛，不說你幾個也知道是蜜蠟，她還能跑了哪去。我帶上騎兵將她擒了就是。」接下去大家逐個盤點村裡的凶險人物，說過了所有孬人，然後是老核桃的瘋兒子金孜、前赤腳醫生；當說到二先生時，老獾擺手。小油矬說：「明槍好防，暗箭難抵，你幾個得把書房那幾個先生看住；還有，幾個老娘們兒，幾個有事沒事往伍爺家瞎嘀咕的，都得盯住。我帶兵一走，心裡要落定才行。」老獾說：「我兒好盤算矣。」幾個人分了工：誰料理伍爺後事，誰管孬人，誰暗裡盤查，都一一妥當。

院裡只剩父子兩人了，老獾說：「我兒成了。」「誰知道哩。」「成了。我一聽你踏上木桌訓那一番，心想我兒成了。」小油矬下牙磕打：「爸耶，蜜蠟這回犯了死罪，只要逮回，一刀就喀嚓了。」「喀嚓了。」「你想過沒有，咱也要受大牽連哩。」老獾把水菸袋吸出咕嚕嚕的聲音，久久不答。這樣過了一會兒說：「婆娘這東西，一休百了啊。再說事發了，你親手帶了騎兵去追那物件，也能見出誠心。別耽擱，帶兵走吧。」小油矬點頭：「這大水娃眞是找死啊，可我眞看不出她有這樣膽氣。」「我看得出。你忘了她有一回還要抓了鐵鍬砍殺我哩，幸虧咱眼疾手快將她拿下。我估摸是伍爺一起性兒手腳不中用了。」小油矬心事重重出門。他一直走向老黑屋，遠遠瞄一眼亂騰騰的人群，讓民兵過去傳話：騎兵連拉到演兵場上。他直接去演兵場，在面色冷肅的一排人面前站了一會兒，用力指一下焦乾的眼角：「你這些人聽著，養兵千日用兵一時，爲伍爺報仇的時候到了。那個殺人的劉蜜蠟這回就是逃到天南海北，咱也要逮回。我這裡只要活人不要死人，誰也不許放槍。三個班嘛，分東南西三股追趕。向南的一股我親自帶。馬上開拔。要鞭打快驢，讓驢兒飛起來。」民兵齊聲吆喝：「是。」有一個班長提出備些乾糧和水，小油矬同意。向東向西的騎兵都出發了。那答答蹄聲一響，影子愈來愈遠。村裡人目送他們出行，議論道：「軍令如山倒啊，這回瘋浪婆娘完了。」「完了，誰也救不了她了。」「說不定半路追上就劈巴了，大卸八塊了，咱該親眼見她綁赴刑場。」演兵場上，惟有向南的一個班原地待命，等待連長回來。老獾在臨行前把小油蜨喊走了，他把兒子拉進屋裡，嘴角咧著說：「了得，差點忘了大事體。你不想想，上村那個黑兒向上級歪歪嘴巴，說出你瞞下孬人根苗的事，再添枝加葉說一合，咱就凶險了。我琢磨晚一天早一天追回蜜蠟事小，制住黑兒事大哩。」「眞哩。反正咱的兩撥兵也發了，誰也怨不著咱。我馬上領人去上村。」老獾頓一頓說：「帶上二先生吧。你知道黑兒有個老會計，人家記下什麼就是什麼。有個二先生就能破他計謀。」「讓這畜生跟上煩人哩。」「帶上罷，也有些文墨防備。」

一小隊騎兵向上村開去。米色軍服，長槍，冷板板的面孔，這一切在剛進村時就把人嚇壞了。「咦，過兵了？」東溪邊洗衣服的女人們慌慌扔下洗衣盆。騎兵一律挺直腰身向前，手中的韁繩鬆鬆垮垮。二先生戴著眼鏡騎在驢上，由一個民兵牽了，緊隨小油蜨。「喝咦這小村子屁大一點，牆基還用片子石壘了，窮講究。」二先生一邊議論一邊往前。路邊人抱著孩子看騎驢的人，神色迷濛。終於有人認出了小油蜨，咋呼一聲：「是咱村女婿來了，哎呀這回眞風光呀。」這一喊不少人圍上來，有個中年婦女拍著手：「眞是咱村女婿來了，快看哪。」小油蜨勒住驢子喝斥：「誰他媽是你村女婿，不知死的鬼。」婦女拍一下衣襟退開，人們不再吭聲。一隊騎驢子的人往前去了。一位高個子長脖女人隱在人群中，這會兒斜穿巷子跑開，一直跑到老會計家裡。老會計正乒乒砸東西，她拉上他出來商議了一會兒，兩個人立刻去找黑兒。黑兒家在一處高坡上，下邊是一片栽了蔬菜的淤河土，他們剛走近就看見小油蜨和那個戴眼鏡的人登坡敲門，而一隊民兵竟然站在菜園裡，讓驢子隨便啃吃青菜。「我說高幹女啊，這回大概是來者不善哪。」「那蜨兒連家口也不領，也不承認是咱村女婿，恐怕是出了什麼大事哩。你該去村頭家探探。」老會計仰頭看了一會兒，終於壯壯膽子爬坡。站崗的下村民兵馬上擋住他。「黑兒是俺村領導哩。」「那也不行，裡面正談大事。」「哎呀蹊蹺，咱沒聽說啊，」老會計乾脆一屁股坐在了門邊，「反正咱今天要見黑兒。」正坐了沒有多久，院內又出來一個民兵，直接到下坡地上說了什麼，菜園裡的民兵就離開了一些。高幹女喘呼呼爬上坡來，到老會計跟前說：「他們把老劉懵家圍了。」

小油矬與黑兒說話，二先生不時在小本子上記一筆。黑兒瞥一眼那本子上密密麻麻的字，汗水淋淋。「出人命了，我的媽，早知道會這樣，就是借給我一個膽子也不敢讓蜜蠟去。」「這是什麼罪過，你自己知道。是你爲她瞞下了孬人根苗的事。」小油矬說完，馬上看著二先生記下。第一回有了文墨防備，他多少壯了一些膽子。黑兒急了，雙手亂抖：「這事你也知道，是你急著娶她。」小油矬面向二先生：「我不知道底細。」二先生口中一個字一個字重複著寫上，拍打著本子對黑兒說：「看見了吧，這可是白紙黑字兒。」黑兒跳起來：「我爲你娶這閨女操了多少心，出事了，你一個汙髒全栽到我頭上，有良心沒？」他叫了一會兒，小油矬對二先生說：「也許人家眞不知道哩，是吧？他要眞知道就不會瞞了咱，你說是吧？」二先生點頭。黑兒楞楞看著，低下了頭。「你肯定也不知道這事兒，這就好比隔皮猜瓜，」二先生轉向黑兒。黑兒揩著汗，點點頭。小油矬拍著腿：「說到底咱都是倆裡人，咱倆在這件事上是沒有錯的。錯就錯在她與咱隔開了一個階級兒，殺了伍爺。」「這閨女怎麼說哩？原先是老實孩子。」黑兒站起，眼裡滲出了一層淚。二先生衝他叫：「你快別這麼說罷，你快閉口罷！」接下去小油矬提出：他的騎兵隊要在小村駐紮下來，因爲這裡是捕捉重點；還有，爲了壯大隊伍，再加上外地兵人生地不熟，這裡的民兵也要加入，組成一支聯軍。黑兒一一應允。這一切都記上本子，然後一起出門。黑兒往坡下一看立刻嚷叫起來：「我的菜園哪。」

崖上校舍變爲騎兵駐地。上村選出十名民兵牽了驢子，在溪邊沙地上操練，小油燈派一名班長加以督導。他又想起來小村做工作組的情景，點名讓高幹女來做飯。對方快快而來，被他訓斥了一頓。多日不見，這個女人脖子更長了，嘴使勁噘著。二先生第一次見她就咂嘴：「哦喲和順人兒，難道這就是蜜蠟媽？」油燈擺擺手：「出門查案子去罷，說些什麼狗唚話。」二先生趕緊退出。他剛走小油燈就把高幹女撲倒了，她偏要掙脫，掙起來說：「你有理說理，這是幹什麼？你以爲咱跟黃花大閨女還差一大些呀？」他「嗯」一聲，再次把她撲倒。她仰躺著咕噥：「我就是這麼個受欺負的命。」崖下嘶喊陣陣傳來，二先生站在崖上看了一會兒，順著石階下來。他想找找老會計：以前聽說這個人有計謀有文才，此刻眞想一見。「喂，我說你這嬸嫚兒聽著，老會計在哪搭住？」被叫住的中年婦女楞著：「『嬸嫚』？這是咋叫法哩？」二先生一臉笑：「你本是當嬸子的年紀了，可從身形上看活像個大嫚兒。」「哎喲喲聽聽你會說話的，俺老不咯嚓的臉都紅了。」「我這人什麼都會，就是不會說奉承話。這麼著，有話咱回頭再細拉，我先找老會計辦個公務。」他順著她的指點來到一個石屋跟前，剛敲了幾下，身後就走來一個戴眼鏡的人：「找誰？」二先生從上衣口袋裡摸出眼鏡戴上，「那當然是你了。」老會計把他讓進屋，倒了白水，寒暄幾句說：「我有什麼說什麼，這案子可不小。嗐，黑兒再管教嚴些就好了，他與老劉懵一家劃不清哩。」二先生在本子上記下「劃不清」三個字。老會計探頭看了，見全是繁體字，有些慌。「我平時記帳願意用毛筆。」他搓了一下嘴。二先生不吭氣，順手寫了一個十畫以上的字交給他。他盯了半天，眼睛轉向別處：「這案子傳遍小村，都等著看官家逮人哩。」二先生取回那個字，「言不及義，王顧左右而言他，以其昏昏使人昭昭，敝人才疏學淺還望先生不吝賜教，吾等何其相似乃爾。」老會計瞥瞥對方，汗水流下來，搓搓手：「我不過給巴掌大的小村記個帳目，俗話說『一塊磚哪能比量天，老東家的臭茅廁也比咱的堂屋寬』，咱是『屎殼螂滾球兒，過分（糞）了』，您是『太上老君手底下的肚兜童兒，人小通大天』哩。」二先生扶扶眼鏡：「人貴有自知之明，君子多有成人之美，知恥近乎勇，有容乃大，先賢聖言懸於堂而銘於心矣。」老會計連連咳嗽：「哎呀咱莊稼人今個是『笨木匠遇上了魯班他爹，又叫祖宗又磕頭』，『小麻雀鑽進了芝麻地，眞夠吃一氣的了』，你看咱這不爭氣的物件能派個什麼用場，乾脆直接指派好了。」二先生捋捋稀疏的鬍鬚，「嗯嗯」兩聲：「說句實在話，咱倆雖說是各保其主，但如同寶書所言，『爲了一個共同的目標而走到一起來了』。我嘛，只想問問蜜蠟媽的情況。」老會計摘下眼鏡揉眼，「哎呀這娘們兒呀，怎麼說哩？咱村第一美人不假，招惹了不少人不假，多少駐村的見了她腿腳酥了不假，黑兒也就事事讓著她了。」「他們的關係，我是說眞有花花黧黧的事兒？」老會計擺手：「那倒沒有。人是各走一經呀，黑兒不喜見女人。」二先生有些沮喪。「不過，」老會計四下看看，「黑兒與老劉懵是遠房本家，從心裡護他哩。」二先生記下「遠房本家」四個字，抬起頭：「你說那女人到底是什麼模樣？」「狗東西怪白，嗯，長了磨盤腚；眼神兒像唱戲文的。俗話說『百聞不如一見』，你去看看就是。」二先生搖頭：「那不中。那要我們連長批准才行。」

騎兵隊駐紮的第一夜讓人心寒。小村人記憶中這是第一次戒嚴，雞狗打顫，老人孩子不敢出門。外村民兵鞭打快驢馳過街巷，一直沿東溪搜索起來。半截河套子都被封鎖了，黑影裡不斷聽到低低的呼叫：「口令。」老頭子老太婆從窗上探頭看著，說：「咱村也時興『口令』這物件了，眞不知它是什麼模樣。」他們討論了一會兒，認爲那可能是一塊寫了密碼的小木牌，到時候掏得出就活，掏不出就死。「老天爺，日子越過越麻煩了，買布要布票，打糧要糧票，還有火柴票、蝦醬票、火油票，如今夜間走路又要有木牌兒了。規矩倒是多了，就怕咱年紀一大記不住分不清，出門把布票當成『口令』遞過去，那不是討打呀。」老人們唏噓不已，覺得今夜星光眞是淒涼，到處都帶著殺氣。「那大水孩兒怕是吃不上明年的麥子了，」老婆婆哀嘆一聲，留下無盡同情。「多好的水娃，我還記得她唱歌摔鐵球、拉風匣子琴那模樣哩，怎麼嫁了人就呼啦一聲端起了刀兒？欺天哪，欺天哪，老劉懵的好日子一眨眼沒了。」老頭老太婆濕漉漉的菸袋嘴兒遞來遞去，誰也沒有心思好好吸上一口。窗外有兩條驢子打架，一個外村人的聲音響起：「我叫你孬，我叫你孬。」啪啪的鞭子一響，驢子亂叫，後腿踢中了誰的胯部，那人一聲長號：「哎呀我的媽呀，疼死我了，吭吭，疼死、死了。」「你死不了。不快些跟上去，連長火了槍斃你。」呻吟，鞭子響，驢子啪噠啪噠跑遠了。「我琢磨今夜老劉懵家遭了罪了。上下都在捕他家孩兒呀，有心眼的孩兒跑哪去也不能來家呀。」「要捕就捕她媽，不知如今有沒有這王法，一個頂替一個。大水孩兒可惜了的。」老婆婆抹起了眼睛。

小油烓側身站在一棵楊樹下，見黑影裡來了兩個高個兒，就低喝一聲：「口令。」那邊立刻答：『水蛭兒』。」原來走近的是二先生和高幹女。「連長，她一個人在駐紮地害怕哩，讓我領上找你。」「呸，」小油烓掏出手槍掂弄，「夜裡有行動也能領女人？算了，她愛跟就跟上吧，你回駐地守著。」說完領上高幹女往崖北的坡地攀去。他們在辣氣襲人的野椿下臥倒，一動不動盯住下面的空地，偶爾仰望一下夜空。高幹女小聲說：「連長，我第一次參加軍事行動，心跳哩。」她讓他的手試試胸口那兒。他拍打她的屁股，「瘋浪東西，你們早一天死絕了，這世界也就太平了。」高幹女哼哼呀呀：「什麼呀，一到時候就忘了形兒。」「別嚷了，壞人聽見溜了號可就糟了。哎呀這坡上的小咬一球一球，專往咱的身上鑽。」他劈劈啪啪打著，吐一口唾液抹在被叮的地方。高幹女捏捏他的耳朵垂兒，「連長你說蜜蠟真有那膽啊？會不會是雷丁偷偷幫她下了手？」「騷狐想了哪去，那雷丁早就淹死了。」「哎喲這就是連長糊塗了，你沒聽說鬼也能殺人？早些年俺娘家村裡嫁來個寡婦，她死去的男人不喜見新男人，就半夜從窗縫溜進來，把他掐死了。這是誰都知道的事兒。」小油烓吐一口：「咻。幸虧你沒說鬼還會跑來扒褲子呢。」高幹女扭一下頭：「你算說準了。俺娘家西鄰有個新媳婦，她男人去東北第二年就淹死了，家裡人怕她傷心就瞞了。結果哩，小媳婦晌午、半夜都在炕上歡騰哩，呵著氣兒說死啊活的，那是陰間男人趕來相會哩。不過她沒有生孩兒，那事兒鬼大概辦不到。」小油矬不再吭聲。他在想死去的雷丁。「不瞞你說連長，咱倆在崖上學堂辦那事兒的當口，我老覺得雷丁在背後偷看哩。他還能不嫉恨呀，咱躺的床就是他的。有一回我噗啦一聲掉到了床下，那準是他把咱掀下來。」小油矬哼叫：「快別說了。」「你早就該睡隔壁的火炕。眞的，好人不和鬼鬥，該躲就得躲。這會兒蜜蠟要是和雷丁在一塊兒，你的騎兵算是瞎子點燈，白費蠟了。」小油矬咬著牙：「騷狐嘴裡一句吉祥話兒沒有。咱的槍一桿一桿都是白吃飯的？」「槍再好也沒有用。人家鬼會使用障眼法，他站在跟前你都看不見，頂多是後脊梁那塊兒發涼。」小油矬蹲起來磕打牙齒，盯著坡下。幾個騎驢的人從那兒躥過，一支支手電筒像螢火蟲一樣跳動。「媽的，這麼大張旗鼓的，鬼也溜沒了影兒。走吧，今夜的埋伏算是泡了湯。」小油矬站起來。

老劉櫃家四周一直有民兵把守，他們都藏在暗處。二先生從崖上溜達下來，路過老碾屋探頭看了看，轉身走過來。他看見昏黃的小北窗上有個女人探頭，就一動不動盯住。「口令。」「哦哦你是說『水、水蛭』？」二先生被暗影裡的一聲吆喝嚇住。他隨即板起臉：「好好看住。那蜜蠟半夜往家裡溜時千萬逮住。這就好比張網捕魚。」民兵問：「你來幹什麼？」「查哨。」說著背起手往一旁走開了。一會兒，一個矮壯的漢子過來了，幾個民兵立刻走出黑影敬禮。「沒有情況？」「沒。一隻蛤蟆也別想跳過去。」小油矬說：「第一道埋伏設在溪東，第二道在崖下，第三道繞了四周巷子；你們這是最後一道。今夜到明天、後天，三天不能挪窩兒。」「是。」小油矬望了望老劉櫃家的小窗：「也該審審他們了。這期間沒有人進去吧？」「從進村到現在一個人也沒進去。黑兒和老會計想去敲門，都被我們擋住了。」「好。隊伍不開拔，誰進去也不行。」說完咳一聲，轉到前邊敲起了門。直敲了許久才有人過來開門，是伸手護一盞燈的老劉懵，他一看清來人就說：「啊呀，是我家連長哩，蜜蠟媽快看看誰來了。」蜜蠟媽穿好衣服擦了把臉，一過來就拍手：「哪有蜜蠟的信兒啊，打上回你說她跑了跑了，再也沒見人啊。看民兵圍著屋兒不能進不能出，把咱當成什麼？咱好歹還是你的岳父母吧。」小油矬一揮手打斷：「別這麼忞巧了。我把她休了。」「啊呀。」老劉懵叫了一聲。「你說什麼？」蜜蠟媽伸長脖子。小油矬咬著牙：「你那個大膽娃兒殺了伍爺，一撒丫子跑了，你們眞不知道？」老劉懵驚得雙眼溜圓，蜜蠟媽踉踉蹌蹌，「連長你說了什麼？你說俺孩兒會殺、殺伍爺？哎呀咱死也不信，死也不信！」小油矬用槍挑起門帘瞅瞅裡屋，又掀開糧囤看了看。「我沒工夫和你磨牙，軍情火急。我只告訴你倆：小心性命吧，這罪名恐怕誰也擔不起。」

三天三夜的攪弄過去了，上村人一輩子都不會忘。第四天一大早騎兵集中在東溪沙場，因爲組成了聯軍，比來時多了。村裡的老老少少都站在這兒看熱鬧，黑兒幾個起來送行。小油矬昨夜將黑兒叫到駐紮地，嚴厲叮囑：這裡的事情還早著呢，蜜蠟如果有一天跑回來，逮她的事兒就交給你了。他讓二先生留下繼續打探，黑兒卻懷疑這專門是爲了監視自己的。圍在溪邊的還有老會計和高幹女，他們一直在那兒嘀嘀咕咕。小油矬騎在驢子上，兩眼一個個逡巡，最後落在高幹女身上，「你們幾個聽著，隊伍開拔了還會回來，我們在這個村的事兒才開了個頭哩。」高幹女眼睛不離小油矬，嘴裡嘖嘖著對老會計說：「怪哩，咱還是把他當成這村女婿。」老會計小聲說：「聽說他是個『食人番』呀。」「那是什麼？」「不知道。反正怪嚇人的，我打見了他那天心裡就撲楞撲楞直跳。」隊伍裡有人喊一聲，打個敬禮：「報告連長一切就緒，請指示。」小油矬拔出腰裡的槍揚了揚：「開拔。」所有驢上士兵雙腿一夾牲口，手中韁繩揪彎了驢脖，一轉眼跳進淺溪，水花濺得滿身滿臉。隊伍越過溪水立刻奔馳起來，鞭子還在沒命地舞動。「喝咦，這些驢子會飛哩，咱從老輩沒聽說牠們能尥這麼快，人家是怎麼馴的呀。」「這回蜜蠟跑不脫了，她再快也快不過騎兵呀，可憐的孩兒肥嘟嘟原本就慢。」「聽說四周都發了兵，咱才見了這當中一股兒。等著吧，會有五花大綁馱回的時候。」

騎兵走了，二先生腋下夾著紙本子到處晃蕩。黑兒對他說：「你有什麼事情就言一聲，村裡會好好配合。」二先生揚揚手：「先按連長說的做去，有事自會喊你。」老會計湊過來，說有什麼只管吩咐，二先生揚揚手：「忙你的去，有事自然會傳。」他走了一會兒戴上眼鏡，見前邊巷口轉過一個女人就緊緊隨上。女人轉過身說：「噢，駐村幹部啊。」他認出這個四十多歲的女人就是那天被自己喚做「嬸嫚」的人，笑了，「我還以爲誰這麼出挑呢，又是你。我看你是滿村的人尖兒了，長到七十八十也是個嫚兒。」女人臉紅了，「聽聽多會說話，到底是文化人兒。」二先生往一旁看看說：「進你家喝口水吧，順便了解一下案子。」女人遲疑片刻，只好同意。兩間石壁草頂屋，平平常常。「男人孩子呢？全家幾口啊？」「他們下地幹活了。我餵豬做飯哪天也不得閒。」「噢噢，怪煩不是？俊俏人兒我見多了。你一點錯也沒有。」女人楞楞的：「我，我聽不明白。我跟蜜蠟她爸媽沒有來往啊。」二先生笑了，又一癟嘴：「我是說，咱那天見了你一夜一夜想，這可不是你的錯。」「哎呀快別這麼說，咱一個大老娘們兒可不聽人逗弄。羞死活人哩。」二先生上前一步，突然按在了她的胸脯上。女人擰著身子抓起一個簸箕，撲噠撲噠砸起來，一口氣砸掉了他的眼鏡。他躲閃，她還是砸。「哎呀我走了還不行嗎？我不敢了還不行嗎？」二先生從地上收拾眼鏡和本子，一頭躥出了屋子。他一口氣跑過兩條巷子，倚在一堵石牆上喘息，「媽的，原來駐村也不易哩。」他回到崖上時，高幹女正在蒸一塊黏糕。他理也不理，扔下手中的本子就仰在炕上。「老師兒累了？」「唉，年紀大了，不中用了。」「我看連長在時你倒蠻精神的。」「哧，那是強打精神。如今該我主事了，身體就不夠用了。」高幹女爲他倒水、端熱騰騰的黏糕，他坐起來。她問：「你說連長他們什麼時候才能回來？」「這就難說了。多則半月，小則十天，反正捕人這事兒從來沒個正經期限。再說他追趕的又是一個女人。」「女人怎麼？」二先生好不容易才把黏糕從手上掙脫，舔一下手指，「女人的蹊蹺就多了。你想想只要有個模樣的，一路上哪個男人不窩藏她？要不說這案子想結也難哩。」「那麼說連長一時也回不來了？」「那還用說。這一來麻煩事就落在我身上了。」二先生費力對付那塊黏糕，「你說說，咱這村最瘋浪的娘們兒是誰？」「那當然是蜜蠟媽了。」「除了她哩？」高幹女嘩啦啦堆著碗筷，「這就不好說了。」二先生笑瞇瞇探著頭：「恐怕你也算一個吧？」高幹女一扔筷子：「癆病秧子少操此閒心吧！」

二先生想去老劉懵家錄些供詞，想了想還是傳他們來崖上好。他先讓民兵傳了男人，沒問幾句就失了興致。整整一個下午他都在盤問蜜蠟媽，覺得這案子很有查頭。她一開始就哭，說多可憐的孩兒啊，說不定是被人誣了的，這會兒跑在路上還不知是死是活，如果逮住了也就揪了當媽的心肝去了。二先生笑瞇瞇說一句：「放心吧，他們逮不回她，她也不會有事。」「爲什麼？」「我的大妹子啊，這裡沒有外人，我也敢說句心裡話。你就不想想，連長眞要把她逮回有個什麼好？再說了，要眞想逮，他就會一出事立馬派兵上路，還用開會商量一天一夜？眞想逮，也不用在咱村人喊馬叫鬧上三天三夜。那成心是叫蜜蠟好好逃哩。」蜜蠟媽驚得說不出話。她望望窗外，「這，老天爺啊，還有這樣好事？殺人案哩。」「你聽我的，把心放到肚裡去吧。咱倆拉點別的，我想知道：他們咬住蜜蠟是孬人根苗這事不鬆口，是不是冤枉了你？咱都是上年紀的人什麼都經了，也不用遮遮蓋蓋裝懵懂，照實說吧，來老劉家那會兒肚裡到底是怎麼回事？」蜜蠟媽臉紅到脖子，「就是那麼回事。」「怎麼回事？」「俺是懷了蜜蠟來的。」「哦哦，這麼說不冤。我說嘛，那老劉懵悶悶哧哧也不像個能搗騰的主兒，你跟了他恐怕是樂少苦多。」蜜蠟媽哭了。「大妹子不用哭了，咱的命其實也差不多。俺五十多歲才續上個不中用的東西，隔了沒有幾年她又一閉眼走了。俺是一個人守著孤燈熬長夜，咱不張嘴連個吹燈的都沒有。我這人你大半也看出來了，心又軟又善，凡事都能爲別人想，別人哩，就以爲咱怎麼都行，沒有一個問問咱這獨身日子怎麼對付。」蜜蠟媽這才正眼看了看他，嘆息：「你說得倒也是。」「你呀，你這人呀。」二先生在紙上寫了一句詩文隨手遞給了她，上面是：「猶有花枝俏」。她取到手裡倒著看，他心裡涼了。「咳咳，」他扶扶眼鏡：「大妹子，其實我就是爲一件事來的啊，一心想的也是這一件事。」「我知道，你是來辦案。」「呔。什麼辦案。我這人哪，是個滿縣裡難找的文才。俗話說『郎才女貌』，女貌在哪？都傳你的模樣怎麼怎麼好，讓我天天琢磨，今個一見才知道是仙人下凡，眞的，仙人。哦喲，咱死也值了。」蜜蠟媽跺起了腳：「快別說了，你老得脖子上的皮都垂搭下來，再說俺孩兒還不知是死是活哩，哪有心思扯拉這些。」二先生兩臂顫抖站起：「你說這些沒有一樣妨害，你不依咱一準後悔。」蜜蠟媽闖出門去。二先生追出一步：「我一傳，你還得來！」

21

蜜蠟閉著眼睛飛翔，兩腿騰空，腳不沾地，胳膊變成了翅膀，要不是有個神靈幫忙也就怪了。幾乎是不吃不喝，邊走邊睡，整個人騰空駕雲了。她這才明白：人一旦開了殺戒，也就變成了孫悟空。這幾天幾夜到底是怎麼過來的啊，要不是會飛，那她怎麼跨過了又深又長的溝渠、怎麼翻過了高高低低的山嶺？要不是會飛，她又怎麼會猛地落在了實地上，兩腿讓地皮磕得生疼？人都給天上的風啊雲啊折騰得糊塗了，什麼都不記得什麼都不知道，爸媽是誰？不知道。從哪來？不知道。爲什麼慌慌忙忙沒命竄逃？也不知道。殺了人嗎？不記得動過刀兒。沒有血光之災呀？沒有，咱莊稼孩兒腦子木脹脹的，什麼也不懂哩，只不過天沒亮就得了個會飛的病，奔呀趕呀兩耳生風，腦瓜裡像有個老頭敲梆子：梆梆梆敲一陣歇一陣，跟串街走巷賣豆腐差不多。她模模糊糊知道，一旦這梆子聲停了，她就得噗啦一聲落到地上，像從牆頭上扔下的母雞，摔不死也不舒坦。到了落地的時候世界也就變了，那地場恐怕就成了古怪國，人一開口說話吱吱歪歪嚇死人，咱一個詞兒也聽不明白。不過咱會掏出寶書給他們看，他們大概不會連這個都不認得吧。她想像古怪國裡的人，想不出。太陽落了星星出，星星又喊出它媽，它媽是月亮。月亮天是飛翔天，咱莊稼孩兒第一遭長上了翅膀，可著勁兒撲楞吧。小時候爸在東溪邊牽著她的手放風箏，放了老高老高，砰一聲斷了線，風箏歪歪扭扭往崖東飛去了。如今自己就是斷線的風箏，落地時還不知被誰家撿了去哩。

「我落地了？我被什麼人撿了去？」蜜蠟一睜眼就問。「哎咳她到底醒來了，行了，鬆口氣吧。」她一聽這腔兒心上一哆嗦：真是古怪國的人哪，雖說句句聽個八九不離十，可那調門兒七彎八轉像唱歌，咱老輩沒聽過。「這兒是古怪國吧？」「你這閨女說啥哩呀？俺這兒是東縣地方，再往東就是海了，你是哪裡人？」一個老太太的聲音。「我麼，說遠也不遠，俺是十八里疃的。」老太太對一邊背藥箱的人眨眼：「聽口音是西邊人，那地場遠也乎。」「遠也乎，不過活了就好。這人忒怪哉，一轉活就老大精神。」「我怎麼了怎麼了？」她問。老太太拉起她的手：「孩兒唉，俺家閨女去西坡拔艾草，見你躺在沙溝裡，聽一聽會喘氣兒就背了來家，趕緊喊來藥匠。你昏死昏睡三天三夜不醒課。」蜜蠟驚得瞪眼，兩手去拉老人，像被人按住了似地挪不動胳膊。她知道幾天來兩手變成了翅膀，它們累壞了。「大娘，婆婆，你說這是什麼地方？」「我說了課，東海邊上，過了海就是你說的古怪國了。」她心裡一陣沮喪：怎麼不多飛一夜啊。老人捋捋她的褲腿：「看看你這孩兒，滿腿磕碰成什麼，青一塊紫一塊嚇人課。」蜜蠟眞不敢相信這會是自己的腿。怎麼弄成這樣啊，在天上飛嘛，腳不沾地嘛。那一定是落地那一刻碰的。昏睡三天三夜啊，天哪，一輩子從來沒這樣睡過啊。她看著旁邊的婆婆和背藥箱的人，知道他們都是好人。一碗魚湯放在一邊的櫃子上，她饞壞了。老婆婆端過來，一勺一勺送進她嘴裡。「看閨女大胖嘴兒課，張大了吃呀。」老婆婆一手托著她的頭。她顧不得其他，只一口連一口喝。這就是東海吃物啊，打生下來沒喝過的美味湯汁。直喝到最後品出了胡椒和薑的辣味，淚水出來了。老婆婆伸手給她擦臉，「多可憐的大胖孩兒，看上去頂多有十八九歲。你到底是怎麼回事，一個人出來了？」蜜蠟想得頭疼，說：「俺是沒爹沒娘的孩兒，是個吃百家飯的。別的咱記不起了。」一邊的男人背起藥箱要走，對婆婆說：「她還要慢慢恢復記憶哩，無大礙了，我先回。」蜜蠟見那人走了就問：「他是赤腳醫生吧？」「是課。不過咱這兒叫他『藥匠』。」蜜蠟這才注意到老婆婆嘴裡時不時吐出一個「課」字，就說：「上課，下課。」老婆婆說：「大胖孩兒喜人課。」

老婆婆的閨女小勺回來了。她戴了寬邊斗笠，一摘下露出黑紅的臉膛，眉眼英俊如同男子，一笑倆酒窩，眼睛像星星一樣亮。她趴在蜜蠟炕邊看著，掏出了一個裝蟈蟈的籠子。「你一個女孩子家怎麼叫『小勺』？」「咱從小叫過來。你哩？」「我呀，」蜜蠟說：「你猜猜看。」「這怎麼猜得著。」小勺咯咯笑。蜜蠟想了想說：「我什麼都忘了，這會兒才記起來，我的大名小名一樣，叫『劉自然』。」「哎呀這名兒眞好。」小勺身上滿是大海的腥鹹氣，蜜蠟喜歡這氣味。她讓小勺扶著在屋裡走動了。「我敢說你不是『吃百家飯的』。」「爲什麼？」「你有寶書哩。」蜜蠟跳了一下，差點兒歪倒，她記起了大書包。她把它一取到手裡就使勁摟住了。「這是我路上撿來的。你認字吧？」「認一點兒，記不全。」蜜蠟翻了一遍書包裡的東西，所有的紙頁全在。紙頁上的字跡讓她認出是自己的，可就是記不起爲什麼來到了東海邊，這裡差不多快到古怪國了。這一天有個五十多歲的人領了兩個年輕人進來，問她從哪兒來之類，她還是那幾句話，他們也就走了。老婆婆說這是村頭兒和治保會的人，不過例行公事來問問，見你是個女娃也就放心了。「海裡上來的特務十有八九是男的。」老婆婆說。「上來過？」「沒。上來一個，問了問，不是。」「怎麼才知道是哩？」老婆婆想了想：「聽說他們懷裡揣了攮子。還有，腦殼呀手呀腳呀都護了膠皮課。腚上拴了發報機器課。你不是那號人，一看就不是嘛。」蜜蠟笑了，覺得新奇有趣。小勺見蜜蠟身體好了，能在院裡活動了，就要領她去海邊上玩。「俺不，俺怕生人哩。」到底是東海人家，一日三餐全是魚，偶爾吃玉米餅蘸蠔子蝦醬，高興得像過年。「自然妹妹，你們那兒吃什麼呀？」「俺那地場吃地瓜玉米高粱，過節吃饃吃餃子。」老婆婆拍手：「哎呀這些好吃物啊，怪不得孩兒長得水大。」小勺問：「沒有魚呀？」蜜蠟想不起有魚。可是她記得有海。有海怎麼會沒有魚？可就是不記得吃過魚。她搖搖頭。夜裡小勺和蜜蠟睡在一起，在油燈前翻書。原來小勺基本上不識字。蜜蠟爲她讀寶書，她神情肅穆聽了一會兒，鼓起了掌。「怎麼？」小勺說：「寶書眞好聽哎。」吹了燈睡覺，仰躺不語。躺了一會兒小勺在黑影裡小聲問：「我摸摸你吧？」說著手從另一個被窩裡伸過來了。她按按蜜蠟的胸口，然後細細摸過了乳房、小腹和大腿，又用力攥了攥後背上的肉，說：「涼絲絲的，眞好啊。」說著整個人挪過來，緊緊相挨了。「我要有你這麼個妹妹多好啊，晚上也有說話的了。」她在蜜蠟臉上親了一下。蜜蠟有些不自在，小勺再親，她的淚水就流出來了。「你怎麼了呀？」小勺欠身問她。「我想起了一個人。」「男人？」「嗯，俺路上遇到的。」小勺吸著氣：「呀，咱從根沒沾過男人。他們是怎麼回事？聽說怪麻煩哩。」蜜蠟無心回答，因爲這一會兒腦海打開了兩扇門，一個又一個熟悉的男人走了進來：雷丁，窄臉膛的三許，最後是渾身閃亮的美少年。小勺咕噥：「有一天在海邊，人都走光了，過來個拉魚的要跟咱好，咱沒願意。」蜜蠟兩眼發直。小勺雙眼像星星：「他哭哩，我就不願意。」蜜蠟說：「勺姊，我想起來了，我是趕去和一個人相會的，跑到半路被一個妖怪擄去了。我從妖怪那兒逃出，一口氣逃到這裡。」「什麼妖怪？」「記不清了。」「和誰相會啊？」「一個渾身閃亮的棒小夥兒，眉毛嘴巴都喜人。」小勺重新躺下：「看你啊，什麼都記不住。我要有這樣的事兒，一萬年也忘不掉。」她拉蜜蠟躺下。

「自然好妹妹你一天到晚寫呀寫呀，做甚課？」小勺翻來覆去看那疊紙。「不做甚。咱是大寫家，停了不中。」「你還會做甚？」「俺還會唱憶苦歌。」「唱了我聽。」蜜蠟清清嗓子唱起來。小勺聽著，目不轉睛，後來驚聲大叫：「妹妹哭了。」「嗯，我一唱憶苦歌準流淚，這是肯定的。」老婆婆從另一間屋裡端來了魚湯：「閨女唱完了歌喝一碗湯，這是俺東海地場的規矩。」蜜蠟真的端起來咕咚咕咚喝下去。「真好閨女啊，滋養過來了，皮兒油滋滋閃光，真該在咱村找個婆家了，也不用東躥西躥受苦。」小勺埋怨一句：「媽說了哪搭課。人家就是趕去和一個棒小夥相會的。」老婆婆「哦喲」一聲拉住了她：「那是噢，那好哩。八成是家裡人不恩准這樁婚事，你才跑出來？」蜜蠟馬上接答：「嗯哪，嗯哪。」「你爸媽也忒作主，這事兒依了孩兒有什麼不好。他們多大年紀了住哪莊？」「俺爸嘛，人家都叫他老劉懵，俺媽在家主事兒，他們住在上村。俺住在下村。」蜜蠟一張口說了一串，一瞬間什麼都記起來，嚇得趕忙掩口。小勺忙問：「妹妹怎麼了？臉都黃了。」「我一陣頭暈。讓我躺一會兒吧。」老婆婆和女兒趕忙把蜜蠟扶到了炕上。蜜蠟心跳咚咚，拉上被子蓋住臉。什麼都記起來了，一絲不差：下村的辯論會、大河馬對她使用的「害睏法」、老黑屋的囚禁，最後是用槍刺殺了大河馬，一刻不停驚慌逃命。天哪，我在逃命路上啊，我身後還有日夜追趕的民兵哩。她差不多聽見了飛奔的蹄聲：小油矬一定使上了他訓練的騎兵，啪噠啪噠鞭打快驢，把一頭頭驢子打得四蹄尥起，尾巴翹得老高，伸著脖子昂啊昂啊大叫。蜜蠟在心裡呼喊：「媽呀，我再也不能待在這兒了，我得趕快逃哩，一刻不停逃哩！」

蜜蠟背起大書包，告別老婆婆和小勺。她們不知費了多少勁兒挽留她，她都不應。最後老婆婆只好說：「我家小勺捨不得課。不過我知道尋人的滋味，你就走吧。」老婆婆爲她去包裹魚乾和玉米餅。小勺在屋裡與蜜蠟話別，竟然閂了門。她們眞是分捨亦難。小勺哭著親她：「好妹妹千萬別忘了我，尋到人再回來啊。」蜜蠟爲她揩淚：「勺姊你待我眞好。你長得也好。你的眉眼不知怎麼讓我想起俺的銅娃，你就像他的姊。從根上沒有女的這樣親我，俺媽也沒有。」小勺從貼身口袋裡取了一塊手絹給她，她想了想，就把一個本子給了小勺。蜜蠟背上東西出門，對老婆婆和小勺鞠了一躬：「大娘，小勺姊，我一輩子都忘不了你們的救命之恩。我今世報答不了，來世變驢變馬也得報答。」「哎呀閨女說了哪搭課，這都是咱該做的呀。」老婆婆身上倚著流淚的女兒。蜜蠟又一次深深鞠躬，走了。

「你們幾個都給我好好興（聽）著，咱這回逮不著劉蜜亞（蠟），就不希（是）騎風（兵）。」照兒在石坎下邊訓話。一個上了幾歲年紀的民兵說：「班長，要我說呀，咱這一趟算是白跑了，她個胖閨女要逃也不會走這山旮旯。」另一個說：「就是嘛，她一準像上回一樣，一路往南撒了丫子，那裡有她的相好。」這一下議論多起來，「不假，要不怎麼連長自己領兵往南，他是想親手逮下。」「往西的那股人馬也跟咱一樣，白費了驢蹄子。」「班長，有心眼的還是歇歇走走吧，又出了公差，又沒搭上什麼。」「就是，就是，再這麼撲騰下去，往少裡說也得崴斷三五條驢腿。」照兒一開始想發火，後來見大夥的意思差不多，也就忍了。他抽了一枝喇叭菸，這才注意到天快黑了。如果不快些走出這道山谷，找個村子宿營，那麼又得像昨夜一樣遭罪了。那時在丘陵地帶，前不著村後不著店，大家跑了一天，眞是人睏驢乏，隨便找個坡地就點火烤熱了燒餅，吃過了就拴驢睡覺，結果半夜被滿山的小咬叮得直蹦。一夜沒睡，黎明又上路，一步一步都是登上坡，眞是平原牲口不上山，他們胯下的驢子一見斜坡石板就渾身打顫。「媽的，當初訓練也沒選塊山場子，這下完了。」他們甩鞭子，罵，全不頂事。臨行前連長讓他們打得驢飛，這會兒看個個都成了犟驢，要人下來揪著韁繩往山上拉。「等著看吧，上坡不行，下坡也不行，咱往回走還要有大罪受。」有人這麼一說照兒終於火了：「你他瓦（媽）少說些喪氣話吧，再磨磨蹭蹭還得蹲在這裡餵小鳥（咬）。」大家眞的急了，因爲天就要黑了，村莊還是沒影兒。在一個山岈口那兒，他們看到了一灣山水，就奔過去。原想順著水流走不了多遠就會找到村子，可這樣趕了一個多鐘頭還是白搭。「咱這血（些）人天生就是挨咬受氣的命，得了吧，就在溝邊宿靈（營）吧。」照兒下了令，十幾個人立刻哎呀哎呀停下來。他們的屁股都疼得受不住，因爲在平原騎驢從來沒有顛成這樣。找柴禾點火，燒點水泡餅吃，都說：「看看吧，這就是軍事生活啊，要不說打江山不易嘛。」照兒喝一口水嚼一口餅，並不把焦乾的餅泡到水裡，一嚼發出「喀啦喀啦」的聲音。都說照兒「牙口兒好」，「這樣的人勁兒才大」。大家都想起演兵場上的打鬥，班長的嘴就是那次被小油矬撕豁了的，從此說話漏風。還有，那次是在伍爺的慫恿下開打的，如今伍爺卻被人殺了，玩完了。那個大塊頭被人宰豬一樣放了血。這事兒眞是沒人敢信，可又是眞的。想到這一節大家都嚇得一聲不響了。有了上一夜的教訓，今夜再也不敢熄火了，而是讓青蒿子壓在火堆上冒出濃煙，結果嗆跑了小咬也熏得個個淚流滿面，像一塊兒遭遇了最傷心的事兒。睡不著，眼皮一睜一合淨是哭，「媽的，追趕逃犯這營生眞不是人幹的啊。」「早知道這樣咱該把她日夜拴著啊。」「聽聽你說的，早知道了咱連長還敢娶她當婆娘？」「這就難說了。男人嘛，誰也不能好生生就跟大俊閨女結仇呀。」「這話不假，男人一輩子飢一頓飽一頓，東跑西顛你爭我奪的，到頭來還不就爲了弄上個摟物？」議論到這兒引發了一陣長吁短嘆，個個不停地揞眼，當然主要是煙火嗆的。好不容易熬到天亮，從地上爬起來眼都腫著，你看我我看你，都說有什麼辦法？哭了一夜。「這個劉蜜蠟啊，咱逮住她那天，非得這樣：「嗯嗯，嗯嗯。」照兒盯住說話那人：「你希（是）什麼意思？」「我的意思是，要殺她不只一次哩。」

一支十來人的騎兵隊往東走，慢得不能再慢。沿途有了在坡地幹活的人，他們指著騎兵說：「這又不知是哪個番號的了。」照兒偶爾下驢問一句幹活的：「看沒看現（見）一個老胖的婆娘從這兒躥了？」幹活的拍掌大笑：「咱沒見，咱只見過一隻大山兔子從這躥了。」照兒說：「連（嚴）肅。這希（是）軍事。」「希什麼？咱希看見兔子啦，金（真）的。」幹活的人學他說話。照兒一揮手，騎兵繼續往前。「班長，我看呀這事兒不如交給公安局去辦，咱們打道回府算了。」「就是嘛，國有國法，殺了人就交給局子，他們又不是白吃饃饃的。」照兒惱了：「胡唚什麼。連長佛（火）了看你叫喚不。」他們望著一座座高山，終於走不動了。一頭頭驢子愁眉苦臉，好像隨便一個撤的命令牠們就會掉頭往回走。不知是誰提議該挑著好路繞行，幹嘛死死瞄著東山？這話倒也不假，照兒隨大家往一條東南向的低谷走過去。日頭比前一天大了，谷地沒有風，這兒簡直是夏天他媽。照兒領頭脫了軍裝，裡面沒有襯衣，半光著騎驢，大家都和他差不多。個別人連日在驢背上磨得胯部奇癢，這會兒就趁機全脫了，用柳條拴了衣褲掛在驢脖子上。谷地的上游開始有水了，大家洗了洗，繼續往前。在一叢柳棵掩映下，一群女人正在洗衣服，騎兵到了近前才發現，女人大叫著挽起籃子就跑，個別半裸著泡在水裡，更是慌到了極點。照兒轉過臉大聲背誦：「『第期（七）不許調戲婦女們』，向後呀轉！」隊伍轉頭很慢。走了沒有幾步，有人說：「她們走光哩，咱再往前吧。」谷地開始涼爽起來，有些冷了，大家穿了軍裝。谷地東側的漫坡上有個村莊，照兒正猶豫是否與當地組織接頭、補充一下給養。他勒住驢子停留了一下，看著村子。正這會兒突然從左右及前後響起聲聲吶喊，大約有三四十人端著刀槍從樹木間圍上來。照兒立刻翻到了驢肚下，旋即架起了槍。其餘有的摘槍，有的跌下驢子。一切都晚了，圍上來的人面目凶悍，大喊著繳了他們的械，並用刀槍相逼，把牲口牽到了一旁。「我們希（是）好人哪。」照兒喊。「好人光著腚追趕大閨女？」一個面色黧黑的人問。照兒看看同行的人：「金（眞）冤哪，咱背著寶書躲、躲個不迭哩，哪有那系（事）兒。」所有人都隨上班長向黑臉大漢辯解。黑臉說：「一看就知道是潰散的匪兵。」照兒忙把接受連長命令出門追趕逃犯的過程簡述一遍，急得汗水交流。黑臉伸著手：「說別的沒用，大紅關防拿來。」「什麼希（是）『大紅關防』？」「蓋了印章的通行信。媽的，連這個也不知道。」照兒更急了：「咱沒有啊，連長木（沒）給啊。」『連長』是誰？」「希（是）小油矬。」黑臉罵罵咧咧不再聽了，命令把這一干人押到村裡審去。「媽呀，咱是出來逮人的，想不到反倒被人逮了。」「千不該萬不該，不該給下身放風，我琢磨了，人一這樣非出事不可。」「那是啊，俺爸那一年天熱光著身子乘涼，結果被本家嬸子撞上，差點被堂叔砸死。」被繳了械的人小聲議論，沮喪至極。黑漢的人舞刀弄槍跟在後面，進村後爲了顯顯威風，動不動就在後屁股上踹一腳。「長官啊，行行好吧，到頭來還不是誤會一場？」他們求饒，人家根本不聽。

一干人被囚在一大間馬棚裡，一邊是牲口，一邊是一排地鋪。他們的驢子都給拴在外邊，有人按時給送上草料，照顧得比他們還好。囚了兩天沒人理，只扔給一點飯水算是沒有餓死。第三天照兒被押到民兵連部審了，他大嚷大叫問這塊地方是不是叫中國？如果是，那也該是學了寶書吧？爲什麼俺按寶書去做反倒要受折磨？審人的是個麻子，比黑臉還要凶上幾倍，說一聲「掌嘴」，立刻有人過來甩下三五個嘴巴。照兒不嚷了。反正有嘴說不清，只聽人說去。麻子說：你們這干人還不知犯了多大罪過哩，調戲婦女，謊稱追捕，地方這麼遠我們還懶得去查哩。乾脆，扣下槍枝，你們騎著驢子走吧，回去讓頭頭腦腦來說個清楚，說不清，武器就別想拿回了。照兒哭了：「行行好吧老鄉，你幾（知）道，當兵的丟這多槍是濕（死）罪啊，行行好吧。」麻子大笑。就這樣，十幾個光桿民兵垂頭喪氣坐在驢背上出了村，簡直無心擇路，只讓驢子走去，走哪算哪。「這眞像作了一場夢啊，一轉眼槍也沒了。」「他媽的中國地場眞是大了，想不到還有這樣的孬人壞種，全不把出公差的當人待。」照兒說：「別許（說）了，等連長回頭領咱劫他們的靈（營）。」「眞是哩，到時候咱的武裝把他們圍個鐵嚴，口令一喊，把個龜孫子收拾得服帖。」「還有那幫婆娘，不是正經嗎？不是怕見男人嗎？咱把她們一個個都鎖到廟裡，有一算一，誰也別想再見男人，一輩子都別想。」大家恨得咬牙切齒，只盼著快些見到連長。有了這個念頭就乾脆往南了，迎著正午的太陽走了。當從山地走到坡地，順著溝谷拐下丘陵的那一刻，照兒哭了。大家安慰他，他還是哭，說自己對不起連長，丟了武器；還有，伍爺也死了，往前想想眞是活得無趣。所有人都不吱聲。大家覺得照兒說出了所有人的心事。

第七章

初識不夜城

22

「我就不信山溝裡飛不出金鳳凰。」「俺也不信。不過山溝裡的金鳳凰又大又胖，飛得慢哩。」蜜蠟想不出與雷丁重逢的情景，想不出他的第一句話會怎樣問，她又將怎樣答。恍惚中覺得彼此像是昨天才分開似的，剛一見面就手扯手拉起了家常。蜜蠟驚訝的是兩個人如此平靜，全然不像經歷了一場生離死別。他們隔著溫呑呑的夜色說話，她一瞌睡，他就講小時候的故事，讓她一陣陣好奇。「我長出了金色睫毛那天，媽媽扳住我看了一遍又一遍，嘆氣說咱樓上有個孩子長出了銀色睫毛，你們這一對啊。我一天到晚想看看什麼是銀睫，後來眞的看到了。」「快說說他是什麼樣的。」她馬上想到了「小白孩」，睜大了眼睛。「這就說。那天大人都出門了，我們樓洞裡只有幾個孩子。我握著杏仁糖出門，一會兒塡到嘴裡一塊，想饞饞他們。誰忍不住伸手來要，我就給他。」她插一句：「城裡孩兒一個個都挺壞的。」「杏仁糖吃完了，都不再圍著我。他們跑到別的樓洞去了。太陽光變成了桔紅色，這兒只剩下我和另一個孩子了，他剛剛出門，白眉白髮白眼睫，連皮膚都是世界上最白的。這就是銀睫啊。我指指自己的眼睫毛，他馬上湊近了，說『金的』。聲音眞甜。那天我們手扯手玩，最後又去他家。好吃的東西數不完。我們成了好朋友。以後我們總是單獨玩，後來發現只要一碰到他的胸脯，他就要往後退一步。我想炫耀一下肌肉，因爲爸爸教我練過啞鈴。我揪開他的衣服，一下看到了白雪似的胸脯和肚子：渾身的皮兒像剛滿月的小孩兒，讓我差點羞死。原來他是個女孩。她哭了，銀睫毛上掛滿淚珠兒。」「你小時候可眞壞。」「她後來就不哭了。離開時我親了她一下，她看了又看，不認識似的。從那以後俺倆就是一對了，金睫和銀睫。她的小手按在我的雞胸上，把臉貼在上面。我心疼這個長了銀睫毛的小白孩兒。她像個小糖人，我怕挨得太近她會化成水。」「哎呀老師眞好意思說呀，眞好意思呀。你不說說自己雞胸的來歷嗎？」「我說。有一年我爬一棵桑樹，爬到半腰遇了馬蜂，一個驚叫跌下來，摔得不省人事。爸爸說從那以後我就發育不正常了。媽哭著說我娶不上媳婦了。我對銀睫說：『你做我的媳婦吧。』她紅著臉點頭。」「老天哪，原來這樣。怪不得啊，你心裡早有個人啊。」「咱是明人不說暗話，有什麼說什麼。咱心裡裝了小白孩兒，走到天邊都是這樣。那棟樓上誰也不知道咱和她私定終身的事，因爲大人忙得什麼都顧不上。別的孩子都上學了，只有我和銀睫在家養病。其實大人瞎操心，咱和她什麼病也沒有。我們一整天都在一塊兒，像書上說的『耳鬢廝磨』。我覺得親嘴這事兒不用學，心裡一激，攣嘴就找準了地方。」「老師啊，我生氣了。」「咱過來人不該有那麼多氣，再說你我拉個知心呱兒也不該躲躲閃閃瞎迂磨。你要討厭，我乾脆找根麻繩兒把嘴紮上。」「那可不行。也罷，你愛怎麼說就怎麼說吧，權當是作夢編瞎話兒。」「這還差不多。人有臉樹有皮，咱是你老師，總得有些規矩吧。我這人輕易不做出格的事兒，年少無知摸索了幾下也不用好女不嫁二夫，好男不親二嘴，咱這樣說你個胖閨女該咧開大花嘴兒恣了吧？行了，不跟你鬥嘴了，不依不饒。我知道女人都是小心眼兒，男人多看了別的女人一眼，立刻又摔盤子又摔碗的。其實呢，咱接上說小時候的事兒。話說和小白孩兒同在一個樓洞，越長越不安分了。她一天不見咱就哭，咱一天不親她就慌，有時候和大人在一塊兒還想暗中捏弄一下手指。怪就怪在這事兒大人就是不知道，他們只說：『你倆拿上課本一塊兒學吧。』這下壞了醋了，俺倆成天在一塊兒互訴衷腸，山盟海誓的，直到今天想起來臉還發燒。小白孩兒瞇著眼看咱，她的眼怕光。那個瞇眼的模樣誰看了都受不住。她一笑倆酒窩，頭髮短得像男孩，所以我開始還以爲她到處跟咱一樣。她抱住我哭呀，說爸媽爲自己的銀色睫毛難過死了，說她這樣一輩子可怎麼辦，連個婆家也找不著。『你能保證跟咱好一輩子嗎？』我說『這還不能嗎？』我們都不知道父母能不能准這門親事，好在還有時間。」「哎喲喲，看看這是多麼有情有義的一對兒，這簡直是一對小妖精。」「大胖閨女說了哪去。你把俺看成什麼。連你都這樣恐怕天底下再也沒人理解咱了。」「我只想問以後怎樣了？」「以後我上學了，還咬著牙鍛鍊身體。我知道這輩子要照顧好一個多病的小白孩，身體不好可不行。她不能像我一樣去學校，因爲她怕光；還有，她一出門有人就喊她的外號，叫她『白絨桃』。我也有外號，他們叫我『長臂猴兒』。我不在乎，只想掙口氣，打球，文娛活動，還有各門功課，都想掙個第一。星期天回家是最高興的事，因爲能見到她了。她爸媽讓我教她課文，見了我也高興。其實他們一離開我們就抱在一塊兒。一個星期不見，她周身都散發出生蜂蜜的香味，讓我喜歡不夠。那些日子裡我們偷偷計畫了很多事兒，甚至討論了什麼時候逃到山裡生個小孩。」「哎呀大膽。你們眞是人小鬼大。你對咱拿出這野勁兒的十分之一，咱也走不到今天了。快接著講吧！」「你慢慢聽吧。那時俺這樣計畫是因爲害怕，知道他們別說讓咱成親了，不砸斷咱的脊梁骨就是好的。所以俺倆從頭計畫：什麼時候畢業，什麼時候領她逃；俺要去大山裡找個大洞，裡面鋪上又軟又香的乾草，再擺上一大籮野果。俺那地方把懷了孩子說成『使上』，記得她趴在我耳邊上說過的一句話：『你在大山裡給我使上吧。』」「我受不住了老師，我氣哭了。我擦乾眼淚你再講吧。」「行，我也不急著說了。因爲說出那個結局怪難受。不過我還是要有一說一。後來啊，咱慢慢長成了一個老練人兒，個頭不大眼神兒深沉，嘴上毛茸茸的，不說你也知道這是怎麼一回事。書上說這叫『發育』。咱發育了，她也發育了，不過還是白得要命。我一摸她的胸脯啊後背啊全身哆嗦。咱那把年紀可學了不少詩文，有一陣俺倆只用詩文交談，簡直是離了詩文不開口。記得一見面我就說：『姑娘想得慌，兩眼淚汪汪。』她脫口答：『夜裡睡不著，半夜推南窗。』

我又說：『春天杏花開，想你夜夜來。』她答：『怕你留不住，門前常徘徊。』聽吧，她沒有正經上過學，可多麼聰明伶俐啊，是個才女。我心想俺倆將來在一起過日子，即便不吃不喝，光靠出詩答對兒也不會餓。那時就盼星期天，一出校門抬腿就往回跑。俺心裡除了她誰也裝不下啊。後來災難就來了，災難說來就來。」「大男子漢不用抽搭著哭了，事兒過去也就過去了，接著說吧。」「嗯，反正不說它也發生了。這災難是我爸招來的，他在學校不知說了什麼話，後來被押到一個地方，不讓家裡人見他。樓上人都說：『咱這裡又出了一個壞種。』同樓洞裡再沒人理我們，星期天去找小白孩，她爸見了我就說：『沒事兒別瞎串門子了。』我哭著走了。可我知道她在想我。沒有辦法見面。夜晚出來，我在樓前的花壇裡坐了。月光下我看見門洞出來一個白絨絨的小美人兒，心立刻怦怦亂跳。我學一聲鳥叫，她走過來。眞是好姑娘啊，小嘴兒比無花果還甜。我一肚子話都顧不得說，也沒心思出詩答對兒了。這個夜晚俺倆眞該手扯手逃開：在明晃晃的月光下她的眼睛最好使，一切都看得不能再清楚了。銀眼睫毛白天看東西不如月亮天，這我知道。這個晚上她好好扒拉著衣服看了我，按著雞胸那兒。她偎在我懷裡像個剛長羽毛的麻雀，肩膀顫顫抖抖讓人害疼。這就是我天生的伴侶，咱在大月亮底下暗暗許下，要一生一世相依。咱今夜不逃，可總有一天會逃進大山，在那裡喝泉水吃野果，給她『使上』。那會是一個像她一樣俊美、比我強壯十倍的孩子。我不知看過她多少遍，只有這個月夜才看得更清，這張臉上，每一根毛髮都是那麼精巧，像雕出來的水晶人兒。這時我想，她如果不是白睫毛反倒不好看了。這世上的人哪，連同她爸媽，就因爲她生得太俊美了，不像人間的人，才難過得泣哭。我的水晶美人，我抱你一夜不知累，親你通宵不打盹兒，就像一對連體人一樣分都分不開，除非動刀兒割開，除非讓我們撕扯得流血。」「哦哦老師，快別這麼說了，咱老想抽搭著哭。後來呢？」「後來門洞裡有人喊了，那是她爸媽出來找人了。她慌慌親我一下躍出花壇。『你在裡面做什麼？』

『看花兒。』她爸抱起她往回走：『傻孩兒哪有花。家去家去。』那一夜我坐在窗前，藉著月色寫了好幾篇詩文，它們只有上兩句，下兩句留給她了。說來你不信，她回去做的事情和我一模一樣，不過她寫的是下兩句，留了上兩句。這事又是很久以後才知道的，那時我倆掏出兜裡的紙片就全明白了。」「老師，你們眞的是一對兒，一對兒。我現在流的是欣喜淚。」「那你用不了多久又該流悲傷淚了。眞的，老天爺要拆散誰也沒辦法。我是說俺爸的事兒越來越麻煩，他給押到了另一個地方，媽媽和我要見他都不易了。這些日子裡我只見了小白孩兩次。她長得比過去高了，也更迷人了。差不多又過了半年，爸爸放回來了，俺家也要遷回原籍了。收拾東西那天，我就去敲小白孩家的門。她爸來開門，一見我就擋在那兒：『你來幹什麼？』『我家明天一早就回鄉下了，我來找她告別。』『那就不用了。她早睡了。』我恨不得把他推個仰八叉。我編排說：『不行，我們出城早。我得從她那兒取回我的書。』『眞小氣。』他一邊咕噥一邊轉身，我趁機闖了進去，直接去了她的房間：她正在擺弄一疊剪紙窗花。她爸她媽都跟過來，盯著我們。我眼裡的淚轉個不停，全力忍住。她瞇著眼看咱，鼻子一動一動，像嗅嗅咱是不是變了味兒。她爸催促了：『還不快還人家書。』她這時勇敢得讓人一輩子忘不了，突然昂起頭說：『你們走開，走開，我要單獨和他說話。』他們一楞，退了出去。她反手關了門，然後一下撲進我懷裡。我們交換各自寫了半截的詩，緊緊依偎。我語氣匆匆：『我走後你要等我。』她說：『別忘了把我接到山裡。』門外一聲連一聲催促，小白孩返身抓起她剪的窗花遞給我，開了門。」「老師你倆眞可憐，眞可憐。我怎麼幫幫你們呀。」「傻姑娘，你怎麼幫哩。誰也幫不了。就這樣俺一家被趕到了鶴鶉泊。那是俺前兩代人住過的地方。爸媽下地幹活，只讓我撒了潑讀書，把上了一半的學自修下來。那時鄉下識字人少，民辦小學急著找人當老師，就招我代課。我教書教得好，又去了聯中。你知道我一夜夜想的是什麼。我沒事了就看詩和剪紙花，還去了山裡。我只想念她，一閉眼就能看見她的淚珠掛在銀色睫毛上。學校放假時有了兩天空閒，我一刻不停打了車票，經過一天一夜的顛簸趕到那座城市。我一見出生地的灰樓就哭了，一些不認識我的人議論說：『瞧這小人兒長了一對風淚眼。』我在那座樓前走動，想從窗戶上看到她的影子。好不容易捱到了上班時間，那門怎麼也敲不開。問了鄰居，他們說這一家人都出差了。『多久才回？』『不知道。』我那次像失了魂一樣。」「老師眞可憐。那種嘔心挖膽想人的滋味兒我最知道。後來哩？找到了？」「我就怕『後來』兩個字。因爲沒有後來了。老天爺的心可眞狠啊，他明明知道俺倆是一對連體人兒，可硬是要生生拆分。原來她病了，治不好了。誰也沒法，除非重新把兩個人合起來。小白孩躺在床上起不來，話也說不清，最後一聲聲喊的都是我的名字。這一切都是我後來才得知的，那時眞想一頭撞死在大山裡。因爲我記得俺倆的約定，知道她的魂靈也會往山裡走。我知道陽世陰世不相交，我們都變成鬼魂才能重新相見。我從山裡活著回來全是因爲媽媽，我聽見她喊：『我兒回來，我兒快回來呀。』就回來了。」「老師，你的眼淚刷刷流，我也一樣。我直到今天才明白你爲什麼誰也不娶，原來你心裡只有一個人哪。我的老師，我怎麼活下去啊，難道就讓我背著大書包流浪一生？我上哪裡去呢？過一道河又一道河，越一座村又一座村，原想一口氣跑到古怪國，現在才知道這都是白日作夢。老師啊，你還像過去那樣指點咱吧，告訴我往哪兒去、怎麼走。」

蜜蠟蜷在一棵大槐樹下，整夜裡都在一問一答。她被那個故事感動得珠淚滾滾，萬千迷惑從頭破解。老師啊老師，你既然早就私訂了終身，咱蜜蠟就一門心思趕到河邊相會吧。可我一挪步子就聽到了老師在聲聲叮囑：「千萬莫往那條大河上去啊，有人在那兒等著捉人哩。」「那我往哪裡走呢？我跟上你趕路不行嗎？」「我倒是願意，可咱倆陰陽不搭界呀，我是那邊的人了。」蜜蠟咬著嘴唇埋怨一句：「可也有人說你壓根就沒有淹死，順河入海去了東北，正在深山老林裡過日子。」「胡傳哩。

我要那樣就再死一遭。咱得對起小白孩啊。」蜜蠟低下頭：「就算你說的是眞的吧，可我還是得問，我一個女人家背上了人命官司，身後有騎兵提著槍，就這樣被追一輩子，這樣一天到晚沒命地窮躥？我到底往哪裡去？」「你呀，我爲你的事兒沒有一天不上火焦急，門牙都疼掉了一個。說不心疼是假，可惜從陰間裡伸不上手哩。我琢磨著啊，你要能甩開那些『捕快』，最好還是去城裡，如今城鄉不連通哩，城是城鄉是鄉。」「慢著老師，什麼叫『捕快』？」「就是官府差下來抓人的。」蜜蠟心裡一陣豁亮：「去城裡好哩。不過俺想去老師和小白孩那座城，它是什麼地方？」「它嘛，你得一路往東南下去。哪座城大你找哪座，去了那裡，登州腔兒他們一句也聽不懂。」蜜蠟笑了：「俺早就試著說別處話了，不信你聽我一句，就像學了樹上的鳥兒。」「別學得太過了，頂多像四川大鸚鵡那樣就行。」「哎呀老師笑死俺了，咱闖蕩大城市要用鳥語矇人哪。」「你可別笑，登州腔兒會讓人露餡兒，你要改腔還眞得學學鳥語。先選一種大鳥，小鳥啾啾得太快了。啄木鳥和鴉鵲最好學，不過牠們的嗓門太粗，只適合男人。老野雞和斑鳩土語老腔的，城裡人會笑話。虎皮大鸚鵡你學了正好，不軟不硬不艮不脆，莊稼孩兒保準一學就會，他們城裡人聽了會說：『哦咳，這是什麼腔兒啊，抑揚頓挫廣播員似的。』」「老師我聽你的，先去鳥市上找隻大鸚鵡吧。」

蜜蠟一大早醒來，老師的叮囑句句清晰。她念一聲：「我要去城裡了。」當再次走過山地村莊時，她一開口就用本地話搭腔，惹得人家睜大眼睛：「咦哎，這是什麼人哪，舌頭胡亂打滾兒，一個正經字也吐不利索。」她一著急差點哭出來，知道從根上改腔的時候到了。她打生下來還是第一遭遇到這樣的難題：爲自己的舌頭生氣。「老鄉親，打聽個事兒，咱這兒有鳥市沒有？」「狗市貓市有，鳥市嘛，那得大地方才有。」「什麼才是大地方？」「去黑馬鎮看看吧，二五逢集。那裡有賣烏龜蟒蛇的，連賣猴子的都有。」蜜蠟一路問著黑馬鎮，向南走了三天，才遇到了鎮上的集日。哎呀這麼多人，這熱鬧勁兒咱一輩子沒見。賣東西的人山人海漫天要價，什麼都多得嚇人。比如賣席子的吧，白花花的高粱席和葦席，還有紅篾子編織的花席，簡直連成了海洋。賣布的車子一溜兩行，花花綠綠搭成一片，看得人頭暈。火燒鋪開到大街上來了，還有油炸鍋子、攤餅的鏊子。全世界的好東西呼啦啦都湧到了這裡，吃的用的看的，真是要什麼有什麼。蜜蠟打聽賣鳥的，有人指點她跑了不少冤枉路，最後才找到了鳥市。她渾身是汗額上沾著頭髮，衣服都濕透了，見了各種鳥兒滿心歡欣。牠們差不多都裝在竹籠裡，歪著腦袋看人。一隻叫不上名的灰翅鳥兒會學貓叫，還能模仿推車的吱扭聲。「牠會說話嗎？」主人臉上貼著膏藥，對牠一吹氣兒，牠突然大叫起來：「狗日的，狗日的。」蜜蠟說：「俺不喜見哩。」走開了。有一隻八哥見了她主動打招呼：「大閨女。」她笑著點頭：「你真好。」「好大閨女哩。」牠的嗓子粗糲糲的，真不像那麼小的舌頭發出來的。她看了一會兒又轉向別處。「還有會說話的鳥兒嗎？」有人伸手一指，她吃了一驚。天哪，看見四川大鸚鵡了，牠差不多有貓那麼大，站在一根橫桿上望著行人，神情淡漠。牠的腳桿上拴了一條粗鐵鏈，一動嘩嘩響。「你會說話嗎？」「你好你好。」蜜蠟笑了，知道這是一隻文明的鳥兒。而且她從口音中聽出了特別的捲舌，是地道的城市腔兒。「俺能跟你學說話嗎？」牠活動了一下：「不客氣，不客氣。」蜜蠟拍手：「哎呀就是你了，你的腔兒最適合咱哩。」大鸚鵡的主人是個臉色發紫的漢子，坐在一邊抽菸，說：「遞個價吧。」蜜蠟遲疑著，自己身上一分錢也沒有。「十塊現錢。二斗高粱也行。」蜜蠟嚇了一跳，但還是故作鎮靜：「太貴了太貴了。」沒等漢子答話，大鸚鵡說了：「不貴不貴。」蜜蠟笑了。漢子說：「這是俺城裡表哥的愛物，他要不缺錢也不會讓咱出手。」蜜蠟挪不動腳，直眼盯著牠：「你是一隻城裡鳥兒呀，是吧？」「是吧是吧？你好你好。」牠心不在焉的樣子。蜜蠟學牠的腔調說了一遍，牠又再次重複。「你的主人和你說一樣的話嗎？」「永遠健康。永遠健康。」牠喃喃著。蜜蠟跟上學了一遍。「多聰明伶俐的鳥兒，牠可比笨嘴笨舌的莊稼孩兒強多了。」蜜蠟一步也不想離開了。多半天時間她都在鳥市上徘徊，與大鸚鵡對話。她發現牠說話不僅好聽，而且用語節儉，不是個多嘴多舌的鳥兒。「咱要好好學哩，一個人在外，可不能見了生人把心裡話一古腦兒往外倒啊。」

蜜蠟離開集市，心裡想的全是那隻會說話的鳥兒。她在村子裡閒溜，做活討要，到了逢集的日子又去了鳥市。「沒帶錢來呀？」紫臉漢子問。「沒，這得慢慢湊哩。」鳥兒注視她。「我想你哩大鳥，來聽你說話兒。」大鳥發出幾聲嘆息，翅膀展動幾下。「你還記得我嗎？」牠移動了一下雙腳，用略微低沉的聲音說道：「一路順風。」蜜蠟心上一跳。她像聽到了一句催促，不知這隻神奇的鳥兒爲什麼催她趕路。「謝謝你了大鳥，好看的大鸚鵡。」「謝謝，謝謝，一路順風，一路順風。」

23

蜜蠟一路尋找那座大城市。走過了幾座村莊，遇到了比黑馬鎮更熱鬧的地方就問：「這裡是大城市嗎？」人家答：「這不是。」「大城市什麼模樣？」「大城市汽車像蜈蚣一樣伏在地上跑，半夜還點著大燈哩。」「噢，那咱找蜈蚣和大燈去。」蜜蠟一路討要，做活兒，說自己家鄉遭了災，出來吃百家飯。路上有人要查她的「關防」，她就說：「老天爺，招災那會兒大水把紙呀印章呀全沖跑了哩。」那人翹著鬍子盯住她高聳的胸部：「你這樣的人咱從根沒見。算你長了張巧嘴兒。」她走的路多，見的人多，不慌不忙對答如流，誰也難不住她。「哪搭婆娘？」「十八里疃的。」「離這兒多遠？」「千千八百里有了。」「怪不得，聽口音城不城鄉不鄉，吱吱歪歪像鳥叫。」蜜蠟暗中琢磨，人語鳥語交雜起來多有趣啊，鳥兒本來學了人語，可是牠把鳥兒說話的方法加進去，人聽到的就是半鳥半人的話了。她料定帶上這種腔兒走遍天下，也沒人聽出她來自登州。從秋末一直走下來，風塵撲了滿臉撩把溪水洗一洗；可是荊棘把衣服扯得一絲一綹縫都縫不好。她露皮露肉，男人一盯臉上又臊又燙。有過初秋那一場遊蕩，她再不敢說自己是出來找婆家的了，借宿時也找沒有中青年漢子的人家，幫人做活專找孤寡老人。他們給她吃喝，還把多餘的舊衣裳送她。爲了禦寒，她把一件又一件全套在了身上，裡三層外三層。路上的人說：「大胖閨女眞受打扮，穿什麼都喜人。」蜜蠟滿心警覺，走在街上，只要有人賊眉鼠目看幾眼，她就不會在這個地方久留。夜裡借宿，無論這一家人看上去多麼老實，她都要在歇息前閂嚴了屋門。有一天她住進了一對六十來歲的夫婦家裡，睡到半夜窗子突然給推開了，房東大爺喘著進來：「哎呀年紀不饒人哪，前些年爬個窗呀牆呀抬腿就中。」她問：「你來這裡幹什麼？」他指指對面：「傻閨女小聲點。連這也問。咱是來和你好哩。」蜜蠟又氣又笑：「咱從來不和別人好，你快回罷。」「這就是你的不對了，莊稼人除了這個還有什麼喜好。」說著就去揪蜜蠟的短褲。蜜蠟給了他一掌，「我喊你老伴了。」「別，別介。」說著又從窗上爬出。

從冬天走到春天，終於來到了一個大城。街上的人像河水，路邊的燈像連理果；這兒眞的有蜈蚣似的大汽車，它們走走停停。她心裡好奇，就掏出一把鋼鏰兒坐了蜈蚣。坐了一站又一站，售票姑娘問她哪兒下？她答：「哪兒熱鬧哪兒下。」售票員笑著讓她在兩站之後下了。原來這兒有一個公園，裡面遊人如織，有石凳長椅，林子和小湖，還有養動物的地方。蜜蠟一步就要跨進去，門口賣票的老太太一把揪住她：「買票買票。」她掏了半天只掏出一毛五分，而一張票要兩毛錢。「大娘行行好吧，俺太想入這園子啦。實在不行俺兜裡還有一塊餅，頂上那五分。」老太太癟著嘴，讓她進去。天哪，咱看了這園子死也不冤了，瞧這兒滿地都用花磚鋪了，路旁的竹籬還刷了綠漆；就連碧綠的小樹叢也剪得方方整整。她一會兒坐坐這張木椅，一會兒挨挨那條石凳。秋千隨便打不花錢，木馬願怎麼騎就怎麼騎。玉蘭花又大又白像假的，她踮著腳嗅得滿腹清香才走開。最後她在熊池跟前呆住：這兒有五隻又笨又憨的大狗熊，三隻黑的兩隻棕的。牠們有的在相互推手，有的長時間給遊人打敬禮，那大下巴搖搖擺擺可愛到了極點，那癡憨的神氣也讓人看不夠。她恨不能跳進熊池一個一個摟牠一會兒。「老天哪，這兒的狗熊還會打敬禮，跟咱村的民兵一模一樣。」她在這兒足足待了一個鐘頭，差不多把其他好看好玩的全忘了。這樣一直到天快黑下來時，她才想起從早上到現在還沒吃一口飯呢，去掏兜裡的餅，這才記起扔給狗熊了。她有些慌，因為不知該怎樣在大城市伸手討要。園子裡的人快走光了，她還是不願離開。這是她一輩子遇到的最好地方，花了錢才能進來。她忍住飢餓往園子角落走去，心想只要能在這裡捱過一夜，天一亮就可以重新玩耍了。原來這園子大得沒邊，往西北方向走一會兒是個荷塘，塘上有座羅鍋橋，過了橋又看到一片樹林。

蜜蠟餓得厲害，但不太在乎，因為一覺醒來這飢餓就變成明天的事了。問題是太冷，樹木間茅草稀疏，遠不足以禦寒，她只得不停地走。這樣直走到半夜，肚裡餓得一揪一揪，眼看就忍不住了。城裡是什麼地方啊，城裡的飢餓竟然抵它不住。她有一會兒不得不把身子靠在一棵樹上，然後縮成一球。餓啊餓啊，這場大餓讓咱心慌，好像一輩子也沒這麼餓過。多麼後悔啊，當時眞該出園子尋找吃物。她咬著牙，在樹林裡生自己的氣，一抬頭竟看到遠處有一絲火光。她伏下看了看，眞的是火，那火頭兒小極了。幾乎沒有再想什麼，雙腳已經朝著光亮移動了。漸漸近了，火苗兒看得清晰了，眞的是小小的一簇；再往前挨近，才發現它是用石塊掩起來的。有一個人蹲在火邊，手裡轉動著什麼，蜜蠟馬上聞到了逼人的魚香。她幾乎是踉踉蹌蹌奔到跟前，把專心烤魚的人嚇了一跳。那人飛快把黑溜溜的烤魚藏到身後，嚷著：「幹什麼幹什麼？」當他看清了來人是個女的，這才鬆一口氣。蜜蠟說自己貪玩沒出園子，結果餓得亂跑。烤魚的男人三十四五歲，連鬢鬍，高顴骨，皮膚是油黑色；雙眼又圓又亮，像魚眼。「大哥吃魚啊。」蜜蠟說。他不吭聲，把黑乎乎的魚湊近了咬一下。魚肉雪白滲著油。一會兒他就吃完了一條魚，回身摸出更大的一條烤起來。香氣眞烈，滿天星星都給熏得打顫。蜜蠟被煙弄得淚水汪汪，幾次站起來又蹲下。一條魚烤成了烏黑的顏色，遞到了跟前。她不顧燙手接過來，一下下撩動、吹氣，說著「好心的大哥啊，大哥啊」，然後一口咬上去。她翹著嘴唇咀嚼。原來魚是灑了鹽的，好吃極了。男人在一邊喝水，頭枕一個又破又大的包裹。「大哥，給咱口水喝吧。」男人把杯子遞過。蜜蠟被煙嗆得淚水滿臉，他示意她坐到上風頭。「好心的大哥啊，你不搭理咱哩。」男人一會兒就呼呼睡著了。蜜蠟在火光下看出這人高鼻梁，雙眼皮，嘴唇有些翹，上面暴了白屑。「咦哦，好英氣的男子哩。」她看著看著也睡過去。半夜醒了，見男子正給火堆加柴，加過柴又離開了一會兒，可能是去小解。再次醒來天已大亮，男人已經用搪瓷缸熬好了玉米糊糊，吃一半留一半，遞過來。她把糊糊喝掉，指乾嘴巴說：「俺是十八里疃的，老家招了災，來城裡找事做。」男人沒吭聲。她又問：「你怎麼捉了魚啊？」他瞄瞄遠處荷塘。天大亮了，遠處園子裡又響起了喧鬧，蜜蠟說：「咱走了。好心的大哥，咱沒法報答你哩。」男人沒吭聲。

蜜蠟不想在城裡廝混了。大蜈蚣車坐過了，公園看過了，賣花露水的商店轉過了，不斷線的人流穿過了，剩下的就是忍飢挨餓。她眞想一步跨到野地村莊，在那裡伸手叫著「大爺大娘」，討一塊子地瓜胡蘿蔔；如果走到莊稼地，趴下身子揪一把豆子也撐飢，掏一把花生也解饞。這熱熱鬧鬧的城市啊，怪不得把好生生的老師一家給趕跑了，原來它不是人待的地方。可是她每次走到城郊還是返回來，「俺怕『捕快』哩。」她在城南垃圾場看到了一些打扮和自己差不多的人，他們都在幹同一種營生：用一輛地排車收購破爛。「我到哪裡去找地排車啊？」他們把她領給一個瘦高個子，這人專管租車收購，從中漁利。蜜蠟除了得到一輛吱扭響的木車，還住到了一個土牆邊的小草棚子裡。她高興壞了。「俺要空酒瓶兒紙箱子，破爛零碎，雜七雜八拿來看呀。」她學同伴那樣吆喝，發現這些話兒可眞是上口，好像打上一輩子就喊過似的。她出門總要把大書包掛在車桿上，生怕放在草棚裡被人偷了。串巷鑽胡同，還要進門搬弄雜物，這讓她親眼目睹了城裡人的日子。這些小屋又暗又窄巴，還有一股嗆人的醬油味兒；一棟樓上住了一戶又一戶，它們疊在一塊兒，像崖頭上密密麻麻的鳥窩。可是這些地方出來的女人臉龐又白又細，連大男人也搽油膏哩。有一次一個四五十歲的男人讓她搬一個紙箱，趁機摸了她一下，她拉起車子就跑。十餘天過去，蜜蠟身上有了五元錢。她可從來沒有這麼多錢，走起路來興沖沖的。又想起那個公園和烤魚了，就再次坐了大蜈蚣車。這一回她不光看了笨熊，還找到了亂躥的猴子、在一道鐵絲網後面奔走不停的狼。「有大河馬沒有？」她問管理員，人家搖搖頭。

天一黑她就往園角走去。一跨過荷塘小橋就到處逡巡。四下一片漆黑，只有水塘發出咕咕聲。她沒有失望，繼續往前。大約走了一刻鍾，被一條溝坎絆倒了，爬起來剛要挪步，就看到不遠處臥了一個人。她稍稍移近，一下看到了那雙魚一樣的圓眼，「哎，眞的是你，我又找到哩。」那人半臥半坐在一塊草荐子上，哼哼一笑。蜜蠟從包裡掏出一塊燒餅給他，他打個呵欠接住，又看看西方的星星，提起幾條魚就走了。蜜蠟跟上問：「你怎麼老宿在這兒呀？你沒有家呀？」他不應聲，開始搬幾塊石頭擋火，然後又找柴禾。蜜蠟發現了一堆風旋草，說就在這兒點火吧。他把草堆細細扒拉了一遍，然後才生火。這個舉動讓蜜蠟不解。小魚投在火裡，大魚串上了木條。又是那種逼人的香味兒。火光映出一張黑亮的臉龐。她覺得他不知哪兒有點像銅娃，或者是眉毛和嘴巴吧。他給她一條魚，自己把火中的小魚扒出來，又從包裡摸出一個玻璃瓶。「哎呀酒哩。」蜜蠟跟上飲一口，辣得喊叫。他邊吃魚邊喝酒，一瓶全喝完了，臉紅得嚇人。他吃過燒餅，笑嘻嘻看她了。「你總在這兒呀？」蜜蠟問。這回他痛痛快快答了：「我是個閒漢，替園子管池塘。除了大雪三九天，我都在地裡過夜。」「俺也有了一份活兒了。瞧我掙了五塊錢哩。」她掏出來，從中揀出最新的一張票子給他。他接過來迎著火光看了又看，不要。「給你哩。」蜜蠟非讓他收下不可。「我不用錢。姊妹留著花吧。」蜜蠟一聽到「姊妹」兩個字就樂了。她眞喜歡這個人。不過當一顆心撲撲跳時，又立刻暗中叮囑自己：「蜜蠟啊蜜蠟，你就是喜歡好小夥兒。你可千萬別讓老師牽掛，別再犯這毛病。」這樣一想立刻鎭定了許多，見他添火就說：「你這人心細哩，剛才點火前還要數數草兒。」「不是數草兒，是看看草裡有沒有活物。有一回我捉了三條鱔，見路邊有一堆草就扔上燒起來。吃的時候變成了四條，心裡怪納悶兒。誰知第二天身上癢得難受；第三天好了一點，可脫了衣服一看，上面有了一層白蝨子，我用條帚掃掉了。你猜是怎麼？草堆裡盤了一條蛇，我當成鱔一塊兒燒了，結果蛇毒發出一層蝨子。」蜜蠟大笑。這人酒後話多，又問她怎麼一個人出來遊蕩？蜜蠟心頭一熱答：「俺是出來找自己男人的，兩人在路上走散了。俺男人可是個好小夥啊。」想不到對方聽了立刻低頭，過了許久才仰臉說：「三年了。」「什麼三年？」「我出來三年了。」「你是城裡人嗎？」「是，不過我是從東邊那個更大的城市來的。」「老天，這兒還不是最大的城啊？」「不是。」蜜蠟吮著嘴，聽他說自己的事：「三年前也是這時候，我心上的人跟了別人，難過得要死。一開始我以爲那男人是誰呢，就準備了一把刀。可最後才知道，那是自己的兄弟。沒法兒，就背起這個大包出門了，再沒回頭。」蜜蠟流出了淚水。這一夜她睡不著，總聽到另一邊翻動身子。一天的星星眞低，差不多抬手就能摸到。遠處水塘中的咕咕聲傳過來。她心裡說：「銅娃，我就是死了，也要找到你。」

蜜蠟在一座喧囂的城中徘徊了一冬一夏，接著又是新的冬春，是火熱逼人的城市酷暑。她不知道怎麼抵擋城裡的熱浪，它簡直太厲害了：眼瞅著有人搖搖晃晃往水龍頭跟前趕，一頭栽倒人事不省。她身上熱出了豆大的紫斑，城裡人說：「你太胖了，只穿個小背心就沒事了。」她穿了一件小汗衫，雙乳大得嚇人，所有男人都不敢和她說話，連上年紀的廢品站老工人都要閉著眼談收購價格。「老天，熱天裡做什麼都難。要在老家，咱早就一頭撲進大河裡洗澡了。」一年裡她試著做過各種活兒，最後還是收購廢品，這個工作雖然所獲甚少，但幹多幹少自己說了算；隨便什麼時候把車子拉到一個僻靜地方，倚著車子就能讀寫。她在心裡呼喚：老師啊，你讓咱成個大寫家，咱寫了一疊又一疊，不敢忘哩。

「從頭說來，俺最喜見的還是爸和媽。爸的外號叫『老劉懵』，是上村人合夥取的。他不是眞爸，可那個眞爸害苦了咱，他扔下了苦命孩兒再也不管。可憐父女連個面也沒見上，就各奔東西了。要是他陰間有靈，該幫幫自己閨女了。也許他在那世也是個淪落人，能自己混飽肚子就不錯了。趕明兒咱該買點香火去野地裡燒了，也算做女兒的一片孝心。還說俺上村的爸啊，打小一把屎一把尿拉扯咱長大，整天跟石頭泥巴對命，讓媽欺負得直打轉，夏天給咱捉蚊蟲，冬天把咱抱懷裡，秋天把最甜的瓜兒捎給咱，春天爲咱折朵石榴花。誰對咱粗聲粗氣說話，他就抖著巴掌嚇唬：『哧。』媽說什麼他聽什麼，成了他最怕的人。我知道爸愛媽哩，他覺得自己配不上，把她看成了仙女下凡。媽壞哩，罵他，從他手裡奪飯碗。爸笑嘻嘻，看我，看媽。媽說你是沒用的貨，一刀砍了攆上豬羊攤子也值不了幾個錢，爸說這話一點不假。爸天天幹活搬石頭巴掌粗鱗鱗，媽身上癢了就讓他伸手摩擦，她舒服得亂叫。爸說媽身上比魚皮還滑溜，媽就喝斥一句：『閉上你的驢嘴。』爸呀爸呀你如今和她好好過吧，孩兒一路逃命顧不上你了，也許要等到來世再見呢。說到媽，她是俊媽骯髒媽，狠心的親媽，咱的生身之母。俺一尥蹄子十萬八千里的事兒她不會不知，肯定是一天到晚爲咱懸著心。俗話說什麼媽生什麼孩兒，咱的毛病她也有份。我親眼見她把男人饞得滿地打滾，爸舉著柴禾棒子就是不敢打。她心裡有火哩，猛一下摟住俺就親，親得咱臉上火辣辣快沒皮了。她說我的眉眼活活像自己，說：『看孩兒這大腚吧，落了難那天還不知要被多少人用腳踹哩。』媽呀，孩兒向你發個誓：咱就要做個尊貴人，到了人家踹咱的那天，也就是孩兒的死期。媽呀，你怎麼長這麼俊？你這會兒讓俺趴在懷裡睡上哪怕一分一秒，孩兒也就渾身是勁兒了。我吃著你的奶長大，我要告訴世人，俺恨誰也不恨媽，俺媽把咱當成一筐菜賣了咱也不恨。咱如今在北國韃子成堆的地方一天天捱蹭，就盼著有一天能撒開丫子往回躥。俺想那個河邊美少年，就怕有一天長糙了他不喜見哩。城裡只有白天沒有黑夜，城裡男人到了七十也不長鬍子。俺眞想在大黑天裡一個猛子扎回去。媽呀，你的孩兒是多苦的命啊，有家不能回，有人不能親，有個身子不能『使上』，一輩子後面都跟了『捕快』。媽呀，媽呀，你可千萬別生出白頭髮啊。」

又一個秋天來臨時，蜜蠟心上一橫做了個決定。她打譜遠行，先去商店買了一身樣式好看的衣服，然後又買了適合趕路的高幫膠底鞋。頭巾，布包，小零碎兒。腰裡裝了五十塊錢，爲了保險又把它們十塊一疊分放五個地方。「咱這回再不去會銅娃，恐怕就得死了。」她念了一遍上路。扳扳手指算算，怎麼也算不出逃亡之期。她知道這是被城市煙火熏暈了，自己好比一隻小樹林的鳥兒，一頭鑽進深山老林就沒了主意。她從鄉下進城是逃，從城裡回鄉也是逃。她要逃上一生啊，一輩子提防「捕快」。來路難去路更難，一步三磕上山地下平原，這哪是一個女孩兒的路。她吃驚的是往回走的路格外急促，幾乎是一口氣不歇地追趕。她知道這是想他盼他啊，是要親口告訴他一句：「你啊，咱鐵了心跟你一輩子。」下山了，又看見登州東南部的平原了，綠色一團團像漲潮的浪湧。「我看見平原就想到了河，想到了你。到了那一刻你會問：這麼久了，負心婸兒快告訴去了哪兒、做下什麼？我要告訴你：咱爲躲惡鬼進了城，一邊幹活一邊想你哩。咱什麼時候都把你放在心窩上，如今就看你變沒變心了。你要不嫌棄咱，來，這回就發個鐵誓。」蜜蠟一路上心裡話語翻滾，步子急切，兩眼鋥亮，有幾天差不多完全忘掉了此行的凶險。只有再次聽到了登州腔兒，看到一地的紅薯和南瓜，才撲撲落淚，同時也一下想起了自己凶案在身。

蜜蠟一路小心操練學到的鳥語，晝伏夜行。偶遇行人，她一開腔人家就說：「咦，外地娘們兒說話吱歪吱歪的。」她馬上記起那隻四川大鸚鵡，問：「怎麼吱歪呀？」「反正不是咱家的腔兒。」成了，連登州人都聽不出了，該鬆一口氣了。她以前聽說「捕快」的招數多著哩，追人設卡下帖子：帖子上畫了逃犯的模樣，還注明這人的身高胖瘦和說話的調門。幾年過去了，她料定所有的帖子都風吹雨淋無蹤了。有一次她在一個電線杆上看到一張帖子，急急跑到近前，見上面寫了：「西溝夼打錢李家，巴克夏豬崽每頭面議。」她覺得這些怪字眞有趣。無論如何她都不敢靠近那條自南而下的溪水，因爲它串起了兩個村。這是讓她銘心刻骨的兩個村，分別藏下了自己的親人和仇人。她的眼睛不敢轉向它們，只顧尋那條大河。那是雷丁老師的赴難之河啊。淚水灑在河中，她跪在河邊再也不想起來。她知道自己的身子往前一沖就隨他去了。好不容易忍住，過河往西，找另一條大河。那條河邊有大片的南瓜地，有茂密的青草，草叢裡站了個手拿鐮刀的少年。那一天啊，那一天連地皮都動了。「想起美少年，熱血往上躥；以前都不算，山外還有山。」她走累歇息時編了四句詩文，羞澀難當。「哎呀老天爺用各種法兒折磨咱大姑娘，大概一口氣把咱折磨老了才會停手。老天爺也不是省油的燈啊。」蜜蠟把心底的埋怨呼叫出來。順著燙人的河水往南，一步一步探險似的，心花怒放。有一天她起得太早，遇上一個挑糞的老頭，就打聽起那個村子。「嗯，不遠了，往前再數三個村子就是。」蜜蠟歡歡應對：「是哩，老漢在河邊放羊，少年在堤下割草。」她大步向前，忘了要待天色晚一些再串村。這河邊的植物、上面一蹦一蹦的小鳥她都眼熟，好像離開了這些年牠們還待在原地，只盼今朝見上一面。老牛在薄霧裡打哞，狗兒們小聲應和，蜜蠟久久站在堤上。只一會兒太陽出來，炊煙從一些屋頂上漾開。她眞想喊著「大爺大娘」奔向街巷，可最後還是忍住。

那個村子臨近時天快黑了。她不顧一切奔向河堤，尋找那道熟悉的河汊，尋那些灌木和草地。情景依舊，只是少年沒了。她手按細細的沙子，決心在黑夜來臨時分摸進村子，冒死也要找人。她坐在灌木圍攏的空地上出神，兩手抱緊身子亂顫，看著天上的彩雲。南瓜花的香味撲進鼻子，蟋蟀叫了。突然聽到一聲吆喝，一抬頭見堤上有一群肥羊躍下來，接著一個揮鞭的老漢出現了。「媽呀，還是他啊，他該不會認出我罷。」這樣嘀咕一句站起，直迎著老漢走去。「大爺你放羊呀，麻煩您老咱打聽個人。他是俺家親戚幾年不見了，小名叫銅娃，就在當村。」她故意說得很慢，害怕老人聽不清楚。老漢聽著聽著鼓起了嘴巴：「銅娃？了得，這娃了得。」蜜蠟心慌：「他怎麼哩？」「人家喜事聯翩。先是他爹遇上大赦回了城，接著又趕上『大比』，銅娃考中哩。」「歡喜死我了。大爺知道他們回了哪座城嗎？」「還有哪座，省城唄。」蜜蠟蹦蹦跳跳下了河堤，不知不覺就滿臉淚花。她忍住激動在堤下徘徊，決心冒險進一次村子。她想年紀大的人記性差，他們也許認不出自己。街口走來一個老太太，她就把堤上問過的話重複一遍。老太太的回答與放羊老漢一模一樣。月亮遲遲不出，夜色愈深。蜜蠟按住狂跳的胸口跑出村子。熟得不能再熟的狗吠在村子裡響起，讓她在村頭站了一瞬。她在心裡說：「蔑兒，我來不及進村了。你好好過吧，我的路程緊急哩。」

24

省城才是眞正的不夜城，蜜蠟什麼時候出門都能看見明晃晃的大玻璃燈。晚上的人不像白天那麼多，可也不算少。她在後半夜看見一個五十多歲的男人一邊哭一邊走，看見一個光著下身的人在跑，還看見一個戴了紅圍脖提了皮箱的人邊走邊打敬禮。她背著一個尼龍袋子，手裡是一把抓鉤，每一個垃圾箱前都要翻弄一會兒。不遠處還有一個背袋子的人，他在做同樣的事兒。這兒管廢品的頭兒又凶又小氣，盡做無本生意，連地排車也不捨得給。蜜蠟背著一條髒口袋轉了一個月，眼看天冷了，兜裡才裝了十塊錢。她想趕在入冬前買一件棉衣。住處就像以前那樣簡陋，那是城郊一條乾水溝旁的棚子，所有鄉下人都住在這兒。後半夜那些假警察時不時光顧，他們把男男女女喊起來，叫著「查證件」，在女人身上一陣亂摸。蜜蠟被他們捏疼了，「俺老家招了災逃出來，上哪找證件去。」她辯解，他們就拉上她走。這些人聚在一個小屋裡喝酒，當屋裡最後只剩下一個人還沒有醉倒時，這人就動起手來。蜜蠟抓起一把水果刀邊擋邊退，一出門就奔跑起來。她再也不敢回那些棚子了，一連幾天在街上轉悠，手中的抓鉤卻不敢扔掉。她到處看牆上電線杆上的帖子，有些怪詞兒看不懂。有一個帖子吸引了她：「本店急需女服務員四名，酬金面議。」這是一個飯店，她記下了地址，後來整整花了兩天時間才找到它。老闆乾瘦，兩撇鬍子往下墜，見了她馬上說：「好。」草草問了姓名籍貫，在一個表上寫了「劉自然，十八里疃」之類，就讓她按手印。講好了工資每月二十五元，吃住免費。「這眞好哩。」蜜蠟忍不住說。老闆鬍子亂動：「加班費另算，只要人勤快，半年就發家。」

蜜蠟覺得這是天底下最髒的廚房：到處黏乎乎，一大鐵桶豬油落滿了蒼蠅，大師傅每次過來伸勺子就發出「嗡」的一聲。她到處擦洗，還用一塊紗網罩了油桶。「好閨女。」老闆誇她。飯館連起一條窄胡同，那兒的幾間平房有的做服務員宿舍，有的做單間飯廳，還有的空著。單間客人十之八九對蜜蠟提出自己的要求，還要拉她進旁邊的空屋，遭到拒絕就拍桌子：「叫你們老闆。」老闆來了，客人把一疊錢往桌上狠力一拍：「咱在你這兒有錢花不出去。」老闆推開蜜蠟找來另一個姑娘，客人卻跺著腳：「咱就要剛才那個，你說多少錢吧。」類似的場景多起來，蜜蠟知道做不下去了。她走前讓老闆付自己工資，他說：「那要一月一結啊。你這實心閨女非窮一輩子不可。」「你就靠這骯髒賺錢哪？」「什麼乾淨？乾淨活兒你做得了？」「那也不能傷天害理糟踐莊稼娃兒。」「哈，哈。」老闆笑了。蜜蠟好不容易捱下了一個月，再次讓老闆付錢。老闆唉聲嘆氣把她叫到一間屋裡，抽出一個月的工資給她，說：「不知好歹就走吧。我還沒見不想掙錢的人呢。等餓得沒處去了那天，你再回來。」蜜蠟說：「俺有男人，他在大學府念書哩，咱來城裡打工等他。」「咦？什麼大學府？」「就是大學府。」她用力一帶門走了。

蜜蠟從跨進省城那天就在一所又一所大學門前流連，盼著一個驚喜：銅娃夾著一摞書從校門裡出來。一早一晚都來，看過了多少學生進進出出，就是沒有銅娃。她恨自己不知道他的大名，也不曉得在哪所學府。原以爲大學府只有一個，想不到好幾個哩。一個在校門口烤紅薯的中年婦女知道她在等人，說：「你這是大海裡撈針哪。」蜜蠟從骯髒的飯館出來，第一件事還是奔那兒。她又看到頭包藍圍巾的烤薯女人了，對方接過她的一張紙票，夾出一隻紫紅的熱燙紅薯。她在手裡撩著，吹去上面的炭屑咬了一口，「哎呀眞甜眞香啊，跟俺老家的瓜兒一個味兒。」「你老家是哪？」「登州，不，登州東邊千千八百里有了，山旮旯裡淨長好瓜兒。」不斷有大學生來買烤紅薯，他們的模樣讓她瞅也瞅不夠。她對賣薯女人咕噥一句：「咱就不信等不來人。」一連幾天她都幫烤薯女人收錢，幫助加火，餓了就吃一隻烤紅薯。女人勸她不如搬一座烤爐來做，邊幹營生邊等人。「大姊心眼眞好，你就教我吧。」女人領她買了烤爐，又去土產市上買了紅薯和炭，兩人結伴兒做起來。原來女人是城裡老戶，賣烤薯有二十年了；她男人做另一種營生：販蛐蛐罐。有一次蜜蠟隨她去家裡看了，發現整整一座廂房都擺滿了各種小罐子。男人把這些罐子裝在一個桶裡，然後用轆轤放進後院一口深井，再把另一隻桶從井底撈出。女人告訴蜜蠟：這些罐子在井底泡了幾個月，蛐蛐就喜歡待了。「爲什麼？」「新罐子火氣大，蛐蛐嫌燥。」蜜蠟覺得有趣：「城裡有這麼多人養蛐蛐？」「城裡人多嘛。蛐蛐市上連外省人也來啊。」蜜蠟長時間沒說一句話，只在心裡驚詫。女人叫金棗，手臂和腿長得圓鼓鼓的，身子卻細瘦。這是蜜蠟與她一起進浴池時發現的。金棗在她水淋淋的肌膚上摸著，呼叫：「你是怎麼長的呀，你吃了多少好東西啊，我敢說滿城也找不見你這樣的閨女。」兩個人成了好朋友，有時就宿在一起，男人給趕到了廂房裡。她不管蜜蠟聽不聽，每夜仰臉訴說，內容雜七雜八。「我男人賣罐子發財呢，去年從山西搗騰來一件『上品』，出手一千。嚇人。他迷上這個了。那幫朋友能人不少，字畫販子，造假骨董的。一個叫長毛的人把一疊老宣紙賣了幾千塊錢。」她咕噥了一會兒突然想起什麼，轉臉問：「你讓男人上過身沒？」蜜蠟臉燒起來：「沒。」「咱不信。」「就沒。」金棗爬起來看她，一對眸子亮晶晶的。蜜蠟害怕她聽見通通心跳。金棗重新躺下：「一朵大地瓜花兒。」蜜蠟說：「俺會背詩文，還會唱歌兒。」「你唱吧。」蜜蠟背了「山舞銀蛇，原馳蠟象」，又唱起一支憶苦歌。金棗哭了，阻止她：「別唱了別唱了，前些年街道上也唱這歌，我一聽就流淚。咱叫它『下淚歌』。」金棗揩過了眼又說：「鄰居嬸子是個信教的人，她常勸咱入教，我去了一次教堂，聽著聽著也是哭。」蜜蠟笑了。

她們這天推著烤薯爐回來，一個留分頭的中年人正和男人談論罐子，金棗叫一聲「楊科長」。楊科長一抬頭看見蜜蠟就楞了，直眼瞅著。後來一連幾天楊科長都來，總是趕在她們收攤的時候。一個星期過去，金棗對蜜蠟說：「大妹子好日月來了。人家楊科長要請你做內勤呢。」「咱不喜見他那眼神哩。」男人走過來：「這你不用怕，他不是那樣人。不過是請你做做家務活兒，不比賣烤薯強？他是大機關人呢。」金棗催促：「快換件新襖應下來吧，反正我的烤爐還給你留著，不行就回。」蜜蠟覺得再沒有理由推脫。第二天楊科長親自來請蜜蠟了，見面就說：「我們多次了解交談，覺得你的條件很合適的。我與愛人忙於機關工作，很需要你的幫助。」這次蜜蠟很快應承：「我什麼都不懂，怕做不好城裡飯食。」科長笑了：「這些都好說。再說你也有個學習的過程嘛。」講到最後，蜜蠟對金棗說一句：「那我去試試了。」就抱起了那個大書包。出門坐了一會兒蜈蚣車，又步行穿過一段石板路，進入一個圍了高牆的大院。這兒全是灰色六層樓，楊科長領她一口氣登上一座樓的五層。蜜蠟進了門廳卻不敢邁步。地上多麼光滑，上面有木頭紋路。「不要緊，人造地板革，你看。」楊科長換了拖鞋在上面踩了兩下。蜜蠟也換了拖鞋，書包一直抱在懷裡。一個三十多歲的女人迎出，見了蜜蠟馬上一皺眉頭笑了：「啊，啊。」楊科長彼此作了介紹，蜜蠟知道這是他老婆。「老天，這一家學問大了，咱以後怎麼開口說話啊。」門廳裡那台黑白電視機也把蜜蠟嚇住了，從進門那一刻就不敢正眼看它。「原來城裡什麼魔器都有啊，咱掉進福窩裡了。」女主人打開電視，啪啪扭著圓鈕，一陣雪花閃過，暈出一個個畫面。「原來是放小電影的機器呀，咱從來沒見哩。」蜜蠟的嘴巴都合不上。這是一套兩室一廳的房子，另有一間小餐室、一個帶淋浴的小衛生間。廚房在北涼臺上，小得只能容下一個人。整個屋內乾淨得可怕，到處都亮鋥鋥的，散發出一股茉莉味。窗帘至少有三層，窗檯和床頭櫃上都有鮮豔逼真的絹花。家裡只有兩口人，可真是冷清啊，蜜蠟好幾次想問一句：你們爲什麼不趕緊

「使上」呢？楊科長帶著十二分歉意說：「實在太忙了，家裡髒得不成樣子，不過你一來也就好了。」蜜蠟嚇壞了，她不知道日後自己究竟該怎麼做。她想擦擦灰塵，可是沒有。廁所是大小解的地方，照理說該骯髒了吧，誰知裡面到處滑溜溜連蒼蠅也站不住，而且香氣撲鼻。「主家得教咱做哩，咱一進來就知道自己是個笨人。」楊科長和女人一齊說：我們正準備從頭調教呢。

新鮮事兒開頭了。蜜蠟漸漸發現這兒的工作並不累，麻煩在於沒完沒了擺文明陣：主家進門要哈腰說「回來了」，接過他們手裡的東西，把外衣掛到架上；吃飯了，先報一遍飯菜名兒，再請他們坐下。端菜拿飯都要輕手輕腳利利索索，不能大聲說話。主人吃過了她才能吃，收拾碗筷時不能磕碰出聲音。女主人親自領她去菜市場購物，教給她怎樣選擇新鮮食品，如買魚要看鰭腮和眼睛，買菜要揀葉脈有光澤的，買調料及成品要看包裝和牌子。還有怎樣講價、怎樣詢問產地，所有細節一一交代。購物之後的建帳也很重要，先要製一個條目本子，花掉的分分厘厘都要記上。打掃衛生不厭其細，不同的工具要運用得當，綿紗團和抹布不要混用，乾布和濕布也必須分開。窗戶每天擦一遍，窗帘一絲水氣也不能沾。衛生間擦洗之後，楊科長進門嗅了嗅說：「這是絕對不行的。」他用潔廁劑重新刷洗一遍，把地漏倒上一杯水，濕漬揩乾，然後又噴上清新劑。坐便器根部用手紙揩了幾次，如果有汙跡就要再用一遍潔廁劑。「它的根部往往不潔，是洗刷重點。不要忘了往地漏倒水。」楊科長特別指出：這一切作爲一個家務人員來說僅僅是初步，但凡事都要由淺入深，不能急，慢慢來；有些細節的學習還要在工作中隨時進行，邊幹邊學。蜜蠟出汗了，只要這對夫婦一出現她就要出汗。她承認這兒的王法與莊稼人全然不同，如果回到上村，說破了大天他們也不會相信。比如有一天晚上她從廚房端湯上來，剛一挨近餐桌女主人就站起來，阻止她放下湯鉢：「慢些慢些。你剛才是這樣吧？」她接過來做一個姿勢。蜜蠟不解。「記住，端食物上桌千萬不要大張著嘴；還有，不能呼呼大喘。要閉緊了小嘴兒輕輕放下。」還有一次他們吃過了，蜜蠟自己吃飯，楊科長過來說：「自然，聽聽你打嗝多響啊。這可不好。」

蜜蠟一有時間還要去大學門前。金棗見了她就說：「瞧眞有人樣啊，多光鮮的大姑娘，臉龐又紅又亮大眼一忽閃一忽閃。你這回可心吧？」蜜蠟笑而不答。她幫金棗做了一會兒，對方不停地問楊科長家怎樣，蜜蠟就說：「活兒不累，就是規矩太多。」「怎麼？」蜜蠟說了一二例。金棗拍著手：「哎呀眞有意思。」從大學門前回來沒有兩天楊科長就找蜜蠟談話了：「劉自然同志，我今天要跟你談一個嚴肅問題了。你把在這兒工作的情況告訴別人了？」她的臉紅了。他馬上說：「算了，這事過去了。下不為例。我想告訴你，你既然在這兒工作，就成了這裡的一員，絕不能把主家的事傳到外邊。這不是怕人，而是一種職業道德，是規範。嗯，明白了沒有？」蜜蠟想了想：「明白了，你是教咱學一門城裡手藝哩。」楊科長拍起了手：「這麼理解就對了。你學成了，說不定還要到首長家去工作呢，那時無論多麼高的要求都不在話下了。」蜜蠟偶爾想念金棗和她的烤爐，但見面時再也不談楊科長一家。「他昨個還來俺家要走了一個罐子呢。」金棗說。蜜蠟把話題移開：「樹葉兒一黃就落了。」「他那是送給頭頭腦腦，拿了也不給錢。」蜜蠟又說：「立冬以後天就快冷了。」她離開金棗就在一所大學門前轉著，然後去另一所，動不動就問一句：「你這兒有登州來的好小夥兒嗎？」她漸漸知道省城有十二座大學府，整整一打哩。她越來越相信自己是大海裡撈針了。有好幾次她想遠行千里跑回河邊，從那兒打聽銅娃一家到底在哪兒落腳？可是一閉眼就聽到了老師的嚴斥：「沒數的娃兒，這只有管事的公社才說得分明，你問他們還不等於問『捕快』？」蜜蠟垂下了頭。「老師啊，你保佑咱逢凶化吉，在城裡平平安安，一抬頭就遇見咱的冤家吧。」「我的好蜜蠟，可千萬別回鄉下啊，那裡一道令傳下滿地都是『捕快』，你有凶案纏身，一刀結果了大河馬，犯的可是死罪中的死罪。你就在亂烘烘熱鬧鬧的大城市活下來吧，這兒與鄉下隔開了兩重天；再說跟心上人住在了同一座城市，想想也怪恣哩。」她聽到雷丁一遍遍規勸，眞是苦口婆心。「老天爺，老師說的倒是個理兒，可咱想爸想媽還想那條東溪哩；還有，想看看村東的莊稼地、想摸摸草垛邊的狗。沒法兒，想活命，就得眼睜睜看著城裡人擺文明陣。」她心裡念叨著從校門轉到菜市，買了二斤芹菜、一斤松蘑、一紮粉絲。買粉絲時不忘問一句：「是龍口貨嗎？」人家答一句：「不是不要錢。」從菜市拐角處看到了一大堆南瓜，這使她再也挪不動腳。一個個挑揀，從瓜的顏色和紋路上找中意的，她知道哪隻甘甜、哪隻粉麵噴香。她攏著南瓜回去，又想起了教她做餅的雙子媽。「眞是三十年河東三十年河西啊，一眨眼咱給城裡人做餅哩。咱要讓他們吃得兩嘴冒油，然後仰臉喝一碗清湯，帶蘑菇肉片火腿丁的，粉絲做滷兒再扔進幾個黑木耳，蔥薑切成細末胡椒粉多放一點。」

這一天蜜蠟眞是露了一手。楊科長和女人吃多了跑到廁所裡打嗝，回來誇個不休。「這種餅稱得上極品了，如果首長吃了——」她看一眼男人。楊科長馬上接答：「他會高興的。他一準喜歡。」從此他們好像愈加器重蜜蠟，不久甚至提議她業餘時間去一個盲人按摩所學習。「俺不想幹哩，俺又不是盲人。」楊科長板起臉：「唔，不能故步自封啊。學一門手藝嘛。要知道，你目前在我們家做還馬馬虎虎，到一些更高級的家庭就難以勝任了。你學成了那天，說不定還會有首長任用呢，那時就一步登天了。」蜜蠟聽不明白，只好跟他去了。一些穿白衣服的男女盲人說話聲音偏低，對蜜蠟很客氣。他們在工作時順便教著蜜蠟，念叨著一個個穴位。蜜蠟學著各種推拿手法，一開始累得滿頭大汗，最後才懂得怎樣省力。因爲楊科長有過交代，盲人老師側重教她治療失眠和便祕。「哎呀咱會了，一個個穴眼都記住了。」她回去一說，楊科長建議她繼續學習，「全身保健按摩更是基本功。要知道學海無涯啊。」他們夫婦每個夜晚都要檢測蜜蠟的功法，躺在床上身穿寬鬆衣褲，微微氣喘。蜜蠟手勁兒大了些他們就要呼叫，說：「這兒恐怕是塊病，是塊病。」蜜蠟向其解釋：「這不是病，是穴位。」兩個人相視微笑：「人家劉自然同志學問比咱大。」有一天晚上按過了，蜜蠟聽到兩個人在一邊商量說：「差不多了，該送走了。」開始還以爲他們在說別的事情，後來才聽出事關自己：「她基本要領都掌握了，懂規矩，再說又能做南瓜餅。別拖延了。」蜜蠟一夜未睡。第二天是個周末，兩口子起得很晚，早飯之後已到上午十點左右。女主人懶洋洋的，長髮披肩，好像故意要和蜜蠟比試乳房似的，只穿一件緊繃繃的內衣，不著外套。她身上的香味兒刺鼻，讓蜜蠟屏住呼吸。「自然，來，老楊跟你談事兒了。」蜜蠟覺得腿沉得拖不動。楊科長在臥室等她，蜜蠟站著。「自然同志，你辛苦了。你的工作完成得很出色，我們把你推薦給了首長。唔，他是我們老局長。兩年前老伴去世了，兒子兒媳又住在別處，很困難的。他非常需要你這樣一個保姆。」蜜蠟愣了：「首長？我害怕哩。」女人笑了：「別怕，去了就知道，老領導很和藹的。你一定要去，啊。」蜜蠟差點哭出來：「主家決定吧。不過主家看我不合適，還要讓我回來啊。」楊科長擺手：「你去吧。說句實在話，我們這一段不過是替首長調教罷了。你今後別忘了我們就知足了。」

老局長姓梁，六十多歲，身體果然虛弱，一活動就氣喘。他的樣子有些嚴厲，第一次見到蜜蠟就摘下眼鏡說：「哦唔，劉自然同志。楊科長跟我講過多次。那就工作吧。不過我這裡條件很差的，你不會習慣。」蜜蠟儘快把楊科長教的一套話說完：「一切請首長放心，我一定照顧好您老，做個出色的勤務員，保證完成您交給的一切任務。」梁局長笑了笑，讓蜜蠟鬆一口氣。她幾乎一放下手裡的東西就忙活起來，手腳不閒，從廚房到衛生間擦洗不停。她一邊做一邊吃驚：比起楊科長精緻的小家，這兒眞是又大又髒。她費了好大勁兒才弄清這是多少間，先數了四個大間，其中三間是臥室，一間是辦公室；還有大客廳和餐廳、一間獨立的廚房、一間有澡盆的衛生間、一間貯藏室。這九個不同的空間，再加上一些鑲在牆上的大壁廚，整個屋子有多少扇門，大概誰也搞不明白。「原來這就是首長的家呀，原來首長只有一個人哪。」她從心裡明白這個地方是多麼需要自己。瞧到處油乎乎的，散發出一股邪味兒。家裡竟沒有清潔劑，沒有改善氣味的香水之類，也沒有用來打掃衛生的器具，只有一把條帚一團抹布，一個裝雜物的垃圾桶。她幾乎馬不停蹄去樓下買了衛生用品，然後精心擦洗了廚房和衛生間。天黑之前她已經煮上了肉湯，米飯也蒸上了。飯菜的香味終於把辦公室裡的老人吸引出來，他揉著眼睛來到廚房，臉上欣喜難掩：「小劉同志，慢慢做，不要急，這裡的雜亂活兒一時是做不完的。」「首長忙吧，我不累。飯好了我叫首長。」他立刻制止：「別這樣叫，直接喊老梁好了。」蜜蠟連連說：「咱不，首長。」老人笑了：「那就喊梁伯伯，嗯，就這樣吧。」說完又回到自己的辦公室。吃飯時蜜蠟端上飯菜並報了菜名，然後站在一旁。「來，我們一起吃呀。」他讓她坐下。「主家，首長先吃吧。」他不高興了，站起來：「這怎麼行。只有我們兩人，一起吃嘛。」蜜蠟只好坐下。

梁局長上班時，蜜蠟一整天都在大力清掃。局長行前指了指北面一間臥室，說這是兒子兒媳偶爾回來住的，裡面的東西要慎動。她發現那間屋子稍微乾淨些，有一堆化妝品，還有兩人的合影。她被這一對人迷住了，不知看了多久。小夥子英俊之極，旁邊的女子更是仙子模樣。他們都在衝她笑。「咱什麼時候才能親眼見見這一對兒呀。」她咕噥一聲，低頭幹活了。在老局長的臥室裡，蜜蠟嗅到了一股老男人的氣息。她終於明白了彌漫在全屋的邪味中，就摻雜有這種上年紀的獨身男人的氣味。她把床上的東西全曬一遍，翻開褥子時，發現了一張奇怪的獸皮。枕頭旁全是文件和書，再加上辦公室裡那一大架子，老天，這兒成了圖書館。「老師，咱遇到了一個全國最能看書的人。」她在寬大的前涼臺發現了一張躺椅，椅旁的凳子上也擱了文件和書。涼臺上有幾盆花，它們像主人一樣蔫蔫的。

蜜蠟給所有的花澆了水，然後又把涼臺玻璃擦了一遍。閒下來時她指著額上的汗，打量著辦公桌上那副眼鏡說：「多麼可憐人哪。」桌上有一部電話機，黑色的，她不知怎麼使用。她擦洗時曾小心撥弄了上面的圓盤，一直後怕。一會兒它果然響起來，她搖一搖，它還響。抓起話筒，裡面是梁局長的聲音，「小劉同志，我忘了告訴你，中午我是不回家吃飯的，你自己用飯吧。還有，辦公室的紙張什麼的請不要隨便動。」「嗯哪。」她應一聲，話筒嘟嘟響。她拿了一會兒它還是響，只好放回原處。「多麼可憐人哪。」蜜蠟端量自己整理過的屋子，感嘆，咂嘴。這兒比剛來時可明亮乾淨多了，但比起楊科長那兒連邊也不沾。

梁局長很晚才回來。他一進門就由蜜蠟接過皮包，然後又幫他將外套掛到衣架上。她一眼發現他是那麼疲憊。「首長，噢，梁伯伯吃飯吧。」「嗯，好好，」他四下看了看，有些高興：「這兒眞是『舊貌換新顏』了。」「首長在說寶書上的話。」「哦？哦。小劉的記憶力可眞好啊。」整個吃飯時間梁局長都在思考問題，剛放下飯碗又去了辦公室。蜜蠟歪頭看了看，發現辦公桌前的人正在用筆畫著。這樣直到半夜他才熄燈回臥室，蜜蠟端來一碗蛋花湯。「哦，這怎麼可以。我們上年紀的人覺少，你們年輕人可要早睡。」「梁伯伯也要早睡。」「不成，我一天只能睡三四個小時。失眠，老病了。」蜜蠟馬上拍一下手：「我學過按摩呢，治失眠是最先學的，我給首長按按吧。」梁局長看看錶，「是嗎？明天吧，今天太晚了。哦，按摩，這也太奢侈了吧。」他咕咕噥噥往自己臥室走，端著那碗蛋花湯。直到一個多鐘頭之後，蜜蠟仍能聽到從那間屋裡傳出的咳嗽聲。「我會給你治好的，明天就會動手治了。」蜜蠟自語一聲，睡著了。早晨起來，梁局長在衛生間的時間很長，而且出來時又沮喪又倦怠。蜜蠟終於明白楊科長讓她學習按摩的目的，也知道了他們夫婦爲什麼要對她精心調教。「我的老天，城裡人的心眼可眞多啊。」她上去攙扶梁局長，對方擺手：「沒事，不過是坐久了頭暈。」「我給你簡單按一按吧。」她待他坐下，就在太陽穴幾處按了一會兒。梁局長站起來長舒一口：「啊，好多了。很好。」

蜜蠟一個人在家時，該做的做了，一段空閒讓她感到了莫大的幸福。這兒有看不完的書，她從架上抽一本，看不懂再換一本。每次看完了書她都小心翼翼插到原處。「老師，俺怪恣呢，」她伏在小桌上寫著，「咱在這兒一輩子都不抱怨，幹不完的活兒看不完的書。你見了這麼多書該咧開老虎嘴兒笑了。一個怪老頭兒，褥子下邊墊了獸皮，那毛兒厚得呀，咱從來沒見。老師，我老想夢見你，可來這兒一次也沒有。我不作夢就弄不清你在哪兒，聽不見你說話，不知道你到底是死了還是活著。我也不知道你和小白孩兒到底是怎麼一回事，你倆是不是趕在陰間裡相會。我睡前常禱告說：老天爺讓俺作個老師的夢吧，這樣就能看見他了。夜裡夢見有一隻手伸進俺被窩，這兒捏捏那兒摸摸，一連幾個鐘點放在咱胸前，一聲不吭。我從他手上的繭子就知道這是割草少年，他從大學府連夜跑出來了。分手那一年的事兒誰也不提，因爲太傷心了。再說也害怕主家聽見，因爲到底是借了人家的地場相會呀，只能大氣不喘以手代口，打些啞巴語。他摸摸咱的小肚子，那是說分手多年一轉眼年紀不小了，他也該當爹了。我按按他的腦瓜，意思是你先別急，既然入了大學府就好好念書，等學成了滿肚子墨水那天，再給咱使上個文化小孩。他渾身摸了，在我的脊梁上肚臍上描描畫畫。這是說我又胖啦。他的巧話兒一串串從指縫裡流出來，什麼『你胖也不是特別胖，不過是長了雙脊背。』什麼『俺老婆不算重，兩口兒合起來三百來斤男人一百二。』我扳住他親個不停，邊親邊在他臉上畫著問號。那是問他考中了什麼大學府，咱白天好進去送隻烤紅薯。他黑影裡又眨眼又扳指頭急得滿頭大汗，像有什麼難言的心事。他該不是一進城就被狐狸迷住了？咱的手一直按在他的胸口那兒，那是告訴：咱有眞心哩。自從咱倆河邊相遇，咱一道關口接一道關口都闖過來，見了男人不眨眼，誰想找咱拉個手啊親個嘴啊什麼的，咱一個轉身躲了嫌骯髒哩。咱只覺得你在水裡洗涮千遍，乾淨得一絲灰氣也沒有。比起你來別人都灰頭土腦大耳朵奓撒著，長得豬頭肥樣。說到這裡咱又想起了那些年被妖怪擄去的日月，又驚又嚇魂不守舍。那個強梁是什麼畜類演化的咱可不知道，一對尖牙像納鞋底的錐子。小畜生對我好的時候也有，不過他還是做我這輩子再加下輩子的仇人吧。大河馬也是一樣，砰嚓，砰砰，刺刀捅進了粗皮老肉。河邊美少年哪，你給咱加加手勁兒吧，咱要狠狠刺他刺他。還有三許，雙子和蔑兒。苦命男兒一個個在今夜大睜著眼呢。世上的緣分有一分算一分，咱像老會計記帳本，一落墨就讓它過去了，年底算總帳再用算盤撥拉。記上帳本就有了千年萬年的底子，誰想來查老帳都行。咱對銅娃說了，咱還想他們哩，因爲個個都是好男兒，咱喜見他們哩。話又說回來，俺老師不讓咱糊裡糊塗亂來，咱那會兒是走投無路一心想往死路上撞，想在死前找一個可意的男人。我如果就那樣踏了不歸路，一輩子可就慘了。銅娃，好好上大學府吧，夢裡來會會我就行；再說咱白天也沒有時間，首長家事情忙也忙不完。這兒跟咱鄉下不同，這兒要一天刷三次茅廁，擦兩遍桌子，洗一摞大碗小碟鋼把兒小勺，還要把床上的鋪蓋拍打拍打。」

蜜蠟第一次爲主人做周身按摩，心裡充滿了異樣的感動。開始梁局長只同意坐在椅子上讓她拍拍，後來她則堅持讓對方躺在床上，因爲按摩所裡即是如此。她看得出這個上年紀的男人在仰身躺下那一刻有多麼難爲情。他顯然帶著歉意和自責讓別人做。一開始他還想敷衍了事，但一刻鐘之後感受了實際助益，就安靜下來。「自然同志，累了就歇歇吧。」蜜蠟笑了：「伯伯，這怎麼會累呀，這樣做半天也不會累的。」她心裡全是憐惜和同情，因爲手下觸摸的人可真是瘦弱不堪，他的肌肉筋骨已經簡單分明，幾乎沒有了脂肪包裹。一雙腳乾巴巴全是皺紋，用手一捏像兔子蹄那麼單薄。全身的皮兒焦乾到沒有一絲油性，搓揉時眞怕稍稍用過了力啪啦一聲撕破。骨頭硬得像石頭，胸脯有些癟。每一次觸按小腹他都要曲膝，有時還想側過身子。她偏不讓他這樣，她要一一按穴位造訪哩。哎，是什麼讓一位老人如此害羞呢，瞧他舒服得嘆氣又不安。「一回生兩回熟，常了就好了。」她咕噥一句，像是說給他，又像是說給自己。整個身體很快讓她爛熟於心了，第二遍從頭部捋下來時，已經在閉著眼睛做了。她像那些盲人師傅那樣以敏感的雙手探過一個個骨節，讓穴位潛伏的吸力輕輕俘獲自己的指尖。哦，一個小小的疤痕，一處痤瘡。不小心掠過了下體，他一個震顫差點坐起，她趕忙去按壓雙腳上的湧泉穴。長長嘆息一聲，他睡著了。她為他搭上一床薄被，輕而又輕地退出。

第二天早上梁局長臉色紅潤，上衛生間的時間也短了許多。早餐時愉快極了，食欲明顯增大。「自然，哦，很久沒有休息得這樣好了。眞不知該怎樣感謝。算了，不說了。」他用過餐還坐在桌旁，等著蜜蠟吃完。蜜蠟去後涼臺看到了樓下停放的汽車，提醒他車來了。臨出門他又叮囑：「別太累了，閒了讀讀書，看看電視什麼的，啊。」他走了。一個「啊」字讓蜜蠟心裡發燙。這輕輕呵氣聲只有爸爸老劉懵才發得出。她用抹布擦桌子時眼睛都濕了。拾掇了一會兒她眞的讀書了，又打開了黑白電視。最後是伏在桌上寫字：「我很幸福，進城以後最幸福的日子。我感謝金棗和楊科長。這兒什麼都好。」她合上本子在屋裡走動，從一間到另一間。涼臺上有一棵君子蘭開了火紅的花蕊，她還是剛剛看到，「哎喲」一聲撲過去。「你多麼美哩，你悄沒聲就開放了。」她雙手拄膝看了許久，然後拾起杯子給它澆水。涼臺上、臥室裡，所有的室內空間都添了一股清氣，再也沒有了剛來時的那種黴味兒。中午飯她隨便吃了一點，因為不願為自己費心興炊。她現在總是想法做出一頓可口的晚餐。午飯後她要去菜市場買一個大南瓜，想為首長做一次南瓜餅。可是正要出門，門把手自己轉動起來，她嚇得退了一步。門開了，進來的一男一女手拿鑰匙，他們一齊驚目大睜盯過來：「你是誰？啊？」蜜蠟馬上反應過來：這是梁局長的兒子和兒媳。她馬上微笑答了：「我是剛來不久的勤務員，我叫劉自然。」男的臉色冷冷：「誰讓你來的？」「是楊科長領我來的，他讓我在這兒好好給首長服務。」蜜蠟剛說完女的就發出一聲「哧」，脫下皮衣掛了，「什麼呀，說保姆不就得了。你鄉下來的吧？什麼地方人？」蜜蠟有些慌，「俺老家招了災就出來了。十八里疃的。」男的從一間屋蹽到另一間屋，又到涼臺和廚房看了。女的到自己房間看過，出來對男人說：「這下子咱爸有福享了，你等著看吧。」男的埋怨一句：「先別想那麼多。哎，我說劉什麼自然，你過來。」蜜蠟趕緊過去。「我放在窗檯上的懷錶呢？」「不知道。首長不讓我動這間屋子。」男的呼一聲拉開窗帘，又砰砰開抽屜。折騰了許久，大概懷錶找到了，見蜜蠟一直站在門口就揮揮手說：「走吧走吧沒你的事了。」說完砰一聲關了門。一會兒屋裡傳來嘆氣聲，埋怨聲，然後沉寂下來。蜜蠟在走廊裡不敢走動，生怕驚動了他們的午睡。她不知該不該趁這會兒去菜市場買南瓜。正猶豫，突然屋內傳出了親暱聲，這聲音簡直大到毫不掩飾。她嚇得大氣不出站著，直到門咣噹一聲打開，女的身披睡衣出來，開口就喝斥：「你站這兒幹什麼？哎呀你還會聽房啊。你真是讓咱的臉沒處放。」男的把女人拉進去，說算了算了，鄉下孩子嘛。

他們睡過午覺就走了。蜜蠟關在自己屋裡沒吱一聲，嚇壞了。兩人走了許久她才敢在屋裡走動。當她重新站在他們那張合影跟前時，那種驚訝簡直無法言喻。照片多麼騙人哪，真人原來是這樣：又醜又凶。也許那是很早以前的照片了，不過怎麼差個天上地下呀。她忍住了沒有哭出來，不過已經無心去買南瓜了。她默默做飯，等梁局長回來。她不知該不該把兩人回來的事告訴他，想了想，決定不吱一聲。她仍然想讓自己高興，可是怎麼也高興不起來。天黑了，飯菜好了，她坐在廳裡等待。當樓梯響起的一刻她是多麼愉快啊，可惜那腳步又往上登去；又是半個鐘頭過去，門把手轉動了，梁局長回來，她趕緊去接提包。「啊，對不起，回得晚了，開會了。」他的樣子疲憊但很興奮。蜜蠟去了廚房端飯菜，報了菜名。梁局長坐在桌前微笑著：「哦哦，好啊好啊。」蜜蠟一聲不吭吃著。她想起了和爸爸在一起吃飯的情景。「今晚聽說有個好的電視片，我們看看吧。」梁局長幫她收拾碗筷，她慌忙接過。梁局長不斷看錶，說時間到了，就打開電視。其實是一個老舊的故事片，兩人以前都看過。但他們都神情專注看下來，沉浸到熟得不能再熟的情節裡。蜜蠟忘記了白天的不快。可惜只看到一半電視出了毛病，螢幕上一片雪花。「糟糕。」他關了機器。沒有事情做，他也沒回辦公室。「伯伯，我給您按摩好了。」「唔，早了點吧。」「反正沒有事兒，多按一會兒。」他不再推辭，躺到了床上。「我還是喜歡那些老片子，實實在在的。」他仍然在說剛才的電視。「我也是。」蜜蠟揉著他的腰。當她稍微加一點力時，他就發出「嗯嗯」的屏氣聲。「您可忍住些啊，治病就是這樣。」蜜蠟呵著氣。直按了一個小時才結束。梁局長興致很好，端了水杯在門廳陪蜜蠟坐了一會兒，「自然，你不想家嗎?出來太久了吧。」「不不，一點也不，爸媽說了，要俺在城裡好好做，別給鄉下人丟臉。」「多好的青年，」他飲了一口水，「現在的一些城裡年輕人哪，已經非常過分了。」他不想說下去。這個夜晚他長時間在辦公室工作，蜜蠟幾次想勸他休息，可又不敢。

第二天她終於去買南瓜了。順路去大學門前看了金棗，兩人高興極了。金棗羨慕她：「多麼好啊，在首長身邊工作。」蜜蠟想說「這人也挺可憐的」，話到嘴邊又嚥回去了。「本來他可以再婚的，可是兒子兒媳死活不讓。前一段有人給他介紹了一個，沒過幾天讓兒子兒媳罵跑了。真是的，官再大也管不住兒女啊。」金棗取了一塊烤紅薯給她。她知道這些都是楊科長告訴金棗的。她一點都不懷疑這對年輕夫婦的凶悍，嘆了一聲。「多好的餅啊，這餅是做給誰吃的啊?」「做給首長哩。」「這餅的瓤兒一絲一絲怪誘人的，你是怎麼學的呀?」「俺的老師在大河邊哩，在南瓜地哩。」「哎呀還有配餅的湯呀滷呀，小蘑菇漂了一層啊。」「就是啊，無湯無滷不成餅呀，這是登州那邊的規矩。」蜜蠟搏弄著雞蛋澱粉和一排作料，轉動著油滋滋的餅，自問自答等人回來。天黑了，燈火亮了，她摘下白套袖。終於等來了，梁局長一進門就是一聲驚嘆：「好香。」她故意不語，心想等著瞧吧。他坐在桌前了，揭開瓷蓋露出杏紅色的餅了，撕到嘴裡嚼了，喝湯了，大聲誇讚了。「多麼好，多麼好。自然，我可是第一回吃這麼好的餅。你的手太巧了。」蜜蠟覺得這是最高的犒賞。她一聲不應，臉色紅紅的。這天晚上她讓他躺下時，又看到了那張獸皮，就問這是什麼動物？「唔，狍子，我年輕時在東北當過兵。」「首長的腰受過寒吧？」「是啊。」正說到這兒門突然響了，梁局長還沒有起來，那邊的人已經跨進，是兒子兒媳，他們站在門邊看著。「來前也不打個電話，」梁局長說，「這位是來咱家工作的小劉同志。」兒媳說：「早就領教過了，」然後轉向男人：「爸這回不用咱牽掛了，瞧這小日子過得多紅火，人也精神了十倍。」兒子把皮手套摘下扔在沙發上，臉色鐵青。兒媳鼻子蓬蓬吸著，一路去了廚房，一會兒端來半塊南瓜餅。她咬了一口，「哎喲」一聲遞給男人，他推開：「我不吃臊乎乎的東西。」梁局長猛一拍床頭坐起來：「不准你這麼說話。」兒媳笑著：「爸呀，家裡一有了伺候的人您就對孩子發脾氣。其實呢，還是自己的骨肉親哪。」梁局長的手都抖了，指著兒子：「你給我滾，沒事不要回來。」兒子盯了蜜蠟一眼，對妻子說：「走啊。」

這個冬天眞冷啊，原來省城比別處的寒風更厲。蜜蠟在屋裡暖融融的，可是一走上街頭就要圍上大頭巾。腳下是滑冰，她有好幾次跌得慘重。她心裡記掛的是梁局長，他就在這樣的日子裡去北方開會了。行前她為他裝好了藥品，一遍遍清點旅行必備的東西。他走前說：「你照顧自己吧，我不在也要好好吃飯。我十天左右回來。」蜜蠟覺得這屋子是如此空蕩。她讀書，寫字，一遍遍寫著：「銅娃啊，咱眞孤單哩。」君子蘭凋謝了。窗外落雪，從昨夜開始。這天中午門被打開，兒子兒媳帶著一股寒氣進來，砰砰啪啪扔下手裡的東西。「吃飯吧？我做飯去。」蜜蠟問。男的不吭一聲，盯了她一眼。蜜蠟覺得這是人世間最可畏的目光。女人脫得只剩羊毛衫和毛褲，卻穿著高筒皮靴，兩腿叉著看她。「主家。」蜜蠟叫了一聲。女人冷笑：「我們不是你的『主家』，用不了多久你就是我們的『主家』了。」「天哪，怎麼這麼說？」蜜蠟帶出了哭腔，嗓子顫抖。女人惡聲惡語拋過來：「你心裡不是盤算好了嗎？你想用騷氣迷住他，他用不了幾年兩腿一伸，這裡的一切就成了你的了。」男人跺一下腳：「沒這麼便宜的事，狗東西。」蜜蠟哭了：「大哥千萬不要罵人哪，天地良心，我只想好好伺候梁伯伯。」女人伸手狠力點在她的胸前說：「你喊什麼？你老老實實聽著。」「哎呀大姊疼死我了，你有話就說吧。」女人又點了她一下：「告訴你，趁著事兒還沒有鬧大你快滾吧，收拾東西滾吧，再也別登這個門。」「什麼？我離開這兒？梁局長呢？我得等他哩。行行好吧，我什麼也不圖，行行好吧，俺老家招了災。」蜜蠟淚水出來了。男人使個眼色，女人突然揪住了她的頭髮，猛地一聳一推，讓她跌在地上。還沒等爬起，女人的高筒皮靴一下連一下踢在了她的下體。蜜蠟躲閃，滾動，後來死死抱住了對方的皮靴。這惹起了女人更大的怒火，她乾脆伸出兩手擰起了蜜蠟，擊打乳房。蜜蠟四處護住自己的身體，縮到了角落。「說，你還等不等他回來了？」女人大喝。蜜蠟淚水止住了，答：「不等了。」「你還敢不敢再登這個門了？」「不敢了。」男人推開女人：「閒話少說別跟她囉唆，告訴她，讓她走人。」說著朝她伸出一根指頭：「記住，對我爸，對你的楊科長，別亂說亂道。你要不聽我們的話，後悔可就晚了。」「媽啊，老天爺，我全聽到了，聽到了。」蜜蠟一下伏在了沙發上。

25

「大姊，還是讓我跟你賣烤紅薯吧。」蜜蠟看著自己以前用過的烤爐，伸手撫摸著。金棗和男人看到了她額上有一塊抓傷，問她到底怎麼了？她緘口不語。「聽說首長的兒子兒媳不省心哪，他們欺負你了？」「沒，沒有。頭上的傷是我不小心磕的。」「那你該回去。天多冷啊，推著烤爐吆喝的滋味不好受啊，我有好幾天沒有支攤了。」「大姊能做我就能做。」「多麼犟氣的閨女，你讓咱說什麼啊。要不我領你去家政介紹所吧，那裡就管爲人找保姆。」蜜蠟猶豫了一會兒，同意了。她們進門後接待的是一位跛腿女人，戴了眼鏡，拿出一個冊子登記，伸手要蜜蠟的證件。「咱沒有哩。」「那不行。」金棗說：「我做她的保人還不行嗎？咱又不是跑戶。」「那也不行。」她們失望而歸。幾天之後楊科長匆匆找來了，一見蜜蠟就嚷：「這怎麼可以呢，這可不成。」金棗問：「你知道是怎麼回事嗎？」楊科長沒有回答，只衝蜜蠟說：「你知道首長開會回來不見了人有多著急。他知道肯定是兒子他們在鬧，讓我請你回去，你不回他要生病的。」蜜蠟不語。一會兒淚水流出，她揩揩，從兜裡掏出一疊錢遞上：「你捎給首長吧，這是買菜剩下的。就說我盼他健健康康的。不過我真的不能回了。」楊科長再三勸說，蜜蠟總是搖頭。

風雪停息的日子，金棗和蜜蠟推著烤爐出門了。「買吧，比蜜還甜的烤紅薯啊，十八里疃的烤紅薯啊，保你吃了這口想那口啊。」她隨上金棗吆喝，手裡的火鉗忙個不停。那些從校門口經過的人不光有老師學生，還有在大街上來去的市民和外地人。一天下來能掙幾塊錢，真是辛辛苦苦高高興興。

旁邊不遠的攤子有賣圍巾的，蜜蠟過去挑了一條紫色厚棉絨的。「你戴嗎？」金棗問。她搖頭。回去後蜜蠟找到了楊科長家，她請他把圍巾捎給梁局長：「天這麼冷，算我的一點心意。首長那些天待我眞好。」楊科長夫婦趁機又勸她回去，她還是搖頭。夜裡兩腿根部又癢又疼，她偷偷去一個角落看了，發現被那個長筒靴踢下的瘀傷變成了黑紫色，而且至今腫著。「咱莊稼孩兒有七七四十九難哪，熬過了那天就好了。」她在黑影裡默念。這一天又起了風雪，金棗幫男人收拾蛐蛐罐，把深井裡的罐子提上來。一摞罐子上糊滿了淤泥，男人問一旁觀看的蜜蠟：「你猜猜看牠們在水底待了多久？」「好幾個月了吧。」「三年哩。」蜜蠟好驚訝，咕噥：「牠們受苦受難三年，才有了出頭的日子。」金棗說：「聽聽，多像鄰居信教嬸子說的話啊，你該見見她。」這之後不久過來一個六十多歲的女人，金棗一見她就揪一下蜜蠟的手。女人微胖，頭髮花白，心慈面軟的模樣，很快就拉著蜜蠟的手說話了。「孩子，不要讓憂愁纏住，一切託靠主吧。」「盡力去做力所能及的事吧，上帝會在你的善意上加添你的力量。」「一個人在患難時的忍耐和謙卑，比在順境中的快慰和熱心，更能蒙受主的喜悅。」一種平靜和溫煦的力量，彷彿順著婦人的手臂注入了蜜蠟心中。她不知不覺依偎在婦人身上。「我們都是有罪的人，孩子，萬能的主會寬恕一切。」蜜蠟低低問道：「主會寬恕我嗎？」「主憐惜一切人。主從來沒有遺棄一個人。」蜜蠟的淚水在眼眶中旋動。

這座城市的風有增無減，可是蜜蠟覺得它不再可怕。她已經跟上大媽三次去了教堂，還接受了她的贈書。在那些虔誠的人群中，她總是忍不住流淚，儘管有人在大聲念道：「神要擦去他們一切的眼淚，不再有死亡，也不再有悲哀、哭號、疼痛，因爲以前的事都過去了。」「都過去了嗎？」她問大媽。大媽點頭，「神願意做我們的父，也願意我們做他的兒女。什麼都不該隱瞞主。」蜜蠟心跳加劇。她害怕了，害怕把一切的一切都向大媽說出。「我是一個犯有大罪的人：淫亂、殺戮，天哪，主連我這樣的人也會寬恕。我不敢想，不敢想。」她喃喃著走出教堂，讓寒風吹乾臉上的淚痕。不過她一直在讀大媽給的書，懂不懂都讀。金棗睡去之後蜜蠟要讀到下半夜，每天早晨醒來卻神采奕奕。金棗說：「人家信教的人都有使不完的勁兒，心誠則靈啊。」這天蜜蠟和金棗一回來，從廂房出來的男人就拍著手說：「人家大妹子就是有福，這不又有人來雇了，工錢高得嚇人。」金棗說：「誰呀？那麼好的事兒咱也去幹幹。」男人「哧」一聲：「那得人家看上。這回是畫家老莫，他想請蜜蠟幫忙料理，也順便做做畫模子。」蜜蠟楞了：「畫模子？」「就是坐了讓他畫，那是做家務之餘的事兒。」「他沒有兒子兒媳呀？」蜜蠟一問金棗就笑：「沒有。你眞是怕了。老莫是個老實人，不多言不多語的，你見過。」蜜蠟就是想不起。「他就是賣老宣紙掙了幾千塊的那個，留長頭髮的。」他一再提醒，蜜蠟終於想起他的朋友中有這樣一個人：五十四五歲，粗胖，一張臉像腫脹著，樣子怪極了。這個人沒有跟她說過一句話。金棗說：「他可是個大富翁，別看不顯山不露水的。」「金姊，我眞怕被城裡人欺負。累點倒不怕。」「放心吧，老莫這個人老實得話都不會說，只一心畫畫，只要你不欺負他就行。」「他一個人過嗎？」「原來的老婆離了。女人沒法跟他過。」「爲什麼？」「畫癡。」

蜜蠟去的老莫家住在偏遠一點的城南，就快到郊區了。這兒街巷破爛，燈火和車輛都少得很。可是當她跟上沉默寡言的畫家跨進一個不起眼的小門，穿過一條巷子進入廳堂時，頓時被這兒的氣勢嚇住了。一個帶玻璃頂的大院子，地上是一塊塊木板和地毯，還有眞正的樹與草、泥土，有各種大木雕和陶瓷瓶、高高懸起的畫，有風乾了的大鳥和猿猴。對於那些雙目如生卻再也不會活動的生靈，蜜蠟看一眼趕緊把臉轉開。如果仔細些看，這兒是個大廳堂，裡面的東西應有盡有，大約世界上所有的新奇都被他弄來或偷來了。想想看，掛在樹上的大鐵刀，倚在牆上的戈與矛，還有鑲了銀子的彎彎牛角、只剩了骨頭的牛羊頭顱，包括幾輩子沒用過的老木頭車輪、手搖水車、破舢舨和石磨，這一切都是怎麼來的？這裡的物品大半體積巨大，這人雖然虎背熊腰也搬不動啊。最嚇人的還是矗成一溜的人頭面模，它們有的粉白有的黧黑，那眞是像鬼啊。「媽啊，我闖到了什麼地方，這兒簡直是牛頭馬面，陰間陽間咱都分不清哩。」蜜蠟心裡膽怯，不由得把懷中的書包勒得更緊。抬頭去看引她進入的畫家老莫，這一看又是心中慌跳。可能是環境改變的緣故，老莫的模樣也不像在金棗家見過的那樣，他的臉眞像橡皮做的，鼻子又大又垂；特別是頭髮，額前一小片禿光了，頭頂和後腦那兒卻濃厚得嚇人，往後披成一大束，還有些翹。整個人都陰森森的，再加上他的沉默不語，他又鼓又長的鼻中溝，讓蜜蠟覺得他就是這個古怪之地的靈長，是這兒萬千怪物的頭領。「上帝啊，快些憐惜你的孩兒吧，你的孩兒腿都篩糠了。上帝啊，我會做個一生侍奉你的僕人。」她靠了在心裡禱告才往前移動，跟上他穿過闊大的廳堂，又進入一個小方廳、一截巷道，拐來拐去才看見類似梁局長那樣的臥室和衛生間之類。她長舒一口，但心跳依舊。老莫厚厚的嘴巴往一個小間裡噘了一下，他走進去，知道這就是自己居住的地方了。這個屋子比梁局長分給的小多了，而他的家卻比梁局長大多了，可見這人是吝嗇的。她想問問日常工作的注意事項，但一看他緊抿的嘴唇又不敢開口。她把自己的東西放在床角，然後從廚房到衛生間看了一遍。她知道廚房才是最重要的。在她一間間看屋子時，老莫從什麼地方找出一包衣服遞給她。她回到屋裡展開一看就傻了眼：這是老天爺都不會見過的穿戴呀，什麼帶羽毛的高筒帽、露出半個膀子的綢衣、一隻紅一隻藍的長靴子、半透明且帶了孔眼的連體衣褲、棉裙，甚至還有獸皮縫製的小褲頭，有翻毛羊皮做成的乳罩。越看越不敢看了，花花綠綠，成心是糟蹋咱莊稼孩兒呀。她見老莫走過來就問一句：「莫叔，這是戲裝吧？」老莫搖搖頭，目光上上下下端量，眼窩紅了一下。他揉揉大鼻子走了，步子又沉又重，像頭大象。她從後身瞥了一眼，發現這個笨重的人卻沒有屁股，幾乎沒有。老莫從走廊走了個來回，撲撲啦啦收拾了幾樣東西，然後背上一個挎包出門去了。

蜜蠟安靜一會兒，開始把這所怪異的屋子逐一看了一遍。主人的臥室大得超出想像，至少是梁局長那間臥室的四倍；奇怪的是沒有床，臥具直接放在地板上，被子枕頭畫冊之類凌亂無比；枕邊有一個大貓頭鷹的標本，它一夜夜注視著睡覺的人。蜜蠟蹙蹙鼻子，嗅到了一種特異的、然而是似曾相識的氣味，但一時想不起是什麼。通向這間大臥室的還有一個衛生間，進去看了看又被其規模嚇住了。它比一間正經屋子小不了多少，裡面是瓷磚地、瓷磚牆壁，水管的樣子沒見過，上面的水龍頭也沒見過。坐便器至少有三種不同樣式的，讓她覺得大開眼界，「老天，原來有的人在變著法兒拉屎撒尿啊，人和人真是不一樣啊。」屋裡除了一個洗澡的大瓷缸，還有一個橢圓形的木盆，邊緣搭了方格毛巾之類，周邊放了草鞋和木底拖鞋。她一聲不吭出來，仰臉看看天花板，緊緊咬了嘴唇。

蜜蠟的痛苦是無法與主家交流。老莫不說話，讓人害怕。他到了用餐時間出來吃飯，其餘都在臥室和那個大廳堂裡作畫、刻木頭，用一團黏土摻上麻絡之類捏弄，有時一整夜不睡。一天下半夜三點左右蜜蠟被一種聲音驚醒，披了衣服起來，趴在走廊窗上一看差點驚喊起來：大冷的天老莫一絲不掛在廳堂裡走動，而且開了燈，這使她看得一清二楚。老天，這個人身上的肉一簇一簇毫無規律可言，下身像一截大象鼻子。周身是觀音土那樣的顏色，加上雙臂粗大，讓人覺得力大無窮。他在地板上走動了一會兒，又從草地花樹間費力穿過，當走到地毯上時，突然迎著那一排人頭面模狠狠跺腳。他像被什麼擊敗了一樣仰面躺下，扭動不息約有一刻多鍾，嘴角上泛著泡沫。剩下的時間怎樣了蜜蠟不知道，因為她終於嚇得溜回了自己的屋子。她門緊了門，頭蒙被子睡著了。第二天早上起來，蜜蠟料定必會看到一個異樣的畫家，誰知他走進餐廳時一切如故，面部表情如平時完全一樣。她想問一問幾天來的伙食是否可口、再做怎樣的調整？但每次張口都被他低垂的目光嚇住了。「這個人如果不是妖怪變的，那我就是妖怪了。老師，你要能親眼看一看就好了。」蜜蠟在本子上寫道。她屈指算了一下，從進門到現在，主人說過的話不超過三兩句，而且大多是「唔、嗯哈」之類。她鼓鼓勇氣，在一天晚餐之後問道：「主家，你吃我做的飯菜合口不？」他嘴巴蹙一蹙：「合。」「我有什麼該做的，主家吩咐啊。」一句出口，對方的眼窩又紅了，這回終於說出一句完整的話：「幾天以後開始工作。」蜜蠟不解了：難道來這兒以後天天忙碌還不算工作呀？怎樣才算工作？「上帝呀，萬能的主啊。求你爲我們成全一切，阿門。」

在陽光燦爛的一天，老莫明確無誤地讓蜜蠟穿上那堆衣服中的一件，坐到玻璃頂蓋廳堂裡。她明白這才是工作，做「畫模子」。老莫不管她穿上袒露的奇異服裝有多麼難爲情，只顧專注作畫，在架子旁「哧哧」揮動一枝筆。他偶爾皺眉，踱過來歪著脖子瞧她，她一活動他就做個手勢制止。有一次他硬是把她本來就低垂的敞領又往下拉了一下，使一對乳房暴露無遺。蜜蠟的呼吸都要停止了，血液衝到了頭頂。他畫了一會兒竟然又一次過來，伸手把乳房捏弄兩下。蜜蠟身子一縮，抬頭卻看到一對冷肅的目光。他退回去接著畫。當他第二三次過來捏弄胸部的時候蜜蠟終於站起：「主家該不是以作畫爲名摸弄俺的奶兒吧？」老莫一楞，隨即搖頭，雙手做了個下壓的姿勢。像有一股魔力，她又重新坐下，直到他畫下去、畫完。最後的一刻，蜜蠟發現這個橡皮大臉上有淚水淌下來。一連三天都在廳堂裡工作，蜜蠟被指示更換了所有的衣服，當然也戴過了那頂有羽毛的帽子。最後她才發現：一堆衣服裡只有那個小小的獸皮褲頭、那一副翻毛羊皮乳罩沒有用過了。她害怕了。第四天，廳堂裡的暖氣熱蓬蓬的，頭頂的太陽也透過玻璃照得人舒服，老莫把最後的兩件挑出來，讓她更衣。「主家，俺說什麼也不能穿它。」「爲什麼？」「這不是人穿的物件哩。」「可這是藝術。」他的口氣生硬無比，眼睛斜著她。這一會兒她才發現對方的眼珠像石頭那樣冷酷無情。她眞的從未有過的害怕，全身打顫去了屏風後邊，流著淚脫了一件又一件，脫得精光，穿上那兩件難以遮羞的、毛絨絨的東西。整個工作期間都有一層淚花蒙了眼睛，同時也注意到老莫的眼窩是紅的。他畫了一會兒，讓她做出各種姿勢：斜跪在地毯上，再不就是半趴在草坪上；最令人難堪的是讓她仰泳一樣翹著雙腿，而且還要雙膝分開。老莫面容凶狠一陣亂畫，直到最後把畫筆猛地一擲，口中念念有辭走到後面，再也沒有回來。

「老師，俺不知道上帝看沒看見，也不知銅娃會怎麼說哩。咱從來沒遇到這樣的怪事兒，莊稼孩兒哭也不是笑也不是，只有捱哩。老天爺保佑，上帝也保佑，他別讓咱平時也穿那該死的物件，也別再往前逼咱了。」蜜蠟夜間寫著，彷彿一直在注視那雙金色的眼睫。她覺得這座城市像一隻老大的動物，它比大河馬還大十倍，只不過要一點一點朝她走來才好，猛地打個照面，那咱非得給嚇死不可。「銅娃啊，我料定你也害怕這兒哩，你從河邊跑了來，多可憐啊，我夜裡睡不著淨是牽掛哩。可我幫不上你，扯不著你，原本是私訂終身的小兩口，卻在同一座城裡捉起了迷藏。我禱告了上帝，他老人家如果耳朵好使也該聽見了吧。」夜深人靜時蜜蠟總隱約聽見有人在長廊和大廳裡走動，但她再也不敢看了。她知道這兒的一切都是「藝術」弄出來的，它差一點兒把莊稼孩兒嚇個靈魂出竅。不記得以前聽說過有「藝術」這種物件，大概它是藏在城裡的，就像鋪瓷磚的茅廁藏在城裡一樣。老莫常常背一個帆布大包出門，回來時裝得滿滿：一個破陶罐、一塊石頭、一個硯臺，還有誰也辨認不出的一些零碎玩意兒。蜜蠟猶豫是否爲他做一次南瓜餅？上菜市場時只買到了紅薯和蘿蔔，就索性做了紅薯餅和蘿蔔餅。這一下老莫高興了，紅著眼窩看了許久。她心裡怯怯的，因爲她記得這人每次紅了眼窩都要工作。果眞這次也沒有例外，午睡之後他穿了一件粗布長袍出來，站在廳堂裡喊蜜蠟。她正收拾廚房，趕緊戴著圍裙出來，一露面卻迎上一對陰沉沉的石頭眼：死盯著她。「主家。」「脫。」「嗯哪。」蜜蠟知道又要穿那些戲服似的東西了。脫了套袖圍裙，再脫薄棉衣和厚褲子，然後去屏風後面尋出那些怪模怪樣的衣裝。「不不，全脫，脫。」「什麼？」「這回要畫裸體。」「光身子？翻毛皮褲頭也不穿了？」「不穿。」蜜蠟一聽急了，坐在地上。「脫吧。」她站起：「主家，沒門哩。你願找誰找誰去，想讓咱光腚沒門哩。」老莫的畫筆像劍一樣戳向她的胸口：「這可是藝術。」蜜蠟跑回自己的屋子，直到晚飯時間才出來。老莫一直無語。這一夜蜜蠟幾乎無眠，她在想是否離去，苦於拿不定主意。天亮了，老莫又背起了帆布包。他站在門口，皺著眉頭招招手：「我們一塊兒，去大學。」「大學府？」蜜蠟馬上興奮了。隨著他坐車換車，最後眞的停在一所大學門前。進了校園，蜜蠟的眼睛一直盯在來往的學生身上，全然沒有注意路旁的東西。後來她差點撞在一尊裸體雕塑上，這才「哎呀」一聲僵在那兒。「走。」老莫說。在一個門口，他向門衛掏出一個牌牌晃了一下，就進去了。原來這麼多男生女生手持畫板站著坐著。講臺上有個中年人講了幾句，一個三十左右的女人裹著浴巾上來，一抖落，整個赤裸的身體就呈現出來。蜜蠟不知不覺握緊了拳頭，手心裡全是汗水。四周鴉雀無聲，沙沙的畫筆如同上漲的潮水。

歸來後蜜蠟一聲不吭。她害怕聽到那個字。可是她知道那個聲音必會響起。早飯總是很晚，大約十點左右，工作開始了。大廳裡多麼敞亮，照得一排人頭面模雙目圓睜。畫板支起來了，那個生僻的聲音像從穹頂傳入耳膜：脫。蜜蠟脫了，像入睡前那樣脫著。頭頂像有一萬支光垂下，這些光線被她如數披掛起來。她遲遲不願睜眼，直到聽了「哧哧」氣喘聲，一睜眼見他站在跟前。她雙手抱住胸口，他爲她取下手臂。開始了，揮動畫筆的人像在嚴寒裡打抖，口中吸著冷氣。「多麼倒楣啊，老天爺讓我遭遍七七四十九難，這一回遇到了『藝術』，下一回還不知遇見什麼哩。」她閉著眼睛，擔心一睜眼就會發出泣哭。大概是累了，老莫坐在地上歇息。她披上一件又大又軟的粗布巾，那質料就像他身上那件長衫一樣。他坐在旁邊，一聲不響。一會兒他活動起來，她以爲又要開始工作了，想不到對方從身後揭開她的大披巾，一下子拱進來，還沒等她反應過來就從後面騎上了。她憑觸感知道，對方的下身是赤裸的。她猛力一揮左臂把他掀掉在地，一蹦跳開老遠。她的胸脯急劇起伏：「主家，咱哪怕再癡再傻也明白：這回可不是『藝術』。」

整個晚餐她都在哭泣。老莫走來走去，後來站定了，揮動一下右手：「再也不會發生那樣的事了。」蜜蠟沒有吃飯，回到屋裡。外面是踱步聲，偶爾傳來一聲咳嗽。她明白：這兒絕非久待之地，該走了。可令她為難的是，無論是雇工介紹所還是其他地方，人家一伸手總要她的證明。看來要在這座城市混下去，沒有一個「大紅關防」是不行了。第二天蜜蠟腫著眼睛準備早餐，老莫穿著粗布長衫走來，第一句話就是：「對不起。」蜜蠟低著頭：「主家，俺為你做這做那，你不能為俺做點事兒？」「什麼事？」「找人為俺開個證明，上面寫『劉自然，老家招災，出來打工，十八里疃人』。」老莫點點頭。想不到僅僅是兩天之後，一個寫了字蓋了印章的紙片真的拿到手了。蜜蠟把它掖在了衣服最裡層。她心裡說：「待俺領到這個月的工錢，就會一口氣跑到大街上，再也不回頭。」她暗中做著走的準備，表面上卻像什麼事都沒有發生。老莫偶爾領一些人進門，蜜蠟就回自己的屋子。那些人從一個角落搬弄出一些破舊不堪的東西，當成寶貝一樣又吹又揩。她從窗帘縫隙裡看他們小聲爭執的樣子，覺得神祕而有趣。漸漸她明白了，老莫不光是一個畫家，還是一個骨董販子。這些人在廳堂裡一待就是一個小時，除了擺弄那些破爛就是喝洋酒。蜜蠟不能出門，只小聲哼唱憶苦歌，直唱得淚水潸潸。

又是一個陽光刺目的正午，由於早餐安排在上午十時以後，這會兒恰是老莫最好的工作時間，蜜蠟一看他發紅的眼窩就知道。果然，他有氣無力說了一聲：「脫。」蜜蠟脫了，老莫卻遲遲不願支起畫板。他讓她背過身蹲下。她照做了。她覺得那隻潮濕的手在丈量身上的骨節。突然，背上有了一滴冰涼的東西，原來是顏色。她來不及躲閃，索性任一枝畫筆塗抹起來。老莫嘴裡發出若有若無的呻吟，畫得極為細緻。他沒有放過她軀體的任何部位，畫完了後背又讓她反轉過來。一大摞顏色都畫完了，紅的藍的黑的，整個軀體從腳踝到額頭髮際，無一處沒有覆蓋。特別是那兩個乳房，它們讓老莫耗去了許多時間。他那時眉頭緊蹙，精細到了極點，畫筆由粗換細，簡直是一絲絲的工筆。整個身體畫完之後已是下午四點一刻，老莫跌坐在地上，手扶肥部看著。他的嘴唇顫抖不已，像要嚎哭似的，卻沒有一絲淚水。下午六點，光線暗淡下來。他扯上蜜蠟來到了一間有穿衣鏡的房間，打開了所有的燈光。蜜蠟看著鏡中的斑斕，凝住了呼吸。她口吃一般吐出：「這是我。」她不得不爲鏡中的色彩驚訝，但不知該說什麼。由於再也張不開口，她在最後一段時間裡一直緊咬牙關。天完全黑了。老莫把走廊、廳堂、衛生間，一切角落的燈全部打開。室內精光瓦亮。蜜蠟回了一次自己的房間，又走到廚房。她不能做飯，害怕碰壞了身上的彩畫。這樣直捱到午夜之後三點，老莫才把她牽到那個空曠的衛生間。橢圓形的木盆裡放滿了熱水。他爲她試了水溫。她邁進去。擦洗周身的油彩是很費力的。整個的擦洗時間，老莫一直蹲在旁邊哭泣。

第八章 家有蜜蠟

26

「蜜蠟，蜜蠟，你怎麼了？」「好銅娃，就像二十多年前的河邊一樣，地皮又動了。」她迎向他，淚水糊了滿臉。周末在飛快流逝，不知不覺兩天兩夜過去了。他們誰也沒有睏意，只有沒完沒了地傾吐衷腸，只有相擁和依偎。這是一場怎樣的歡欣、怎樣的敘說啊，太陽升了又落，窗戶亮了又黑，他們毫無察覺。感激的淚水摻在一起，彼此都能聽見對方的心跳。第三天黎明來臨時，她指指臉去了廚房，將他一個人留在了臥室。他開始把蜜蠟隨身攜帶了二十多年的那個大包打開。一摞摞書和數不清的紙片一下將人拉到遙遠的歲月。有的沾有汗跡和汗漬，有的手指一碰就碎。他撫摸了一會兒又抱到一個角落，這會兒簡直不是在看，而是在嗅，在把往昔如數吸入肺腑。這大小不一顏色不一的紙頁蓄滿了荒野和城街的氣息，讓他在曙色裡時不時打出一個嚇人的噴嚏。最後他怎麼也待不下了，不得不跑到熱氣騰騰的廚房，將蜜蠟汗濕的頭髮撫開，長時間盯著她開闊的額頭。他們又一次簇擁起來。她在衣襟上揩揩手，摸他的臉，從眉梢處尋找那個割草少年的痕跡：「銅娃，讓我們從今個起改說登州話吧。」兩人無法好好享用早餐，簡直沒有一點食欲。早晨的陽光灑滿了三居室，到處洋溢著河邊瓜田的氣息，地板上隨處都像白細潔靜的沙土一樣可仰可臥。他從她時緩時急的喘息中感受了大河漲水之後的潤澤和潮濕，耳邊響著一片蟈蟈的催促，眞像置身於一片金黃的南瓜花之中。他不知疲倦看她，把臉埋進她的胸間，眞想在這個豐腴的秋天裡一醉不起。「銅娃啊，我這一輩子再也離不開你了，我的『主家』。」他身上一慄：「你可別那樣喊。」「我的銅娃，你該知道我這輩子最大的心願是什麼。」「是什麼？」「就是讓你『使上』啊。」一種近在眼前的幸福和羞愧逼得他雙目低垂。

趙一倫變成了一個興奮恍惚的人，這情景宛若新婚之日：每天只盼著下班回家。他進門後常常混淆午夜和白晝。家中是烤餅的薰香，是田野在太陽底下焙過了一個夏天再加一個秋天的氣息。他說：「當我生命裡充滿絕望的冬天，你比被窩還要溫暖。」她拍著手：「就像背詩文一樣哩。」當夜間寂靜得只有鐘錶的滴答時，她悄聲問了一句：「那個人，她這會兒在哪？」「在她喜歡待的一些地方。」趙一倫眼中閃過一絲愁緒，蜜蠟不再詢問。又過了一會兒他議論起女上司：秋天到了，那人又該躁動不安了，「挺好的一個人，就是生活作風不好。」蜜蠟嘆息：「都是生活所迫啊，都不容易啊。」趙一倫長時間看著她，臉上滿是欽敬。「一切都託靠主吧。」蜜蠟看著窗外的星星說。她今夜在想另一個人，相信此時此刻銅娃也在為同一件事擔心。可是當她轉臉看他的時候，他卻說：「蜜蠟，我和你在一起就像回到了河邊。」蜜蠟在暗影裡揩一下臉：「銅娃，我這輩子再不該有一絲抱怨了，只是怕對不住你。」「為什麼？」「因為我從北到南一場亂跑，那時心一慌，沒能守住心性哩。」夜色裡一絲聲氣都沒有，她開始哽咽：「銅娃，這真像歌裡唱的，『歲月咿兒呀，你帶不走，那一串串熟悉的姓名。』我夜裡一閉眼就是他們。沒人的時候我就禱告：老天爺啊，上帝啊，快讓我把一切都忘掉吧。」她雙肩抖動，他不得不為她揩去淚花，一遍遍安慰：「蜜蠟，那都是什麼時候的事兒了。你千萬不要難過。」「銅娃，沒有比你再開通的人了，我這一輩子真不知怎麼感激你哩。」「蜜蠟啊蜜蠟，你一口氣找了我二十多年，你才是我一生感激的人。」

「我覺得他真像是我生的。」蜜蠟每次把孩子從寄宿學校接回時，都對趙一倫說這樣一句。趙金對她親密得很，稍大的頭顱緊靠在她的胸部，讓她長時間撫摸。她抱著他，那過重的身軀壓得她噓噓喘。趙一倫不得不說：「趙金你真不懂事，多大了還讓人抱。」兒子從她懷中滑落時極不情願。孩子的話語明顯增多，不停地說著學校的事情，跟在蜜蠟身後從一間屋走到另一間屋。這天趙一倫上班了，蜜蠟正在收拾廚房，離家一個多月的金梨花突然回來了。她一進門就仰起鼻子四處嗅著：「哎呀這個臭呀，滿屋的邪味兒。」說完又蹙鼻子皺眉望向蜜蠟：「我離家日子一多你就忘了形兒，看屋子亂成什麼。」「主家，這就收拾哩。」蜜蠟心跳咚咚，眞怕對方一步闖入趙一倫的臥室，那兒一切都亂糟糟的，兩人起床後還沒來得及整理呢。她這樣想著不知不覺就站在了通向臥室的門口，又去擦門框。金梨花瞥瞥她，一把將人推開，逕直往臥室走去。她像被牽住了一樣跟在後邊，沒有一點聲息。金梨花這次好像是有備而來，一跨入門檻就機警四顧，最後竟一頭拱在了被子上。蜜蠟眼看她像鼴鼠那樣往前滑動了一下，不知怎麼從被子下邊摸出了一副乳罩。蜜蠟眼前一陣發懵，腦子裡馬上一片空白，「那是我的啊，是我昏了頭留在床上。」她在心裡痛罵自己，雙手揪緊衣襟打顫，對方怎麼躍到跟前她都不知道。金梨花揚起那個東西抽打起來，一下下都打在蜜蠟臉上。直抽了好幾下蜜蠟才聽清一聲聲叫罵：「你這個騷貨長了什麼膽子啊，敢跑到這張床上，啊哎你眞是不知死活啊，你等著。」蜜蠟一動不動，也沒有一聲辯白。金梨花打了一會兒把手中的東西扔下，又用腳踩住撕裂，「啪」一聲拋到了垃圾桶裡。「快收拾你的破爛吧，馬上就給我滾，晚一步我把你送到局子裡。」蜜蠟長長吐出一口氣，攏一下被抓散的頭髮，直直看著她。「嗯？」金梨花的牙齒咧著，像要咬人。「主家，實話實說罷，銅娃是俺過去的男人，兩人走散二十多年哩。」

這一夜蜜蠟親眼目睹了一場城裡女人的嚎哭。趙一倫安靜得令人吃驚，只任金梨花撲打，扔東西，最後由怒吼轉向號咷。蜜蠟有一陣看著那抽動的肩頭，覺得是自己在哭。一種有別於往昔的憐惜隨著夜色降臨了。她眞想擁一下這個泣哭不止的女人，可又不敢。趙一倫一直沉默著，這時終於說話了：「讓我們好好分手吧。其實何必在乎形式。」泣哭的人馬上抬起頭：「我偏要這個形式，有了它，你們永遠都是非法的。」他嘆一聲：「就是這麼個年頭，你也沒有例外。算了，你對她還是發發慈悲吧：她流浪了二十年，千辛萬苦找了我二十年。」「這個年頭可不講慈悲。」金梨花昂起頭，淚水倏然停住。她的一雙眼睛突然變得靈動起來，四下看著。剩下的時間就是翻箱倒櫃地尋找，是一個又一個大包裹的堆積。金梨花彎腰幹得滿頭大汗，一聲不吭。蜜蠟在燈光下看著她雪白的脖頸和柔弱的腰身，只想幫幫她，可是剛伸出手就被「啪」一聲打過來：「髒爪子往哪擱。」趙一倫吸菸，一口接一口吸，「梨花，不用這麼急，你隨時都可以回來。你隨便取走什麼都行。」「該取走你的小命。」也許就因爲這惡狠狠的一句，蜜蠟在餘下的時間裡一直站在趙一倫身邊。

一堆包裹積在屋裡，又礙眼又礙事兒，蜜蠟卻不敢動它們。金梨花後來的日子說回就回，每一次都要威逼蜜蠟：「你以爲眞有那麼便宜，大腚一撅就占了我的窩兒？沒門。」蜜蠟好幾次要哀求起來，最後都忍住了。金梨花還到趙一倫的單位去鬧，幸虧有女上司在那兒迎著。說不定是哪個晚上，金梨花突然就領來一些花男綠女，吵著讓蜜蠟做餅吃：「我要讓你們都見識一下這個保姆的手藝。」這樣折騰了差不多有兩個多月，趙一倫終於忍無可忍了。他硬著頭皮找到她做事的地方，直找到了那個大頭娃娃似的老闆。老闆的鬥雞眼乜斜著，許久才說：「她是我的人，你就別管了。」從此以後金梨花再也沒有回來。

又過了一個星期，屋內的一堆東西才被人取走。來搬東西的幾個年輕小夥子讓蜜蠟震驚不已，以至於讓她直眼看著，一時把什麼都忘了。他們個個英俊灑脫，全都留了時髦歌手那樣的髮型，身材一律柔軟頎長。爲了保護手掌，他們搬弄東西時還戴了白手套。屋子一會兒就半空了，只留下滿地碎屑。蜜蠟蹲在地上收拾著，鼻子裡不時嗅到他們身上遺下的香水味兒。趙一倫回家後看著空蕩蕩的屋子竟然毫無沮喪，只長久地站在她的身後。他把雙手插進她的烏髮裡，一遍遍梳理，「從今以後你就好好做我的新娘吧。」她閉上眼睛，把頭使勁往後仰去，「咱們眞該回老家去過日子啊。」「眞該。」蜜蠟望著窗外：「可惜我回不去了，你知道我身上還有案子，河邊上有『捕快』。」「你是無罪的，你爲了自衛才殺了大河馬。」「可我害怕哩。我不敢回啊。」「總有一天法官會判你無罪的。」蜜蠟低下頭：「還有，她說你和我在一起也是非法的。去教堂時我小聲祈禱，一個人在家也祈禱：主啊，你說過永遠不會厭棄有罪的孩子。」趙一倫撫著她的肩頭：「你沒有罪，你是無辜的。」

這個周末趙一倫去寄宿學校告訴兒子：爸爸和阿姨有事不能接他回家了，以後會加倍補償的。趙金嗽嗽嘴笑了。趙一倫拎著一個包回家，對蜜蠟說一句：「早些吃飯休息吧，明後兩天我們要抓緊時間做完一件事。」蜜蠟沒有多問，只是在廚房和餐廳奔忙。這一夜他們入睡很早。天一亮醒來，吃過早餐蜜蠟就開始期待著那件事情。她一動不動看著銅娃，隱約覺得會有什麼發生。他獨自去了裡間，出來時拎著一個包，從包中取出一本硬殼大書，神色也好像完全換了一個人。蜜蠟盯著書，呼吸都變得輕輕的。「你看，這是一本法律書。今天就讓我們自己了結自己的案子吧，要不它會像蛇一樣纏著咱。」蜜蠟瞥瞥四周，挺直身子坐在那兒。「我有一個法官朋友，這事本該請他來聽一聽才好，可又怕走漏了風聲。咱自己審自己有些麻煩，不過又沒有別的辦法。彆扭的是問你你答，問我就得我答了。」他搬弄著那本比磚頭還厚的大書，上面夾的一綹綹紙條活像老人的鬍鬚。蜜蠟理一下頭髮站起來，身上有些顫抖。趙一倫說：「咱先說那椿殺人案吧，這事兒要早早了結。我現在就開始問你涉足凶案的事兒，你要從頭一一說來。」他一手按在大書上，聲調突然有些生硬。蜜蠟嚥了一口，盯著他回道：「我叫劉蜜蠟，女，今年四十二歲，上村人，隨母親改嫁到老劉懵家。俺是個遺腹子。」剛說到這兒淚水就流出來，接下去的訴說總伴著抽泣。她從去崖上書房到小油矬逼親，直說到第一次出逃。「那時俺還不到二十哩，一頭跌進了枯井裡，叫天天不應叫地地不靈，全是死的心思。後來俺撒開丫子往天邊上跑，今生只想做個流浪人，走哪兒算哪兒。」這樣說開了頭就不能停歇，一個個細節都複述出來，一口氣說到了正午。趙一倫說：「咱們先吃飯吧，下午再接上。」蜜蠟流著淚懇求：「好銅娃你就讓我說下去吧，這事一開了頭再也不能擱在心裡。」

整整一天時間都在訴說，除了中間吃一點東西、喝水和小解，兩人沒有離開一步。蜜蠟很快說到河邊銅娃了，一提到這一截趙一倫就趕緊接上，他要以親身所歷證實劉蜜蠟的話句句為真。蜜蠟又開始說第一次逃跑被逮回的情景、一場場的辯論會、打入孬人隊、老黑屋的囚禁以及大河馬施行的「害睏法」。案情很快進入了關鍵部分，趙一倫不再放過任何一個細節，如囚禁室與大河馬過夜處的距離、卸下來的槍刺如何放在樟木桌上，等等。「大河馬原想讓我睏死，他好在睡夢裡糟踐我啊。我眼皮上墜了磨石，手和腳拴了鉛球，口不能張頭不能抬。大河馬把我剝得一絲不掛了，扯碎俺的衣服，迎著咱像一堵山牆一樣倒下了。我給壓得喘不過氣來。眼看就給憋死了，人死之前什麼事都做得出，一雙手不知怎麼就掙打起來。我閉著眼摸啊摸啊，不知怎麼就抓起了那把刺刀，可那會兒我也不知手裡抓住的是什麼，只想用它擋住大河馬。就那樣，我閉著眼宰了人，糊糊塗塗犯下了死罪。銅娃啊，就是這樣，我今個說的句句都是實情，我敢對主發誓啊。」趙一倫一遍遍打開那本書，逐條讀了一遍又一遍，最後伸手指給她一行行文字看，大聲念出一個結論：「正當防衛，無罪開釋。」蜜蠟的淚水嘩嘩流下：「我真的沒有罪嗎？」「沒有。」「一點都沒有嗎？」「一點都沒有。」

第二天是關於婚姻的申訴。這是與第一天的訴說糾纏一起的更為複雜的故事。蜜蠟說到了二十年來絕望的尋找，幾次泣不成聲。「我像被風吹趕的草籽一樣，落不了地也發不了芽。我找不著心上人，後面還緊跟了追命的『捕快』。我不知道這輩子該死還是該活，一天到晚哭得淚眼濛濛。我想那條河啊，冒著死命往回趕，只想臨死之前看你一眼。我還想爸和媽，這時候再不恨他們，只掛記著他們一樁樁的好處。可是我直到最後都沒能挨近上村一步，因爲心全在河邊上啊。後來咱一個鄉下娃兒爲了逃命、爲了心上人一頭扎進城裡，受那個磨難啊。出牛馬力吃豬狗食咱都不怕，只要找到心上人就行。我告訴自己，咱是不到黃河不死心啊。」她哭得伏在了那兒。趙一倫接上她的話茬兒敘說，盡可能使用平穩的語氣。他從河邊割草少年的那個早晨開始，一直說到父親的死亡、母親病中大把脫落的白髮，還有他進城後的一連串變故。他未能迴避與金梨花最初那一段的幸福戀情，但接上去就是她不貞的痛苦和屈辱。「事實上她早就把自己許了別人，我卻不敢和苦尋二十年的戀人守在一起。我們猶豫什麼害怕什麼？」他這樣問著站起來。蜜蠟催促：「快翻翻那本書吧，你得看它許不許咱。」趙一倫抖落出幾張紙條，逐一念了一遍，看著她點點頭。「書上許咱圓房了？」「許咱了。」「一點也不難爲咱嗎？」「一點也不。」「趙金怎麼辦？」「孩子是我們的，也是他們的，但歸根結柢還是我們的。」蜜蠟臉上全是歡喜的淚水：「多麼好啊，你這會兒一開口說話就跟寶書上差不多。」天漸漸黑下來，他們終於把最要緊的大事做完了。多麼辛苦的兩天，在自己家四門大關一口氣了結兩樁大案，從此也算是一塊石頭落了地。「我的銅娃，從今以後我再也不覺得自己是個罪人了，也不怕那些『捕快』了。」趙一倫把她的亂髮撫上去，將一個開闊的額頭按在胸前，這樣一動不動許久。

整整一夜他們都毫無睡意。蜜蠟說：「我覺得你永遠都是河邊的割草少年哩。」「你還是那個捉草蝦的女人。」「我一點沒變嗎？」「一點沒變。」蜜蠟眼中的淚水滑下來，「我不相信。銅娃，我跑的路太多了，有好幾次跌倒了再也不想起來。我在心裡喊：銅娃啊你到底藏在了哪兒？我再找不著就要回頭見爸媽了，寧可見上一眼立馬讓『捕快』抓了。就這麼忍著，忍著，心裡的一絲念頭還沒死絕。這個城太大了，城裡什麼人都有，咱一個莊稼娃兒就像一條魚游到了死水汊裡，不知多少人手持撈網等著哩。那些事啊，眞想一閉眼全忘個乾淨。我在這座城裡什麼苦差沒做過，可就是嚥不下那些骯髒。回頭想咱這一輩子，有人就是想用汙髒把我沒頭沒臉埋起來，不讓咱喘一口氣。從鄉下到城裡都是這樣。我幸虧一路上遇到那麼多好人搭救，咱一輩子都不敢忘他們。我忘不了去做幫工的那些好人家，忘不了帶我賣烤紅薯的好大姊。我從心裡感激領咱進教堂的大媽，是她幫我找到了主，讓我有法兒活下來。我像她一樣不恨別人了，只念別人的好處。說來說去咱心裡還是感激多過怨屈，我沒有在街頭餓死，沒有成個『路倒』，最後還是找到了心上人。你說說這是多大的恩情。我那時千方百計找你，一有機會就打聽有沒有登州人，結果都是白忙一場。我去做保姆的那家司機隨口說了句：『有個一天到晚找保姆的人大概是登州人。』這時咱早就沒了指望，不過聽在心裡，沒事了還是去家政介紹所那兒轉悠，和找活的女人一塊兒站馬路。那天我一眼看見你，心上就像給戳了一下似的，不過咱沒敢認也認不出哩。」

他為她擦去淚花，她握住他的手：「我還沒告訴你從那個古怪畫家那兒逃出來的一些事哩，沒告訴你這些年是怎麼活下來的。我說過，我讓畫家給弄了一張打工證明，然後就走了。我前前後後換了不少人家，什麼人都遇到過。能雇得起人的大半是體面人，可也有過苦日子的。有的腰纏萬貫，有的讓人大氣也不敢喘哩。這是什麼地方啊，這些人壓根就和咱不一樣，連眼神都不一樣，說的話咱也聽不懂。他們一個個都忙得沒頭沒腚的，一天到晚也不知胡躥些什麼，只知道烏溜溜的小車吱呀一聲開來了，他們彎彎腰鑽進去。男的女的，身上不是頂鼻子的香水味兒就是別的什麼邪味兒。他們有時一個星期不願說一句話，有時又一整夜纏著不讓人睡覺。我遇見一個女人瘦得像麻桿，在電臺做事兒，雇我時只說給她做做飯，進門一看才知道這兒麻煩大了。原來她是個單身，住的地方髒得要命，三間屋子都被垃圾塞滿了，臭得讓人搗鼻子。奇怪的是這人看上去那麼乾淨，全身不見一絲灰土氣兒。她夜裡拱在床上睡覺，早晨起來從不疊被子。吃飯也不涮碗。我用了一個星期的時間才把她的屋子弄出個模樣，可臭味兒還是散不盡。我夜裡忍著臭味睡覺，滿屋裡只有我一個人。因爲她多半時間不回來過夜，說不定哪天傍亮才搖搖晃晃進門，滿嘴都是嗆人的菸酒氣。有一天她醉醺醺進了門，不去自己的屋，一頭扎到了我的床上，上來就沒臉沒恥啃啊咬的，瞎迂磨不走，硬是要和咱做睡覺那種事兒。我嚇壞了也羞死了，哭了半天，央求她別這樣別這樣，可憐可憐咱莊稼孩兒吧，咱做什麼苦活髒活都行，可就是做不來這個。她說那就慢慢學，世上無難事；還說如今連這個都不會幹還想出來打工啊。我就不依。她勸不動就哭了，一枝連一枝吸菸，那模樣眞是讓人心疼啊。我看她赤身裸體的樣子，一根根肋骨都快突出來了。我說妹妹你怎麼這麼瘦啊？她不吭聲，只摟住我親個不停。那一夜好不容易對付過去，心想不得了啦，咱得快些躲開了。她買了一大堆好東西給我，給了一輩子都沒見過的化妝品、玉石手鐲什麼的。可我還是得離開她。我在她出門時一下鑽到胡同裡沒了影兒。接上的日子又去了幾個人家打工，混過了小半年，最後經人介紹來到了一個害氣喘病的大官家裡。他看人的眼神木木的，只捱了三個月就死了。他家裡人介紹我去的地方挺怪，到處水氣洋洋的。我在這兒記記帳端端茶壺什麼的，活兒輕鬆工資不低。一個月過去，工頭找我了，說你這閨女身大力不虧啊，該對公司有更大貢獻。我說莊稼孩兒有碗飯吃就行。他聽了拍拍手，說眞好眞好。誰知這是個人面獸心的主兒，從一開頭就沒打好譜。有一天半夜門開了，原來他手裡有一把鑰匙。那一場廝打啊，不說你也知道是怎麼回事。他紅了眼按人：他們最後就是要死死按住你，說來說去都是這樣。像驢一樣撒野哩，用膝蓋頂咱的腰，往死裡打，想給咱個下馬威。他不知道咱是殺過大河馬的人，大河馬的鼻梁也有他的胳膊粗。弄到最後咱的褲子給扯破了，他又急又惱就咬了一口。那天夜裡門從外面給鎖上了，一直鎖了三天。狠心狼三天裡不給我一口水喝。第四天幾個打手進來，把我脫得一絲不掛，把一個燒紅了的鐵字母在眼前晃了一下，說再不聽話，就往腚上烙個號碼，扔進大池子裡接百家客去。我知道這些畜生說到做到，就使話兒矇騙他們。後來等啊等啊，好不容易才尋個機會跑到大街上。那一整夜我都在逃，天冷得滴水成冰啊，直轉了半夜才想起去找那個賣紅薯的大姊。找啊找啊，走進了一個胡同怎麼也轉不出去。那一回我差點就凍死在街頭上，變成一個『路倒』。」

蜜蠟伏在那兒，肩頭劇烈聳動。趙一倫的淚水滴在她的頭髮上，「好蜜蠟，可憐的蜜蠟。」「銅娃，咱死了也不能嚥下這口骯髒呀。夜裡睡不著只是想：咱是從汙髒裡跳出來的人哩，這一輩子什麼不幹也得把自己洗個乾淨。冬天這兒不是人待的地方，從南到北的街筒子吹著漫天大雪，吹得咱眼睫毛上都結了冰花。我想銅娃可怎麼在這個城裡混呀，這裡離咱老家多遠啊。走在大街上，有人兩眼直勾勾盯著咱看，恨不得把人一口吞下。這是個什麼年頭啊，那些人就像吃了喜藥。我平時再也不敢穿得齊整了，時不時往臉上抹點灰土末子。有人見了就說，『啊呀這個大叫花子呀。』我只為了保個平安。從冬天到春天這一截兒是最難熬的日子，咱沒處打工就得凍個半死。那時我為了熬冬什麼人家都得答應，難保不碰上色鬼癆病胎子。城裡的乾淨人和骯髒人一樣多，有時辛苦一個月拿不到一分錢。這年冬天咱腚上的咬傷化了膿，那個癢啊。又不敢找藥匠，只得捱到結疤。春天一開頭，有個狠心的傢伙想把咱賣到山西：先讓咱跟上出差，說是去販一批毛皮貨物，誰知住到客店裡，早晨醒來人不見了，圍住的都是些穿大棉襖的山西老客。這一趟逃脫啊，又得說上三天兩夜，我只告訴你罷：從山西跑回來只差沒死上兩回。他們用繩子一路綁著我，胳膊都麻了，手蛻了一層皮。我那些日子裡心計用了一籮筐，不知怎麼活下來。你看啊銅娃，咱這些年還出了一趟省哩。那些山西人蠻實在，不過是一門心思跟咱成親，給咱筷子粗的刀削麵吃，還給咱老陳醋喝。我那時心一軟眞想留下來過日子，因為咱實在是跑累了，也沒有那麼多盼頭了。心上人是鏡中花水中月啊，讓人不敢指望。我當時想：索性做個山西媳婦得了，這裡的小米噴香，玉米麵地瓜餅外加鹹蘿蔔絲，什麼也不缺。再說哪裡的黃土不埋人，我眼看半輩子都過完了，這是什麼日子啊。也眞該躺下歇歇了，走到這裡算一站。想是這麼想啊，早晨起來對自己說：咱偏要找到心上人哩！咱是天底下第一犟孩兒，我說過，咱不到黃河不死心，到了黃河心不甘。就這樣咬著牙挺過來，拚死拚活又回到了這座城。」

「銅娃，你看看吧，看看那個畜生給我咬上的疤瘌。你從見了咱就沒能好好看上一眼，我也躲躲閃閃的。因爲我怕你問那些嚇人的往事，怕你不信，怕你不喜見咱哩。」「你快別這樣說啊蜜蠟，你想到了哪裡。我現在恨不得替你去受那些苦刑。你遭這些磨難，有一半是因爲你長得太俊了。眞的，沒人像你這麼好看，誰看一眼都忘不了。蜜蠟，別難過了，咱的苦日子讓一陣風吹跑了，就像從河邊上手拉手走過來一樣，咱從頭開始吧。」「你可別笑話我身上的疤瘌啊！」他小心翼翼給她褪下一截短褲，將檯燈移近一點。「多麼狠的人啊，把你咬成這樣。可憐的蜜蠟。」她伏在那兒：「他們還想用燒紅的鐵給我烙上一個數碼。」「這些畜生想把你當成一匹馬那樣，在屁股上印個編號。」她爬起來，「我的銅娃，銅娃啊。」淚水一串串滴在他的衣服上，脖頸和胸脯也弄得濕潤潤的。他撫摸她：多麼奇怪啊，一個遭受了無盡折磨的女人，周身肌膚竟然還像南瓜瓤兒似的，細潤火紅，而且果眞透出粉糯糯的瓜香。她在無邊的夜色裡忍住哽噎，在心裡呼叫：「銅娃，我眞是一匹不帶號碼的大馬啊，從野地裡跑了出來，越跑越遠。」

27

早晨的一抹霞光照著睡眼惺忪的蜜蠟。她打著呵欠：「該做飯哩『主家』，」剛剛說完又趕忙改口：「『銅娃』哩。」他一連幾天都提前醒來，用拐肘拄著臉龐看她一會兒。這是讓人永不厭倦的幸福時光，每到這時他總要在心底重複那聲登州的慨嘆：「哦喲，好大婆娘哎。」瞧她眉頭舒展面含微笑，嘴角一動一動，鼻尖上帶著幾顆微小的汗粒。他待她醒來的第一件事就是問一句：「又作夢了吧？」「俺夢見河邊瓜兒滿地亂滾，放羊老漢大口抽菸哩。」「還有呢？」「夢見媽和爸了，他們白了頭髮。爸腰弓了，黑兒不讓他上山鑿石頭。媽站在東溪那兒手搭眼罩望人。」他高興了。前一段她每次醒來都要敘說一個噩夢：一夜急奔，跑啊跑啊，腳都跛了，身後緊追不捨的是鞭打飛驢的「捕快」。剛躲過追兵又堵來衙役，他們身穿黑衣手懸鎖鏈，頭戴一尺二的帽子，還插了公雞翎。有一回她夢見了老獾父子，看清了小油烓胸脯上龜板一樣的紋路。「媽耶，孩兒一撒丫子出了家門，這輩子跑到哪裡才是一站啊。」午夜囈語讓人聽了黯然神傷，他那時不得不一次次把她緊緊攬住，讓她在懷中迎來一個個黎明。而今噩夢已盡，她在杏紅色的陽光裡開始穿上那件新衣：寬寬的棉布長袖軟袍，上面有一朵又一朵鮮豔的大麗花。

她把屋子的每個角落都擦得一塵不染，連涼臺玻璃都清洗得閃閃發光。她去菜市場買來幾隻南瓜，又到寵物市場抱回一隻郎貓。從此家裡總有一隻貓兒喵喵叫著，在她的腿上磨蹭不已，和她一起迎接趙一倫回家。有一次他領回一個朋友，三個人一起動手做飯，蜜蠟的南瓜餅讓朋友胃口大開。朋友多喝了幾盅，然後就不時瞥瞥蜜蠟。朋友走後夜已深沉，他們像往日一樣，先是看了一會兒電視，而後各自回到自己的屋裡讀書。蜜蠟給小貓添了一遍食水，又親了親牠圓鼓鼓的鼻子。她在這樣的夜晚常常待不下，一次次躡手躡腳走到他的身後，屏住呼吸，從側面看他輪廓清晰的頷線。她在心裡承認眼前的男人到底是胖了一些，不過更像個男子漢了。屋裡熱呼呼的，他只穿了一件白色的襯衣，領口處露著一片古銅色的肌膚；有一條粗粗的脈管從耳側那兒鼓脹下來，一直順著喉結延伸著，最後消失在胸部那兒。微小而清晰的汗毛在燈下閃亮，隨一呼一吸起伏。他的手裡緊攥了一枝筆，偶爾在書上畫一條線。他的眉毛一動一動，睫毛眨著哩。一個好男人就是一個奇蹟，一個稀罕。蜜蠟的呼吸突然急促起來，心底的那聲呼叫只有自己才聽得清：「天哩，這是真的嗎，這該不是作了個大夢吧！我的天，主啊，仁慈的主啊，我用什麼來報答你呢？」她想捧住他烏黑的頭髮親個不停，可是一伸手又縮回了。「主家。」她擔心這聲低低的呼叫他會聽到，儘管它低得像呼氣一樣。他眉頭微微一皺轉過來，「啊，你聽到哩。」她摟住他的脖子，他一歪頭就吻在了她的眼睛上。「銅娃，我一個人待不下了，老想過來看你。」他扳住她的臉，手撫脊背，重複一遍登州那句趣話：「你胖倒也不怎麼胖，不過是長了個雙脊背；好大婆娘哎！」她把頭埋入他的胸口，一下下咬著他隆起的肌腱。

「我必勸導他，領他到曠野，對他說安慰的話，他從那裡出來，我必賜他葡萄園。」蜜蠟念著。她只有一個人面對主的時候才能安靜下來，待上許久。一股溫煦的甘泉從心頭流過，她總想用感激的淚水陪伴它。她不十分明白這段話的意思，可她一遍遍用手指認這些字。她想把每個字都安放心頭，讓它們永遠存活在那裡。她記得那片葡萄園的樣子：它在登州地面上茂盛生長哩。那真是一片曠野，跑上一天一夜也走不出邊緣。這就是賜他葡萄園的地方：蜜蠟想像有一天她和銅娃手扯手回到故鄉的情景，想像他們親手種下一片葡萄園的情景。啊，甘甜的葡萄啊，咬一口蜜汁長流的葡萄啊，這才是咱莊稼孩兒一生一世的盼望。「那個時候咱也該有個孩兒了，他的大老虎嘴兒一張活活像他啊！」她望著夜色出神，口中喃喃，當低頭去看腹部時，真的感到它有些改變了。她輕輕按住：那兒一鼓一鼓的。她終於忍不住了，走到他的面前。他的目光在詢問，她故作平靜說：「俺給『使上』了。」他一楞，但很快笑著搖頭。

一個人的時候蜜蠟不敢擺弄那個陳舊的書包。裡面的每一本書每一張紙都讓她夢見往昔。她一天夜裡甚至夢見了下村的赤腳醫生貐嫚、眼鏡女和二先生，彷彿又一次回到了下村，在灰暗的光色裡踏著土末、跟著一群人一挪一挪走動。她在睡夢中哭著去找老師雷丁，他眨動金色的睫毛，喉結一動一動與她說話。老師點頭發出讚許：「你如今在城裡安了家，找了個上好的銅娃，我這個當老師的算是一塊石頭落了地。當老師的哪能不牽掛自己的學生，一天到晚想起來就睡不安穩。」她癟癟嘴：「老師啊，你害得咱好苦啊，咱總算找著了你。」雷丁說：「別抽抽搭搭了，讓你男人聽見成什麼。」「你別把俺男人看成小心眼的人。告訴你吧老師，他是天底下最通曉事理的人了，你倆一準脾氣相投，做一生的知己。」這樣在夢中一問一答，半夜醒來竟句句記得。她從來沒有像現在這樣思念雷丁，這思念甚至超過了四處尋人的那些日子。她把淚水抹去，又開始想崖上小學的情景，想到一路的追尋，想到鵪鶉泊和雷丁的弟弟三許，一顆心慌慌亂跳了。因為從三許到雙子、蔑兒，一個個活靈靈的面龐讓她再也忘不掉。老天，他們就像在眼前一樣啊，那些甜蜜蜜的話語還在耳邊響著哩。「說我不想念你們是假，可我不能去看你們了。你們可要好好活著呀，好好過自己的日子。」她嘆息一聲，兩眼忽閃著去看一邊的男人。他還在熟睡。他那均勻的呼吸啊，那微微活動的鼻翼啊。她親了他一下。

「我想爸想媽，想俺村的東溪。我還想黑兒大，他現在不知怎樣哩。」蜜蠟伏在趙一倫的肩頭。他安慰說總有一天要返回老家。「在這座城裡，俺覺得像進了外國似的。」一句話讓他大笑。早晨的光色把屋內的一切都染成金黃，她發現他的鬍茬一夜之間又長出了一點兒。她撫弄他的下頜，傾聽一種沙沙聲。「我的主家！」一聲突如其來的呼喚泛在了心底，她趕緊咬住嘴唇。

又是一個夜晚來臨，他們吃過飯後各自回到自己的房間。蜜蠟有點坐臥不安，在屋裡站了一會兒，又出去聽了聽小貓的喵喵聲。「老師讓俺成個大寫家哩。」她回到屋子，默念著打開一本書。突然聽到了細小的腳步聲。靜了一會兒，那腳步聲又逝去了。門下伸進了一張紙條，她屛住呼吸取起。顫顫抖抖打開，一下子貼在了胸前。「家有劉蜜蠟，夜夜放光華。」一字一字重複一遍，退到了暗影裡。她的雙眼溢滿淚水。

今夜蜜蠟難以入睡了，她坐到燈前，翻開那一摞摞紙頁，在一個筆記本的空白處寫起來。話語像潮水一樣湧蕩，怎麼也寫不完。揮動的筆尖發出沙沙聲，就像在南瓜花兒盛開的河邊上一陣疾走。

她今夜想一口氣寫到黎明。

二〇〇二年四月五日～九月十八日寫於龍口、濟南
二〇〇二年十一月八日～二〇〇三年一月十日改於濟南

附錄

行駛與抵達

——關於《醜行或浪漫》的對話

整理／石峰

（《醜行或浪漫》推出後，一些業內人士認為這是張煒三十餘年創作中最成熟、最厚重之作，現摘要發出廖志平、陳百吉、趙如雪、臨鳳甯、石峰、王東林等中青年批評家、作家關於本書的對話。）

張煒《九月寓言》和《古船》之後十五年的創作（一九八五～二〇〇〇），包括他爲數眾多的中短篇和散文創作，至今人們還認爲最初那兩部可能是最好的。現在看來如果說他十年裡在創作上都沒有自己的超越，很可能也是偏頗的話。眾所周知他的主要影響在長篇，從一九九一年到二〇〇〇年這十年裡他出版的長篇就有《柏慧》、《家族》、《我的田園》、《懷念與追記》和《遠河遠山》五部，不算少了。但我認爲除了《柏慧》和《家族》是不可埋沒的之外，其餘三部雖各有所長，但並未見得有多麼精采。《柏慧》與《家族》當然各有絕妙的地方，比如它們的激憤和交響樂般的宏大華麗。這是那個時期最好的長篇，卻很難說是作家本人最好的。也許因爲《九月寓言》和《古船》給人的印象太深了的緣故吧，讀者不容易也不足以被後來的長篇吸引住。我卻認爲看張煒的才華看《柏慧》與《家族》就可以了。從中可以看到他有各種可能性。有人認爲《家族》比作家最早的兩部書更好，豐厚華麗而成熟，我不太同意。因爲技巧也不能代替一切。《古船》的內功、勇敢和那青春期的朝氣無人能比的。《九月寓言》是一首長詩，講華麗它是眞華麗啊。它是圓的，渾圓，這就了不起。《家族》的技巧似乎比那兩部強，但在其他方面總覺得還是缺了一點什麼。我注意到王一川評論《家族》的文章了，他談到了它與中國古典小說的承續關係，確是有比較獨到見解的一篇。《遠河遠山》不夠豐厚，或許有作家自己的影子，但不知篇幅還是別的原因讀了還不過癮。一直到了二〇〇一年的《外省書》才讓人的眼睛亮了一下，在寫當下人的精神境遇、人的蒼涼心情方面，大概沒人超過吧。文筆也節約到了極點。還有《能不憶蜀葵》，讀來讓人非常激動，有一種欲罷不能的感覺。它可能是我在這兩年中讀到的最完美的長篇小說，可惜這個浮躁的年代無人能讀懂眞正的傑作。但是《醜行或浪漫》就不同了，它的優秀是明擺在那兒的，這過於明白、過於扎眼，讓人怎麼也忽略不過去。這本書一下把人帶到了一個閱讀高境界上，讓人下不來。這本書很「亮」，亮得奪目，讓人沉到裡頭不願出來。這是它與作家近年來的兩本新書的不同之處。我絲毫沒有貶低《外省書》和《能不憶蜀葵》那兩本書的意思。但是這本書是一次大地上的長跑，感覺熱氣騰騰，生氣逼人。我認爲全書是以一條河作爲縱坐標、一本書（寶書）作爲橫坐標的，就此展開了一幅巨大斑斕的圖畫。

前兩年《外省書》和《能不憶蜀葵》出現後，我馬上意識到這是作家具有突破意義的作品，給人閱讀享受的，給人文學快感的。也不能說沒有人讀得懂，我注意到作品出版後雷達關於作家本人的「心理矛盾」說、陳思和的「魔鬼」理論、陳曉明的「絕對論」與「商業時代」的關係說，還有李潔非對主人公鞭辟入裡的剖析，都是解讀張煒這兩本書的重要見解。他們的文章雖不能說是「不刊之論」，但在當時仍算得上是一些眞正的洞見吧。對高級書的評價不能指望一些沒有閱歷和文學根柢較差的讀者。其實只要用心讀一下，可以發現後十年裡作家本人走得很遠，修煉甚苦，遠非一般意義上的文學歷練。這從兩部新書中都看得出來。它們的準確精細眞是無話可說了。這個年代許多寫作都在快趕急趕的，文字粗得不能再粗啦，連許多讓人抱希望的作家都粗糙了，張煒還能這樣精心耐心地描述，眞是奇蹟。當然，要從張煒那兒找到粗糙的文字比較難，這也是他的一貫表現。儘管這兩本書有突破，但我總覺得後面還會有什麼更大的動作，當時沒根據，只是閃過一個預感罷了。《醜行或浪漫》一出來，我馬上明白了自己的預感是準確的。這本書文學內外的讀者都可以看得過癮，因爲裡面很熱鬧；當然也有內行外行之別，區別是誰看得更過癮。一開始我不理解爲什麼作家要用回憶筆法去寫？如果僅僅是爲了倒敘的話，是不是笨了一點？後來才發現這不光是個結構問題。這是個「今天」的故事，只有這樣寫，它的全部內容才能化爲「今天」，它的了不起的意義就在這裡。如果僅僅是個「過去」的故事，那麼即便寫得再好也要打一點折扣了。剛才說張煒最好的作品是長篇，我對這個判斷倒是稍有保留。因爲他的〈冬景〉、〈海邊的雪〉、〈一潭清水〉、〈夢中苦辯〉一批短篇，絕不遜色（很可能還要超過）於他的長篇。他還有令人讚嘆的中篇小說〈蘑菇七種〉，看看寫得眞是怪極了。我甚至認爲他的《醜行或浪漫》一書不是從他的長篇路子上走出來的，而是從他的短篇路子上走出來的，所以才獲得了這麼大的成功。

閱讀《醜行或浪漫》有一種害怕讀完的感覺。酣暢淋漓，就是有這麼一種感覺。讀得過癮，已經許多年沒有這樣的閱讀了。它非常有趣、黏眼，就像書中主人公的名字一樣：如蜜似蠟。這的確是作家三十年來寫得最棒的一本書。作家完全擺脫了時下的套路，也掙開了自己的一些局限，進入了一種大自由，讓我們領略了一次驚喜，一種自由狀態下的自由傾訴。可以說我們當代文學長期以來的理想，就是回歸文學本體，它在這裡實現了。我還從沒讀過用純熟的登州方言寫出的作品，它提煉得爐火純青，妙不可言處太多了。我不相信作家本人在寫同一類作品時今後還會超過它，總覺得再也不可能了。他必須轉個方向才會突破吧，因爲這本書寫得太絕了。它與《九月寓言》是姊妹篇，不過比《九月寓言》寫得更厚實更見功力也更飽滿。我看今天寫作中的飽滿比什麼都重要，因爲現在的文學絕症是乾癟和貧乏。我對於一個有著三十年創作歷史的作家還擁有這份激情、不絕的創造力、超越自己的能力、一絲不苟的精神，感到深深的欽佩和敬重。他的一個最大的特點或說優勢就是不重複自己，你看他幾部長篇的差異都很大，從語言風格到內容都變化得很大。有時讓人不敢相信這十一部長篇是一個人寫出來的，比如《九月寓言》和《古船》不像一個人所寫；《柏慧》和《家族》也不太像；《能不憶蜀葵》以及《外省書》和《醜行或浪漫》更不像一個人寫的。其中的人物可以歸於他的人物系列，但絕不是重複。比如《古船》裡的四爺爺與《醜行或浪漫》中的伍爺是一個系列，或說他們是一個家族的，相互可以續上族譜，但從性格到內涵又有極大的不同。

在這些年的閱讀中，比較來說一直覺得張煒是個不太好把握的作家。可以看到的他最早的作品是短篇小說〈木頭車〉，寫於一九七三年，以此算來他已有三十年的寫作歷史。據說他至今已發表了八百萬字左右。大概有十幾部長篇、二十幾部中篇、一百多篇短篇和上千篇的散文文論。文學對他是一次長跑，他能越寫越好是個奇蹟。有點讓人估摸不透。他的確是中國文壇上爲數不多的一個有耐力的長跑運動員。記得李潔非先生在〈張煒論〉中分析了他的藝術哲學，談到他的「變與不變」，是一篇值得重視的文章，寫的許多方面很有意思。剛才說他小說之外還發表了二百多萬字的散文和文論、詩等，沒看全。只看過《作家》雜誌上的一首長詩〈松林〉，好挺過癮。總覺得這個人有不絕的創造力，從寫作姿態上看，他也不給人功利心太重的感覺，好像屬於不善於炒作的一類、比較安靜的一類。熟悉他的人都說他對文學特別認眞特別謙虛，說到創作時候願意「抬」別人，願意聽別人意見。的確，他的作品給人的感受是很精細很準確，有千雕萬琢的功夫。這在極浮躁的年頭裡當然很可貴。但我對他的長篇《我的田園》不太喜歡，寫得過於幻想化了。聽說最近灕江出版社推出了修改重寫本，還沒讀到。《懷念與追記》寫得有詩意且層次繁多，只可惜許多層次還沒有展開就結束了，像書中的傳奇部分作者竟不願展開，這是我百思不得其解的。於是讀來還不過癮。其他的長篇我倒沒有失望過。我是見了張煒長篇必讀的一個人，這些年來的新作尤其喜歡《外省書》和《能不憶蜀葵》。這兩部作品寫得非常精到，可以說精到了極點，簡直是成了突出作家本人文學審美理想的範例：遠離網路媒體之類的眞正文學閱讀。這兩本書有一種充盈的人類激情，而現在市面上的小說十之八九是文化速食，還有一些基本上是沒有進入文學寫作的書，在那兒亂炒。總之我當時就認爲這兩本書是進入世紀之交的爲數不多的一大閱讀亮點。之前看過雷達、陳思和、李潔非、陳曉明等人對這兩本書的一些讚譽，然後找來看了，不過是想挑剔一下。結果還是認可了。《醜行或浪漫》的淸樣一到手，還是想低調一下，但看到第二章就喜歡得不得了。這是作家本人也沒預料到的一次大成功吧。全書飽滿、洋溢著不可言喻的強大生命力。如果說中國新時期文學不斷發生變奏，那麼可以說這一次進入了一個華彩樂段。當代文學閱讀常常讓人厭煩，而這次給我的是極度的興奮和信心。原來眞正的傑作還是有的。

《醜行或浪漫》顯然超越了作家近期的那兩本書，而且也在很大程度上超越了《古船》和《九月寓言》。比起作家那兩本代表作它顯然更自由也更扎實了，藝術上也更趨向完美了，可讀性也大爲提高了。整個故事再簡單沒有的，不過是一個女人在不幸的婚姻中逃跑了，幾句話就可以概括完嘛。可是又說不盡它。一些經典小說就具有這樣的特徵，又單純又複雜，如《麥田捕手》、《老人與海》、《阿Q正傳》、《頑童歷險記》等。它的出現可能意味著張煒的創作走向了最好的時期、一個新的階段。三十年的創作沒有間斷，像沿著一條河行駛，轉了一些彎，有風有浪有起有落，到了這本書，他抵達了一個最大的出海口。這是一個讓當代文學創作界大喜過望的一個事件，是作家本人收穫的一顆碩果。我們如果注意對張煒新作的評論會發現，批評界對其期待值總是很高，比如當年對《家族》等書。這有時會讓人想到「狼來了」的故事（請原諒我的不敬）。到了《外省書》和《能不憶蜀葵》，「狼」才眞的來了。無論如何，它們的確是一條條「狼」，認識不到這一點，文學敏感性就太差了。但是《醜行或浪漫》卻是一次輝煌的超越，完全不是一句「眞正的『狼』來了」就可以做結論的。我對別人發出的過高的期許總是有點反感的，因爲我不願讓別人虛張聲勢影響我；一拿到清樣就很挑剔，一直到讀過了第一章的前三分之一還是這樣的情緒。但我不得不說隨著閱讀的深入我被深深地吸引了。只要是一個有閱歷、有文學基本根柢的閱讀者，就不會在這麼絕妙的語言和故事面前無動於衷吧。到目前爲止，這是我所讀到的作家本人最好的作品，也是中國從新時期到現在最好的長篇之一。我想只要認眞讀過，不會認爲是虛言聳聽吧。要說作家前兩年的兩本書技藝精湛的話，那麼這本書已是「無技巧」了，可以說於渾然天成中顯露了過人的才華。

我是重視閱讀作家的小說之外的文字的。我讀了一些作家本人的文論，覺得太執著，太直接，像是刺了我一下。後來又覺得他就是這樣一個深愛文學的人，出發點好，沒有機心，樸素得可愛。在新時期二十年裡可以說他獲得的讚譽和批評同樣厲害，一會兒捧上天一會兒貶下地，他能坦然處之寫下去倒也不容易。一方面他是文壇上的重要聲音，這不需我解釋了；從另一方面看他又給人好好「幹活」的感覺，好像這些年只有埋頭工作的感覺。這可能也是巨大創作量造成的印象。但他奇怪的是仍然能夠精益求精。從他三十年的創作看下來，直到《醜行或浪漫》，可見是一個苦幹加實幹的人，這在中青年作家中較罕見。剛才有人說了，他的創作在當代文壇上具有最大的不可預測性，這個我可以同意。我想說的還有，他在文學策略上沒有什麼一般的商業聰明，不太抓「點」，有時甚至覺得他「太笨」。有人形容他在文學上是一架馬力強勁的「推土機」，只管往前開，把前面的一切困難都推平；而我看他更像一座高爐，熊熊燃燒了二三十年，火力仍然不減。這在各領風騷三五年的當代文壇上不能不說是一個神話。這個人好像專門爲了文學而生。熟悉他的朋友說他幾十年裡只是沉迷於寫作，沒聽說有別的太大興趣。好像是五年前吧，有人說他竟然一個人消失在大山裡三年多，藏在三線時期廢棄的一個破房子裡，像個和尚修煉一樣，只偶爾才出來露一下頭。據說他在那裡面一口氣寫了一百多萬字。他大概是當代重量級作家、著名作家中最不善炒作的之一。我認爲如果是一般的商業寫作炒作還是必要的，如果是他這樣的寫作，沉迷進去幾十年如一日，有無炒作大概也就無所謂了。文壇上聽不到張煒喧譁的聲音，只有他認眞的思想和一絲不苟的寫作。《醜行或浪漫》的確超越了他以往的作品，但我又不想說它絕對比哪一部好，你這樣說不科學。說話最好留有餘地。《古船》有自己的絕處，有些因素不是幾句話就能說得清的。還有《九月寓言》，那種混沌氣當年也震了我一下。我只可以說自己最喜歡這一部，它讓我獲得了最大的（空前的）閱讀快感。作家本人在跋涉了三十年之後，終於躍上了一個創作高峰，這是令人欽敬的。

我認爲一個作家寫得太多不是什麼「神話」，寫得好才是「神話」。張煒寫完了《古船》還能耐住心性再寫出《九月寓言》就了不起。大約沉寂了一段時間吧，他又寫了一些好作品。人們覺得他寫出好作品是理所當然的事，所以對他也沒有什麼過多的驚訝。其實他的《家族》和《柏慧》還是蠻令人驚訝的。《能不憶蜀葵》是一部傑作，這是人們遲早會認識到的。不過他的長篇《我的田園》（有人說近來作家又重寫了）、散文〈酒窩〉，本人就不敢恭維。〈酒窩〉這樣的文字根本就不必發表。有人說他寫了三十年、八百萬字，在紛紛寫性和金錢的大潮中，沒有一篇格調低下的文字，也沒有一篇媚氣十足或商業味十足的文章，這倒也是事實。我說的只是個別散文構思牽強，當然這種現象還是極少的，總的來說他的作品是以精細和準確著稱的，這一點大概可以說是共識了。近些年作家本人談《能不憶蜀葵》的一句話我注意到了：「這本書讓我摸到了文學的夢想，但不是夢想的全部，只是夢想的邊緣。」好像是這個意思。我讀時也有一種夢想感。同時我也在想他的眞正夢想會是什麼？到了《醜行或浪漫》我終於恍然大悟：原來作家的文學夢想就是它。我沒有與作家交流，但我相信肯定是這樣的。我簡直找不出它的明顯的毛病。讀《外省書》常常擊節驚嘆，但又覺得有些章節好得壓過了全書，比如〈鱸魚〉一章就太精采了，其他的比起它來就要失去一些光彩，反而造成了一種不均衡。而《醜行或浪漫》通篇都很一致，可說是處處華彩照人，這就了不起了。民間語簡直用活了，那眞是妙語如珠，讓你想不驚嘆都不行。同時又很樸素很內在，可以說是文壇上第一部用登州方言寫出的傑作。從中又一次看出了作家對語言的敏感，這一點與《外省書》和《能不憶蜀葵》一樣。

一般來說，一個作家只有寫得少而又少才有精品。但作家和作家的情形不一樣，有的像精心打磨銀器的匠人一個樣，一輩子只能幹好一兩件活，多了不成。這是讓人敬重的。也有的生命力特別強盛的一種，像一條大河流下去，想停下來都不行。張煒可能就屬於這後一種人。我以前讀他的短篇和長篇，覺得作者非常精心地結構文字，可能會是苦吟一派，產量大概不會多。但後來這種看法不得不改變了，因爲他的作品不僅數量極大而且品種極多，寫了大量散文和文論，還有詩。可見他是個具有多種可能性的作家，對他給予再大的期待也不會落空。在新時期二十多年間，他已經有過讓人大吃一驚的表現，今後大概也會如此。我剛開始的時候對《醜行或浪漫》不抱太大期待，因爲他剛出版了兩本相當優秀的長篇小說（《外省書》和《能不憶蜀葵》），大概不會有更大的突破力的。儘管傳遞清樣的人極力讚許，我還是不抱太大期望。可見一般的閱讀經驗和文學經驗是靠不住的。這是一部給我極大震動的作品，整部書像一團火，一團綠，又像展開了一片生機盎然的田野。書中的每個人物都不能讓人忘記他，每一筆都極其扎實，像鐫刻上的一樣。我不太信這部書只寫了五個月。我認爲這是比博得滿堂彩的《九月寓言》更優秀的作品。他的這本書讓人不得不思考，現在創作上的文學「瓶頸」怎樣突破；這是眞正的「民間」，但卻沒有一點目前流行的「江湖氣」。有人以「江湖」對「廟堂」，豈不知兩樣都是一樣壞的。「廟堂」的粗糙和「江湖」的粗鄙都是中國藝術史上爲害最大的東西。而《醜行或浪漫》既有很強烈的民間氣質，又保持了極純粹的雅文學精髓。這二者的結合是它的重要成就之一。還有就是，它具有眞正的原生性和民族性，如書中寫伍爺祝壽的一章，一下就讓人想到了中國的《紅樓夢》等白話小說。我覺得全書與中國白話小說總有些韻致上的相似，可以說是原汁原味的中國小說藝術，這正是中國當代文學進一步走向成熟的一個標誌。有人說讀張煒的作品，特別是長篇和散文，常給人這樣的感覺：「老道如耄宿，純潔如孩童。」可能這一次又應驗了這句評價吧。

27.	美麗新世紀	廖咸浩著	220 元
28.	台灣原住民族漢語文學選集——詩歌卷	孫大川主編	220 元
29.	台灣原住民族漢語文學選集——散文卷(上)	孫大川主編	200 元
30.	台灣原住民族漢語文學選集——散文卷(下)	孫大川主編	200 元
31.	台灣原住民族漢語文學選集——小說卷(上)	孫大川主編	300 元
32.	台灣原住民族漢語文學選集——小說卷(下)	孫大川主編	300 元
33.	台灣原住民族漢語文學選集——評論卷(上)	孫大川主編	300 元
34.	台灣原住民族漢語文學選集——評論卷(下)	孫大川主編	300 元
35.	長袍春秋——李敖的文字世界	曾遊娜、吳創合著	280 元
36.	天機	履　彊著	220 元
37.	究極無賴	成英姝著	200 元
38.	遠方	駱以軍著	290 元
39.	學飛的盟盟	朱天心著	240 元
40.	加羅林魚木花開	沈花末著	200 元
41.	最後文告	郭　箏著	180 元
42.	好個翹課天	郭　箏著	200 元
43.	空望	劉大任著	260 元
44.	醜行或浪漫	張　煒著	300 元

POINT

1.	海洋遊俠——台灣尾的鯨豚	廖鴻基著	240 元
2.	追巴黎的女人	蔡淑玲著	200 元
3.	52 個星期天	黃明堅著	220 元
4.	娶太太，還是韓國人為好！?	日・篠原 令著／李芳譯	200 元
5.	向某些自己道別	陳樂融著	220 元
6.	從麻將桌到柏克萊	王莉民、劉無雙合著	200 元
7.	星雲與你談心	星雲口述／鄭羽書筆記	220 元

Smart

1.	一男一男	孫　哲著	160 元
2.	只愛陌生人	陳　雪著	199 元
3.	心的二分之一	曾　煒著	249 元
4.	無性別界面	Arni 著	160 元

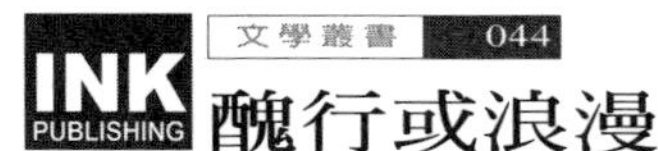

作　　者　　張　煒
總 編 輯　　初安民
責任編輯　　高慧瑩
美術編輯　　許秋山
校　　對　　余淑宜　高慧瑩

發 行 人　　張書銘
出　　版　　INK 印刻出版有限公司
台北縣中和市中正路 800 號 13 樓之 3
電話：02-22281626
傳眞：02-22281598
e-mail:ink.book@msa.hinet.net
法律顧問　　漢全國際法律事務所
林春金律師

總 經 銷　　成陽出版股份有限公司
訂購電話：03-3589000
訂購傳眞：03-3581688
http://www.sudu.cc
郵政劃撥　　19000691 成陽出版股份有限公司
印　　刷　　海王印刷事業股份有限公司

出版日期　　2003 年 11 月 初版
ISBN 986-7810-69-4
定價　300 元

國家圖書館出版品預行編目資料

醜行或浪漫／張煒著.
--初版，--臺北縣中和市：INK 印刻，
2003〔民 92〕面；公分（文學叢書；44）

ISBN 986-7810-69-4（平裝）

857.7　　92017681